ANDREA SCHACHT
JULIA FREIDANK
Das Erbe der Kräuterfrau

Autorin

Andrea Schacht (1956–2017) war lange Jahre als Wirtschaftsingenieurin und Unternehmensberaterin tätig, hat dann jedoch ihren seit Jugendtagen gehegten Traum verwirklicht, Schriftstellerin zu werden. Ihre historischen Romane um die scharfzüngige Kölner Begine Almut Bossart gewannen auf Anhieb die Herzen von Lesern und Buchhändlern. Mit »Die elfte Jungfrau« kletterte Andrea Schacht erstmals auf die SPIEGEL-Bestsellerliste, die sie auch danach mit vielen weiteren Romanen eroberte.

Julia Freidank ist das Pseudonym einer vielfach veröffentlichten Autorin von Romanen und Sachbüchern. Nach einem Studium – unter anderem der Philosophie und der vergleichenden Religionswissenschaft – arbeitet sie heute als freie Schriftstellerin und an einer deutschen Universität. Sie lebt in der Nähe von München.

Myntha, die Fährmannstochter bei Blanvalet:
1. Die Fährmannstochter
2. Die silberne Nadel
3. Das Gold der Raben
4. Mord im Badehaus
5. Das Erbe der Kräuterfrau

Besuchen Sie uns auch auf www.blanvalet.de

Andrea Schacht
Julia Freidank

Das Erbe der Kräuterfrau

Historischer Roman

blanvalet

Penguin Random House Verlagsgruppe FSC® N001967

4. Auflage
Copyright © 2019 by Blanvalet in der
Penguin Random House Verlagsgruppe GmbH,
Neumarkter Str. 28, 81673 München
produktsicherheit@penguinrandomhouse.de
(Vorstehende Angaben sind zugleich
Pflichtinformationen nach GPSR.)

Redaktion: Rainer Schöttle
Umschlaggestaltung: © Johannes Wiebel | punchdesign,
unter Verwendung von Motiven von Shutterstock.com
und Bridgeman Art Library
DN · Herstellung: sam
Satz: Buch-Werkstatt GmbH, Bad Aibling
Druck und Bindung: GGP Media GmbH, Pößneck
Printed in Germany
ISBN 978-3-7341-0370-4

www.blanvalet.de

In memoriam
Andrea Schacht
* 18.05.1956
+ 26.10.2017

Dramatis Personae

Myntha, Tochter von Fährmeister Reemt, die nicht nur von Bienen und Blumen träumt.

Reemt van Huysen, Fährmeister von Mülheim, der seine Träume vom Rheingold begräbt.

Witold und Haro, seine bärtigen Söhne, die gelegentlich Knoten in der Zunge haben.

Enna van Huysen, Mynthas Großmutter, die ihre beste Zeit hinter sich hat und Abschied nimmt.

Frederic Bowman, Rabenmeister und Bogenschütze, der endlich Vergeltung für ein großes Unrecht üben kann.

Emery, **Frederics** junger Sohn, der einer Gefahr entzogen wird und dafür viele Abenteuer erlebt.

Henning von der Löwenburg, ein junger Ritter auf dem Weg in eine ungewisse Zukunft.

Riccarda, ein klerikaler Fehltritt, der zu seiner Mutter expediert wird.

Donna Augusta, Riccardas treusorgende Amme, die es mit der Strenge sehr genau nimmt, soweit sie sehen kann.

Agnes, Comtesse de Malesdroit, durch die sich Reemts Traum vom Rheingold erfüllt.

Lancelot de Malesdroit, blinder Ritter auf Heimfahrt.

Lady Olivia, ein beharrliches Anhängsel, das endlich irgendeine Ehe schließen will.

Bilke, Fährmeisterin, die Myntha einen Freundschaftsdienst erweist.

Lore, ängstliche Braut, die sich vor dem großen Schritt fürchtet. Ihre Kratzborsten aber hat sie noch.

Cedric, der Tuchhändler, der keine Angst vor dem großen Schritt hat und mit freudiger Energie sein neues Heim einrichtet.

Tilo und **Lauryn**, Tuchhändler und Jugendfreunde von Frederic und Cedric.

Julius vamme Creutz, Anlehnung suchender Pfarrer von St. Clemens.

Gevatterin Ellen, rheinische Frohnatur mit »Hätz«.

Leander, Marians Sohn, der sich als Gehilfe des Rabenmeisters bewähren muss.

Die **Sybilla**, eine weise alte Kräuterkundige, die weiß, wie man den Schmerz nicht mehr aushält.

Imme, Sybillas Lehrtochter, die viel von den Bienen versteht.

Trine, Apothekerin vom Neuen Markt, die ihre eigene Sprache spricht.

Johannes von Odenhausen, ein verwitweter Ritter, der an einer neuen Ehe interessiert ist.

Berenice, verwitwete Dame, die an einer neuen Ehe interessiert ist.

Rickel und **Swinte Moelner**, Erben einer Rheinmühle, die auf eine wirtschaftlich günstige Eheschließung aus sind.

Gislindis, Marians hellsichtiges Weib und Herrin des Venezianischen Hauses.

Bruder Luke/Lucien, ein Mann mit feurigen Ambitionen.

Robb und **Crea**, **Ron** und **Cress**, **Raky** und **Creky**, Frederics Getreue, die ihm seinen Titel verliehen.

Mico, der dreibeinige Herr über die Ratten und Mäuse im Fährhaus, einem Schluck Sahne nicht abgeneigt.

Das **Düwwelsbalch** (Teufelsbalg), Lores Maultier, störrisch von Charakter, hässlich von Gestalt. Avver leev.

Das **Bienenvolk.**

Und natürlich:

Alyss vom Spiegel und **Master John** mit ihren Kindern **Thomas**, **Jehanne** und **Gauwin**. Und **Marian vom Spiegel**, der Herr des Handelshauses am Alten Markt.

Vorwort

Andrea Schacht verstarb im Alter von 61 Jahren am 26.10.2017 zu Hause und erlebte die Fertigstellung und das Erscheinen dieses Werkes nicht mehr. »Das Erbe der Kräuterfrau« war das letzte Buchprojekt, an dem sie persönlich bis Mitte des Jahres 2017 noch gearbeitet hat. Das Jahr 2017 war für sie nicht gut gelaufen. Nach dem vierten Klinikaufenthalt in Folge bestand an dem Wochenende vor ihrem Tod unsere gemeinsame Hoffnung, dass es ihr wieder besser gehen wird, wenn auch in kleinen Schritten. Aber dann hat sie sich entschlossen, diese Welt zu verlassen. Sie war mit ihrem Körper nicht mehr im Einklang. Jetzt wird sie hoffentlich geistig frei und unbeschwert an einem anderen Ort auf uns warten.

Da sie das Manuskript etwa zur Hälfte selbst geschrieben hatte, die weiteren Kapitel bis zum Ende im Plot konzipiert waren und es der letzte Band der Serie über die Fährmannstochter Myntha ist, habe ich nach ihrem Tod mit ihrem Agenten bei Agence Hoffman nach einem Weg gesucht, wie das Buch noch erscheinen kann. Dank des Agenten und der Bereitschaft des Verlages haben wir eine Möglichkeit gefunden, die Geschichte zu Ende zu erzählen. Eine Co-Autorin – Julia Freidank – hat die schwierige Aufgabe übernommen, die letzten Kapitel des Buches zu schreiben. Für diese Bereitschaft möchte ich mich bei ihr herzlich bedanken. Es war eine gute Zusammenarbeit. Bei der Fertigstellung wurde ich beteiligt und durfte meine Anmerkungen liefern. So ist es gelungen, den letzten Band der Serie als gemeinsames Projekt zwischen der verstorbenen Autorin und der Co-Autorin fertigzustellen. Wir Lebenden hoffen, dass wir den Lesern damit eine Freude machen und sie das Ende der Myntha-Serie mit Spannung und Lesegenuss erleben. Ich freue mich, dass das Werk als Schlussstein der Serie erscheint. Vielleicht merken die Leser, ab wann die Co-Autorin die Arbeit fortgesetzt hat, ein leichter Stilbruch ist für mich kein Fehler, weil jeder seine schriftstellerische Freiheit im Ausdruck leben darf.

Andrea können wir in Erinnerung behalten, sie wird über ihre Bücher lebendig bleiben.

In Gedanken bei Dir
Dieter Hering-Schacht

Prolog

Für die Menschen des Mittelalters waren Bienen Teil ihres Alltags. Aber das Lob der Bienen wurde bereits im alten Ägypten gesungen. Sie gehören mit zu den ältesten Nutztieren überhaupt. Im Mittelalter war Honig nicht nur beliebt, um Speisen zu süßen oder Met herzustellen. Auch der medizinische Nutzen war bekannt: Vitaminreich und antiseptisch heilte Honig Brandwunden und Mangelkrankheiten wie Mundfäule. Das Wachs wurde für Kerzen verwendet, für Urkunden und zum Imprägnieren von Textilien und Möbeln. Bienen galten als nahezu heilige Tiere, die einst das Blut Christi gesammelt haben sollen. Und so widmeten sich auch Klöster der Imkerei. Schon zur Zeit Karls des Großen standen auf Bienendiebstahl schwere Strafen.

Um an den begehrten Honig zu kommen, haben sich im Laufe der Geschichte viele Methoden entwickelt. Anfangs wurde Honig gesammelt: Man holte die Waben, umschwirrt vom aufgeregten Volk, direkt aus den Baumhöhlen. Später sägten Zeidler Baumstümpfe ab, in denen sich ein Bienenstock befand, oder sie bohrten künstliche Hohlräume in Stämme und altes Holz, um Völker anzulocken. Ein Zeidler, der im Wald einen Bienenstock fand, schnitt sein Zeichen in den Baum und erwarb so das Nutzungsrecht. Diese Waldbienenzucht hat sich aus dem Honigsammeln entwickelt (*zeideln* bedeutet »Honig schneiden«). Und so waren die Zeidler ein wichtiger Berufsstand: Sie trugen spezielle Kleidung und besaßen ihre eigene Gerichtsbarkeit.

In Europa nördlich der Alpen war im Mittelalter nur eine einzige Bienenart verbreitet, die dunkle europäische Biene. Obwohl weltweit nur ein Zehntel der Bienenarten im Schwarm lebt, hat ihr soziales Verhalten schon immer auch die Menschen fasziniert.

Ohne seine Königin kann ein Bienenvolk nicht überleben. Doch es sind Arbeitsbienen, die den Mythos der fleißigen Biene, die immer bereit ist, anderen zu helfen, begründet haben. Sie sammeln Pollen, füttern den Nachwuchs und belüften den Stock. Im Winter wärmen Winterbienen sich und ihre Königin – bereit, im Frühjahr ein neues Volk aufzubauen. Bienen orientieren sich möglicherweise am Magnetfeld der Erde. So finden sie die wichtigen Futterplätze immer wieder. Und fleißig sind sie in der Tat: Um fünfhundert Gramm Honig zu sammeln, muss eine Biene dreimal um die Welt fliegen.

Aber Bienen bedeuten noch viel mehr. Ohne sie könnten Pflanzen sich nicht verbreiten. Tiere fänden keine Nahrung. Bienen sind also für das Zusammenspiel der Natur weit wichtiger, als man es sich gewöhnlich vorstellt.

Die Zeidler und Imker des Mittelalters wussten nichts von moderner Ökologie. Aber sie lebten mit den Tieren, sie beobachteten, sie pflegten und schätzten sie. Sie rankten Mythen und Legenden um die Wesen, aus deren

Wachs die Kerzen in den Gotteshäusern gezogen wurden: Als einziges Tier, das unverwandelt aus dem Paradies gekommen war, galten sie als Beschützer vor Zank und Unheil. Kein Wunder. Ohne Bienen könnten auch die Menschen nicht überleben. Wenn die Bienen sterben, stirbt auch die übrige Natur.

1. Kapitel

Eine Biene nahm ihren brummelnden, tänzelnden Anflug auf die weiße Rosenblüte und ließ sich in dem duftenden Kelch nieder. Der üppige Rosenstrauch schmückte die sonnige Südseite der Löwenburg und bildete mit seinem dunklen Laub und seinen hängenden Blüten einen anmutigen Kontrast zu den grauen Steinen des Gemäuers. Myntha schloss die Augen und sog den süßen Geruch ein, der an diesem warmen Septembertag die Luft durchwebte. Der Rosenbusch war ein Wunderwerk, ein Geschenk eines frühen Kreuzfahrers und der Erfolg einer liebevollen Pflege der Burgherrinnen über viele Jahre. Nicht überall wuchs die herbstblühende Damaszenerrose so üppig wie hier auf der Burg.

Und wie auch diese Rose war der Spross derer von der Löwenburg äußerst kräftig und ansehnlich, ein junger Mann, dessen neue Rüstung im Sonnenlicht glänzte. Stolz und aufrecht folgte Henning, der soeben seine Ritterwürde erhalten hatte, der Messe. Stolz stand ihm gut, dem ehemaligen kleinen Taschendieb, dem Gehilfen des Rabenmeisters, dem Falkner und Edelknappen des Herrn von Odenhausen. Er hatte ihn sich durch einen langen, beschwerlichen Weg durch die Abgründe von Demütigung, Verrat und Trauer verdient.

Ritter Henning von der Löwenburg – jetzt war es also so weit.

Myntha erlaubte sich einen neugierigen Blick auf den Mann weiter vorne, der genau wie sie alle kniend die Gebete sprach. Frederic Bowman, Meister der Raben, über ein Jahr der Herr über Hennings Geschick, verlor hier und heute einen Freund. Er schien es mit Gleichmut zu tragen, doch Myntha wusste, dass der junge Mann ihm fehlte. Seit Henning zu Pfingsten als Knappe in den Dienst von Johannes von Odenhausen getreten war, schien der düstere Bogenschütze sich noch mehr zurückgezogen zu haben. Einige Wochen war er aus seiner Kate verschwunden, hatte nur mürrisch bemerkt, dass er sich auf der Burg von Lunecke um die Sperber und Falken kümmern müsse. Jetzt war er zurückgekommen, doch seine Laune hatte sich nicht verbessert.

Deutlich heiterer wirkte indes der Ritter Johannes von Odenhausen. Er hatte ihr zumindest ein Lächeln gesandt, wenngleich seine Aufmerksamkeit zu gleichen Teilen von der vornehmen Dame Berenice und seiner Begleitung, einer ebenso schönen wie anmutigen Frau, in Anspruch genommen wurde. Johannes' Schwester hatte auch Myntha durchaus freundlich begrüßt und einige höfliche Worte mit ihr gewechselt, aber dennoch streifte sie das leichte Gefühl, dass die Dame nicht vollends mit der Absicht ihres Bruders einverstanden war, einer Fährmannstochter den Hof machen zu wollen.

Johannes von Odenhausen hatte an dem denkwürdigen Pfingstturnier überraschend Myntha seine Aufmerksamkeit geschenkt, und sie hatte lange darüber nachgedacht, ob sie der Werbung des Ritters nachgeben sollte. Sicher, er war etliche Jahre älter als sie, doch ein stattlicher, ansehnlicher Mann von herzlichen Manieren. Und ganz gewiss war er als Gatte dem einäugigen Mühlenerben vorzuziehen, der bislang ihr einziger Bewerber war. Dennoch zögerte Myntha noch immer – zu weit lag die Burg von ihrem heimischen Fährhaus in Mülheim entfernt. Weit von ihrem vertrauten Leben, vor allem weit von ihren Freunden und ihrer Familie entfernt würde sie sich vermutlich einsam fühlen, zumal die leise Missbilligung der ritterlichen Familie dann umso deutlicher zu spüren wäre.

Und dann war da noch die verwitwete Dame Berenice, die recht deutlich machte, dass auch sie den Ritter als geeigneten Nachfolger ihres Gatten betrachtete. In den Augen von Johannes' Schwester eine sicherlich weitaus passendere Wahl, wie Myntha bange bemerkte.

Dennoch, sie sollte sich Hennings Ehrentag nicht durch solche trüben Gedanken verderben lassen.

Die Messe neigte sich endlich dem Ende entgegen, und die Lustbarkeiten begannen. Alle strömten in den Hof der Burg und zu der Außentreppe, die zum oberen Stockwerk führte. Dort, im Rittersaal, erwartete sie ein Festmahl, zu dem der junge Recke seine Gäste nun einlud. An der Schmalseite des Saals war die Ehrentafel mit dem Salzfass aufgebaut, an deren beiden Enden sich U-förmig die anderen Tische anschlossen. Schon jetzt schwatzten aufgeregte Gäste allenthalben, und der Herold, der die Plätze anwies, hatte alle Hände voll zu tun. Agnes, Comtesse von Malesdroit, schubste Myntha in Richtung Ehrentafel.

»Pass auf, dass diese Berenice dir nicht in die Quere kommt. Sie hat ihre hungrigen Augen allzu fest an den Odenhausen geheftet.«

»Ach, ich weiß nicht ...«

»Oder willst du dich lieber zu deinem düsteren Rabenmeister gesellen?«

»Um mich in dessen Mantel der Dunkelheit zu hüllen? Nein danke.«

»Vielleicht heitert es ihn auf?«

»Ein paar schwarze Galgenvögel würden ihn aufheitern, doch ich nicht. Dennoch, Agnes, ich denke, mein Platz sollte eher bei Herrn Marian und seinem hübschen Sohn Leander sein. Schau, wie mutwillig die langen Fasanenfedern an seiner Kappe schwanken.«

»Ein kleiner Geck, aber du hast schon recht, beide Männer sind einen zweiten Blick wert. Auch Herr Marian macht eine gute Figur. Wie schön seine Haare unter dem grünen Samt glänzen.«

»Seine Eitelkeit hat Leander sicher von seinem Vater abgeschaut.«

»Sicher, aber seine Frechheit und seine Einbildung hat er selbst erworben.«

»Frau Alyss wird daran noch etwas zu schleifen haben. Aber er ist noch jung, Agnes, und mit den Jahren wird aus ihm hoffentlich ein ebenso standfester Mann wie sein Vater.«

Endlich bemerkte der Herold ihr Winken und geleitete sie zu ihren Plätzen ganz in der Nähe des jungen Ritters, wo sie von der Dame Berenice gründlich beäugt wurden.

Myntha wandte sich demonstrativ ihrer Begleiterin zu. Zwar klapperten schon überall Geschirr und Löffel, doch bis das Festmahl begann und die edle Rivalin ablenkte, würde es noch dauern. Hier drinnen wurden die lebhaften Gespräche zu einem Summen wie dem eines Bienenschwarms.

»Schon nächste Woche wird der Handelszug von Herrn Marian aufbrechen, habe ich gehört. Das fröhliche Ritterleben nimmt dann für unseren Henning ein schnelles Ende.«

»Nun ja, eine Reise nach Venedig – er wird es verkraften. Und es wartet seine Familie dort auf ihn. Oder zumindest seine Mutter und seine Geschwister.«

»Er hat sie lange entbehren müssen. Und, Agnes, ich weiß, dass er in den letzten Monaten oft von Heimweh geplagt war.«

»Ja ...«, sagte Agnes leise.

Myntha legte ihre Hand auf die der Comtesse.

»Ja, du auch. Aber dein Mann lebt, er weiß, wo er dich findet, und es wird nicht mehr lange dauern, bis er dir Nachricht sendet. Dann kehrst auch du zurück in deine Heimat.«

»Der heiligen Ursula sei Dank. Sicher. Aber mir hat auch das Leben bei euch gefallen, Myntha. Diese wundervollen Geschichten, die dein Vater uns erzählt, werden mir fehlen.«

»Und die Hühner und das Unkraut im Garten und die

schweren Einkaufskörbe, die rauen Kittel und die trunkenen Gäste ...«

Agnes' trübe Stimmung verflog, und sie musste lachen. »Unsinn, um all das habe ich mich zu Hause auch gekümmert. Und auch nur an hohen Festtagen wie diesem habe ich mich in Samt wie diesen gekleidet. Mir wird Lore mit ihren Giftzähnen fehlen und deine bärtigen Brüder, die alte Enna mit ihren ewig gemurmelten Versen von Königsbrut und Rheingold, Gevatterin Ellen mit ihrem lustigen Geschwätz – und ja, auch der düstere Rabenmeister. Er ist kein übler Kerl, Myntha. Aber das weißt du selbst.«

»Ist er nicht. Aber er lässt sich inzwischen nicht einmal mehr von meinen spitzen Bemerkungen reizen. Er schweigt einfach dazu.«

»Hat man in der letzten Zeit etwas von dem Feuerteufel gehört, der ihn verfolgt? Seit dem Pfingstturnier weiß er doch, wer dahintersteckt.«

»Wenn überhaupt mag er vielleicht mit Ritter Arnold über ihn gesprochen haben, nicht mit mir.«

»Aber dann weiß möglicherweise Bilke mehr darüber.«

»Dann hätte sie es mir bestimmt schon erzählt. Obwohl – seit sie weiß, dass sie ein Kindlein erwartet, interessiert sie sich für kaum etwas anderes mehr.«

»Sie hat es gut getroffen mit deinem Bruder.«

»Und umgekehrt. Selbst seine Zunge hat sich inzwischen entknotet. Jetzt muss nur noch Witold ein passendes Weib finden.«

»Du wirst das schon richten.«

»Ich dachte eine Weile, dass Frau Alyss' Tochter Jehanne recht gut zu ihm passen würde, aber natürlich kann ich verstehen, dass ihre Eltern sie nun doch zu ihren Verwandten nach King's Lynne schicken.«

»Wo sie gewiss einen hübschen jungen Lord finden wird.«

»Oder einen Tuchhändler.«

»Beides dürfte Master John eher gefallen als ein bärtiger Fährmann.«

»Ich weiß nicht. Ich halte Master John für einen Mann ohne großen Standesdünkel.«

»Und dennoch ist er ein Vater.«

»Sei's drum, es wird mindestens zwei Jahre dauern, bis Jehanne wieder in Köln ist, und so lange sollte Witold nicht mehr warten. Das Fährhaus braucht eine Herrin, ganz gleich, ob ich dem Odenhausen oder dem Mühlenerben mein Ja-Wort gebe.«

»Ja, ganz gleich, Myntha. Du hast in den letzten Jahren viel für andere getan, hast Ehen gestiftet und den Opfern von Verbrechen letzte Gerechtigkeit verschafft. Es wird Zeit, dass du einmal an dich selbst denkst. So, und nun lass uns auf das Wohl des jungen Ritters trinken.«

Das geschäftige Summen der Stimmen verstummte, als Arnold von Lunecke aufstand, um seinen Becher zu erheben.

Alle stimmten in seinen Segenswunsch ein. Hennings Blicke flogen durch den Saal, seine Augen funkelten und strahlten mit der Rüstung um die Wette. Stolz nahm er die Huldigung entgegen.

Myntha wünschte ihm von Herzen eine glückliche

Zukunft, doch sie hoffte auch, dass sich ihre Wege einst wieder kreuzen würden. Er war ein so vielversprechender junger Mann. Was ihre eigene Zukunft jedoch für sie bereithielt, wusste sie weniger denn je. Myntha van Huysen hatte das Leben so vieler Menschen verändert. Aber ihrem eigenen einen Anstoß zu geben schien ihr schwerer als alles, was sie bisher getan hatte.

2. Kapitel

»Es ist einsam dort, und wenn in den Nächten die Nebelschwaden über die dornigen Büsche wabern, hallt der klagende Ruf des jagenden Käuzchens geisterhaft über die Heide. Unheimliche Gestalten treiben dann ihr Unwesen dort, schleichen mit Äxten und Hämmern bewaffnet auf verborgenen Pfaden über das Land und lauern jenen unerfahrenen Wanderern auf, die kein sicheres Quartier gefunden haben. Heidewächter nennt man sie, und wen sie in der mondlosen Dunkelheit erwischen, den lähmt der Blick aus ihren glühenden Augen. Den trifft der harte Schlag ihrer Äxte, den schleifen sie in ihre finsteren Höhlen und verzehren ihn bei lebendigem Leibe.«

Reemt war nach einigen Bechern roten Weins wieder einmal ganz in seinem Element. Seit Neuestem waren die gefährlichen Menschenfresser der Heide sein Lieblingsthema, das er mit allerlei grausigen Bildern auszuschmücken pflegte. Der Erfolg bei seinen Zuhörern spornte ihn jedes Mal zu neuen, furchterregenden Gräueltaten an, die angeblich in den einsamen Weiten des Heidelandes verübt wurden.

Nun ja, nicht alle wurden vom Schauer erfasst – die alte Rixa, die krummrückige Zeidlerin, die Honig und

Wachs in der Heide sammelte, brach schlichtweg in schallendes Gelächter aus.

»Wer hat dir denn *den* Bären aufgebunden, Reemt?«, schnaufte sie und biss herzhaft in die Fleischpastete, die Myntha ihr auf den Tisch gelegt hatte.

»Kein Bär wurde mir aufgebunden. Hier kommen oft genug Reisende vorbei, die Schreckliches über die Heide zu berichten wissen. Knochen hat man gefunden, und verwunschene Höhlen gibt es. Das kannst auch du nicht leugnen.«

»Tu ich nicht, Fährmeister. Höhlen und Knochen gibt es. Aber keine Menschenfresser. Fährmeister, ich wohne seit Jahrzehnten in der Heide, mich wollte noch keiner verspeisen.«

»Du bist ja auch ein zähes, mageres altes Huhn, Rixa.«

»Schon, aber honigsüß bis auf die Knochen.«

Der Schauder wich allgemeiner Belustigung, während Reemt und die Honigsammlerin ihre Frechheiten austauschten.

Myntha nippte zufrieden an ihrem Wein. Die Stimmung in der Gaststube war heiter, und seit ihr Vater das lästige Thema mit dem Gold im Rhein – schlimmer noch, auf Bauer Egberts Acker – hatte fallen lassen und sich den düsteren Ereignissen in der Heide widmete, konnte sie auch wieder entspannt seinem kunstvoll gesponnenen Märchengarn zuhören. Was schadete es schon, wenn er den Gästen ein wenig Angst einjagte. Es war tatsächlich nicht völlig ungefährlich, nachts das einsame Gebiet zu durchqueren. Man konnte nie wissen, welches Gesindel sich dort herumtrieb, um wehrlose Reisende zu überfallen.

Aber auch Rixa hatte recht. Sie und ihr Mann lebten seit langer Zeit in einem abgelegenen Häuschen in der Heide, sammelten den Honig der wilden Bienenstöcke, ernteten die Wachswaben, brauten ihren Met, kochten das begehrte Eibenharz und brachten ihre Waren alle paar Wochen auf die Kölner Märkte. Dabei machte insbesondere Rixa gerne im Fährhaus Rast, weshalb in ihrer Vorratskammer der Honig auch nie ausging. Bisher hatten sie immer in Frieden gelebt, keiner hatte sie je überfallen und ihnen die Töpfe und Kästen entwendet, obwohl Wachs, Honig und Harz kostbar waren.

Und noch eine Heidebewohnerin kannte Myntha, die bisher ebenfalls unbehelligt geblieben war. Die alte Sybilla, eine weise Kräuterfrau, lebte inmitten ihres verwunschenen Gartens, erteilte Rat an jene, die sie darum baten, und hatte sogar bei einigen den Ruf, eine Zaubersche zu sein. Magische Kräfte beherrschte sie nicht, sie verstand sich nur besonders gut auf die Wirkungsweise der Heidepflanzen. Und sie hatte sich ein tiefes Verständnis für die menschliche Natur erworben, weshalb ihr Rat immer gut, wenn auch manchmal nicht bequem war. Und weil die alte Sybilla einen so ausgezeichneten Ruf besaß, hatte Myntha vor einiger Zeit die kleine Gauklerin ihrer Obhut anvertraut. Das junge Mädchen lebte als Lehrling bei ihr, und schon jetzt wurde sie Imme von der Heide gerufen.

»Bleib du bei deinen menschenfressenden Trollen, Reemt. Ich halte mit hilfsbereiten Zwergen dagegen«, sagte Rixa jetzt und zog die Aufmerksamkeit damit auf sich. Auch derartige Geschichten waren Myntha nicht neu, aber die Vorstellung, einige kleine Geschöpfe nachts im Haus wirken zu haben, gefiel ihr weit mehr als die Vorstellung von tumben Trollen. Sie würde auf ihren Vater einzuwirken versuchen, auch diese freundlichen Geister demnächst einmal zu beschwören.

»Wäre nett, so ein paar Zwerge im Haus zu haben«, murmelte auch Agnes neben ihr. »Könnten den Abwasch für uns erledigen.«

»Da sagst du was.«

Dummerweise blieben die kleinwüchsigen Hilfskräfte aber auch diese Nacht fern, und die Arbeit musste am nächsten Morgen von den menschlichen Bewohnern erledigt werden. Immerhin gab es einen netten Anlass zum Schwatzen, denn Lore, die Köchin, erzählte beim Gemüseputzen von dem Haus, das ihr Verlobter, der Tuchhändler Cedric, gefunden hatte.

»Hat ein krummes Dach. Es wird reinregnen«, maulte sie und schlug das Messer in einen Kohlkopf. Kater Mico, der, vom Klappern des Küchengeräts angelockt, auf einen Schluck Sahne oder ein Stückchen Wurst hoffte, verzog sich schleunigst unter den Tisch.

»Ich bin sicher, Cedric wird einen Dachdecker finden, der es richtet, bis du einziehst.« Wie üblich hielt sich Myntha von Töpfen und Pfannen fern. Agnes und sie trockneten noch das saubere Geschirr und räumten es auf. Hin und wieder, wenn Lore nicht hinsah, stibitzten sie ein Stückchen der fetten Wurst, die in die Suppe kommen sollte. Zum sichtlichen Bedauern des Katers verschwand es allerdings in ihren eigenen Mündern.

Mit besorgniserregender Geschwindigkeit hackte Lore auf das Gemüse ein. Die geschälten und gehackten Zwiebeln lagen schon auf einem anderen Brett bereit. »Wahrscheinlich wird's zusammenbrechen, wenn einer draufsteigt. Und der Kamin in der Küche ist auch zu klein.«

»Natürlich, Lore. Vor allem, weil ihr jeden Tag einen Ochsen darin braten müsst.«

»Es passt kein Kessel rein.«

»Bestimmt nicht. Suppe für zwanzig Personen zu kochen wird schwierig werden. Aber du wirst sicher eine Köchin haben, die sich mit solchen Unzulänglichkeiten dann herumschlagen muss.«

Lore schlug das Messer in ihr Schneidebrett, dass es darin stecken blieb. »Ich will keine Fremde in meiner Küche haben.«

»Das ist sehr vernünftig, Lore«, mischte sich auch Agnes ein. »Ich habe auch nie irgendwelche vorbeiziehenden Fremden in meine Küche gelassen.«

»Andererseits kann eine Köchin auch zur Familie gehören«, meinte Myntha und lächelte die grummelnde Lore an. »Wie hier im Fährhaus beispielsweise.«

»Dann wird sie ausgenutzt und muss über den Zwiebeln weinen«, schniefte diese und wischte sich die Nase mit einem Kohlblatt ab. Und schob dann Kohl und Zwiebeln in den Kessel, wo das Wasser bereits zu sieden begann. Sofort erfüllte statt des beißenden Zwiebelgeruchs ein aromatischer Duft die Küche.

»Nun ja, dieses harte Leben wird für dich bald zu Ende sein. Dann bist du eine vornehme Dame und bekommst nur noch zartes Krebsfleisch und weißes Brot vorgesetzt und darfst kühlen Wein aus gläsernen Pokalen schlürfen.«

»Ich will aber auf mein Schmalzbrot und den Apfelwein nicht verzichten. Was soll ich mit Krebsen? Die zwicken nur.«

»Nicht wenn sie gesotten sind. Habt ihr denn auch einen schönen Saal im Haus? Mit Borden und Schränken für edles Silbergeschirr, bunten Teppichen und weich gepolsterten Bänken?«

Die Köchin knallte das leere Brett wieder auf den Tisch und zog sich die Rüben heran, um sie klein zu hacken. »Gibt so ein Zimmer, hat krumme und schiefe Wände, und der Boden knarzt. Und durch die Fenster wird der Wind pfeifen, und der Kamin wird rußen.«

»Ach, der arme Cedric! Wo wird er dann seine vornehmen Gäste bewirten? Habt ihr wenigstens einen ordentlichen Stall für das Düwwelsbalch?«

»Das bleibt hier. Das kann ich nicht brauchen.«

»Da tust du bestimmt gut dran. In ein solch schäbiges Haus darf man ein solch braves Maultier nicht mitnehmen.«

»Das ist nicht brav. Das beißt!«

Myntha stellte den letzten abgetrockneten Teller auf das Bord oben über den Kesseln. »Agnes, hast du nicht auch den Eindruck, dass unsere Lore eigentlich gar nicht heiraten will?«

»Sie hat ja auch einen ganz üblen Mann gewählt, Myntha. Der nicht mal in der Lage ist, ihr ein anständiges Heim zu bieten.« Agnes trocknete sich die Hände und setzte sich zu Myntha auf die wacklige Bank. Die zwinkerte ihr zu.

»Ein übler Lump, dieser Cedric, ganz recht. Er wird sie schuften lassen, bis ihre Hände bluten, und auf fauligem Stroh wird sie schlafen müssen, und zu essen bekommt sie nur sauren Brei. Ja, ja, ein hartes Leben droht ihr.«

»So wird's kommen«, maulte Lore dumpf und warf das nächste Gemüse in die Brühe.

»Aber weißt du, Agnes, behalten mag ich diese miesepetrige Köchin auch nicht mehr. Ihre Giftzähne werden jeden Tag länger, und wir müssen befürchten, dass uns ihr Essen den Magen verdirbt.«

»Dann schert euch doch endlich aus meiner Küche raus!«, giftete der kleine Giftzahn und hob drohend das Messer.

Agnes und Myntha flohen, mit ihnen der dreibeinige kleine Kater, der ebenfalls nicht mehr auf ein Stück Wurst zu hoffen wagte.

»Warum hat sie nur eine derart schlechte Laune?«, fragte Agnes, als sie in den Gastraum gingen, um zu überprüfen, ob die Mägde hier ordentlich aufgeräumt hatten. Bis hierher konnten sie das wütende Hacken des großen Küchenmessers hören.

»Sie hat Angst. Sie ist als Kind und als Mädchen übel misshandelt worden. Das hat sie nie vergessen. Und dennoch liebt sie Cedric, seit sie ihn vor Jahren bei Frau Alyss kennengelernt hat. Ich glaube, diese beiden widersprüchlichen Gefühle zerreißen sie innerlich. Also hat sie schlechte Laune.«

»Dann kann man nur hoffen, dass die Ehe sie eines Besseren belehrt.«

Myntha rückte noch ein paar Bänke gerade und lachte. »Ja, wenn es uns gelingt, sie am entscheidenden Tag tatsächlich vor die Kirche zu zerren.«

»Oh, oh, je mehr man sie zerrt, desto heftiger wird sie sich wehren, fürchte ich. Gibt es nicht irgendwas, das sie verlocken könnte, diesen Schritt zu wagen?«

»Ich werde wohl darüber nachdenken müssen. Weißt du, wenn ihr alter Esel, das Messveech, noch leben würde, dann könnten wir das Tierchen hübsch aufputzen und sie dazu überreden, darauf zur Trauung zu reiten. Sie hat es über alles geliebt. Aber das Maultier beschimpft sie noch immer, obwohl es inzwischen fast ganz sanft ist.« Myntha setzte sich zu Agnes, die es sich auf einer der leeren Bänke gemütlich gemacht hatte. Nachdenklich blickten beide hinaus, wo hinter den Butzenscheiben der Rhein in der Morgensonne schimmerte. Wenn nachher die erste Fähre kam, würde es vorbei sein mit der Ruhe. Dann würde sich die Gaststube füllen und das geschäftige Hin und Her zwischen den Ufern wieder seinen Lauf nehmen, so wie jeden Tag.

»Frau Alyss scheint mir eine vernünftige Frau zu sein«, meinte Agnes. »Rede doch mit ihr, vielleicht weiß sie einen Rat.«

Myntha nickte. »Ja, das werde ich tun. Aber als Nächstes muss ich mich um eine neue Köchin für uns kümmern. Die drei, die sich bisher angedient haben, möchte ich nicht in unserer Küche haben.«

Agnes lachte leise.

»Nein, besser nicht. Diese Hagere sah aus, als ob sie Essig in die Grütze gießen würde, die dicke Doro hatte einen so gierigen Blick, die würde die Hälfte der Mahlzeiten selbst wegfressen, und dieses hochnäsige Weib, das behauptete, auf einem Rittersitz gewirkt zu haben, schien mir nach den Schilderungen ihrer Fischzubereitung nicht gerade die Schutzpatronin der Kochkunst zu sein.«

»Auch hier werde ich wohl Frau Alyss um Rat fragen. Oder auch Herrn Marian bitten, ob er die Köchin in seinem Haus um eine Empfehlung bitten kann. Die Küche derer vom Spiegel ist außergewöhnlich gut.«

Agnes stand auf. »Dann nimm morgen die Fähre und besuche die beiden. Tu es bald, denn Herr Marian bricht in Kürze nach Venedig auf.«

»Ich habe so viel zu tun …«

»Myntha, einen halben Tag können wir dich entbehren. Und lass dir von Herrn Marian noch einmal die Hände auflegen. Du weißt, es hat dich schon fast von deinem nächtlichen Wandeln befreit.«

»Ich bitte ihn nicht gerne darum, Agnes. Er wird Wichtigeres zu tun haben.«

»Hat er sich jemals geweigert?«

»Nein.«

»Also! Denk an das, was ich dir sagte: Es wird Zeit, auch einmal an dich selbst zu denken. Auch du bist geduldiger, wenn dir diese Angst genommen ist.«

3. Kapitel

Die Kate wirkte leer und aufgeräumt. Ein altbackenes Brot lag auf dem Tisch, und der Kessel stand unbenutzt neben der Herdstelle. Missmutig hob Frederic den Krug, um sich einen Becher Wein einzuschenken, doch war der letzte Tropfen aus dem Gefäß bereits verschwunden.

Ungehalten griff er nach seinem kurzen Jagdbogen, um etwas Wild für seine gefiederte Wachmannschaft zu schießen. Die Raben flatterten auf, als er vor die Tür trat, und Robb, sein Hauptmann, ließ sich auf seiner Schulter nieder.

»Hungerrr!«, krächzte er. Und zupfte mit dem Schnabel an seinem Ohr.

»Lass das«, sagte Frederic barsch und schüttelte den Vogel ab.

»Stiiiesel!«

»Was?«

»Stiiiesel!«

Offensichtlich hatte der Rabe ein neues Wort gelernt. Eines, das er Cedric oder Witold abgelauscht hatte, während er selbst auf der Burg von Ritter Arnold geweilt hatte.

»Du kannst dir dein Kaninchen auch selbst jagen«, knurrte Frederic. Aber dann neigte er nur trübe den Kopf.

Warum sollte er sich die Freude an der Jagd verdrießen lassen? Es gab wenig genug, woran er noch Vergnügen fand. Das Spannen des Bogens war eines jener wenigen Dinge.

Dreimal surrte die Sehne, drei Pfeile fanden ihr Ziel, und mit seiner Beute kehrte er von der Weide zurück, auf der sein Hengst, die Stute und das Fohlen friedlich grasten. Nun ja, auch der Anblick dieser Tiere erfreute ihn. Das Fohlen war jetzt fast vier Monate alt und prächtig gediehen. Es folgte seiner Mutter mit eifrigem Schweifwedeln und ausgelassenen Sprüngen. Doch nur für kurze Zeit verfolgte Frederic das erbauliche Schauspiel, dann bemächtigte sich die übliche Düsternis seiner Miene. Die Kaninchen waren schnell abgezogen und für die Raben und Sperber zubereitet, seinem eigenen Mahl gönnte er weniger Aufmerksamkeit. Vor allem das Fehlen des Weines verdross ihn.

Wein würde er im Fährhaus erhalten, fiel ihm ein, als er an einem Kanten trockenen Brotes herumkaute. Auch wenn ihm nicht der Sinn nach Geselligkeit stand, so würde doch eine Schüssel Suppe seinen Appetit mehr reizen als seine mageren Vorräte.

Der wolkenverhangene Himmel legte eine frühe Dämmerung über das Land, als er den Uferpfad zum Fähranleger nahm. Der letzte Nachen hatte bereits angelegt. Fässer und Säcke waren abgeladen, die Gäste entweder nach Hause gegangen oder saßen in der Gaststube. Vor dem Haus ließen gestapelte Waren darauf schließen, dass ihre Besitzer entweder bei einem Essen noch auf ein Fuhrwerk warteten oder über Nacht zu bleiben gedachten.

Entsprechend voll würde die Gaststube sein. Einige tief fliegende Schwalben kündigten schlechtes Wetter an.

»Ah, der Herr der Finsternis beehrt uns mit seinem Besuch«, empfing ihn die Fährmannstochter und wies auf einen freien Platz in der Nähe der Küche. »Kommt und gebt Euch der ausschweifenden Geselligkeit hin.«

»Kriegt man auch ohne große Worte eine Schale Suppe bei Euch?«

Die beiden Bauern an seinem Tisch standen auf und setzten sich zu den Fischern am Nebentisch.

Die Fährmannstochter verschwand kopfschüttelnd in der Küche. Immerhin hielt ihr Bruder Witold den Mund, als er den Krug mit schwerem, rotem Wein vor ihm abstellte. Was man von dem aufdringlichen Weib wohl nicht erwarten konnte. Sie knallte die Schüssel mit dampfendem Ragout, Butterbrote und zwei goldbraune Pasteten vor ihn hin und setzte sich dann unaufgefordert zu ihm. Und goss sich auch noch von seinem Wein etwas in ihren Becher.

»Eure Stimmung wird sich aufhellen, wenn Ihr gesättigt seid, Rrrabenmeister. Und der Wein wird Eure Zunge lösen, sodass Ihr mir den Grund Eures Trübsinns anvertrauen werdet.«

»Kaum«, nuschelte Frederic und biss in das dick gebutterte Brot. Es war weit schmackhafter als der trockene Kanten in seiner Kate. Und aus der Schüssel stieg kräuterwürziger Dampf. Schon der erste Löffel des einfachen Gerichts füllte seinen leeren Magen mit angenehmer Wärme.

»Gut, nicht? Noch verwöhnt Lore uns mit ihren Kochkünsten. Genießt es, denn eine vergleichbare Köchin habe ich noch nicht gefunden. Und Gnade unseren Gästen, wenn ich mich am Kessel vergreife.«

»Kochen ist nicht schwer. Kann doch jeder.«

»Ach, wirklich? Nun, Rabenmeister, dann habe ich eine Stelle für Euch. Wann könnt Ihr beginnen?«

Frederic gab darauf keine Antwort. Er hätte sein Mahl lieber alleine zu sich genommen, aber da die Fährmannstochter nun leider die Wirtschaft führte, konnte er sie schwerlich verscheuchen. Aber reden musste er noch lange nicht mit ihr.

Selbst Henning konnte kochen, dachte Frederic. »Eurem Gehilfen habt Ihr es beigebracht, ich weiß.«

Konnte das Weib Gedanken lesen?

Myntha lächelte ihm vertraulich zu, als würden sie eine nette Unterhaltung führen. Und schaffte es, indem sie weiterredete, das Gefühl seines Verlusts noch zu verstärken. »Ja, er fand es anfangs weibisch und unter seiner Würde. Aber dann hat er Gefallen daran gefunden, nicht wahr? Es wird ihm zugutekommen auf dieser langen Reise. Nicht immer wird der Handelszug in Raststätten Halt machen. Manchmal werden sie unter freiem Himmel schlafen müssen. Und dann wird es nützlich sein, würzige Kräuter zum Wildbret zu finden.«

»Wird nicht seine Aufgabe sein.« Wortkarg löffelte Frederic seine Suppe. Es war die fette, salzige Wurst darin, die er so mochte. Und der Kohl war nicht einfach nur gekocht, sondern mit den aromatischen Kräutern gewürzt, deren Zusammensetzung die Köchin niemandem verriet. Es gab einem fast das Gefühl, in einem lange gewohnten Zuhause zu sitzen.

»Glaubt Ihr wirklich, Henning wird in schimmernder Rüstung auf seinem Ross sitzen bleiben und vornehm verhungern? Einen solchen Hochmut habt Ihr ihm doch gründlich ausgetrieben. Ja, auf der Löwenburg trat er wie ein Herr auf, er zeigte seine Würde und seinen Stolz. Aber Ihr würdet wenig von ihm halten, wenn Ihr glaubtet, sein neuer Stand würde sein Wesen verändern. Er hat so manches von Euch gelernt, das ihn zu dem macht, was er heute ist. Rrrabenmeister, Ihr seid ein guter Lehrherr. Und Ihr braucht einen neuen Gehilfen. Einen, der Eure Raben füttert und die Sperber fliegen lässt, der Eure Pferde striegelt und Euch das Essen richtet.«

Diese unholde Jungfer war so was von lästig! Wütend warf Frederic den Löffel in die leere Schale.

»Lasst mich in Ruhe!«, fauchte er sie an.

»Nein, nein, Rrrabenmeister. Ruhe habt Ihr genug gehabt. Es ist besser, Ihr ärgert Euch ein bisschen. Hier, schlagt Eure Zähne in diese Pastete. Sie ist mit Honig und Nüssen gefüllt. Und dann hört mir einfach weiter zu. Ich wüsste nämlich eine Lösung für Euch.«

»Ich will keine Pastete. Und keine Lösung.«

»Doch, doch.«

Sie lächelte ihn freundlich an und füllte ihm Wein nach.

Die Pastete war ausnehmend gut. Rosinen waren auch darin.

»Seht, Rabenmeister, Master John wird ebenfalls in den nächsten Tagen nach England aufbrechen, und Frau Alyss wird zwei weitere junge Maiden zu sich nehmen. Es wird für sie nicht leicht werden mit Herrn Marians ungestümem Sohn Leander. Er braucht eine feste, männliche Hand.«

»Soll er doch mit nach Venedig ziehen, wo er hingehört.«

»Soll er aber nicht. Noch ist genügend Zeit, mit seinem Vater einen Vertrag auszuhandeln.«

»Närrische Idee.«

»Ja? Ach, Ihr traut Euch vermutlich nur nicht, einen vorlauten Gehilfen zu beschäftigen. Leander ist viel aufsässiger als Henning, ihn zu erziehen wird schwere Arbeit sein. Die sollte man Euch natürlich nicht zumuten.«

»Setzt Euch endlich zu Eurem Vater und lauscht seinen Mären, Weib!« Frederic schlug mit der flachen Hand auf den Tisch, sodass selbst die Männer am Nebentisch zusammenzuckten. Kopfschüttelnd sahen zwei oder drei herüber, ehe sie sich wieder ihrem Gespräch zuwandten. Das aber offenbar jetzt eine andere Richtung genommen hatte, denn immer wieder blickten sie dabei verstohlen in seine Richtung.

»Sogleich, Meister Frederic. Aber vorher treffen wir noch eine Vereinbarung. Morgen mit der ersten Fähre setzen wir nach Köln über, und Ihr begleitet mich zu Frau Alyss. Es wird Euer Gemüt erfrischen, Euren Sohn zu sehen. Also seid pünktlich!«

Damit erhob sich die unholde Jungfer und ließ ihn einfach alleine an seinem Tisch sitzen.

Frederic grollte, und es tat ihm gut.

Er war auch pünktlich am nächsten Morgen, und als er die verschleierte Unholdin neben ihrem Bruder an der

Fähre warten sah, hoben sich die nächtlichen Sorgen ein wenig von seiner bedrückten Seele. Er war zu einigen Entscheidungen gekommen. Der Besuch bei seinem Sohn, später auch bei Marian vom Spiegel bot gewisse Möglichkeiten, sich von einigen seiner Bedrängnisse zu befreien.

Die Fährmannstochter war ungewöhnlich schweigsam, und auch die anderen morgendlichen Fährgäste gähnten eher müde, als dass ihnen müßiges Geschwätz von den Lippen träufelte. Kühler Morgennebel schlug sich auf sein Gesicht und schien den Schleiern von Elfen gleich aus der weiten Wasserfläche aufzusteigen. Zwei Schwäne begleiteten die Fähre ein Stück über den Fluss, Möwen dümpelten träge auf den kleinen Wellen, und aus den Nebelschleiern über dem Wasser tauchte ein schwer beladener Niederländer auf, der stromabwärts glitt. Frederic kam nicht umhin, das Geschick des Fährmeisters zu bewundern, der einen Zusammenstoß durch eine gekonnte Drehung des Nachens verhinderte.

Als sie schließlich an Land gingen, zog die Jungfer endlich den Schleier von ihrem Gesicht weg und schenkte ihm ein kleines Lächeln. Frederic nickte ihr zwar nur zurückhaltend zu, aber er freute sich dennoch, ihre funkelnden Augen zu sehen. Er wusste, wie sehr sie Wasser in ihrem Gesicht fürchtete, eine Erinnerung an entsetzliche Torturen, denen sie einst ausgesetzt gewesen war. Vieles davon schien sie inzwischen überwunden zu haben, und im Grunde achtete er sie für ihren Mut und ihre Lebensfreude. Und eigentlich erfreute er sich auch an ihren bissigen Bemerkungen, denn sie verbargen gewöhnlich echte Anteilnahme.

Schweigend machten sie sich auf den Weg. Aber es war ein gutes Schweigen, eines, das keine Worte benötigte.

Sie hatte ja recht, dachte Frederic. Er vermisste Henning. Gute Freunde waren selten, und dass der Junge schließlich Vertrauen zu ihm gefasst hatte, hatte ihn seltsam glücklich gemacht.

Und er würde auch seinen Sohn Emery vermissen, mehr noch als jetzt, da er in Frau Alyss' Hauswesen untergebracht war – zu seiner eigenen Sicherheit. Aber diese Sicherheit war zerbrechlicher denn je, weshalb Frederic in den langen Nachtstunden einen schweren Entschluss gefasst hatte. Der Feuerteufel, der ihn seit jenen grausamen Tagen der Schlacht von Agincourt verfolgt hatte, der sein Leben und das seiner Frau und seiner Tochter zerstört hatte, war näher gekommen. Viel näher. Und er wusste nun, wer es war, für den er sich selbst als Köder angeboten hatte. Nur warum er dessen Rachsucht herausgefordert hatte, war ihm noch immer nicht klar. Eines aber wusste er genau – Emery musste Köln verlassen.

»Euch bedrückt nicht nur Hennings Abschied«, sagte die unholde Jungfer neben ihm plötzlich, und Frederic entfuhr ein »Nein«.

»Ihr habt Angst um Euren Sohn, stimmt's?«

»Ja, Unholdin. Ich muss ihn fortbringen. Vielleicht nimmt Master John ihn mit nach England.«

»Wo er sich heimischer fühlen würde als hier, meint Ihr?«

»Darum geht es nicht.«

»Es gibt andere Möglichkeiten. Ritter Arnold hat einen kleinen Sohn, der jetzt als Page in einer anderen Familie dienen muss. Er könnte Emery ein angenehmes Heim bieten. Seine Frau ist ein sehr mütterliches Weib.«

»Zu nahe. Und zu unsicher.«

»Ja, er würde mit den Sperbern über die Felder streifen und mit den Pächterkindern in den Wäldern umherziehen. Man kann kleine Jungen nicht festbinden.«

»So ist es.«

Nachdenklich blickte sie über den Fluss zurück, wo die hellen Schreie der Möwen einem Fischerboot folgten.

»Was ist mit Euren Freunden? Master Cedric oder Tilo und Eure Schwester?«

»Viel zu nahe.«

Myntha zog in der morgendlichen Kühle das Tuch fester um die Schultern. »Bleibt noch das Kloster von Groß Sankt Martin. Abt Lodewig würde ihm Gastfreundschaft gewähren.«

»Unholdin, mein Sohn geht in kein Kloster.«

Sie kicherte verstohlen, vermutlich bei der Vorstellung, wie sich ein Junge wie Emery in den altehrwürdigen Mauern machen würde. »Nein, der Gedanke war nicht angebracht. So habt Ihr denn nur noch eine Möglichkeit, nicht wahr?«

»Eine, die mir offensichtlich noch nicht in den Sinn kam, Jungfer. Aber ich sage Euch gleich, das Fährhaus kommt auch nicht infrage.«

Ihre Augen waren wirklich hübsch, wenn sie so blitzten wie gerade jetzt. »Daran dachte ich nicht, obwohl ich den Jungen gerne aufnehmen würde. Nein, ich dachte an eine Reise in ein fernes Land zusammen mit einem älteren Freund. Bittet Herrn Marian vom Spiegel, ihn zu seiner Familie mitzunehmen. Henning wird sich unterwegs gut um ihn kümmern. Er weiß noch viel zu genau, welchen Schabernack kleine Jungen ausbrüten können, und er ist ein tapferer Kämpfer, sollte ihm Ungemach drohen.«

Frederic blieb stehen und sah zur Rheinvorinsel hinüber, wo eine Gruppe Schiffsbauer um einen fast fertigen Oberländer standen und eifrig zu fachsimpeln schienen.

»Bis fast zum Bodensee werden sie mit dem Schiff reisen«, murmelte er. »In Begleitung von Gewappneten, jeden Tag ein großes Stück weiter von hier fort.«

»Und den Winter wird er im Süden verbringen, fern von Schnee und Eis. Herr Marian hat eine große Familie, und Frau Alyss ist eine gute Freundin von seinem Weib Gislindis.«

»Eure Überlegung, unholde Jungfer, hat etwas für sich. Lasst uns erkunden, ob sich dieser Plan verwirklichen lässt.«

Das Hauswesen in der Witschgasse summte und schnatterte, kläffte und krakeelte schon eifrig zu dieser frühen Stunde. Der Hausherr überprüfte eine Ladung Harnische, ein Handelsgut, das in England großen Absatz fand, eine Magd scheuchte das Geflügel über den Hof, an der Mauer zum Weingarten standen die leeren Kiepen, und aus dem Kelterhaus klang der Gesang von Mädchenstimmen.

Emery, der offenbar die morgendliche Eiersuche beendet hatte, stellte sehr vorsichtig seinen Korb ab und rannte, gefolgt von dem kleinen Spitz, auf seinen Vater zu.

»Frau Alyss hat Gauwin in die Wäschekammer eingesperrt, weil er gestern den Ganter auf die Wäscher-Marie gehetzt hat, und der ist ein ganzer Korb mit frisch gebleichten Laken in den Brunnen gefallen.«

»Eine gerechte Strafe, will mir scheinen.«

»Ja, und er muss Hunderte von Ave Marias beten.«

»Das wird seine schwarze Seele läutern. Und du, mein Sohn, hast dir nichts zuschulden kommen lassen?«

»Nichts so Schlimmes, Vater. Mir ist nur ein Wasserschaff ausgerutscht, als Jehanne mit Steffen, dem Sohn vom Gewandschneider, getändelt hat.«

»Ausgerutscht?«, sagte Frau Alyss, die ihr Kommen offenbar bemerkt hatte und aus dem Haus trat. »Ausgerutscht vom Dach des Hühnerstalls, und das Wasser ergoss sich über den Kopf des armen Jungen.«

»Aha. Hunderte von Paternostern?«

»Fünfzig. Und Jehanne half ihm dabei. Der Steffen war gestraft genug.«

»So befindet sich alles in bester Ordnung bei Euch«, sagte die Fährmannstochter mit einem vergnügten Lächeln.

Alyss wies auf das aufgeregte Hin und Her im Hof, wo überall schon eifrig Kisten und Stoffballen gestapelt, das Geschirr der Tragetiere poliert und sogar Waffen geputzt wurden. »Wenn man von dem Tumult absieht, den mein Gatte veranstaltet, weil er in ein paar Wochen auf Reisen geht und meine Tochter mitnehmen muss. Eine

Aufwärterin und zwei bis an die Zähne bewaffnete Haudegen hat er zusätzlich gedungen, um ihre Sicherheit zu gewährleisten. Und ich habe ihn im Verdacht, dass er ihr, kaum dass sie die Stadtmauern verlassen haben, Hand- und Fußfesseln anlegen wird.«

»Damit sie ja nicht entfliehen kann, wenn sich ihr ein lüsterner Mann nähert?«

»Ah, ein Argument, auf das ich noch nicht gekommen bin. Möglicherweise erspart es ihr diese unbillige Aufmerksamkeit. Aber es ist schon recht, dass John sich um ihre Sicherheit sorgt, es ist keine ganz ungefährliche Reise, und ich hoffe, sie schaffen es, vor den Stürmen über das Meer zu kommen.«

»Master John macht diese Reise nicht zum ersten Mal«, beschwichtigte Frederic. »Er wird die Unbilden des Wetters einzuschätzen wissen.«

»Sicher, sicher. Aber um mir meine Sorgen zu nehmen, seid Ihr nicht hergekommen. Frederic, dein Blick ist düsterer als üblich, Myntha, du hast ebenfalls eine Sorge. Wie kann ich helfen?«

Frederic ließ Myntha den Vortritt, und sie bedankte sich mit einem kurzen Lächeln.

»Mein Anliegen ist einfacher als das des Rabenmeisters. Ich brauche nur eine neue Köchin, da unsere Lore nun heiratet. Ich dachte, Eure Haushälterin wüsste einen Rat.«

»Sie kocht Apfelmus. Dabei wird sie mit dir plaudern können.«

»Und mir prompt ein Messer in die Hand drücken, um die Früchte zu schälen.«

»Um Gottes Lohn ist nichts auf Erden. Und Frederic – in mein Kontor!«

Frederic folgte der Hausherrin in ihr kleines, aber sehr ordentliches Kontor, in dem sie ihre Bücher führte.

»Dein Anliegen ist delikaterer Natur als das der Fährmannstochter«, sagte sie und nahm hinter dem Schreibpult Platz. Frederic setzte sich, wie schon zu Zeiten, als er noch ein Junge zur Ausbildung in diesem Hauswesen war, auf die schmale Bank am Fenster. Es hatte sich nicht viel verändert. Das Schreibpult war noch dasselbe, aus dunklem Holz gefertigt. Die Täfelung der Wände, die Dielen, die schweren Truhen mit den Unterlagen. Durch das Fenster vom Wind geschützt, wärmten die ersten Sonnenstrahlen den Platz.

»Weitaus delikaterer Natur. Ich habe guten Grund anzunehmen, dass mein Verfolger nahe ist. Frau Alyss, viel zu nahe. Und er kann auch Euch gefährlich werden, sollte er herausfinden, dass Emery hier weilt.«

»Frederic, von uns hat niemand erfahren, dass er dein Sohn ist.«

»Sicher nicht. Aber ich weiß inzwischen, wer der Feuerteufel ist.«

»Sprich!«

»Ihr erinnert Euch an das Jahr, als Frau Catrin und Herr Robert von Burgund zurückkamen und zwei junge Verwandte mitbrachten?«

»Aber natürlich. Denise und Lucien. Sie war ein sanftes Geschöpf und willig zu lernen, wenn auch häufig ein kleiner Hasenfuß. Lucien war – anders.«

Unwillkürlich sah sie ihn bei diesen Worten nicht an.

Die Erinnerung schien ihr unangenehm zu sein. Gleichzeitig schien sie das zu beschämen. Frederic kannte diese Gefühle selbst nur zu gut.

»Ja, Lucien war anders als wir. Anfangs hatte ich Mitleid mit ihm. Ich kannte Heimweh, Trauer und Einsamkeit durchaus. Tilo, Cedric und ich versuchten, Freundschaft mit ihm zu schließen, aber er lehnte uns mehrmals hochmütig ab.«

»Ja, seine Streiche hat er immer alleine durchgeführt, und weder Ermahnungen noch Strafen haben ihn je beeindruckt.« Alyss verschränkte die Arme vor der Brust und hob die Schultern, als fröstele sie.

»Bis Ihr ihn zu Abt Lodewig brachtet, wo er sich einige Wochen strengen Exerzitien unterziehen musste.«

Alyss nahm ein Schreibrohr, drehte es zwischen den Fingern und biss sich auf die Unterlippe. Nachdenklich spielte sie mit dem Schreibgerät, dann legte sie es ab. »Er kam verändert zurück. Seltsamerweise habe ich ihm seine Läuterung nie ganz geglaubt. Aber zumindest seine Streiche stellte er danach ein.«

»Er war eigenbrötlerisch geworden, und nachdem er nach Hause zurückgekehrt war, trat er in ein Kloster ein.«

»Ich weiß. Aber seither habe ich nichts mehr von ihm gehört. Ich hoffe, er hat in dem Orden seinen Frieden gefunden.«

Er schüttelte langsam den Kopf. »Nein, Frau Alyss, das hat er nicht. Wie der Zufall es wollte, traf ich auf dem Pfingstturnier in Düsseldorf einen Wandermönch, der Lucien kannte. So erfuhr ich auch, dass er, genau wie

ich, in Agincourt war, zum einen als geheimer Unter-
händler, zum anderen als Schreiber. Dort hat er mitbekommen, wie Randalierer eine Hütte in Brand steckten,
in der wir Gefangene untergebracht hatten. Einer seiner
Ordensbrüder betreute die Verwundeten. Mitanzusehen,
wie sie vergeblich versuchten, sich zu retten, hat ihm
damals den Verstand geraubt. Und als er wieder gesun-
det war, erbat er die Erlaubnis, sich auf eine Pilgerreise
zu begeben. Ich fürchte, sie war ein Vorwand, um meine
Spur zu verfolgen.«

»Frederic, hast du diese Hütte angezündet?«

»Um Gottes willen, nein.« Hastig stand er auf und
hielt dann doch neben der Bank inne, um sich wieder zu
setzen. »Aber ich habe Gefangene gemacht, und einige
von ihnen mögen in dem Feuer umgekommen sein. Ich
sah den Brand, aber ich konnte nicht mehr helfen.«

Alyss' helle Augen ließen ihn nicht los. »Und du
glaubst, Lucien erkannte dich und gab dir die Schuld?«

»Ich muss es annehmen, Frau Alyss.« Frederic schaute
durch das Fenster auf die Straße, wo sich ein paar Hunde
bellend um die Abfälle zankten. »Lucien war als Junge
von dunklen Trieben geplagt. Wir anderen hatten immer
unseren Spaß an dem Schabernack, den wir begingen,
aber er tat es, um wehzutun oder sich Vorteile zu verschaffen. Wir haben unsere Strafen auf uns genommen
und bereut, ihn reute nie etwas. Und auch im Kloster hat
er nichts anderes gelernt, als seiner Bosheit die Maske der
Frömmigkeit anzulegen.«

Ihr forschender Blick gab ihm das Gefühl, wieder ein
Junge zu sein, der hier Rede und Antwort stehen musste,

den sie ermahnte, andere nicht falsch zu beschuldigen. Aber dann meinte sie: »Vielleicht eine üble Unterstellung, aber sie würde mein Unbehagen ihm gegenüber erklären. Woraus schließt du, dass er noch immer eine Gefahr für dich ist?«

»Es ergab sich, dass ein Reisender einen Mönch in England getroffen hat, der ihm Geld bot, um nach mir zu suchen und Feuer zu legen.«

»Einen Mönch.«

»Einen, der in Agincourt war.«

»Ein endgültiger Beweis, dass es Lucien war, ist das jedoch nicht.« Sie war schon immer spitzfindig gewesen.

»Es reicht, um meine Besorgnis zu wecken. Ich werde nachher Abt Lodewig aufsuchen. Er wollte ebenfalls Untersuchungen anstellen und hat mich um ein Treffen gebeten. Nichtsdestotrotz, Frau Alyss – ich denke, Emery ist nicht mehr sicher hier bei Euch. Wenn der Feuerteufel Lucien ist, dann wird er mich und meinen Sohn auch bei Euch hier suchen.«

Das schien Alyss zu überzeugen. Sie dachte nur einen Moment nach, dann nickte sie.

»Ja, das würde er wohl. Was sollen wir tun?«

»Myntha hat einen guten Vorschlag gemacht. Sie meinte, ich solle Herrn Marian bitten, Emery mit zu seiner Familie zu nehmen. Henning und mein Sohn kommen gut miteinander aus, und er wird für seine Sicherheit bürgen.«

»Gislindis hat ein weites Herz. Und wenn Marian im Frühjahr zurückkehrt, wird sich hoffentlich auch dein Problem gelöst haben.« Frau Alyss erhob sich von ihrem

Platz hinter dem Pult und stellte sich neben Frederic, der wieder mit ernstem Blick durch das Fenster auf die Straße schaute. »Dennoch, Frederic, dein Junge wird mir fehlen. Auch wenn sein Einfluss auf Gauwin nicht immer der beste ist.«

Jetzt zuckte doch noch sein Mundwinkel. »Frau Alyss, beide haben rote Haare. Ich könnte umgekehrt auch Gauwins Einfluss geltend machen.«

»Natürlich. Aber wenn ich es recht bedenke – beide Rabäuche haben immer großen Spaß an ihren Untaten.«

»Dessen bin ich mir ziemlich sicher. Was meint Ihr, wird Euer Bruder meiner Bitte Gehör schenken?«

»Sucht ihn auf und fragt ihn. Ich stelle Emery ein gutes Zeugnis aus.«

Die unholde Jungfer hatte ihren Schwatz mit der Köchin beendet, und Frau Alyss nahm sich ihrer Angelegenheiten an, während sich Frederic auf den Weg zum Haus derer vom Spiegel machte. Er fand den Herrn Marian im Kontor, eifrig mit dem Rechenbrett klappernd.

»Du störst. Geh zu deinen Raben zurück«, begrüßte er ihn, kniff die Augen zusammen und kritzelte eifrig Zahlen auf einen Bogen.

Frederic kannte ihn zu gut, um sich einschüchtern zu lassen. »Sogleich, werter Herr«, erwiderte er.

Seufzend hob Marian die Nase aus seiner Arbeit. »Aber erst, wenn du mich von meiner Arbeit abgehalten hast, vermute ich.«

»Um Euch eine weitere aufzubürden.«

»Wie schön.«

Marian schrieb noch einige Zahlen in das Register und legte die Feder dann nieder.

»Schnorren wir in der Küche Honigbrot und Wein. Mein Frühmahl fiel karg aus.«

Die Köchin ließ sich von Marians Charme erweichen und schmierte ihnen die Brote selbst mit duftendem Honig aus dem nahen Wald. Sie stellte noch zwei Becher feinen Wein auf das Brett und sogar, mit einem schamhaften Lächeln, auch ein Schälchen Walnüsse. Mit ihrer Beute erklommen sie die Stiege zum Söller, und oben, mit dem weiten Blick über die Stadt und den Rhein, beobachteten sie, wie die letzten Nebelschwaden im Tal verschwanden. Noch wärmte die herbstliche Sonne sie, und Frederic atmete tief ein. Ein leichter Wind zauste ihnen das Haar und schien auch einen Teil seiner Sorgen mitzunehmen.

»Die Pässe werden frei sein, nehme ich an.«

»Wenn wir es vor November schaffen. Aber der Septimerpass ist inzwischen gut frequentiert, und es gibt ausreichend Raststätten, in denen man auch mal einen Schneesturm überstehen kann. Warum fragst du? Willst du mitkommen?«

»Nein, meine Aufgabe liegt hier. Aber ich habe eine Bitte an Euch.«

Herr Marian hörte sich schweigend an, was Frederic zu sagen hatte, und nickte dann.

»Auch eine Reise birgt ihre Gefahren, das weißt du.«

»Ja, aber was immer Lucien ihm antun kann, ist schlimmer. Als wir von England kamen, hat Emery sich gut gehalten. Und wenigstens die Seekrankheit bleibt ihm diesmal erspart.«

Marian holte sich ein paar Nüsse, kaute gedankenvoll und spülte noch einen Bissen vom Honigbrot mit dem Wein herunter. »Ich nehme deinen Sohn mit, Frederic«, meinte er endlich. »Er ist ein aufgewecktes Bürschchen. Hoffen wir nur, dass nicht zu viel Abenteuerlust in ihm steckt.«

»Ich werde ihm vorher noch gründlich ins Gewissen reden«, versprach Frederic. »Und noch etwas ist mir durch den Kopf gegangen. Auch Ihr habt einen Sohn, Herr Marian. Ein recht übermütiger junger Kerl, der seine Herausforderungen sucht. Vielleicht möchte es ihm gefallen, bei mir das Falknerhandwerk zu lernen. Auch die Jagd mit dem Bogen und das genügsame Leben in meiner Kate.«

Marian grinste breit. »Vor allem Letzteres wird ihm eine Lehre sein. Keine schlechte Idee. Allerdings hast du selbst gesagt, dass du einer nicht zu unterschätzenden Bedrohung ausgesetzt bist.«

»Ich verspreche Euch, bei dem geringsten Anzeichen einer Gefahr schicke ich Leander zu Frau Alyss zurück.«

Marian nahm sich das zweite Honigbrot, das Frederic verschmäht hatte, und kaute nachdenklich. »Bist du sicher, dass du die Anzeichen erkennst?«

»Ich werde gleich den Abt von Groß Sankt Martin aufsuchen. Abt Lodewig scheint Neuigkeiten zu haben.«

Der Herr vom Spiegel trank seinen Becher aus. »Ich begleite dich. Ob Leander zu dir kommen kann oder nicht, mache ich auch von seiner Einschätzung abhängig. Der Abt ist ein kluger Mann.«

Die Honigbrote waren verzehrt, die Becher geleert, und

so gestärkt machten sich die beiden Männer auf den kurzen Gang zum Kloster.

An der Pforte kannte man sie längst und gewährte ihnen bereitwillig Einlass. Eben waren die Gebete zur Terz beendet, und ein beflissener Novize führte sie zur Abtswohnung. Sie trafen Vater Lodewig ruhelos auf und ab wandernd vor. Er unterbrach sein Wandeln jedoch und grüßte sie erfreut.

»Ah, meine Gebete sind erhört worden. Herr Marian, Frederic!«

Er bot ihnen zwei Stühle an und nahm gegenüber Platz. Ächzend tupfte er sich die Stirn mit einem Tuch. Die warme Septembersonne schien ihm zu schaffen zu machen.

»Ihr habt um unser Kommen gebetet?«

»In gewisser Weise. Aber dazu später. Frederic, ich habe tatsächlich ein paar erhellende Nachrichten erhalten.«

Er klopfte wie zur Bestätigung auf einen Stapel beschriebener Bögen vor ihm auf dem Tisch.

»Über die brennende Hütte von Agincourt?«

»So ist es. Es wurden Aufzeichnungen gemacht, sowohl von den Dominikanern wie auch von den Minderbrüdern. Ich habe Abschriften erhalten.« Abt Lodewig rieb sich mit den Handballen die Augen. »Es muss die Hölle auf Erden gewesen sein. Du hast Grauenvolles erlebt, Frederic.«

»Alle, die dort waren, sind durch die Hölle gegangen. Aber was sagen die Schriften?«

Der Abt blätterte in seinen Bögen. »Zwei Brüder vom

Kloster Vezeley, ein Bruder Michael und ein Bruder Lucien, haben Aufzeichnungen auf dem Schlachtfeld gemacht. Jener Michael hat sich jedoch auch um verwundete Gefangene gekümmert und kam dabei ums Leben, als englische Bogenschützen die Hütte abbrannten, in die man sie gebracht hatte.«

»Nicht Bogenschützen, Abt Lodewig«, versicherte Frederic. »Ganz gewiss nicht Bogenschützen. Wir hatten uns schon zuvor dem Befehl unseres Königs widersetzt, Gefangene zu töten.«

»So sagen andere Unterlagen, aber in einer der mir vorliegenden wird das behauptet. Und auch, dass Bruder Lucien anschließend wie von Sinnen gewesen sein soll.«

Die Bestätigung dessen, was er schon vermutet hatte, ließ Frederic einen Schauer über den Rücken laufen. »Also war es Lucien, der all dies beobachtet hat und mich vermutlich dort gesehen hat«, sagte er leise. »Und darum gibt er mir die Schuld an dem Geschehen. Es ist irrsinnig, aber so scheint er zu denken.«

Abt Lodewig rutschte unbehaglich auf seinem Stuhl hin und her. »Er *ist* irrsinnig, Frederic. Ich habe lange darüber nachgedacht, wie es damals war, als John ihn in unsere Obhut gab. Ich hatte ihm strenge, aber nicht unerträgliche Exerzitien auferlegt und versucht, ihn zu Einsicht und Reue zu bewegen. Er zeigte sich gehorsam, pflichterfüllt und fromm. Und dennoch verwunderte mich sein Verhalten. Immer wieder betonte er, dass er bereit sei, Opfer zu bringen. Doch nicht, um seine eigenen Verfehlungen wiedergutzumachen, sondern um die Sünden anderer auf sich zu nehmen. An allem, was passiert war, gab er euch anderen die Schuld. Er gefiel sich, so fürchte ich heute, in der Rolle des Erlösers.«

»Großer Gott«, entfuhr es Marian.

»Und nun in der Rolle des Herrn der Rache, will es scheinen«, meinte Frederic leise. »Habt Ihr Kenntnis von seinem derzeitigen Aufenthaltsort?«

Lodewig räusperte sich gewichtig. »Das habe ich tatsächlich. Bruder Lucien ging vor etwa fünf Jahren auf Pilgerfahrt. Seine Mitbrüder hörten von ihm aus London, aus Deventer, aus Aachen und zuletzt aus Basel.«

»Nicht aus Köln.«

»Sollte er sich hier in einem Kloster einfinden, werde ich es erfahren, Frederic.«

»Ein Pilger mag auch anderweitig Obdach finden«, warf Marian ein.

»Oder gar nicht erst als Pilger reisen. Ich bleibe wachsam«, versicherte Frederic.

Marian nickte ihm zu. »Nun gut. Immerhin wissen wir nun, wer dich verfolgt. Und dein Sohn wird vor ihm verborgen bleiben. Er kommt mit Henning und mir nach Venedig. Was Leander angeht ... nun, es gibt keine verlässliche Nachricht, dass Lucien tatsächlich in der Gegend ist. Wenn du mir also versprichst, den Jungen rechtzeitig wegzuschicken, sollte es gefährlich werden, mag er bei dir in die Lehre gehen.«

Abt Lodewig hatte ungeduldig zugehört, ganz offensichtlich hatte er noch etwas auf dem Herzen.

»Ah, Jung-Emery wird nach Venedig reisen?«, mischte er sich jetzt ein, sichtlich erfreut, das Thema auf diese Angelegenheit bringen zu können. »Eine gute Lösung.

Und da auch Henning Euch begleitet, wird es Euch auch nichts ausmachen, noch einen weiteren jungen Menschen mitzunehmen?«

Marian prallte zurück. Sofort hob er abwehrend beide Hände.

»Vater Lodewig, ich gehe auf Handelsfahrt, nicht auf einen Kinderkreuzzug.«

»Oh, ein Kind ist Riccarda eigentlich nicht mehr«, beeilte sich der Abt zu versichern. »Dennoch steht sie noch immer unter der Obhut ihrer Amme, Donna Augusta.«

»Und wer ist Riccarda?«, fragte der Herr vom Spiegel unwillig.

Mit leichter Überraschung stellte Frederic fest, dass der Abt errötete. Marian bemerkte es ebenfalls, und seine Ungeduld wich einer leichten Belustigung.

»Ähm ... Ich sehe mich gezwungen, eine Beichte abzulegen.«

»Ach ja, lasst hören, wohledler Herr Abt«, sagte Marian und faltete fromm die Hände. Frederic tat es ihm gleich und schaute Lodewig aufmunternd an.

»Ähm ... Nun ja. Ich habe gesündigt. Ja, ich bin auch nur ein Mensch. Und es ist schon bald zwanzig Jahre her.« Vor zwanzig Jahren mochte der beleibte Abt ein schlichter Bruder gewesen sein, vor Versuchung nicht gefeit, dachte Frederic grinsend. Aber der Koch seines Klosters hatte erkennbar sein Bestes getan, um die Fleischeslust durch andere Freuden vergessen zu machen.

Lodewig räusperte sich erneut, dieses Mal aus Verlegenheit. »Es ergab sich, mhm, dass ich als Priester Dienst in der Welt tun sollte. Und zu meinem kleinen Sprengel gehörte für eine Weile die venezianische Händlerfamilie de Pirro. Sie führten die hiesigen Geschäfte für ihr Haus, und ihre Tochter Paolina litt sehr unter Heimweh. Ich ... ich versuchte, sie zu trösten. Und es kam das eine zum anderen.«

»Und somit zu Riccarda.« Marian grinste honigsüß.

»Mhm – ja. Man war entsetzt, empört, erbittert, meine Zeit als Priester endete abrupt, ich musste in den Weinbergen arbeiten und Buße tun. Paolina bekam ihr Kind in Heimlichkeit, es wurde einer Amme übergeben und sie selbst zurück nach Venedig geschickt.«

»Das immerhin habt Ihr erfahren.«

»Ich hatte Freunde. Pitter und Fredegar hielten ein Auge auf das Kind. Es mangelte ihm an nichts, außer an den Eltern. Nun ist Riccarda eine junge Frau geworden, und in ihrem letzten Brief an ihre Tochter teilte ihr Paolina mit, dass sie sie in ihrem Heim zu begrüßen wünschte. Paolina ist seit vielen Jahren mit einem Oliver Ferrante verheiratet und hat mit ihm drei Söhne.«

Marians Lippen zuckten noch immer. »Ich kenne Ferrante. Ein Orientkaufmann von gutem Leumund. Und Riccarda soll vermutlich mit einen passenden Herrn verheiratet werden.«

»Das könnte der Hintergrund sein. Nun, sie ist achtzehn, es ist an der Zeit, an ihre Zukunft zu denken. Es scheint auch mir angemessen, dass sie in Venedig einen Gatten oder ihre Berufung als Nonne finden soll.«

Marian überlegte, aber es war ihm anzusehen, dass ihm die Sache äußerst unangenehm war.

»Vater Lodewig, Henning habe ich selbst angeboten, mich zu begleiten, er ist ein waffenfähiger junger Mann. Emery nehme ich mit, weil mir einleuchtet, dass er hier nicht sicher ist. Aber eine junge Maid, nein. Junge Mädchen sind immer gefährdet. Nicht nur bei Überfällen, sondern auch in einer Gruppe rauer Männer, wie jene, die meinen Handelszug ausmachen. Ein lockendes Weib ist eine viel zu große Versuchung.«

»Riccarda ist kein lockendes Weib, Marian. Sie ist eine höchst wohlerzogene, zurückhaltende junge Frau, die unter der Obhut einer strengen Amme aufgewachsen ist. Selbstverständlich werden drei Leibwächter sie begleiten. Und selbstverständlich werden Eure Aufwendungen für ihre Reise beglichen.«

»Es ist zu gefährlich.«

»Nein, Marian. Es kommen immer wieder ganze Familien von Venedig her und reisen auch wieder zurück.«

»Dann gebt sie einer solchen Familie mit.«

Der Abt seufzte.

»Würde ich ja gerne machen, aber die nächste reist erst im Frühjahr nächsten Jahres. Und Paolina wünscht ihre Tochter zu Weihnachten zu sehen.«

»John nimmt seine Tochter mit nach England«, wagte Frederic zu bemerken.

»Ja, ja, ja.«

»Helft mir, Marian. Ich wäre Euch zu ewigem Dank verpflichtet.«

»Weil damit das Zeugnis Eurer Sünde von hier verschwindet?«

Der Abt wand sich. »Ja, auch. Der Erzbischof ...«

»Hat selbst den einen oder anderen Bankert. Aber Euch ist von ihm ein neuer Posten angeboten worden?«

»Warum seid Ihr so spitzfindig, Frederic?«

»Bin ich das?«

»Ein zimperliches Jüngferchen mit einer bärbeißigen Amme auf Handelsfahrt mitzunehmen, ist wirklich nicht einfach«, grummelte Marian.

»Sicher doch leichter als eine vorlaute Maid mit einer unbedarften Amme«, meinte Frederic.

»Ich will sie vorher kennenlernen, ehrwürdiger Vater.«

»Das ist Euer gutes Recht. Ich sehe darauf.«

4. Kapitel

Seit zwei Tagen war Enna verstummt. Bislang hatte sie noch immer einfache Arbeiten am Küchenkamin sitzend ausgeführt und dabei ihre Verse gemurmelt, jetzt saß sie still dösend mit den Händen im Schoß da und nippte nur noch selten an ihrem Becher mit Honigmilch. Und an diesem Abend, als Myntha ihr aufhelfen wollte, um sie zu Bett zu bringen, gab sie nur noch einen leisen Seufzer von sich und wollte nicht aufstehen. Witold nahm sie also hoch und trug sie in ihre Kammer. Lore half Myntha, ihr die Kleider auszuziehen, und als sie die Decke sanft über sie breiteten, schlug die alte Frau noch einmal die Augen auf.

»Priester«, flüsterte sie.

»Ja, Enna. Ich hole Pfarrer Julius.«

Und noch bevor die Glocken die Mitternacht verkündet hatten, hatte Enna im Kreis ihrer Familie ihr langes, arbeitsames Leben beendet.

»Seit ich ein Kind war, hat sie sich um mich gekümmert«, sagte Myntha leise, als ihr Vater das Fenster öffnete. »Ich werde ihre Geschichten vermissen, ihre Stimme, die von hehren Recken und stolzen Königinnen berichtete, von Nibelungengold und Verrat, von Rache und Liebe.«

»Sie ist alt geworden, Myntha. Es ist ihr Recht zu gehen. Aber sie war mir eine gute Mutter und euch eine gute Großmutter.«

»Das war sie«, sagte Haro und legte den Arm um sein Weib Bilke. Witold streichelte noch einmal die Hände der alten Frau, kniete dann nieder und begann mit den Gebeten.

Sie hatten Nachtwache gehalten, doch der Tag verlangte sein Recht, und die Pflichten riefen. Die Gaststube blieb zwar geschlossen, aber die Fähre musste fahren, der Haushalt versorgt und die Vorbereitungen für die Totenfeier getroffen werden. Für allzu tiefe Trauer fand Myntha keine Zeit. Auch mit Lores Anfällen von Zickigkeit mochte sie sich derzeit nicht herumschlagen, einmal fuhr sie sogar die grantige Köchin herb an, sie möchte doch endlich den Schnabel halten.

»Wenn du so unzufrieden mit allem bist, was Cedric für dich tut, dann lös die Bande wieder. Der arme Mann hat weit Besseres verdient als deine ständigen Nörgeleien.«

»Er hat dieses krumme Haus ausgesucht. Mich hat er nicht gefragt.«

»Lore, es langt. Noch ein Wort, und du kannst auch dieses krumme Haus hier verlassen. Dann such dir eine andere Stelle als Köchin. Ich bin es leid, mir tagein, tagaus dein elendes Gejammer anzuhören.«

Was zur Folge hatte, dass Lore zu keifen begann, Myntha den Schöpflöffel gegen die Wand warf und aus der Küche stürmte.

Sie stolperte Gevatterin Ellen in die Arme, die mit einem Korb Brot in den Hof trat. Lores Gezeter schallte aus der Tür, und Ellen hielt Myntha am Arm fest.

»Was hat die kleine Beißzange denn so in Wut gebracht?«

»Ich natürlich. Ich habe die Geduld mit ihr verloren. Aber seit Tagen zankt sie herum, nichts ist ihr recht, alles hat sich gegen sie verschworen. Ich weiß ja, sie hat Angst vor der Ehe mit Cedric. Aber er ist wirklich ein langmütiger Mann und richtet alles so gut wie möglich für sie her. Den Sommer über habe ich auch geglaubt, dass sie wirklich glücklich mit ihm ist, aber jetzt, je näher der Hochzeitstag kommt, desto unwirscher wird sie.«

»Vielleicht hilft es, wenn ihr Bräutigam mal ein Machtwort spricht?«

»Dann wird sie ihm die Ohren abbeißen. Ach, Ellen, ich habe schon so viel überlegt, wie wir sie besänftigen können. Sogar Frau Alyss habe ich um Rat gefragt. Aber auch ihr ist wenig eingefallen. Ich wollte sie mit zum Schneider nehmen, um ihr ein neues Gewand anmessen zu lassen. Den meisten Frauen würde das gefallen, aber Lore fauchte nur, sie habe genug Kleider für dieses Leben. Ich habe sie gebeten, eine Haushälterin für ihr neues Heim zu wählen, aber sie will keine Fremde in ihrem Haus haben. Neues Kupfergeschirr für ihre Küche wollte ich ihr schenken, aber sie mault nur, sie dürfe ja demnächst doch nicht mehr kochen.«

»Leinenwäsche? Geschirr? Pokale?«

»Hat Cedric bereits alles bereitgestellt. Er wollte ihr damit eine Freude machen. Sie fand nur garstige Worte dafür. Nichts, aber auch gar nichts kann man ihr recht machen.«

»Sind es böse Geister, die sie umtreiben? Kann Pfarrer Julius ihr helfen? Mit ihr beten? Ihr ins Gewissen reden?«

»Sie will mit den Geistlichen nichts zu tun haben.«

»Na ja, wer Volmarus kennengelernt hat, der mag eine gründliche Abneigung gegen Priester haben. Dennoch, ein inniges Gebet besänftigt die Seele und gibt Frieden.«

»Ja, das stimmt. Vielleicht sollte ich sie mit zum Dom nehmen und mit ihr bei den Drei Königen beten. Oder, noch besser, zur Ursula oder der heiligen Brigitte.«

»Oder schenkt ihr eine kleine Reliquie der heiligen Martha.«

»Martha?«

»Die Fürbitterin der Köchinnen.« Das brachte Myntha auf einen Gedanken.

»Woran Lore wirklich etwas liegt, ist ihre Kochkunst. Zum einen sollte Cedric sie bitten, auch in seinem Heim die Aufsicht über die Küche zu übernehmen, zum anderen aber werde ich die Beginen am Eigelstein bitten, sie bis zur Hochzeit aufzunehmen. Bei ihnen hat sie einst das Kochen gelernt, und auch heuer noch ist die Küche dort ausgezeichnet. Vielleicht bereitet es ihr ja Freude, ein paar neue Gerichte zu lernen.«

»Das scheint sinnvoll zu sein, vor allem, weil es auch Eurem Seelenfrieden dient, Myntha.«

»Bleibt nur ein Problem – dem Seelenfrieden unserer Gäste wird mein Brei nicht dienen. Ich habe noch immer keine neue Köchin gefunden.«

»Liebschen, das Brot backe ich ohnehin für Euch, ein

anständiges Bier braue ich auch, und wenn Bauer Egbert wieder ein Wildschwein zuläuft, wird es auch in meinem Kessel zu einer appetitlichen Pastetenfüllung.«

»Ihr würdet für uns kochen, Gevatterin Ellen?«

»Nicht für Gottes Lohn, aber ein Zubrot könnte ich recht gut brauchen. Vielleicht wäre eine kleine Küchenmagd ganz nützlich, jetzt, wo Enna nicht mehr ist.«

»Darüber können wir nachdenken. Ich rede mit dem Vater darüber. Wir werden uns schon einig, Gevatterin.«

»Dann schickt die Beißzange zu den Beginen, und ich kümmere mich ab morgen um Euch. Für die Totenfeier sollt Ihr ein reiches Mahl bekommen.«

Um eine Last leichter belud Myntha kurz darauf das Maultier mit zwei Körben, steckte ihm eine dicke Möhre zu, und folgsam trottete das Langohr neben ihr her zu Bauer Egbert. Ein ordentlich fetter Schinken war eben aus dem Rauch gekommen, ein Dutzend Forellen und ein Bündel dicker Rindswürste folgten in den Korb, ebenso ein Fässchen Quark. Und selbstverständlich wurden Bauer Egbert und seine ganze Familie zum Reuessen eingeladen.

Zwei weitere Möhren stimmten das Maultier gnädig, und es folgte Myntha auch mit den beladenen Körben, ohne sich störrisch zu zeigen, zum Fährhaus. Auf diesem Weg überdachte sie ihre nächsten Schritte. Es hatte wenig Sinn, Lore einfach des Hauses zu verweisen, sie musste zuvor Tatsachen schaffen. Und das bedeutete, dass sie nach Köln hinübermusste. Zum einen, um die Beginen von ihrer Absicht zu überzeugen, zum anderen, um Cedrics Einverständnis zu diesem Schritt einzuholen. Und erst dann würde sie so geduldig und sanftmütig wie möglich Lore bitten, ihr Bündel zu packen und das Haus zu verlassen.

»Ihr schmeißt mich raus! Ihr wollt mich loswerden! Ist das der Dank? Habe ich nicht von morgens bis abends für Euch geschuftet? Eure gefräßigen Mäuler gestopft? Mich von dem Düwwelsbalch beißen lassen? Mir von den geifernden Männern an die Röcke fassen lassen? Ist es das, was Euch nicht passt? Weil ich den Lüstlingen nicht zu Willen bin?«

Sanftmut und Geduld!, mahnte Myntha sich.

»Lore, wir haben dich nie gezwungen, in den Gastraum zu gehen.«

»Habt Ihr wohl. Und die haben mich gekniffen und gierig angeguckt, und mit schmierigen Händen betatscht haben sie mich.«

»Einmal ist das passiert, und du hast dem Spaßvogel deine Pantinen übergezogen.«

»Spaßvogel? Mir soll das Spaß machen? Mit Männern?«

Geduld und Sanftmut!

»Lore, damit du solchem Tort nicht mehr ausgesetzt bist, gehst du jetzt zu den Beginen. Sie haben ein hübsches Kämmerchen für dich hergerichtet, und ihre Frau Köchin hat mir versprochen, dir die Zubereitung ihrer Goldenen Eier zu zeigen und die Fastentorte und viele andere ihrer speziellen Leckereien. Und in der kleinen Kapelle, die einst Frau Almut eigenhändig errichtet hat, wirst du Frieden finden. Das verspreche ich dir.«

»Los sein wollt Ihr mich. Nicht gut genug bin ich für Euch. Die Ellen kann alles besser als ich, findet Ihr.«

»Lore, du bist als Köchin unübertroffen. Aber du bist so kratzborstig in der letzten Zeit, dass ich um dein Seelenheil fürchte. Nimm dir die Zeit, um es wiederzufinden, bevor du Hochzeit feierst. Cedric hat eine lächelnde Braut verdient.«

»Der verdient gar nichts. Der hat ein krummes Haus gekauft.«

Geduld und Sanftmut!

»Komm, ich helfe dir, deine Sachen zu packen, Lore. Witold bringt dich mit der Mittagsfähre nach drüben, und Bilke begleitet dich zum Eigelstein.«

»Da sperrt er mich in den Turm ein. In die Tollkammer!«, krakeelte Lore los, und sowohl Sanftmut als auch Geduld verließen Myntha, und ihre Hand klatschte in Lores schreiendes Gesicht.

Danach war Ruhe.

Am Tag von Ennas Beerdigung war der Morgenbrei angebrannt und versalzen. Zum Glück hatte Ellen bereits zwei Körbe mit Wecken und süßen Pasteten vorbeigebracht. Lore hackte verbissen auf ein paar Rüben ein und weigerte sich, den Morgengruß zu erwidern.

»Lasst sie in Ruhe«, sagte Ellen und schloss mit Nachdruck die Tür zur Vorratskammer. »Aber besser, es passt jemand auf die Gerichte darin auf, nicht dass das Totenmahl Schaden nimmt.«

»Lore wird uns begleiten«, sagte Reemt und nahm der Köchin mit einem geschickten Griff das Hackmesser aus der Hand.

»Gib das wieder her. Ich muss das Mittagsmahl kochen.«

»Lore, wir tragen die Enna jetzt zu Grabe. Und du wirst ihr die letzte Ehre erweisen.«

»Ich hab keine Zeit. Ich muss arbeiten.«

»Ich glaube nicht, Lore, dass du gesehen werden willst, wie Haro und Witold dich auf den Lichhof zerren«, drohte Myntha sanft.

Lore gab klein bei, aber ihre Miene drückte Trotz und Widerstand aus.

Beinahe ganz Mülheim hatte sich zu Ennas Beerdigung eingefunden. Vielleicht weniger, um Abschied von der alten Frau zu nehmen, als aus Hoffnung auf ein gewaltiges Totenmahl. Das Fährhaus war als großzügig bekannt.

5. Kapitel

Bruder Luke hielt auf seinem Weg inne und betrachtete das Severinstor mit hasserfülltem Blick. Zurück, er musste zurück nach Köln, die Stätte seiner tiefsten Demütigungen. Jetzt erst hatte er sich dazu aufraffen können. Viel zu lange war er in die Irre gewandert. Schon im Winter hätte er wissen müssen, dass er hier fündig werden würde, aber dann hatte ihn ein Fieber befallen, und als er wieder bei Kräften war, musste er feststellen, dass sein Kundschafter sich nicht gemeldet hatte. Gerüchten zufolge war dieser verdammte Janis nach Basel aufgebrochen, wohin ihn offensichtlich bessere Geschäfte lockten. Für einen Pilger zu Fuß war die Reise zu lang, also hatte Luke, wie schon häufiger zuvor, die braune Kutte abgelegt und sich als Handelsknecht auf einem Frachtschiff verdingt. In Basel aber fand er Obdach im Barfüßerkloster und nahm vorsichtig die Suche nach dem Handelsmann auf. Er fand ihn ohne große Mühen im Kerker, wo er wegen betrügerischen Geldwechsels auf seine Strafe wartete. Geübt in Befragungen erfuhr er alsbald, dass der Mann, der sich heute Frederic Bowman nannte, in einer Kate in Mülheim lebte. Ein grausamer, gnadenloser Bursche, der den armen Janis erwischt hatte, als er den Pferdestall angezündet hatte. Gefoltert habe er ihn,

mit glühenden Gabeln. Und dann in den Rhein gestoßen. Nur mit Mühe habe er sich an Bord eines Schiffes
retten können.

Bruder Luke glaubte die Hälfte der wirren Erzählung,
überließ Janis seinem Elend und machte sich auf den Weg
zurück nach Köln. Ende August verließ er in Koblenz
das Schiff und verwandelte sich wieder in einen Wandermönch. Mit staubigen Sandalen, durstig und verschwitzt
erreichte er zwei Wochen später die verhasste Stadt. Er
nahm Abstand davon, sich im Kloster seiner Ordens-
gemeinschaft einzufinden, stattdessen fand er eine schäbige Herberge am Rande der Weingärten von Sankt Pantaleon.

Von hier aus begann er mit seinen Nachforschungen.

6. Kapitel

Die Gäste waren gegangen, die Gaststube aufgeräumt und Lore, ungewöhnlich schweigsam, zur Fähre gebracht worden. Bilke würde sie auf der anderen Seite in Empfang nehmen und sie zu den Beginen begleiten.

»Ich hoffe, sie findet etwas Ruhe bei den grauen Frauen«, sagte Myntha zu Agnes, die am Tisch saß und Äpfel in Ringe schnitt. Auf eine Leinenschnur aufgefädelt würden sie sie zum Trocknen aufhängen. Die Ernte war dieses Jahr so reich, dass sie nicht alle Früchte einlagern konnten.

»Mach dir nicht so viele Gedanken um das wirre Huhn. Sie wird schon wieder zur Vernunft kommen. Und jetzt solltest du den nächsten Korb Äpfel holen, ich bin mit diesem fast fertig.«

Myntha legte die fünf letzten Äpfel auf den Tisch, nahm den Korb auf und ging zum Garten hinaus. Der Apfelbaum war schon fast abgeerntet, aber noch immer hingen an einigen Ästen rotbackige Früchte. Doch sie zu pflücken, dazu kam es nicht. Unter dem Baum hockte eine braungewandete Gestalt, das Gesicht in den Händen vergraben und leise schluchzend. Erst als Myntha sich zu ihr niederbeugte, erkannte sie die junge Frau.

»Imme? Imme, was machst du hier?«

»Sie ist tot. Sie ist tot, aber es war nicht meine Schuld. Ihr müsst mir glauben.«

»Sie? Die Sybilla, deine Lehrherrin?«

Imme nickte und schniefte nochmals.

»Was ist passiert, Mädchen?«

»Ich weiß nicht. Als ich sie heute Morgen wecken wollte, war sie tot. Ich habe ihr nichts getan.«

»Ist schon gut, Imme. Komm erst mal mit ins Haus.«

»Versteckt Ihr mich? Bitte helft mir, Jungfer Myntha.«

»Ich helfe dir, aber erst mal musst du mir sagen, was geschehen ist.«

Vorsichtig geleitete Myntha das Mädchen in die Küche.

»Agnes, sieh, wen ich unter dem Apfelbaum gefunden habe. Die Sybilla ist heute Nacht gestorben, und das arme Ding hat Angst, dass sie deshalb beschuldigt werden könnte.«

»Woran ist sie denn gestorben?«

»Ich weiß es doch nicht«, schluchzte Imme auf.

»Imme, die Sybilla war eine alte Frau. Vielleicht war einfach ihre Zeit gekommen.«

»Gestern Abend war sie noch ganz munter. Sie hat im Garten gewirkt und dann an Bestlas Grab gesessen.«

»Und zu dir hat sie nichts gesagt? Dass sie Schmerzen hatte oder sich elend fühlte?«

»Nein, Frau Agnes. Obwohl – sie hat sich manchmal einen Mohntrunk gemacht. Weil ihr die alten Knochen wehtaten, hat sie gesagt.«

»Das ist bei alten Menschen nicht ungewöhnlich.«

»Und Bestla, ihre Hündin, wird sie noch immer vermisst haben. Habt ihr gestern etwas Besonderes gegessen? Pilze oder Beeren? Es reift jetzt viel, und nicht alles in der Heide ist ungefährlich.«

»Jungfer, die Sybilla kannte sich aus. Und nein, wir haben alles wie sonst auch gehalten. Brei aus Körnern, mit Honig und Birnen, am Abend eine Suppe mit Möhren und Bohnen und Brot. Ich hab von allem auch gegessen. Nur ihren Kräuteraufguss hat sie alleine getrunken.«

»Hat sie gestern jemand aufgesucht? Sie um Rat gefragt? Ihr etwas ausgehändigt?«

»Morgens kam eine Magd von Bauer Egbert, und der Müller von der Mühle aus der Heide war da. Die Magd hat verschämt getan und geflüstert, der Müller hat einen Sack Graupen abgegeben. Und dann war noch die Zwergin da.«

»Eine Zwergin?«

»Ja, so eine kleine Frau. Mit einem Pelzwams und derben Stiefeln. Sie hat ein Bündel Reisig gebracht und wollte dafür einen Rat von der Sybilla. Ich habe sie in der Hütte alleine gelassen. Aber die Zwergin ist schnell wieder gegangen.«

»Wann war das?«

»Noch vor der Mittagszeit. Danach waren wir alleine. Wir haben im Garten gearbeitet und später Kräuter verlesen. Die Sybilla hat mir gezeigt, wie man eine Salbe gegen Brustweh und Husten bereitet. Und sie hat mir aufgetragen, heute hierherzukommen. Ihr hättet sie wegen Eures Nachtwandelns um Rat gefragt.«

Myntha stutzte. »Das habe ich gar nicht. Ich war länger nicht bei ihr, das weißt du.«

»Vielleicht ist es ja schon eine Weile her. Die Sibylla hatte ein gutes Gedächtnis. Sie sagte, sie sei Euch noch die Antwort schuldig. Warme Honigmilch vor dem Einschlafen soll ich Euch empfehlen, wenn Eure Seele in Unruhe ist, und ein paar Tropfen von der Tinktur aus Kittharz, die sie herstellte. Und die Geschichte von der Bienenkönigin sollt Ihr hören.«

»Die kenne ich nicht.«

»Sie hat sie oft erzählt.« Imme schaffte ein schüchternes Lächeln. Als sie weitersprach, verfiel sie in den merkwürdigen Singsang, in dem auch die alte Frau ihre Mären erzählt hatte: »Ein fleißiges Bienenvolk lebte einst in der Heide. Tagaus, tagein sammelten die Arbeiterinnen Nektar. Eine Biene war besonders fleißig. Sie flog umher und suchte neue Blumenwiesen und sorgte sich mehr als alle anderen darum, dass das Volk genug Nektar für den Winter hätte.

Eines Tages fand sie eine besonders große, schöne Wiese. Bunte Sommerblumen wiegten sich und verströmten den süßesten Duft. Die Biene begann zu sammeln und zu sammeln. Sie flog so schnell sie konnte hin und her, aber niemals konnte sie die Wiese allein bewältigen. Von der vielen Arbeit wurde sie krank und schwach. Die Bienenkönigin hörte, was geschehen war. Sie sprach: Wenn du von der vielen Arbeit krank und schwach im Stock liegst, hilfst du niemandem. Es ist nun einmal die Art der Bienen, dass nicht eine für alle sorgt, sondern dass wir uns gegenseitig helfen. Also sag den anderen, wo die Wiese ist, damit sie dir helfen können. Die Biene wollte erst wieder gesund werden, aber die Königin bestand auf ihrem Begehr. Und so geschah es. Bald konnte auch die kranke Biene ihren Freundinnen wieder zur Hand gehen. Gemeinsam ernteten sie die Wiese vor dem Winter ab und mussten so in der kalten Zeit nicht darben.«

Sonderbar, dachte Myntha. Warum hatte die Sibylla Imme mit einer Kindermär zu ihr geschickt? »Kam noch jemand? War irgendetwas anders als sonst?«

»Nein. Aber später am Abend hat sie mir von ihrem Kind erzählt. Das war seltsam. Ich wusste nicht, dass sie eine Tochter hatte.«

»Frau Alyss hat es mir einst erzählt. Das Mädchen wurde von Räubern verführt, gefasst und später hingerichtet. Die Sybilla hat es nie verwunden.«

»Nein, das hat sie wohl nicht. Sie war eine Weile tieftraurig. Aber als wir nach der Dämmerung zu Bett gegangen sind, hat sie wieder eines ihrer wunderlichen Lieder gesummt. Und als ich sie heute Morgen wecken wollte ...«

Imme begann wieder zu weinen, und Myntha bereitete etwas Honigmilch zu. Der süße Trost würde das verstörte Mädchen beruhigen. Während sie die Milch erhitzte, dachte sie nach. Sicher, die Sybilla war alt, vielleicht nicht so alt wie Enna, aber hochbetagt gewesen. Dass sie so unvermittelt über ihre Tochter mit Imme gesprochen hatte, machte sie stutzig. Hatte die Frau geahnt, dass ihr Ende nahe war? Oder war das einfach ein Zufall? Hatte die Sybilla sich Feinde gemacht? Auszuschließen war das nicht. Ein Weib, das in dem Ruf stand, eine Zaubersche zu sein, geriet leicht in den Verdacht, Schaden anzurichten. Hatte sie jemandem einen falschen oder schlechten Rat gegeben, hatte eines ihrer Kräutermittel nicht gewirkt oder Unheil angerichtet? Warfen böswillige Zungen ihr Hexerei vor? Hatte sie jemand vergiftet?

Die süße Milch war heiß geworden, und Imme nippte stumm an ihrem Becher.

»Du kannst eine Weile hierbleiben, Imme. Unsere Köchin ist zu Besuch bei den Beginen, und Gevatterin Ellen übernimmt ihre Arbeit. Sie benötigt eine Hilfe.«

»Dank Euch, Jungfer Myntha. Ich will alles tun, was Ihr sagt.«

»Gut. Du kannst in Lores Kammer schlafen. Und ich werde mich jetzt mit dem Fährmeister beraten, was zu tun ist.«

Reemt, der in der Werkstatt Planken hobelte, hörte sich ihre Geschichte an und legte dann das Werkzeug fort.

»Schwierig«, meinte er nachdenklich. »Wir wissen nicht, wie sie gestorben ist. Aber da sie mit dem Mädchen alleine gelebt hat, könnte tatsächlich der Verdacht auf sie fallen. Vor allem, wenn der Amtmann wieder seinen tumben Schöffen mit dem Fall beauftragt.«

»Der wieder jeden, dessen er habhaft werden kann, einsperrt. Außerdem – die Sybilla hatte bei manchen den Ruf, eine Zaubersche zu sein, und eine Untersuchung würde auch viele ihrer Kunden in Gefahr bringen.«

»Also keine Meldung nach Porz. Erst muss Klarheit bestehen, ob sie wirklich ermordet worden ist. Vielleicht hat sie auch die Heidegeister verärgert, Myntha. Die treiben ihr Unwesen in den Nächten, und wer sie dabei beobachtet, muss mit ihrer Rache rechnen.«

»Unsinn, Vater. Das sind abergläubische Geschichten.«

»Sind es nicht. Es gibt Wanderer, die ihnen begegnet sind ...«

»Vielleicht menschliches Gesindel oder nachtjagende Vögel oder streunende Hunde. Aber keine Geister. Ich denke, ich weiß, wer uns helfen kann. Rixa und ihr Mann leben ebenfalls auf ihrem Einsiedlerhof in der Heide. Beim Harz- und Honigsuchen kommen sie viel herum. Mag sein, dass sie etwas gesehen oder gehört haben, das Licht in die Sache bringt.«

»Wenn du meinst.« Reemt schien ein wenig verschnupft, nickte dann aber. »Die Rixa ist heute mit der ersten Fähre zum Markt rüber. Wenn sie zurückkommt, können wir sie befragen.«

7. Kapitel

Die Armenspende vom Kloster Pantaleon hatte ihn nicht nur mit einem recht anständigen Kittel, einem etwas räudigen Filzwams, festen Stiefeln und vor allem mit einer langschwänzigen roten Gugel und einer haarigen braunen Kappe ausgestattet. Ein weiteres grünes Wams hatte er aus einem Garten gestohlen, wo es zum Lüften hing. Es war für einen weit korpulenteren Mann geschnitten, aber das war ihm gerade recht. Lucien wusste, dass die Menschen immer das sahen, was sie sehen wollten. Und er konnte mit den wenigen Dingen, die er nun sorgfältig in seiner schäbigen Kammer versteckte, sein Aussehen auf vielfältige Art verändern. Was er jetzt brauchte, waren Münzen.

Lose klappernde Münzen fand man dort, wo sich Spieler zusammenfanden – in den Tavernen. Der unauffällige Mann mit dem wohlgerundeten Bauch unter seinem grünen Wams und der Kappe, die seine Haare und Ohren bedeckte, setzte sich zunächst an einen freien Tisch und bestellte ein Bier. Schweigend beobachtete er die Gäste. Es war ein Grüppchen angeheiterter Studenten, das er schließlich auswählte. Sie würfelten mit Inbrunst, der Wein floss, und die kleinen Silbermünzen wechselten fröhlich ihre Besitzer. Einem von ihnen war das Glück besonders hold, und hinter ihm stellte sich Lucien auf, um das Fallen der Würfel zu beobachten. Dass einer der Spielsteine ein wenig Unwucht zeigte, entging seinen scharfen Augen nicht, doch dazu schwieg er. Viel mehr interessierte ihn der Beutel, in den der junge Mann immer wieder seinen Gewinn steckte. Seine Gelegenheit kam, als die Runde einen frischen Krug Wein orderte. Während die Männer abgelenkt waren, als ihre Becher gefüllt wurden, fuhr sein kleines, scharfes Messerchen durch die Bänder, die den Beutel am Gürtel hielten. Mit seiner Beute trat er langsam zurück, legte eine der kleinen Münzen neben seinen geleerten Humpen und wand sich aus dem grünen Wams. Er stopfte es in die lederne Tasche, und das kleine Strohbündel, das er unter dem nun sichtbaren Filzwams getragen hatte, verschwand unter der Bank. Flink klappte er die ohrenbedeckenden Teile seiner Kappe hoch und drückte sie tief in die Stirn. Noch während die Studenten mit der Schankmaid schäkerten, verließ er gemächlichen Schrittes die Taverne.

Unbehelligt erreichte er das Rheinufer und setzte sich auf einen Stein zwischen zwei Büschen. Rasch hatte er die rote Gugel übergestreift und machte sich daran, seine neuerrungene Barschaft zu zählen. Sein Gewissen belastete der Diebstahl nicht – Spielen war schließlich eine Sünde und Falschspielen eine besonders große.

Der Student musste aus wohlhabendem Haus stammen oder großes Geschick mit dem gezinkten Würfel haben. Es war eine auskömmliche Summe, die sich in dem Beutel befand. Weitaus genug für die Anschaffungen, die er nun zu tätigen hatte.

Zunächst aber wollte er sich eine Übersicht verschaffen, und dazu lenkte er seine Schritte zum Rheingassentor, in das die Witschgasse mündete. Dumpf grollender Zorn brodelte in ihm auf, als er sich dem Haus näherte, in dem er einst seine tiefsten Demütigungen erlebt hatte. Im Schatten eines schmalen Durchgangs blieb er stehen und beobachtete geduldig, wer durch das Tor in den Hof ging und wer hinaustrat. Er sammelte höchst nützliche Erkenntnisse, die er später für ein planvolles Vorgehen verwerten würde. Erst als die Dunkelheit hereinbrach und das Tor geschlossen wurde, gab er seinen Posten auf.

8. Kapitel

Leander nahm es seinem Vater noch immer übel, dass er ihn gezwungen hatte, für diesen undurchsichtigen Rabenmeister als Gehilfe zu arbeiten. Es war schon schlimm genug, unter Frau Alyss' Fuchtel zu stehen. Aber wenigstens hatte er dort Thomas zur Gesellschaft gehabt, konnte mit den Maiden tändeln, und vor allem lagen die großen Märkte vor der Tür, über die er gerne schlenderte und dabei die langen Fasanenfedern auf seinem Barett wippen ließ.

Mülheim war ein Kaff, die Marktstände nicht nennenswert, die Kate lag einsam außerhalb zwischen den Feldern und wurde von einem Haufen widerwärtiger schwarzer Vögel belauert. Klar, Henning hatte sein eigenes Lager gehabt, das nun er nutzen konnte, der Rabenmeister brachte täglich frisches Fleisch mit, Gevatterin Ellen versorgte sie mit Brot und kümmerte sich um die Wäsche, aber er selbst hatte Dutzende von Pflichten zu erfüllen.

Widerwärtig war das.

Um die Sperber und Falken kümmerte er sich nicht ungern. Das übermütige Fohlen war ein wundervoller Gespiele, und so schrecklich war es nicht, aus Gemüse, Fleisch und Kräutern ein schmackhaftes Essen zu bereiten. Viel unangenehmer war es, anschließend die Schüsseln und Pfannen zu scheuern, den Hof und die Kate zu fegen und die Betten zu lüften. Weiberarbeit war das. Und die grässlichen Raben mochte er auch nicht füttern. Außerdem warteten noch Bündel Weidenreiser, aus denen er einen Korb flechten sollte. Gott mochte wissen, wie er das anstellen sollte.

Missmutig knallte Leander die Pfannen auf den Tisch und beschloss, sich etwas Abwechslung zu verschaffen. Meister Frederic war zur Fähre gegangen, um drüben Emery in Leanders Elternhaus zu bringen. Auch das verärgerte den jungen Mann. Wie viel lieber hätte er sich selbst mit seinem Vater auf die Reise nach Italien gemacht. Aber nein, er musste den kalten, trüben Winter über seinen tristen Dienst hier in der Einsamkeit ableisten, bei einem finsteren, wortkargen Meister, der nichts als Drangsale für ihn vorsah.

Frederic würde vermutlich nicht vor dem Abend zurückkehren, und so überlegte Leander, wie er sich zu einer kleinen Lustbarkeit verhelfen konnte. Immerhin standen da vorne auf der Weide zwei prächtige Rösser. Den schwarzen Hengst zu reiten, das reizte ihn schon. Und sicher war es auch höchst unterhaltsam, dabei einen der bereits ausgebildeten Sperber auf der Hand zu halten. Die Heide war ein hervorragendes Jagdgebiet.

Leander streifte den rauen Kittel ab, den zu tragen ihm der Rabenmeister befohlen hatte, und zog seine eigene, weitaus ansehnlichere Kleidung über. Nur die lange Fasanenfeder entfernte er von der Kopfbedeckung. Dass die Jagdvögel sie als Federspiel betrachteten und gerne daran herumzerrten, hatte er schon gelernt.

Aus dem Stall holte er Meurics Sattel und Zaumzeug und schleppte alles zur Weide. Nachdem er eine Weile mit großer Freude mit dem Fohlen getollt hatte, versuchte er sein Glück bei dem großen Hengst. Es erwies sich als schwierig, und nur mit Glück entkam er einem harten Huftritt. Aber schließlich hatte er das Ross so weit gebracht, dass es sich satteln ließ, doch als er aufstieg, musste er seine ganze Reitkunst anwenden, um nicht von dem bockenden Tier geworfen zu werden.

Immerhin, reiten hatte er schon als kleiner Junge gelernt, und allmählich gehorchte ihm der schwarze Hengst. Nur auf den Sperber musste er diesmal wohl verzichten. Immerhin, der Tag war zwar kühl, aber doch sonnig. Er brach juchzend zu einem tollen Ritt auf, donnerte über Bauer Egberts Wintersaat, fegte durch die Heide und folgte einem munteren Bachlauf bis zu einer Mühle. Hier traf er eine junge Maid, die weiß gebleichtes Leinen faltete und in einen Korb legte. Ihr einladendes Lächeln weckte seinen Übermut, und mit fröhlicher Tändelei verbrachten die beiden einige Zeit. Doch just, als Leander versuchte, dem kecken Mädchen einen Kuss zu rauben, tauchte eine griesgrämige Alte auf und scheuchte die Maid ins Haus. Den wenig wohlmeinenden Worten der Alten entzog sich Leander fluchtartig.

Dennoch, der Ausflug hatte seine Laune gehoben, und fröhlich pfeifend hob er später, zurück auf der Weide, den Sattel von Meurics Rücken. Wenn er es klug anstellte, würde er ihn im Stall untergebracht haben, bevor der Rabenmeister auch nur etwas von seinem Ausritt bemerkt hatte.

Leander hatte die Rechnung ohne die Raben gemacht. Sie stürzten sich auf ihn, gerade als er zum Stalltor trat. Ihr grässliches Geschrei erfüllte die Luft, in wilden Sturzflügen stürmten sie auf ihn ein, umkreisten ihn und hackten mit ihren Schnäbeln nach seiner Kappe.

Aus der Kate trat der Rabenmeister, und seine Miene verhieß nichts Gutes.

»Ich habe nur das Pferd ein wenig bewegt«, sagte Leander trotzig.

»Natürlich. Wie großmütig von dir. Ich habe mich in der Zwischenzeit um die Vögel gekümmert und mir ein herzhaftes Abendessen zubereitet. Bring den Sattel an seinen Platz und komm dann zu mir herein.«

Überrascht, so milde davongekommen zu sein, folgte Leander der Bitte seines Herrn und trat zu ihm an den Tisch. Eine Schüssel lecker duftenden Wurstragouts stand da, und eben wollte er seinen Löffel aus der Tasche ziehen, als Meister Frederic den Kopf schüttelte.

»Mein lieber Junge, ich habe deinem Vater versprochen, dass du dich bei mir nicht über Gebühr anstrengen sollst. Die viele Arbeit und der lange Ausritt heute müssen an deinen Kräften gezehrt haben. Also ab ins Bett. Und wage es nicht, dich bis morgen Mittag zu rühren.«

»Ja, aber …«

»Ins Bett. Oder muss ich nachhelfen?«

Die sanfte Stimme klang dermaßen drohend, dass Leander keinen Widerspruch wagte.

Mit knurrendem Magen lag er unter seiner Decke, beobachtete, wie der Rabenmeister sein Mahl beendete, sich einen weiteren Becher Wein einschenkte und bei dem Licht einer dicken Kerze Federstücke an Pfeilschäften befestigte. Federstücke, die verdammte Ähnlichkeit mit der Schwanzfeder des Fasans hatten, die einst seine Mütze geziert hatte. Als er erbost aufspringen wollte, hielt ihn die sanfte Stimme zurück.

»Wir können es gütlich angehen lassen, Leander. Oder ich fessele dich an Händen und Füßen an das Bettgestell.«

Das würde dieser Unhold ohne Zweifel wahr machen. Zähneknirschend zog sich Leander zurück unter die Decke.

9. Kapitel

Rixa war mit der Fähre kurz nach der None angekommen, strebte zum Fährhaus und zeigte zahnlückig grinsend einen blauen Umhang vor, den sie bei dem Altkleiderhändler erstanden hatte. Die Zeidlerin liebte bunte Farben, und in ihrem verblichenen roten Kleid wirkte sie wie geradewegs aus einer Gauklertruppe entwischt.

Myntha bewunderte sie gebührend und lud sie zu einem Brot und Most ein. Mit einem keckernden Lachen nahm Rixa das Angebot an, und Myntha setzte sich zu ihr an den Tisch.

»Rixa, ich habe eine ernste Angelegenheit mit dir zu besprechen.«

»Ihr heiratet?«

»Nein. Und es ist wirklich ernst. Die Sybilla ist tot.«

Das Brot fiel auf das Brettchen zurück.

»Das kann nicht wahr sein.«

»Doch. Die Imme ist hier und hat davon berichtet.« Myntha erzählte, was sie erfahren hatte und was sie sich dazu überlegt hatten.

»Je nun, sie war alt, die gute Sybilla. Es mag sie der Schlag Gottes getroffen haben. Manche Menschen spüren es, wenn ihr Ende naht, und da mag sie sich auch an Euch erinnert haben.«

»Vielleicht. Auf jeden Fall muss sich jemand um sie kümmern. Rixa, ich will in ihrer Kate nach dem Rechten sehen. Die Imme sollte besser hierbleiben. Begleitest du mich?«

»Sicher doch. Aber es wird früh dunkel. Sagt Eurem Vater, dass Ihr bei uns die Nacht verbringt.« Und mit einem verschmitzten Lächeln fügte sie hinzu: »An Honigbrot und Met soll's nicht mangeln.«

»Und auch nicht an einer Handvoll Würsten.«

Myntha überredete das Maultier, sich den Sattel und Rixas Körbe auflegen zu lassen, gab Reemt Bescheid und machte sich mit der Zeidlerin auf den Weg. Krautige Büschel dufteten unter ihren Füßen, Heideblumen blühten fahlblau und rosa. Länger und länger wurden die Schatten, als sie langsam durch die Heide wanderten. Rixa war zunächst schweigsam, dann aber begann sie zu reden.

»Macht Euch keine großen Sorgen um die Sybilla, Jungfer. Es wird schon für sie gesorgt werden. Ihr wisst doch, dass sie eine der Alten war?«

»Sie war alt, und sie war weise. Ja, das wusste ich.«

»Mehr als das. Ich wollte sagen, Jungfer, sie brauchte keinen Priester.«

»Sie war eine Frau, die die Heide kannte, besser als jeder andere. Und, ja, ich habe nie ein Kreuz bei ihr gesehen. Sie glaubte an die alten Götter, willst du mir sagen.«

»Die Nächte sind einsam in den Landen. Es wispert und raunt, es heult und knurrt, und manch grausiger Schrei gellt durch die Finsternis. Der Mond wirft bleiches Licht auf Gestrüpp und Gebüsch, und manchmal huschen dunkle Gestalten über gewundene Pfade. Euer Vater glaubt, es seien blutrünstige Heidegeister. Aber es sind Menschen, die ihren Aufgaben nachgehen. Sie tun niemandem etwas zu Leide, stört man sie nicht.«

»Aber wenn man es tut, erschlagen sie einen und fressen einen auf.«

»Dummes Zeug. Aber sie sind angsteinflößend und huldigen den heidnischen Göttern. Fremde gehen ihnen besser aus dem Weg.«

»Du kennst sie.«

»Auch sie mögen den süßen Honig, auch sie brauchen das Eibenharz. Und auch sie trinken gerne einen starken Met. Ja, ich kenne sie. Und die Sybilla kannte sie ebenfalls.«

»Ihre Freunde?«

»Vielleicht.«

»Erzähl mir mehr von ihnen. Wer sind sie?«

»Jungfer Myntha, manchmal ist es nicht gut, mehr zu wissen. Seid einfach vorsichtig und geht respektvoll mit der Heide und ihren Geschöpfen um.«

»Ja, natürlich. Aber ist etwas daran, was mein Vater über die Heidebewohner erzählt?«

Rixa lachte ihr keckerndes Lachen.

»Meister Reemt hat eine wundervolle Gabe, Geschichten zu ersinnen. Und wenn es ihm damit gelingt, unvorsichtigen Wanderern ein wenig Unbehagen zu verursachen, ist das nicht schlecht.«

»Aber wenn diese Wanderer vor Angst zu Gewalt greifen …«

»Wissen sich die Heidewächter schon zu schützen.«

»Hat jemand die Sybilla umgebracht? Weißt du etwas darüber, wie sie starb?«

»Nein. Ich habe es erst von Euch erfahren, dass sie tot ist. Was hat das Mädchen Euch gesagt?«

»Sie war verstört und hatte Angst, dass man sie beschuldigen könnte.«

»Hat sie es getan?«

»Ich glaube nicht. Sie war ihrer Lehrherrin sehr zugetan. Aber ich fürchte, man wird es sich einfach machen und ihr die Schuld geben, wenn wir den Amtmann benachrichtigen. Darum will ich in der Kate nach dem Rechten schauen.«

»Gut, tun wir das.«

Den Rest des Weges plauderte Rixa dann aber nur noch über die Bienenvölker und darüber, wie sie die Honigwaben erntete. Von alten Baumstümpfen war die Rede und Liedern, die das Volk beruhigten, wenn man vorsichtig und ganz langsam die Waben aus dem Stock holte.

Es war schon fast dämmrig, als sie die stille Kate erreichten.

»Geht Ihr hinein, ich sehe mich im Garten um. Die Sybilla hat eine Lampe am Kamin stehen und immer Zunder bereit«, sagte Rixa, und Myntha band das Maultier am Zaunpfosten an.

In der Kate war es bereits fast dunkel, und sie war dankbar für den Hinweis auf das Licht. Als es brannte, sah sie sich um. Das Erste, das sie verwunderte, war, dass Sybillas Lager leer war. Jemand hatte ihre Leiche fortgebracht. Die Decken waren ordentlich zusammengefaltet, der ganze Raum aufgeräumt und sauber. Auf den Borden standen die Flaschen und Tiegel, in denen die alte Frau ihre Heilmittel aufbewahrte, an der Decke hingen duftende Kräutersträuße, der Kessel auf der Feuerstelle war geschrubbt, die wenigen Schüsseln, Brettchen und Becher sauber auf dem Bord aufgereiht.

Auf Immes Bett lag ein Bündel mit ihren Habseligkeiten, das nur noch zusammengeschnürt werden musste.

Jemand hatte gründlich aufgeräumt und sauber gemacht. Myntha wollte gerade zu Rixa in den Garten treten, als sich plötzlich eine Decke um ihren Kopf schloss. Ein dumpfer Schlag traf sie, und sie verlor das Bewusstsein.

Als sie zu sich kam, war sie verwirrt. Erst ganz langsam erkannte sie ihre Situation. Sie lag auf dem Boden einer Höhle, auf einem weichen Lager aus trockenem Farn, eine raue Decke über sich. Ein Talglicht warf seinen flackernden Schein über die Felswände, und irgendwo schien Wasser zu tröpfeln. Ein Krug und ein Becher standen neben ihr, und in einem Napf mit Brei steckte ein Holzlöffel.

Mynthas Kopf schmerzte noch etwas, und sie fühlte sich unbehaglich. Doch ihre Angst war nicht allzu groß. Offensichtlich hatten jene, die sie hergebracht hatten, nicht vor, sie direkt zu verzehren.

Sie rief nach Rixa.

Auf einmal brach aus den Felswänden ein Flattern und

Schwirren los, umwölkte sie und schien sie mit tausend winzigen Augen anzustarren.

Eine Schar geflügelter Dämonen erhob sich.

Und jetzt drückte wirklich die Angst ihre Klauen in ihr Herz.

10. Kapitel

Er hätte die Lunte kaufen können, aber Lucien wollte so wenig Aufmerksamkeit auf sich ziehen wie möglich. Und es war auch gar nicht so schwer, in das Haus des Luntenmachers einzudringen und einige Ellen der Zündschnur zu entwenden. Einen Vorrat an Schwarzpulver besaß der Mann auch, und da ein dunkler Umhang am Haken hing, nahm er den ebenfalls mit.

In seinem kargen Zimmer machte er sich daran, aus ein paar pechgetränkten Lumpen, der Lunte und dem Schwarzpulver einen langsam brennenden Brandsatz zu bauen, gleich dem, den er einst in Frederics Kate in England zum Einsatz gebracht hatte.

Dieser hier würde im Haus in der Witschgasse ein Feuer ausbrechen lassen. Vermutlich würde es nicht zur Gänze abbrennen, es war zum großen Teil aus Stein gebaut. Aber der Dachstuhl, dort wo die Zimmer der Jungen lagen, würde ganz sicher abbrennen. Wenn dabei Frederics Bengel mit draufgehen sollte – auch gut. Auf jeden Fall war es eine Warnung.

Und seine Rache für die unzähligen Demütigungen, die ihm Frau Alyss und Master John einst zugefügt hatten.

Die gründliche Beobachtung des Hauses und seiner Bewohner hatten einen Plan in ihm reifen lassen, und nun galt es, ihn auszuführen. Seine Erinnerungen an die Zeit, die er in dem Hauswesen verbracht hatte, sagten ihm, dass er am einfachsten unentdeckt in den Hof gelangte, wenn er sich als unauffälliger Handlanger einer Warenladung ausgab. Wein oder Tuche wurden fast täglich von den Schiffen angeliefert. In seinen groben Kleidern begab er sich also zum Hafen und hörte sich eine Weile um. Tatsächlich war ein Schiff von Speyer angekommen, das etliche Weinfässer für Frau Alyss geladen hatte. Einer ihrer Knechte wartete mit einem Wagen darauf, sie aufzunehmen, und ohne zu fragen, packte er einfach mit an, um sie aufzuladen. Unaufgefordert trabte er anschließend hinter dem Gefährt her und bot ebenso unaufgefordert seine Hilfe beim Entladen an. Als das letzte Fass in den Keller gebracht worden war, hockte er sich in einer dunklen Ecke nieder und wartete auf den Abend. Durch die schmale Fensterluke, die oben an der Wand zum Hof hinausführte, lauschte er den geschäftigen Geräuschen des Hauswesens. Wie vertraut sie ihm waren! Gänse schnatterten, ein Hund kläffte, Mädchen sangen, Frau Alyss gab kühl ihre Anweisungen, Master John maßregelte einen vorlauten Bengel, die Köchin rief die Bewohner zum Abendessen. Dann kehrte draußen Ruhe ein. Sie würden um den Tisch sitzen, nichtiges Geschwätz austauschen, Wein trinken.

Es war an der Zeit zu handeln.

Mit dem richtigen Werkzeug – in diesem Fall ein langes, schmales Messer – war es einfach, den Türriegel von innen hochzuheben. Vorsichtig schob er die Tür auf, deren Angeln erfreulich gut geölt waren, und trat in den stillen Hof. Aus der Küche drangen die Stimmen der Bewohner und durch die Ritzen der Läden das Licht der Lampe. Für einen kurzen Moment weckte der Duft nach Gebratenem seinen Hunger, aber er unterdrückte das Gefühl mit der Gewohnheit des Fastens.

Er musste auf das Dach.

Aber auch das war keine Schwierigkeit. Im Stall, in dem das Pferd stand, befand sich noch immer die Leiter, die er vor Jahren hatte nutzen müssen, um schadhafte Dachschindeln auszutauschen. Es gelang ihm, sie beinahe lautlos an die Mauer anzulehnen. Er stieg empor und stieß den Laden vor dem Fenster auf, der in die Kammer führte, in der er einst mit den anderen Jungen genächtigt hatte. Lucien entzündete eine kleine Handlampe und sah sich um. Auch heute standen hier vier Betten, von denen eines ganz offensichtlich einem kleinen Jungen gehörte. Ein schmuddeliger Kittel, eine Schleuder, ein paar Federn und einige Murmeln deuteten darauf hin.

Kleine Jungen zündelten gerne, und wie schnell ging da das Stroh unter der Decke in Flammen auf.

Lucien arbeitete geschwind, zündete die kurze Lunte an und stieg wieder durch das Fenster auf das Dach. Den Laden ließ er offen, der Luftzug würde das Feuer schnell entfachen. Er hatte eben noch Zeit, die Leiter zurückzubringen, über die Mauer in den Weingarten zu klettern und sich im Kelterhaus zu verstecken, um die weitere Entwicklung abzuwarten.

11. Kapitel

Henning stand auf dem Deck des Oberländers und betrachtete das langsam entlanggleitende Ufer. Der Strom war breiter geworden, ein Segel hatte die Treidelpferde ersetzt, die Ruderleute hielten das Schiff in der Mitte des Stromes.

Die erste Etappe der langen Reise nach Venedig hatte er nun angetreten.

Als Ritter Henning von der Löwenburg.

Es war ein ungewohntes Gefühl, und ganz traute er seiner neu erworbenen Würde noch nicht. Das mochte vor allem daran liegen, dass jene, mit denen er zusammen reiste, ihn bislang genauso behandelten wie vor dem Ritterschlag. Allen voran natürlich Emery, der in ihm wechselweise den Born aller Freuden oder den herrschsüchtigen Tyrannen sah. Ja, er konnte mit dem Kleinen mitfühlen – so eine Schiffsreise war aufregend und bot Stoff für allerlei Abenteuer. Das Herumklettern in Frachträumen, auf Deck oder in den engen Kajüten gehörte auf jeden Fall dazu, dennoch hatte er ihn schon einmal unter den Mehlsäcken in der Vorratskammer hervorklauben müssen, die ihn unter sich begraben hatten. Auch die Aufenthalte an Land boten ihre eigenen Lustbarkeiten, und Jungs in seinem Alter hatten die Angewohnheit, eigene Wege zu erkunden. Dieser Bengel war geschwinder als ein Hase auf der Flucht und gewitzt darin, sich vor seinem Häscher zu verstecken.

Aber nicht nur Emery kannte keine Achtung vor seinem neuen Stand. Auch diese zickige Jungfer Riccarda verbarg hinter ihrem unschuldigen Engelsgesicht eine tiefgehende Renitenz. Ihre Amme, die Donna Augusta, war ihr schlichtweg nicht gewachsen. Nach außen hin führte sie ein strenges Regiment und ließ ihren Schützling nicht aus den Augen. Es sei denn, man bemerkte, dass sie eigentlich halb blind war. Einige Male hatte Henning bereits beobachtet, wie Riccarda ihre nicht unbeträchtlichen Reize einsetzte, um den Kapitän zu umschmeicheln, einen Halt ein wenig auszudehnen, damit sie die Märkte besuchen konnte. Bei Tisch wurden ihr immer die besten Speisen gereicht – bessere, als der Rest der Mannschaft erhielt. Der Koch bereitete zartes Hühnerfleisch für sie zu, die feinsten Fische und cremige Süßspeisen. Auch Herrn Marian hatte sie schon um ihre zierlichen Fingerchen gewickelt. Ihre Kammer war die größte an Bord, und ein eigener Badebottich war für sie an Bord gebracht worden.

Nur ihn, den Ritter Henning, betrachtete sie herablassend mit spöttischen Augen.

»Begleitet mich zur Messe, Ritterlein, und beschützt mich mit Eurem scharfen Schwert vor den bösen Buben«, hatte sie vorhin gefordert.

Die Höflichkeit hätte selbstverständlich geboten, ihr Geleit zur Kirche anzubieten, aber die Anrede machte ihn verstockt, und so empfahl er sie kühl der Obhut ihrer Amme.

Was ein demonstratives Schmollen zur Folge hatte.

Barsche Rufe unterbrachen Hennings Gedanken. Die Schiffsleute zogen das Segel ein, und der Oberländer verlangsamte seine Fahrt. Ruderer steuerten ihn zur Einfahrt in den Hafen von Speyer, wo bereits die Treidelpferde warteten. Drei Tage würden sie bleiben, hatte Herr Marian gesagt, denn einen Teil ihrer Ladung machten Fässer mit weißen Pelzen aus, die Frau Alyss mit großem Gewinn an die Kürschner verkaufte. Außerdem wollten sie den höchst wohlschmeckenden Pfälzer Wein an Bord nehmen.

Der Aufenthalt bedingte, dass sie Unterkunft im Gästehaus nehmen würden, was nach der Enge auf dem Schiff eine Erleichterung war.

Henning sah zu, wie die Treidelpferde ihre schwere Arbeit übernahmen und sich der Oberländer sanft schaukelnd in den Hafen bewegte. Es würde noch einige Zeit dauern, bis sie an Land konnten. Und so ließ er seine Gedanken weiter schweifen. Seine Ritterwürde war auch in den nächsten Etappen der Reise kein besonderes Privileg, stellte er ernüchtert fest. Das würde sich vermutlich erst ändern, wenn er mit seiner Familie zusammentraf. Seine Mutter hatte ihn immer als den Erbsohn des Hauses betrachtet, sie würde stolz auf ihn sein. Das aber löste sein grundlegendes Problem nicht. Um ein Leben als Ritter zu führen, benötigte er ein Lehen, das ihm auskömmliche Einkünfte gewährleistete. Sofern er sich nicht Verdienste erwarb in einer

Schlacht oder als Ministerialer, blieb nur das Erblehen der Löwenburg. Dass er dieses Erbe antreten konnte, würde voraussetzen, dass sein Vater starb, was der Himmel verhüten möge. Eine Aufgabe in der Verwaltung zu übernehmen – der Gedanke ließ ihn erschaudern. Zu oft war er schon den Speichelleckern der Mächtigen begegnet, die mit Feder und Pergament bewaffnet Dokumente verfassten oder mit trockenen Zahlen rangen. In eine Schlacht zu ziehen, das war noch immer die beste Möglichkeit, auch wenn das die Gefahr von Verstümmelung und Tod barg. Immerhin bot das Leben als Krieger auch Ruhm und Aufregung. Er würde sich mit seinem Vater beraten, in den Dienst welches Herrn er treten sollte. Oder er verzichtete auf ein Lehen und erwarb sich seinen Lebensunterhalt auf Turnieren. Von den Preisgeldern konnte ein Mann auch leben.

»Und, Henning? Erleichtert, die schwankenden Planken zu verlassen?«, fragte Herr Marian und stellte sich neben ihn.

»Das Schwanken stört mich weniger. Aber auf ein wenig Abwechslung freue ich mich schon. Manchmal ist es dort arg langweilig auf dem Schiff.«

»Abwechslung werden wir in Speyer haben. Wenn du magst, kannst du mich bei meinen Geschäften begleiten. Es ist für einen jungen Mann nicht verkehrt, etwas über den Handel zu erfahren. Und wir sollten auf keinen Fall die Messe im Dom versäumen. Er ist ein imposantes Bauwerk – wenn auch nicht mit dem Dom vergleichbar, der einst in Köln stehen wird.«

»Dazu hat mich Jungfer Riccarda bereits aufgefordert.«

»Und die Höflichkeit gebietet es, sie und ihre Amme dorthin zu begleiten, nicht?«

»Sie befahl es mir in äußerst schnippischem Ton.«

»Ja, wir Männer müssen unter den hübschen Maiden leiden. Aber sieh es so, Henning – du wirst in Begleitung einer wirklich schönen jungen Frau gesehen und damit den Neid aller anderen Männer wecken.«

»Vielleicht. Aber um Emery müsst Ihr Euch kümmern. Mein Schwert reicht nur, die Ehre der Jungfer zu verteidigen, nicht auch noch gleichzeitig einen kleinen Jungen von seinen Umtrieben abzuhalten.«

Herr Marian lachte.

»Wir bürden dir zu viel auf, Herr Ritter.«

»Ein Stechen auf der Kampfbahn oder ein Hauen im Tjost wäre mir lieber.«

»Oder eine wilde Jagd mit den Falken, ein blutiges Gemetzel mit den Hunnen, ein trunkenes Siegesgelage … Ich weiß. Aber dies ist ein Handelszug, und glaub nicht, dass er ohne Gefahren wäre. Betrachte den Jungen als deinen Knappen.«

»Dazu ist er viel zu jung. Er könnte allenfalls Page sein, und die stehen unter der Obhut der Weiber.«

»So soll sich also Jungfer Riccarda um ihn kümmern?«

Zugegeben, diese Vorstellung war auch nicht frei von Grauen.

»Ich fürchte …«

»Ja, ich fürchte auch. Aber gut, zur Messe nehme ich den Bengel unter meine Fittiche, und du schmückst dich mit unserer Schönheit. Aber wenn ihr anschließend den

Markt besucht, wird Emery wieder euch begleiten. Dafür darf die Amme dann ihrer Ruhe pflegen.«

Einigermaßen zufrieden stimmte Henning zu, und nachdem sie das Mittagsmahl schon in einem gut geführten Gasthaus zu sich genommen hatten, verbrachte er einen durchaus angenehmen Nachmittag damit, zwei angesehenen Herren der Kürschnerzunft die wertvollen weißen Pelze zu präsentieren, und lernte einiges über die fantasievolle Kunst des Feilschens.

Auch das Abendessen war gut und vor allem der Wein süffig, sodass er nach einer ruhevollen Nacht am Morgen bereit war, seine höfische Pflicht zu erfüllen.

Riccarda präsentierte sich in einem rubinroten Gewand mit schwarzem Samtbesatz und sah wahrlich anmutig aus. Die Amme dagegen erschien ihm wie eine fette, schwarze Krähe, die mit giftigen Blicken über ihr Junges wachte.

Doch dieses Junge wusste, dass ihr beinahe alles entging, das weiter als zwei Ellen entfernt war. Vor allem die blitzenden Augen der Jungfer.

»Nun, Ritterlein? Bereit, Gott um Geduld, Maß und Muße zu bitten?«

»So Ihr bereit seid, ihn um Demut, Bescheidenheit und Fleiß zu bitten.«

»Was soll ich denn damit? Ich denke, Liebe, Lust und Leidenschaft sind viel amüsanter.«

»Dafür seid ihr noch viel zu jung«, erwiderte Henning trocken.

»In Euren Augen. Nicht in denen der ansehnlichen Herren dort drüben.«

»Himmel, senkt Eure kecken Blicke, Jungfer. Ich habe keine Lust, vor dem Dom ein Blutbad anzurichten.«

»Eifersüchtig, mein Ritterlein?«

»Und wenn Ihr nicht augenblicklich aufhört, mich Ritterlein zu schimpfen, wird das erste Blut, das ich vergieße, das Eure sein«, zische Henning erbost.

»Oh, wie empfindlich Ihr seid, wohledler Herr Ritter. Und welch grausamer Blutdurst in Euren Augen liegt. Mäßigt Euch, wie es den ritterlichen Tugenden angemessen ist. Wir wollen zur Messe schreiten, nicht in die Schlacht.«

»Mäßigung ist auch eine weibliche Tugend. Haltet Euch daran, und wir beide überstehen die Messe lebend.«

Riccarda klopfte ihm leicht mit der Hand auf den Arm.

»Ihr seid ein so gestrenger Herr. Ich werde mich fügen. Für die Dauer der Messe.«

Henning unterdrückte das Knurren in seiner Kehle und führte seine Begleiterinnen in den Dom. Und tatsächlich, während der prachtvoll gestalteten Messe blieb Riccarda ruhig und folgte andächtig dem heiligen Geschehen.

Die Andacht schwand in dem Moment, als sie aus der Kirche traten.

»Und jetzt zum Markt, Ritterlein«, juchzte Riccarda, und mit Mühe hielt Henning sie an ihrem Ärmel fest.

»Nicht so eilig, Jüngferlein. Ich habe Herrn Marian versprochen, dass wir Emery in unsere Obhut nehmen.«

»In deine. Ich kümmere mich lieber um die größeren Jungs.«

»Riccarda!«

»Du bist so langweilig!«, fauchte sie leise, verstummte

aber, da Herr Marian mit Emery an der Hand auf sie zu-
trat.

»Ich treffe mich mit den Herren der Weinhändler-
zunft zum Essen. Sucht ihr ein anständiges Gasthaus
auf. Hier am Dom gibt es zwei zur Auswahl. Aber, Jungfer Riccarda, gebt Acht und kommt dem Domnapf nicht
zu nahe.« Herr Marian deutete auf die große steinerne
Schale auf dem Platz. »Man pflegt an diesem Kelch
den böszüngigen Weibern die Zunge herauszuschnei-
den!«

Damit nickte er den dreien zu und lenkte seine Schritte
zum Zunfthaus.

»Ich habe doch gar keine böse Zunge«, stammelte Riccarda.

»Ach nein?«

»Zeigt sie uns«, krähte Emery und zupfte an ihrem
Ärmel.

»Lasst es bleiben. Gehen wir essen, das wird Eure
Zunge, böse oder nicht, besänftigen.«

Das Essen verlief dann wirklich in einer einigermaßen
friedlichen Stimmung, nur eine kleine Zankerei gab es,
als Emery von Henning einen Beutel Münzen forderte,
um sich an den Ständen Spielzeug zu kaufen. Erst als er
einige Kupferlinge erbeutet hatte, gab er Ruhe.

Anschließend war Henning bereit, seine Schützlinge über den Markt zu begleiten. Zunächst schien
auch dieses Unternehmen harmlos zu verlaufen. Riccarda stöberte bei einem Spezereienhändler nach einigen Duftölen, Emery schwankte bei einem Holzschnitzer zwischen dem Erwerb eines hübschen Pferdchens

oder eines Kreisels, Henning bewunderte die Dolche bei einem Waffenschmied, und dann stürzte Riccarda sich auf eine Auswahl von bunten Bändern. Gelangweilt verfolgte Henning, wie sie mit dem Bandkrämer disputierte und feilschte, und als er sich nach Emery umdrehte, war der verschwunden. Auf sein Rufen hin zog er zwar die Aufmerksamkeit der Umstehenden auf sich, aber niemand schien den Jungen gesehen zu haben. Immerhin schloss Riccarda ihr Geschäft ab und sah sich gemeinsam mit ihm um.

»Wenn du ein kleiner Junge wärst, Henning, was würde deine Aufmerksamkeit wohl am meisten reizen? Sicher nicht die Gemüsebauern und die Kerzenzieher. Schau, dahinten hat sich eine Gruppe versammelt und scheint etwas zu bestaunen.«

»Gehen wir hin!«

Es gab tatsächlich etwas Sehenswertes. Schausteller präsentierten ihre Monstrositäten und Missgeburten. Darunter einen großen Buckligen, der Eisenstangen verbog, eine Ziege mit zwei Leibern und nur einem Kopf, einen vollständig behaarten Jungen oder vielleicht auch Affen, der sich auf einem Seil entlanghangelte, und eine kleinwüchsige schwarze Frau, die seltsame Verrenkungen zu einer Trommel vollführte. Marktschreierische Bemerkungen begleiteten diese Vorführungen, und ein kurz geschürztes Weib ging mit einem Sammelkorb durch die Reihen. Die Münzen klimperten großzügig.

Nur Emery war nicht unter den Zuschauern.

»Wo steckt dieser kleine Unhold nur?«, grollte Henning.

»Vielleicht hat er sich in das Zelt dort geschlichen, auf der Suche nach weiteren Attraktionen.«

»Hoffentlich nicht. Diese Schausteller lieben es nicht, wenn man versucht, ihre Tricks zu entlarven.«

»Hältst du das für Tricks? Diese Ziege sieht nicht aus wie zusammengenäht, und in die Hände des buckligen Riesen würde ich nicht gerne fallen.«

»Ja, sicher. Trotzdem glaube ich nicht, dass die hier nur lautere Geschäfte betreiben.«

»Dann haben sie ihn vielleicht eingefangen und lassen ihn demnächst als Tanzbären auftreten.«

Sie umrundeten das Zelt der Schausteller zweimal, entdeckten aber ihren Schützling nicht. Doch dann weckten Kreischen und Schreien ihre Aufmerksamkeit, und mit Ellenbogen und Knüffen bahnten sie sich den Weg zu der neuen Vorführung. Und hier überraschte sie ein kleiner Mohr, in dessen roten Haaren Federn steckten und der zu einem Tamburin einen wilden Tanz aufführte.

Sehr zum Ärger der Schausteller.

»Vorsicht, der Eisenmann nähert sich ihm!«, rief Riccarda.

»Und die schwarze Zwergin.«

»Wir müssen ihn da wegholen!«

»Lenk du die Zwergin ab. Ich kümmere mich um den Kleinen.«

Mit einem mörderischen Schrei sprang Riccarda auf die Frau zu und streckte ihre Hände wie mit Krallen nach ihr aus. Doch die bewegte sich gewandt und hatte plötzlich einen Dolch in der Hand. Er fuhr durch Riccardas Ärmel. Diese trat nach der Zwergin und traf sie am Bauch.

Mit einem Heulen holte sie erneut mit dem Messer aus, aber schon eilte ihr der Bucklige zu Hilfe. Er packte Riccarda und hob sie hoch. Mit einer wilden Drehung wollte er sie in die Menge der Gaffer werfen, als ihn ein kraftvoller Tritt gegen die Beine bremste. Henning bückte sich, bekam sein Schwungbein zu fassen und zog es unter seinem Körper weg. Der Riese stolperte und fiel, Riccarda landete auf dem Pflaster. Mit einer flinken Bewegung rollte sie sich weg und kam auf die Füße. Henning reichte ihr die Hand und zerrte sie hinter sich. Den völlig entgeisterten Emery packte er am Genick und stieß ihn zur Seite.

»Lauft!«, befahl er, und Riccarda schnappte sich den Jungen, um die Flucht anzutreten. Henning aber sah sich dem wutschnaubenden Buckligen gegenüber, der mit einem Grunzen seine Fäuste erhob. Wild begann er, auf Henning einzudreschen. Der allerdings wich tänzelnd den Schlägen aus, hüpfte hierhin und dorthin, suchte nach einer Deckung oder einer Waffe. Die Gaffer johlten Beifall, der noch lauter wurde, als Henning einen mit Schmutzwasser gefüllten Eimer erwischte und dessen Inhalt über den tobenden Riesen ausleerte. Der, dadurch kurzzeitig abgelenkt, wischte sich mit dem Ärmel über die Augen. Diese Gelegenheit nutzte Henning, um sich durch die Meute zu drängen und Riccarda und Emery zu folgen. Sie rannten keuchend in eine Gasse, fanden eine geöffnete Tür und schlüpften in das Haus.

Zwei Frauen empfingen sie mit einem Juchzen.

»Der Kleine ist noch etwas zu jung, aber Ihr, Herrchen,

seid ein stattlicher Kerl. Und auch Ihr, Hübsche, könnt mit uns spielen.«

»Verzeiht, würdige Damen, aber wir suchen Hilfe vor bösartigen Verfolgern. Habt Ihr einen Hinterausgang?«

»Wer verfolgt Euch? Ein betrogener Ehemann? Ein verschmähtes Weib? Die Eltern dieses schmutzigen Kindes?«

»Ein buckliger Eisenbrecher und eine schwarze Zwergin.«

Haltloses Kichern antwortete ihnen.

»Wenn Ihr uns nicht glaubt, schaut zum Fenster hinaus.«

Das Johlen und Grölen näherte sich, und plötzlich waren die beiden Dirnen betreten.

»Dahinten, über die Höfe. Und dann in den Dom. Lauft los!«

Henning drängte Riccarda und Emery zur Tür hinaus und half den beiden über die Mauer. Dann kletterte er hinterher, und gemeinsam stürmten sie durch die Seitengasse zum Domplatz. Hier zwischen den Marktständen wurden sie langsamer, aber Henning zerrte noch immer an Riccardas Hand, um sie in das Innere der Kirche zu führen.

»Knien wir uns vor den Marienaltar. Und beten wir, dass die Schausteller unsere Fährte verloren haben.«

Die gütige Madonna erhörte ihre Bitte, und nach zehn Ave Maria erhoben sie sich von den Knien. Emery wollte mit einer Erklärung beginnen, aber Henning fuhr ihm barsch über den Mund.

»Halt die Klappe, Junge. Wir müssen zusehen, dass

wir so schnell wie möglich auf das Schiff kommen. Und dann, du Taugenichts, hören wir uns deine Geschichte an.«

Von ihren Verfolgern war nichts zu sehen, und zügig schritten sie Richtung Hafen aus. Auf dem Schiff dann schubste Henning Emery in seine Kajüte, winkte Riccarda mit hinein und schloss die Tür.

»Was hast du dir dabei gedacht, du verdammtes kleines Scheusal?«, herrschte er den Jungen an.

»Ich brauchte Geld«, sagte der trotzig. »Ihr habt mir ja nur einen Bettel gegeben.«

»Also bin ich schuld daran, dass du die Jungfer und mich mit deinem Affentanz in Lebensgefahr gebracht hast?«

»Wart ihr doch gar nicht. Und ich hätte schon was gekriegt.«

»Schläge hättest du bekommen. Und nicht zu knapp. Warum glaubst du, dass man dich für deinen albernen Auftritt hätte belohnen sollen?«

»Der schwarzen Zwergin hat man auch Münzen zugeworfen.«

Was hatte Jung-Emery auf die Idee gebracht, einem Köhler ein Stück schwarze Holzkohle zu stibitzen, sich Gesicht und Hände damit einzureiben, sich einige Hühnerfedern ins Haar zu stecken und sich ein Tamburin »auszuleihen«? Dass ihn die Schausteller damit als Konkurrenz betrachten könnten, war ihm nicht in den Sinn gekommen. Auch nicht, dass er damit seine Begleiter in Sorge und Bedrängnis versetzt haben könnte.

»Als Erstes wirst du dich gründlich abschrubben,

Emery. Ich will keinen Schatten Asche mehr an dir sehen. Und dann wirst du den Rest des Tages auf Knien verbringen und das Buch Hiob lesen. Morgen früh kannst du den Text auswendig. Verstanden?«

»Ihr seid gemein.«

»Gemein, gnadenlos und grausam. Solltest du auch nur einen Mucks von dir geben, werde ich dich an den Mast binden und auspeitschen lassen. Hast du das verstanden?«

Emery machte noch immer ein trotziges Gesicht.

»Ich werde Herrn Marian sagen, wie ungerecht Ihr zu mir seid.«

Unerwartet fuhr ihn Riccarda mit kalter Stimme an: »Dein Vater hat dich Herrn Marian anvertraut. Was, glaubst du, würde dein Vater zu diesem bösen Streich sagen? Denkst du, er würde dir Beifall spenden, dass du dich und seine Freunde in Gefahr gebracht hast?«

Die Erwähnung des Rabenmeisters endlich weckte dann doch so etwas wie Unbehagen in dem Jungen. Und den Rest des Tages widmete er sich schweigend der Bibel.

»Das habt Ihr gut gemacht«, sagte Marian, als er die Geschichte gehört hatte. »Der Junge ist ein kleiner Teufelsbraten und hat seine Strafe verdient. Aber, heiliger Sankt Florian, wie gerne hätte ich ihn tanzen gesehen.«

Was wiederum Riccarda zum Kichern und schließlich auch Henning zum Schmunzeln brachte.

»Er war schon ein toller Anblick«, gab er zu.

12. Kapitel

Sie summten und brummten noch immer eifrig umher, krabbelten über die faulenden Äpfel im Gras, taumelten um den noch immer blühenden Mauerpfeffer, schwirrten müde um den Baumstumpf, in dem sie ihr Heim hatten. Imme saß in der warmen Septembersonne und stichelte an einem weißen Leinenhemd, als Witold den Garten betrat. Wie verzaubert blieb der große, bärtige Mann stehen und betrachtete die junge Frau, die leise vor sich hinmurmelte. Er wollte sich gerade wieder davonschleichen, als sie ihn bemerkte und den Kopf hob.

»Herr Witold, wolltet Ihr auch mit den Bienen sprechen?«

Der Fährmann verschränkte seine Finger und drehte die Hände vor der Brust hin und her. Seine Zunge schien im Mund anzuschwellen, und aus seiner Kehle entwich nur ein ersticktes Grunzen.

»Was ist Euch, Herr? Habt Ihr Angst, sie könnten Euch stechen? Keine Sorge, sie sind friedlich, solange man sie nicht reizt.«

Er wollte fliehen, aber ihre großen braunen Augen waren auf ihn gerichtet und hielten ihn in ihrem Bann.

»Ich erzähle dem Volk gerne, was sich im Haus tut, wenn ich ein wenig Zeit finde. Die Sybilla hat es immer so gehalten, wisst Ihr? Sie hören gerne die menschliche Stimme, und eine alte Sage berichtet, dass sie Glück über das Heim bringen. Nun ja, auf jeden Fall bringen sie die Süße zu uns.«

Er hätte ihr so gerne gesagt, wie schön er es fand, dass sie hier im Garten mit den Bienen plauderte, aber der Knoten in seiner Zunge verhinderte, dass auch nur ein verständliches Wort über seine Lippen kam.

Sie jedoch sprach unverdrossen weiter.

»Bald wird es keine Nahrung mehr für die Immen geben, und sie werden sich in ihre Höhle zurückziehen. Das ist die Zeit, in der man einen Teil der Waben entfernen kann. Nicht alle natürlich, denn ein Teil des Volkes muss überwintern, um im Frühjahr wieder auszuschwärmen. Ich werde für Euch den Honig aus den Waben pressen und aus dem Wachs Kerzen ziehen. Sie duften so schön, wenn die Tage dunkel und kalt werden.«

»Ich ... um ... Pflicht ruft«, stammelte Witold und stürzte davon.

Eigentlich wollte er sofort zur Fähre hinunterlaufen, aber als er am Haus vorbeikam, trat ihm Agnes in den Weg.

»Habt Ihr Eure Schwester heute schon gesehen?«, fragte sie. »Sie hätte schon vor der Terz zurück sein müssen.«

»Wer? Was?«

»Myntha, sie ist doch gestern am späten Nachmittag mit Rixa in die Heide gezogen, um bei der Sybilla nach dem Rechten zu schauen.«

»Ah ... um. Ja. Sybilla.«

»Was ist mit Euch? Habt Ihr getrunken? Geht es Euch nicht gut?«

»Doch, doch. Myntha. Wieso ist sie nicht hier?«

»Also habt Ihr sie noch nicht gesehen. Könnte sie drüben im Fährhaus sein? Bei Bilke?«

»War nicht auf der Fähre.«

»Witold, sie ist mit dem Düwwelsbalch weg. Sie ist in der Heide. Was, wenn ihr etwas zugestoßen ist? Ihr wisst doch, böse Gestalten treiben dort ihr Unwesen.«

»Unfug.« Dennoch blieb Witold stehen und schien allmählich wieder zur Besinnung zu kommen. »Sie ist mit Rixa zusammen, wollte bei der Zeidlerin über Nacht bleiben. Vielleicht schwätzt sie noch mit ihr.«

»Das ist nicht ihre Art, Witold. Ich mache mir Sorgen. Es muss jemand nach ihr suchen.«

»Ich habe keine Zeit, ich muss zur Fähre. Geht zum Rabenmeister und bittet ihn um Hilfe.«

»Ja, das könnte ich tun.«

Die Raben erkannten sie und umflatterten sie nur mit ihrem heiseren Gekrächz. Ihr Herr und Meister stand auf dem Hof und hielt einen der Sperber auf der Faust. Mit der anderen Hand reichte er ihm einige Fleischfetzen, die der Vogel gierig verschlang. Leander saß auf der Bank und hatte einen Eimer mit Fischen neben sich stehen. Seiner säuerlichen Miene zufolge fand er die Aufgabe, die glitschigen Viecher auszunehmen, nicht eben beglückend.

»Frau Agnes, was führt Euch zu uns?«, fragte der Rabenmeister und brachte den Vogel zurück zu seinem Käfig.

»Eine Sorge.« Sie berichtete von Mynthas Fernbleiben, und mit ernstem Gesicht hörte er ihr zu.

»Sie könnte einen Unfall gehabt haben«, meinte er schließlich. »Wir werden zu dieser Zeidlerin reiten und fragen, wann sie heute Morgen aufgebrochen ist.«

»Ich danke Euch. Sendet Nachricht, sowie Ihr sie gefunden habt.«

»Das werde ich tun. Leander, wasch dir den Fischgestank von den Händen und sattle die Pferde. Wir machen einen Ausritt.«

Das Gesicht des Jungen zeigte unvermittelt Freude, wurde dann aber wieder verschlossen.

»Wie Ihr wünscht, Herr.«

»So zahm, der Junge?«

»Er hatte bis eben eine Strafe zu verbüßen.«

»Fische ausnehmen, ich verstehe. Da mag ein Ritt durch die Heide eine bessere Unterhaltung sein.«

Er war noch immer wortkarg, auch wenn ihm vermutlich der schnelle Ritt über die sandigen Pfade weit besser gefiel als seine Aufgaben in der Kate. Es störte Frederic wenig. Er hielt Ausschau nach möglichen Hinweisen, die darauf schließen ließen, dass die unholde Jungfer diesen Weg genommen hatte. Aber was er fand, waren lediglich Spuren der Zeidler, die Harz von den Eiben gesammelt und hier und da einige Äste abgeschnitten hatten. Was ihn erfreute, denn das Eibenholz würde er ihnen abkaufen, um es später zu Bögen zu verarbeiten. Ansonsten hoppelten nur einige aufgeschreckte Hasen durch die krautige Heide, ein Falke kreiste hoch über ihnen, und eine Kreuzotter floh vor den Hufen der Pferde.

»Dort vorne ist die Kate von Rixa und ihrem Mann. Benimm dich, Leander. Es sind ehrenwerte Leute. Und hüte dich vor dem Met.«

»Ja, Meister.«

Aha, noch immer schmollte der Junge mit ihm.

Rixa trat aus der Kate, als sie den Hufschlag hörte, und ein breites Grinsen lag auf ihrem Gesicht.

»Ihr kommt gerade recht, Rabenmeister. Ich habe das Honigbrot eben aus dem Ofen gezogen. Viele schöne Nüsse sind darin, und es gibt frischen Rahm.«

»Seid gegrüßt, Rixa, und danke für das Angebot. Aber wir sind nicht zum Schlemmen gekommen. Wir suchen Myntha. Ist sie noch bei Euch?«

»Aber nein. Nein. Ist sie nicht im Fährhaus?«

»Sie verließ es mit Euch und hinterließ die Botschaft, dass sie die Nacht hier verbringen wollte.«

»Oh!«, sagte Rixa und sah ihn entsetzt an. »Das ist schlimm, Herr. Wir kamen zur Kate, und die Jungfer ging hinein. Ich blieb im Garten. Denn neben der alten Bestla war ein frisches Grab aufgeschüttet. Ich wollte ein paar Blumen darauf pflanzen. Ein wenig vergaß ich darüber die Zeit, und als ich die Jungfer zum Aufbruch auffordern wollte, bekam ich keine Antwort. In der Kate war sie nicht, und das Maultier war auch verschwunden. Also nahm ich an, dass sie trotz der späten Stunde nach Hause geritten ist.«

»Sie war also gar nicht hier? Das wird ja immer schlimmer. Leander, wir müssen zum Haus der Sybilla.«

»Nehmt von dem Honigbrot mit, Herr.«

»Danke, nein. Die Zeit eilt.«

Frederic warf den Hengst herum und brachte ihn zum Galopp. Leander folgte, und mit donnernden Hufen fegten sie über die Heide. Als das Gebäude in Sicht kam, zügelte er das Pferd, und Leander kam an seine Seite.

»Was kann der Jungfer geschehen sein?«

»Wir müssen versuchen, es herauszufinden. Vielleicht ist das Maultier weggelaufen, und sie ist in dieser Hütte geblieben. Suchen wir sie. Und suchen wir die Spuren des Maultiers.«

Myntha blieb verschwunden, aber Leander hatte die Stelle gefunden, wo das Düwwelsbalch angebunden gewesen war.

»Hier hat es geäppelt. Hier sind Fasern von dem Strick am Pfosten.«

»Richtig. Und von hier ist es gekommen. Und dorthin ist es gegangen. Mit Myntha oder ohne sie.«

»Würde es nicht zurück zu seinem Stall laufen, wenn es sich befreit hätte? Und nicht tiefer in die Heide hinein?«

»Hat es sich denn selbst befreit?«

Frederic untersuchte den Zaunpfosten.

»Ein zerrissener Strick hätte mehr Fasern hinterlassen«, bemerkte Leander. »Es sieht aus, als hätte es jemand losgebunden.«

»Das denke ich auch. Aber ob es die Jungfer war? Was mochte sie bewegt haben, in der Dämmerung in die Heide zu reiten? Ist sie so wagemutig?«

»Sie ist besonnen und vernünftig.«

»Mir will das nicht gefallen. Der Fährmeister spinnt zwar tolle Geschichten von den Heidegeistern, aber ich kann mir nicht vorstellen, dass sie solchen Gespenstern nachjagen würde.«

»Dann folgen wir den Spuren.«

»So ist es. Du hast einen scharfen Blick, und vier Augen sehen mehr als zwei. Achten wir nicht nur auf die Hufspuren, sondern auch darauf, ob es weitere Hinweise gibt. Tuchfetzen, Fäden, ungewöhnliche Zeichen. Es gibt zwar keine Heidegeister, aber durchaus üble Gestalten. Und eine hübsche junge Maid mag eine willkommene Beute sein.«

»Man hat sie entführt?«

»Finden wir es heraus.«

13. Kapitel

An diesem Abend war es ruhig im Hauswesen in der Witschgasse. Frau Alyss saß mit den Mädchen in der Küche, dem wärmsten Raum im Haus, denn hier gloste noch das Feuer im Kamin, und der gewürzte Wein erwärmte sich in seinem Krug neben dem Herd. Auch ein paar Äpfel, gefüllt mit Rosinen, Honig, Zimt und Butter, dufteten süß in einer flachen Schüssel auf dem Rost. Aus Leinenfäden drehten die Mädchen Dochte, die die Hausherrin gekonnt durch das weiche Bienenwachs zog und so die wohlriechenden Kerzen herstellte, die sie zur Adventszeit der Kirche übergeben wollten. Jehanne summte ein kleines Lied, und die anderen fielen nach einer Weile mit ein. Die Stimmung war traulich und von heiterem Frieden. Das mochte auch daran liegen, dass die quirligsten Mitglieder des Hauswesens nicht anwesend waren. Jung-Emery befand sich auf der Reise nach Venedig, sein gleichaltriger Freund Gauwin hatte darum gebeten, die Nacht im Stall verbringen zu dürfen, denn der kleine Spitz hatte sich am Nachmittag bei einer Rauferei mit einem sehr viel größeren Hund eine Bisswunde am Bein zugezogen. Alyss hatte ihn zwar versorgt, aber keine Zeit gehabt, dem Tier mehr als einen Verband anzulegen. Ihr Sohn aber war der Meinung, dass der Spitz des Trostes bedurfte, und hatte ihm ein kuscheliges Deckenlager im Heu gerichtet. Mit einem Körbchen voll Leckerbissen hatte er es sich bei ihm gemütlich gemacht.

Auch der ältere Sohn des Hauses war nicht zugegen. Und nur seine Mutter wusste, dass er auf Freiersfüßen wandelte. Den Mädchen hatte er sich nicht anvertraut, zu sehr fürchtete er deren gnadenlose Neckereien und das Gekicher. Mit siebzehn mochte er sich zwar schon als Mann fühlen und der hübschen Pastetenbäckerin am Rheingassentor seine glutvolle Verehrung zeigen, seiner Schwester und deren gleichaltrigen Freundinnen fühlte er sich dennoch nicht gewachsen.

Der Herr des Hauses war noch in geschäftlichen Angelegenheiten unterwegs, die bei einem Essen im Zunfthaus geregelt werden mussten. Da die Speisen dort üppig waren und der Wein in Strömen floss, würde es bis spät in die Nacht dauern, bis er zu seinem Weib unter die wärmenden Decken schlüpfen konnte.

Alyss genoss den ruhigen Abend. Und als die letzte Kerze gezogen war, die Bratäpfel verspeist und der Krug mit dem gewürzten Wein fast geleert war, schickte sie die Mädchen zu Bett und räumte die Spuren ihrer Arbeit fort. Schließlich hängte sie noch den Kessel mit dem Morgenbrei an den Herdhaken, deckte die letzte Glut ab und blies die beiden Lampen aus. Lediglich ein kleiner Kerzenstumpen aus goldgelbem Bienenwachs brannte noch, und sein honigsüßer Duft füllte die Küche. Nur zu ganz besonderen Anlässen wurden im Haus derart kostbare Lichter entzündet, gewöhnlich waren es Talgkerzen, die für Beleuchtung sorgten.

Und so ließ Alyss Erinnerungen zu, die sie mit diesem Duft verband. Vor allem an ihre Eltern dachte sie, an ihre kluge, wortgewandte Mutter, auf deren Liebe und sicheres Urteil sie sich immer hatte verlassen können, an ihren äußerlich so grimmigen, aber unendlich großherzigen Vater, dessen Augen oft genug zeigten, wie sehr er sich über eine spitzfindige Antwort amüsierte. Sie dachte auch an ihren Zwillingsbruder Marian, der wohl diese und viele der nächsten Nächte in lauten, ungemütlichen Herbergen verbringen musste. Doch am Ende der Reise würde er in dem komfortablen Haus nahe Venedig bei seinem Weib Gislindis Ruhe finden.

Das Zuschlagen des Hoftors riss sie aus ihren Gedanken, und das leise Gepolter der Schritte kündigte ihr an, dass Thomas von seiner Tändelei zurückgekehrt war. Sie blieb noch sitzen, denn das Licht in der Küche würde ihn anlocken. Den letzten Rest Wein würde sie mit ihm teilen und sich seine hinreißende Schilderung der jungen Maid anhören. Oder auch nicht, denn manches musste ein junger Mann auch für sich behalten.

Es dauerte nicht lange, bis ihr Sohn den Weg zu ihr fand, doch als er in die Küche kam, keuchte er: »Mutter, der Dachstuhl brennt!«

Entsetzt fuhr Alyss auf.

»Wo?«

»Es riecht nach brennendem Holz, und aus dem Fenster unserer Schlafkammer ist Feuerschein zu sehen.«

»Ruf die Nachbarn zusammen. Ich hole die Eimer!«

Es musste schnell gehen. Trockenes Holz loderte in Windeseile auf und konnte schnell auf die Nachbarhäuser überspringen. Alle wussten das, und schon standen die ersten Männer in ihren Hemden und Nachtmützen im Hof, bewegten den Pumpschwengel, füllten Eimer, riefen einander Anweisungen zu, stiegen die Leiter zum Dach hoch und entleerten das Wasser in die Flammen. Dann kamen die Frauen in ihren Umschlagtüchern und halfen, die leeren Eimer wieder zu füllen.

Ein Junge rannte los, um Master John im Zunfthaus zu benachrichtigen, und im Laufschritt kam auch der Herr des Hauses zurück. Doch die Flammen waren gelöscht, und nach und nach verließen die hilfsbereiten Nachbarn den durchnässten Hof wieder.

»Wie konnte das passieren? Hat Gauwin in seinem Bett gezündelt?«, wollte John barsch wissen.

»Ich war nicht in der Kammer«, schniefte der Junge.

»Schon gut«, sagte Frau Alyss und zog den Kleinen an sich. »Er war bei seinem Hund im Stall. Aber habt ihr vielleicht vergessen, die Kerze zu löschen?«

»Ich habe das Handlicht mit nach unten genommen«, sagte Thomas. »Es war dunkel, als ich die Kammer verließ.«

»Gehen wir hoch und schauen uns gründlich um. Das will mir nicht gefallen.«

Es bot sich ihnen kein schöner Anblick. Alles troff von Wasser, die Wand, an der Gauwins Bett stand, war geschwärzt, das Bett selbst verkohlt. Thomas stocherte mit einem der Pfeile in der Asche herum.

»Sieht aus, als wäre das Feuer hier entstanden«, murmelte er. »Irgendwo im Stroh der Matratze. Das entzündet sich doch nicht von selbst.«

»Da hast du völlig recht.«

Auch John nahm sich einen der Pfeile, mit denen Gauwin und Emery das Schießen zu üben pflegten. Und bereits nach kurzer Suche fischte er ein verkokeltes Stück Schnur aus den Trümmern.

»Lunte!«, sagte er. »Brandstiftung. Jemand hat mit Absicht das Feuer hier gelegt, vermutlich in der Annahme, dass wir dem Jungen die Schuld an dem Feuer geben.«

»Der Feuerteufel!«, entfuhr es Alyss. »Er hat uns gefunden.«

»Du glaubst, es war Frederics Widersacher?«

»Er ist ihm auf den Fersen, darum hat er ja Emery mit Marian fortgeschickt. Wir müssen ihn warnen.«

»Heute nicht mehr. Aber gleich morgen mit der ersten Fähre setze ich über.«

Etliche Stunden der Nacht verbrachte das Hauswesen damit, die gröbsten Schäden von Feuer und Wasser zu beseitigen, und niemand bemerkte, dass sich der heimliche Beobachter aus dem Kelterhaus davonschlich, sichtlich unzufrieden darüber, dass sein Werk so früh bemerkt und größerer Schaden verhindert worden war.

Die Raben kannten Master John und ließen ihn unbehelligt zur Kate reiten. Da er sie jedoch leer vorfand und auch die Pferde nicht auf der Weide standen, wandte er sich zum Fährhaus, um sich dort nach dem Rabenmeister zu erkundigen. Er traf Reemt auf der Wiese neben dem Haus an, der eben versuchte, dem Fohlen eine Schüssel voll Milch schmackhaft zu machen.

»Nun sauf schon, du kleines Trotteltier«, grummelte

er, als John abstieg, zwei schnatternde Gänse abwehrte und zu ihm trat.

»Ist Frederic mit der Stute unterwegs?«

»Ah, Master John. Ja, er und Leander sind gestern in die Heide. Meine Myntha ist nicht nach Hause gekommen. Ich hoffe, die Heidegeister haben ihr keine Angst eingejagt.«

»Wohl kaum. Und schon gar nicht dem Rabenmeister. Was ist wirklich geschehen?«

»Es hieß, die Sybilla ist gestorben. Myntha ist mit Rixa losgezogen, um nach dem Rechten zu sehen. Verdammt, es ist gefährlich dort in der Einsamkeit. Aber was wollt Ihr von dem Bowman? Können meine Söhne oder ich Euch helfen?«

»Ich habe eine Nachricht für Frederic. Ist er zu Sybillas Kate geritten?«

»Zu ihr oder der Zeidlerin.«

»Ich sehe zu, dass ich ihn finde. Sollte er vor mir hier eintreffen, richtet ihm aus, dass er umgehend mein Weib aufsuchen soll.«

Und mit einem Herzen voller Sorge sprengte John über die sandige Heide.

14. Kapitel

Es hatte eine Weile gedauert, bis Myntha sich eingestand, dass die fliegenden Dämonen lediglich ein paar aufgescheuchte Fledermäuse waren. Dennoch verbrachte sie eine unruhige und ungemütliche Nacht in der Höhle. In der Dunkelheit hatte sie dann auch bald jedes Zeitgefühl verloren. Manchmal war sie eingedöst, immer wieder aufgeschreckt, hatte um Hilfe gerufen oder gelauscht.

Und dann hörte sie es plötzlich. Schritte näherten sich, Geröll knirschte leise, schwerer Atem und ein Husten erklangen.

Schwankend zwischen Angst und Hoffnung drückte sie sich an die Wand hinter sich. Ein Luftzug ließ die Kerze flackernd erlöschen. Doch es kam ein Licht näher, und vor dem Licht erhoben sich drei riesenhafte Schatten.

Waren die Geschichten ihres Vaters doch wahr? Bewohnten Trolle und Riesen die Höhlen in der Heide? Breitschultrig waren die Geschöpfe, spitz liefen ihre Schädel zu. In den Händen hielten sie Knüttel oder Äxte.

»Was hattest du bei der Sybilla zu suchen?«, fuhr sie eine dunkel grollende Stimme an.

»Ich hörte von ihrer Lehrtochter von ihrem Tod. Ich wollte nach der alten Weisen sehen, Herr.«

»Plündern und rauben«, schoss der zurück.

»Aber gewiss nicht. Ihre Kräuter und Tinkturen mögen jenen helfen, die sie benötigen. Ich wollte dafür sorgen, dass sie ein würdiges Grab findet, doch ihr Leichnam war bereits verschwunden.«

»Hast du sie umgebracht?«

»Heilige Jungfrau, nein. Imme kündete mir von ihrem Ableben.«

»Hast du die Imme gefressen?«

»Ich habe die Imme getröstet, ihr ein Mahl und eine Kammer gerichtet. Sie wird im Fährhaus in Mülheim bleiben. Imme kennt mich seit dem vergangenem Jahr.«

Das Licht schwankte näher, und die Schatten wurden kleiner. Und noch kleiner. Und als die drei Gestalten vor ihr standen, riss Myntha verblüfft die Augen auf. Kaum größer als zwölfjährige Kinder waren die zwei Männer und die Frau. Und das auch nur, weil die hohen, kegelförmigen Mützen ihre Köpfe überragten.

»Zwerge? Ihr seid Zwerge? Und ihr habt mich gefoppt!«

»Nein, das haben wir nicht. Wir wachen über das, was uns gehört. Und wer uneingeladen eindringt, der muss uns Antwort geben. Also sprich. Wer bist du, und was wolltest du?«

Sie mochten klein sein, aber sie trugen tatsächlich Äxte und scharfe Messer im Gürtel, und um ihre Schultern hatten sie lange Seile gewickelt, mit denen sie sicher eine aufsässige Gefangene fesseln würden. Also beeilte Myntha sich, ihre Geschichte ausführlich zu erzählen. Die drei hörten ihr aufmerksam, aber schweigend zu, auch als sie beteuerte, dass sie Sybillas Freundin gewesen und über ihren plötzlichen Tod beunruhigt war, da Imme glaubte, sie sei vergiftet worden. Schließlich schwieg sie, ihre Besucher jedoch auch. Immer unbehaglicher wurde ihr, während die kleinen Männer um sie herumgingen und sie anstarrten. Dann drehten sie sich plötzlich um und verschwanden.

»Dann fragt doch die Rixa nach mir!«, brüllte Myntha ihnen aufgebracht hinterher.

Erst dann bemerkte sie, dass man ihr eine Lampe und einen Korb dagelassen hatte.

Der Korb enthielt ein paar Äpfel, ein Stück Käse und ein derbes Brot, in dem Krug befand sich ein starker Met. Fressen wollten die kleinen Gesellen sie wohl also doch nicht. Und mit einem Anflug von Galgenhumor dachte sie dann, dass sie sie vielleicht vorher nur zu mästen gedachten.

Um nicht trunken zu werden, folgte Myntha mit dem leeren Krug dem Geräusch des tropfenden Wassers, fand die Stelle und füllte ihre Hand damit. Sie probierte es vorsichtig. Es war reines, klares, wohlschmeckendes Wasser. Dankbar füllte sie das Gefäß damit und trank es zu ihrem einfachen Mahl. Als sie gesättigt war, legte sie sich die Decke um die Schultern, nahm den Korb mit den Resten ihres Mahls auf und ergriff die Lampe. So gerüstet machte sie sich auf die Suche nach dem Ausgang. Es war nicht einfach, sich in dem Gewirr aus Geröll und schmalen Durchgängen hindurchzuwinden. Viel Licht spendete die Lampe nicht, und ob sie überhaupt die richtige Richtung gewählt hatte, bezweifelte sie mit jedem Schritt. Immerhin weitete sich die Höhle nach einer Weile wieder, und mit einem erschöpften Seufzer ließ sie sich auf einem Felsblock nieder. Sie schloss die Augen und lauschte. Vielleicht drangen ja von irgendeinem Ausgang Geräusche ins Innere. Aber nur leises Tröpfeln war zu hören. Dennoch, als sie die Augen wieder öffnete, fiel ihr Blick auf den Boden, dort, wohin sie die Lampe gestellt hatte. Und in deren Lichtkreis entdeckte sie ein kleines Wunder. Zwischen den Steinen lag ein geradezu vollendetes Schneckengehäuse. Und als sie danach griff, hatte sie wiederum nur einen Stein in der Hand. Ein Stein in Form einer kleinen Spirale. Und weitere davon fand sie. Kleinere und größere. Und dann einen mit einem fünfarmigen Stern darin. Einen anderen, in dem ein ganzes Fischlein abgebildet war. War das Zauberwerk? Hatte Menschenhand diese filigranen Wunderwerke in Stein geschnitten? Es gab Steinmetze, die in der Lage waren, Heilige aus Stein zu schlagen. Oder fein verzierte Bögen daraus zu schaffen. Der Dom war voll solcher Kunstwerke und wirkte auf sie oft wie das zierlichste Spitzengewebe. Pflanzen rankten sich um Säulenkapitäle, und kleines Getier lugte manches Mal aus den Schnitzereien aus Holz. Ja, menschliche Künstler waren in der Lage, derartige Dinge herzustellen. Aber hier in der Höhle? Waren diese Zwerge mit ihren Äxten so kunstfertig?

Sie drehte das seltsame Schneckengehäuse in ihrer Hand. Und erinnerte sich. Es war im Haus von Frau Alyss gewesen, dass sie zum ersten Mal etwas Ähnliches gesehen hatte. Ein etwa eiförmiger, hellgrauer Stein war es, in dem ein Fünfstern abgebildet war. Drachenei wurde es genannt und mit ihm verband sich eine abenteuerliche Geschichte von Mord und Verrat. Dennoch hatte Master John ihr einst erklärt, dass man diese Art von Steinen zuhauf auf Englands Feldern fand. Drachen indes waren aber wohl noch nie daraus geschlüpft, obwohl in dem Hauswesen erschreckende Geschichten darüber gesponnen wurden. Ob diese Steine einfach eine Laune der Natur oder von Menschenhand gefertigt worden waren, wusste niemand. Aber mit einem feinen Lächeln steckte Myntha die Steine, die sie hier entdeckt hatte, in ihre Tasche. Reemt würde völlig neue Geschichten dazu erfinden!

Eine Weile lenkte sie dieser Gedanke ab, dann aber machte sie sich erneut auf die Suche nach dem Ausgang. Sie fand ihn nicht, und resigniert breitete sie die Decke aus und versuchte, in den Schlaf zu entfliehen.

15. Kapitel

Die Unterkunft für die Gäste in der Kartause Freiburg war weit angenehmer als die in einem der belebten Gasthäuser. Nur mit wenigen Besuchern teilten sie die Unterkunft, zwei stille Mönche auf Pilgerfahrt und ein Gelehrter mit seinem Adlatus hatten hier Rast gemacht. Henning, Emery und Herr Marian hatten ein breites Bett zu ihrer Verfügung, Riccarda und ihre Amme eine eigene Kammer. Zum Essen jedoch trafen sie sich an dem langen Tisch, an denen ihnen der Cellerar ein überaus bekömmliches Essen servieren ließ.

Danach empfing der Abt des Klosters, Vater Arnold, den Handelsherrn, und Henning oblag es, sich um den Jungen und die Jungfer zu kümmern. Emery maulte, als er aufgefordert wurde, sich zu einem Spaziergang durch die weitläufigen Gärten innerhalb der Klostermauern anzuschließen, aber Henning blieb unerbittlich. Dennoch versprach es ein angenehmer Ausflug zu werden. Der Bruder Gärtner führte sie durch die Beete und zeigte ihnen die Obstbäume, die sie gepfropft hatten, damit sie möglichst schmackhafte Früchte entwickelten, erklärte ihnen die seltenen Kräuter, die an geschützten Plätzen wuchsen, und die Bienenhäuser. Mehr als diese Sehenswürdigkeiten aber begeisterte Riccarda und Emery eine schwarze Katzenmutter mit ihren drei Jungen. Noch kein halbes Jahr waren die alt und tollten übermütig zwischen Pflanzen und Bäumen umher. Da sie an die Mönche gewöhnt waren, zeigten sie sich auch den Besuchern gegenüber zutraulich, krabbelten auf Riccardas Schoß, ließen sich von Emery mit langen Grashalmen zur Jagd verleiten, fielen zwischendurch in einen kurzen, schnurrenden Schlummer und wurden ausgiebig gestreichelt.

Henning ließ es darüber etwas an Aufmerksamkeit mangeln und hörte sich die Geschichten an, die der Bruder über die Herkunft der exotischen Pflanzen zu berichten wusste. So stammten die Aprikosen- und Pfirsichbäume aus den morgenländischen Gebieten. Es war anfangs nicht ganz einfach gewesen, sie im hiesigen Boden gedeihen zu lassen, aber unendliche Geduld, etliche Experimente, Pflege und Veredelung hatten schließlich zum Erfolg geführt. In der Klosterküche wurden die Früchte eingekocht, in Honig eingelegt oder gedörrt. In den Süßspeisen waren sie sehr beliebt. Aber auch einen Fruchtwein setzte man aus dem Saft an.

Als der Bruder Gärtner seine drei Gäste in die Küche führen wollte, um ihnen dort eine Kostprobe anbieten zu lassen, musste Henning feststellen, dass ihm seine Schützlinge entwischt waren. Nur die Katzenmutter und ihre Kinder schliefen friedlich in der Katzenminze.

»Sie können nicht weit sein«, meinte der alte Bruder. »Mag sein, dass sie bereits in die Küche gegangen sind, junge Menschen haben immer Appetit.«

Henning bezweifelte das zwar, folgte dem Mönch jedoch zum Kloster zurück. In der Küche kneteten zwei

Männer Brotteig, und da keine Fastenzeit war, drehte ein dritter am Spieß über dem Herd ein fetttriefendes Schwein. Die Jungfer und der Junge waren hier jedoch nicht gesehen worden.

»Ich muss sie suchen, werte Brüder. Ich fürchte, die beiden neigen dazu, Unfug anzustellen.«

Henning verließ die Küche und blieb einen Moment im Kräutergarten stehen. Wohin mochten die beiden gegangen sein? Ein elfjähriger Junge wie Emery strotzte nur so von Abenteuergeist, und Riccarda, die sich ständig zu langweilen schien, mochte leicht von ihm zu irgendwelchen Schandtaten zu überreden sein. Was reizte einen Knaben in einem Kloster? Vermutlich nicht die Kirche. Und auch der Kreuzgang bot wenig Aufregung. Viel mehr sicher die Wirtschaftsgebäude.

Henning machte sich auf die Suche. Das Areal, in dem die Scheunen und Ställe standen, war nur wenige Schritte entfernt. Hier ging es lebhaft zu, Holz wurde gehackt, zwei Laienbrüder wuschen Fässer aus, andere luden große Käseräder auf einen Karren, in einer Ecke beschlug ein Schmied einen mächtigen Ackergaul. Hier vermutete Henning den Jungen als Erstes, doch der rußige Kerl hatte ihn nicht gesehen. Er verwies ihn jedoch an das Brauhaus. Dort fand sich ein rotgesichtiger Bruder, der den Kessel bewachte und sich auch gleich leutselig gab.

»Ein Krug von unserem Selbstgebrauten gefällig?«, bot er ihm an, und als Henning den Kopf schüttelte und sich nach seinen Schützlingen erkundigte, teilte er ihm mit, dass die beiden bei ihm vorbeigeschaut hätten, aber ebenfalls das Bier abgelehnt hatten.

»Die Jungfer sagte, sie zöge einen süßen Wein vor. Ich wies sie an die Keller, in denen wir unsere Fässer lagern.«

»Oh je«, murmelte Henning und stürmte über den Hof.

Die Holztür, die in die dunklen Abgründe führte, stand offen, aber unten flackerte ein kleines Licht.

Und es kicherte.

Offenbar war der Wein süß und süffig, denn als er Riccarda fand, stieß sie ihm einen Becher entgegen.

»Musstu probiern. Is lecker!«

Er nahm ihr das Gefäß ab und konnte sie eben noch auffangen. Mit beiden Armen umfing sie seinen Hals und drückte ihre Nase in sein Gesicht.

»Bis du auch lecker, süßes Ritterlein? Küssmich!«

»Jungfer Riccarda, lasst mich los«, sagte er streng und versuchte, ihre Arme zu lösen.

»Geht nich. Schwankt so, dasss Schiff.«

Ihre Haare hatten sich gelöst und ringelten sich um seine Schultern. Heftig drückte sie ihren Körper an ihn und gurrte leise.

»Riccarda, lass das!«

»Isso schön!«

Mit einer heftigen Bewegung schüttelte er sie ab, vergaß jede Ritterwürde und gab ihr eine heftige Ohrfeige.

»Aua!«, sagte sie und sackte zu seinen Füßen zusammen. Damit entdeckte er auch Emery, der selig schlummernd in einer Weinlache lag. Es war nicht eben ein frommes Gebet, das sich über Hennings Lippen stahl. Er packte den Jungen, schleppte ihn die Treppe hoch und legte ihn neben der Tür ab. Dann mühte er sich mit der weit schwereren Jungfer ab.

»Heiliger Herr Jesus, was ist ihnen widerfahren?«, fragte der Holzhacker. »Sind sie die Treppen hinabgestürzt? Soll ich den Bruder Infirmarius rufen?«

»Nicht nötig. Ich bringe sie in unsere Unterkunft, da können sie ihren Rausch ausschlafen. Besser, ihr verschließt zukünftig die Tür zu Euren Weinkellern.«

»Betrunken? Der Knabe? Und die Maid?«

Henning verkniff sich eine Antwort, sie wäre sehr unfreundlich gewesen. Stattdessen nahm er Emery wieder auf die Arme und trug ihn zum Gästehaus. Dort packte er ihn in das Bett und stellte einen Eimer neben ihn. Als Nächstes holte er Riccarda, die sich an seine Brust kuschelte und wie eines der jungen Kätzchen maunzte. Die kurzsichtige Amme begann bei ihrem Anblick eifrig zu flattern, und er erklärte ihr: »Es ging der Jungfer dort draußen im Garten plötzlich nicht sehr gut. Mag sein, dass sie zu Mittag ein wenig zu viel von den Süßspeisen zu sich genommen hat.«

»Legt sie dort nieder. Ich kümmere mich um das Schätzchen. Und danke für Eure Hilfe.«

Noch einmal musste er fast Gewalt anwenden, um sich aus dem Klammergriff der jungen Frau zu lösen, dann floh er erleichtert zurück in den Garten. Er war leer und friedlich, die Mönche hatten sich zu ihrem Stundengebet versammelt, und nur ein paar eifrige Spatzen, Rotkehlchen und Meisen schaukelten in den Zweigen der Büsche und naschten rote Beeren.

Hier fand ihn Marian vom Spiegel.

»So allein und so tief in trüben Gedanken, Henning? Was ist vorgefallen?«

»Nichts.«

»Ja, das ist immer betrüblich. Ich hingegen habe ein sehr fruchtbares Gespräch mit dem Abt geführt. Die Kölner Seidenarbeiten fanden großes Gefallen, und nun verfügt das Kloster über einiges an neuen Paramenten.«

»Wird Euer Schaden nicht sein.«

»Nein, ich handelte einen guten Preis aus. Es hat meine Stimmung gehoben. Während etwas die deine getrübt hat. Was haben die Jungfer und der Knabe angerichtet?«

Wieder wollte Henning mit einem einsilbigen »Nichts« antworten, doch dann brach es aus ihm heraus.

»Ich kann sie nicht hüten. Immer entwischen sie mir.« Und aus tiefstem Herzensgrund stöhnte er dann: »Es ist so unwürdig, sich mit diesen Kindern abgeben zu müssen.«

»Ja, ich verstehe deine schlechte Laune. Der frisch erworbenen Ritterwürde ist es abträglich, Ammendienste zu leisten. Angemessener wäre es, einen Drachen zu jagen und mit blutiger, zerschrammter Rüstung heimzukehren.«

»Muss ja nicht gerade ein Drachen sein. Aber wenigstens ein ehrlicher Kampf.«

»Eisenfresser! Aber, Henning, Drachen treten in unterschiedlichsten Gestalten auf. Manchmal als kleine Jungs oder liebliche Maiden. Und der Kampf mit ihnen ist zwar nicht immer blutig, aber allemal würdevoll.«

»Quatsch!«

Marian lachte auf.

»Was haben die Helden angerichtet? Ein wildes Pferd gestohlen, einen Heiligen angezündet? Den Messwein ausgetrunken?«

»Nahe dran. Sie haben den Weinkeller aufgesucht.«

»Und der Tropfen hat ihnen gemundet.«

»Die Jungfer war bezecht, Emery schlief, als ich sie endlich fand. Was soll ich nur mit ihnen machen?«

»Zunächst einmal sie ihrem Elend überlassen. Es wird sie einiges lehren. Und du, junger Freund, quäle dich nicht mehr. Es ist nicht deine Schuld. Ich hätte früher daran denken müssen, dass ein solcher Sack Flöhe schwer zu hüten ist. Die Amme ...«

»Ist halb taub und kurzsichtig und von derart schlichtem Gemüt, dass man sie eigentlich einsperren müsste.«

»Harte Worte, aber leider wahr. Lodewig hat da einen recht blinden Fleck gehabt. Oder möglicherweise war auch Absicht hinter seinen Lobpreisungen dieser Vettel. Dass Emery ein kleiner Tunichtgut ist, das aber wussten wir. Allerdings hatte ich gehofft, dass er ohne seinen Kumpan Gauwin leichter zu zähmen ist.«

»Ein frommer Wunsch.«

»Da hast du leider recht. Und ich verstehe auch, dass deine Würde darunter leidet, dass du dich um diesen kleinen Drachen kümmern muss. Aber Henning, betrachte es mal so: Du hast eine wundervolle neue Rüstung erhalten. Sie ist fleckenlos und glänzt im Sonnenschein. Die Rüstung aber hat eine andere Aufgabe. Sie schützt deinen Körper vor Wunden und Schrammen. Und es mag dich jammern, wenn die erste Lanze eine

Scharte hineinschlägt. Und mit den Jahren wird sie immer matter und zerbeulter, und nach einer Weile wirst du stolz auf die Kratzer und Beulen sein, die sie erhalten hat, denn ein jeder erzählt von einem ruhmreichen Kampf, in dem du nicht verletzt wurdest. Mit der Würde ist es ähnlich. Sie ist der Panzer deiner Seele und schützt sie vor anderen Wunden – Demütigungen, Kränkungen, Schmach. Deine Ritterwürde ist noch neu, sie schimmert und glänzt, und du bist stolz auf sie. Aber wie die Rüstung muss sie Püffe aushalten, und wenn du klug bist, wächst sie daran. Schau dir den Ritter Arnold an. Ein kleiner, dicker alter Herr, der kaum noch in seine Rüstung passt. Er braucht sie auch nicht mehr, denn er kämpft nicht mehr mit scharfen Waffen. Und doch ist er ein Mann von Ehre und Würde. Er liebt seine Frau, seine Kinder und sein Heim. Er ist dir zu Hilfe gekommen, und den Raubritter hat er nur mit Worten vertrieben.«

»Mag sein, dass Ihr recht habt, Herr Marian, aber ...«

»Der Rabenmeister war dir in vielen Dingen ein guter Lehrer. Und ich muss mir selbst vorwerfen, dass ich meine Pflicht vernachlässigt habe. Henning, der Umgang mit Jungfern und Knaben ist neu für dich. Lass uns gemeinsam überlegen, wie man sie zähmen kann. Ich habe Söhne und Töchter, und wenn auch Leander, den du kennst, schon mal den Schnösel gibt, so ist er doch ein guter Junge, der dereinst seinen Mann stehen wird. Ich habe festgestellt, dass junge Menschen Aufgaben brauchen. Du hast immer eine gehabt, als Page, als Knappe, als Diener. Aber unsere beiden Schützlinge langweilen

sich, und damit kommen sie eben auch auf dumme Gedanken. Geben wir ihnen etwas zu tun.«

»Bei Emery würde mir bestimmt etwas einfallen, wenn
Ihr mir freie Hand lasst. Aber bei der Jungfer?«

»Also, das Erste, was mir einfällt, hat damit zu tun,
dass wir nach Italien reisen. Du, mein Freund, sprichst
die Sprache deiner Heimat. Lehre sie die beiden.«

»Ich dachte, Riccarda hat sie von der Amme gelernt.«

»Sicher, Ammensprache. Sie wird mehr brauchen.«

Henning lachte.

»Seemannssprache?«

»Kann gelegentlich durchaus nützlich sein.«

»Gut. Vielleicht hat der Bruder Bibliothekar einige einfache Texte, die ich für sie kopieren kann.«

»Oder du findest sie auf den Märkten oder in Schulen.
Ein Abcdarium wäre für den Anfang nicht schlecht. Oder,
Henning, schreib selbst kurze Geschichten. Du hast viel
erlebt. Was immer dir spannend erscheint, wird dir die
Aufmerksamkeit deiner Schüler sichern. Erzähle ihnen
von dem Flug der Sperber, den Kämpfen auf Turnieren,
den Spielen der Gaukler.«

Henning nickte eifrig. Er fand plötzlich Gefallen an
der Vorstellung, den beiden jungen Leuten aus seinem
bewegten Leben zu erzählen.

»Und noch etwas, Henning. Wir sind auf einer langen
Reise, die uns durch viele Länder führt. Überall aber gibt
es Märkte, und auf Märkten reichlich Tand zu kaufen.
Geld ist der Tauschwert auf jedem, aber die Münzen sind
immer anders. Sie sehen anders aus, haben unterschiedli-
chen Wert, und wenn man sich nicht auskennt, wird man

leicht betrogen. Bring den Kindern das Münzrechnen bei und übe mit ihnen das Feilschen auf den Märkten.«

»Ja, aber …«

»Du brichst dir keinen Zacken aus deiner Würde, wenn du mich dazu um Hilfe bittest.« Marian grinste. »Wenn einer rechnen und feilschen kann, dann ich.«

Henning grinste zurück.

»Und man sieht ja, wohin es Euch geführt hat!«

»Richtig«, sagte der und klimperte mit dem Beutel an seinem Gürtel.

16. Kapitel

Lucien saß in der Taverne bei einem Krug Wein und starrte grimmig jeden an, der sich ihm näherte. Ihm stand der Sinn nicht nach Geselligkeit. Er musste Pläne machen.

Der Brand in der Witschgasse war viel zu schnell entdeckt und gelöscht worden, der Schaden nicht besonders groß. Aber einen zweiten Versuch wollte er dort nicht wagen. Die Bewohner würden in der nächsten Zeit wachsam sein.

Die Suche nach Frederics Aufenthaltsort hatte er auch noch nicht aufnehmen können, aber dazu würde ihm beizeiten schon etwas einfallen. Was er aber sehr viel schneller herausfinden konnte, war der Wohnsitz des Tuchhändlers Tilo ... und seines Weibes Lauryn, Frederics Schwester. Tilo war ein bekannter Mann in der Stadt, es würde sich schnell ein Gewandschneider auf dem Markt finden, der ihm verriet, wo sich sein Lager befand.

Ein Tuchlager bot reiche Möglichkeiten.

Lucien warf ein paar kleine Münzen auf den Tisch und machte sich auf den Weg zum Alten Markt. Hier, wo die Stände der Kleidermacher und Stoffhändler aufgebaut waren, musste er gar nicht lange warten oder gar einen der Männer ansprechen. Ein stattlicher Knecht lieferte eben ein Fass flämischer Tuche bei einem Stand ab, und als der Besitzer ihm das Entgelt dafür entrichtete, gab er ihm Grüße an Meister Tilo mit. Lucien heftete sich an die Fersen des Knechts und stand alsbald vor dem großen Wohnhaus des Tuchhändlers. Wie es seine Art war, verhielt er sich unscheinbar, wählte aber einen Standort, von dem aus er das Kommen und Gehen beobachten konnte. Das Geschäft schien zu blühen, die Wirtschaft wurde offenbar mit straffer Hand geführt. Mägde kamen mit ihren Einkäufen vom Markt zurück, zwei junge Mädchen in Begleitung einer älteren Frau traten schnatternd durch das Tor, ein hochbeladener Karren brachte Waren, vermutlich vom Hafen, herbei, ein Bandkrämer pries seine Ware an und wurde in den Hof eingelassen. Ebenso die Wäscherinnen mit ihrem Korb voll Leinen und zwei fröhliche Dachdeckergesellen.

So weit, so gut, fand Lucien. Jetzt musste auch er eine Möglichkeit finden, in das Innere zu gelangen, um die Örtlichkeiten näher zu betrachten. Da er Gefahr lief, sowohl von Lauryn als auch von Tilo erkannt zu werden, musste er wieder in die Rolle eines tumben Handlangers schlüpfen, den möglichst niemand ansprach. Ein Besuch am Hafen war also sein nächstes Ziel. Doch eben, als er sich aus seiner Nische hervorwagen konnte, nahm er zu seiner Überraschung wahr, wie der Hausherr mit einem weiteren Bekannten die Straße hochkam.

»Cedric!«, zischte er lautlos. »Cedric, du bist also auch hier.« Und damit konnte auch Frederic nicht sonderlich weit sein. Die zwei hatten einst wie Pech und Schwefel aneinandergeklebt. Beide waren Bowmen des englischen

Königs gewesen. Beide trugen Schuld an Luciens entsetzlichem Verlust.

Der Hafen konnte warten, jetzt galt es als Erstes herauszufinden, was diesen Lumpen nach Köln gebracht hatte. In feinen Zwirn war er gewandet, ein Bogenschütze war er nicht mehr. Und mit Tilo schien er auch höchst vertraut. Einst hatte Master John ihn mit angeschleppt, es hieß damals, der Junge wolle den Handel lernen. Nach Agincourt hatte er seine Spur verloren, doch er meinte einmal gehört zu haben, dass der Kerl Wolle nach London gebracht hatte.

Wie es schien, hatte er sein Glück gemacht.

Giftiger Neid quoll Lucien in die Kehle. Er spuckte aus und beschloss, in einem der Gasthäuser, in dem die Tuchhändler verkehrten, dem dortigen Geschwätz und den Gerüchten zu lauschen. Sollte er dort nichts Wissenswertes erfahren, würde er vielleicht sogar einem Badehaus einen Besuch abstatten. Auch wenn das gefährlich war, denn nackt und bloß war es schwer, sich vor den Blicken der anderen zu verstecken.

Aber Rache an Cedric zu nehmen, das war tatsächlich ein Risiko wert.

17. Kapitel

Myntha wachte in der Dunkelheit auf. Die Lampe war erloschen. Hatte sie so lange geschlafen? Es war doch noch ein dicker Stumpen darin gewesen, und einen Luftzug gab es an dieser Stelle der Höhle auch nicht.

Vorsichtig tastete sie zu der Stelle, an der sie das Licht abgestellt hatte, und als ihre Finger das Glas berührten, war es noch warm. Lange konnte die Kerze noch nicht ausgegangen sein.

Doch was nützte ihr das? Sie saß hier im Finstern und nichts gab ihr eine Hilfe, sich zu orientieren. Sie konnte nur hoffen, dass die rauen Gesellen wiederkamen und sie hier fanden.

Ob die das überhaupt wollten?

»Sie hat uns zu der taubstummen Zauberschen geschickt«, zischelte plötzlich ganz in ihrer Nähe eine Frauenstimme.

»Was?«, fuhr Myntha auf.

»Die Sybilla. Sie brauchte etwas gegen die Schmerzen.«

»Die taubstumme Zaubersche? Meinst du die Apothekerin vom Neuen Markt? Die Trine?«

»Waren in Köln bei der Zauberschen, die nicht sprechen kann. Sie kennt die Sybilla. Sie hat uns eine Phiole für sie mitgegeben. Die steht noch an ihrem Bett. Vernichte sie, damit auf niemanden eine Schuld fällt.«

»Das will ich gerne tun, aber ich weiß nicht, wie ich hier herauskomme.«

Ein heiseres Kichern war die Antwort.

»Deine Retter sind schon auf dem Weg.«

Ein leises Knirschen auf dem steinigen Boden, und wieder war Stille.

Hatte sie geträumt? Oder war wirklich eine der Kleinen eben hier gewesen und hatte ihr von der Sybilla erzählt? Wenn das wahr war, was sie sagte, hatte die alte Frau sich bei Trine ein Gift verschafft und sich selbst getötet. Oder war es nur ein Mittel, um die Schmerzen zu lindern? Aber derartige Tinkturen kannte die Kräuterfrau selbst zur Genüge. Und gewiss kannte sie auch genügend giftige Pflanzen. Warum also Trine?

Weil sie wollte, dass es jemand erfuhr.

Weil sie Imme schützen wollte.

Natürlich. Deshalb hatte sie sie auch zu Myntha geschickt. Weil sie wusste, dass die Fährmannstochter nachforschen würde. Und die Wahrheit herausfinden würde.

Sowie sie wieder aus der Höhle kam, würde sie die Apotheke aufsuchen und Trine befragen.

Ein Hauch von Erleichterung flog sie an, und diese Erleichterung wurde noch größer, als sie den wütenden Schrei des Maultiers vernahm.

Eine Fackel erhellte bald darauf die Höhle, und Männerstimmen riefen ihren Namen.

»Rabenmeister!«, rief Myntha zurück. »Hier bin ich. Hier!«

Schritte kamen näher, das Licht wurde heller, und dann standen drei Männer vor ihr. Zu ihrer Überraschung nicht nur Frederic, sondern auch Leander und Master John.

»Seid Ihr unverletzt?«, fragte dieser, und Myntha erhob sich.

»Ja, bis auf die paar blauen Flecken, die ich mir an den Felsen geholt habe. Wie habt Ihr mich gefunden?«

»Wir verfolgten die Spuren des Maultiers. Es war hier am Eingang zur Höhle angebunden. Nun kommt erst mal wieder ans Tageslicht. Dann berichtet uns, wie Ihr in den Schlund der Erde geraten seid.«

Leander nahm ihren Arm und half ihr über den holprigen Untergrund. Der Weg machte ein paar Windungen, aber nach kurzer Zeit fiel das Licht der Sonne durch den Ausgang. Das Düwwelsbalch gab zufriedene Laute von sich, als sie zu ihm trat.

»Setzt Euch erst mal in die Sonne und wärmt Euch auf«, sagte der Rabenmeister und reichte ihr eine Lederflasche. Warmer Wein rann ihr durch die Kehle, und auch das Stück Honigbrot schmeckte ihr, während ihre Retter erzählten, wie sie auf ihr Versteck in der Höhle gestoßen waren.

»Die Zwergenhöhle«, sagte Myntha, als sie fertig waren. »Ich hatte geglaubt, es sei eine der vielen Erfindungen meines Vaters. Doch es gibt sie wirklich. Es sind kleine Menschen, die hier in der Heide leben und über ihr Gebiet wachen. Vermutlich auch über die wenigen Bewohner hier. Über die Sybilla zumindest ganz gewiss. Sie haben mir nichts getan, Master John. Sie haben mir

Essen und eine Decke und Licht gebracht, mich zwar harsch befragt, aber ansonsten in Ruhe gelassen. Aber dann kam die Frau, und die berichtete mir von Sybilla, und darum muss ich unbedingt in die Kate zurück und dann schnell nach Köln, um Trine am Neuen Markt aufzusuchen.«

»Ich begleite Euch zur Kate«, sagte der Rabenmeister. »Leander reitet zu Rixa, und Euch, John, bitte ich, Meister Reemt zu benachrichtigen, dass wir seine Tochter wohlbehalten gefunden haben. Auf, Jungfer Unhold, erklimmt Euer streitbares Ross!«

Die Kate war so aufgeräumt, wie sie sie verlassen hatte, aber nach kurzer Suche fand Myntha die kleine, blaue Glasphiole. Vorsichtig wickelte sie sie in einen Lappen und steckte sie in ihre Tasche.

»Trine wird mir verraten können, wozu der Inhalt diente. Aber ich fürchte, es war das Gift, das die Sybilla nahm, um ihrem irdischen Leid ein Ende zu bereiten.«

»Litt sie?«

»So sagte Imme. Und vermutlich mehr, als sie ihr zeigen wollte. Denn ihre eigenen Tinkturen scheinen ihr nicht mehr geholfen zu haben.«

Myntha trat aus der Kate, und Frederic schloss die Tür hinter ihr. Noch einmal ging Myntha langsam zwischen den so ordentlich gepflegten Beeten entlang, pflückte hier ein Blättchen, zerrieb dort eine späte Blüte zwischen den Fingern. An den beiden Gräbern blieb sie stehen.

»Sie hat ihre Hündin Bestla sehr geliebt. Vielleicht haben nun ihre Seelen wieder zusammengefunden.«

»Und auch die Seele ihrer Tochter, denn ihr Verlust hat sie ein Leben lang geschmerzt.«

»Die Sybilla war keine Christin, aber ich glaube, sie war dennoch eine fromme Frau. Möge sie in Frieden ruhen.«

»Amen.«

»Den Garten werden die Wächter weiterpflegen, vermute ich, und irgendwann wird eine andere Kräuterkundige hier einziehen. Aber den Bienenstock, den sollte Rixa zum Fährhaus bringen. Imme wird sich um das Volk kümmern. Doch zuerst muss ich zu Trine.«

Da Master John im Fährhaus von ihrer Entdeckung berichtet hatte, nahmen sie die Fähre und eilten von dort zum Neuen Markt. Der Nachmittag war schon weit fortgeschritten, als sie an die Tür der Apotheke klopften. Jan machte ihnen auf und begrüßte Myntha mit einem breiten Lächeln, dem düster dreinblickenden Rabenmeister gönnte er nur ein kühles Nicken.

»Was führt Euch her, Jungfer Myntha? Ich hoffe, Eure Familie ist bei guter Gesundheit.«

»Es ist niemand krank, aber dennoch brauche ich Trines Hilfe. Ist sie da?«

»Sie braut etwas in der Küche zusammen, das ausnehmend streng riecht. Es soll gegen Flöhe helfen. Aber vermutlich hilft es den Flöhen gegen die Menschen.«

Der Geruch war scharf, aber nicht so übel wie befürchtet. Trine, die den Luftzug durch das Öffnen der Tür verspürt hatte, drehte sich um und lächelte die Besucher fröhlich an. Ihre Finger flatterten, und Myntha antwortete mit etwas behäbigeren Handbewegungen. Jan gesellte sich zu ihnen und stellte sich als Dolmetscher zur Verfügung. Je mehr Trine von dem Ausflug in die Heidekate hörte, desto trauriger wurde ihre Miene.

»Ja, die Sybilla war sehr krank. Sie hatte eine Geschwulst im Bauch, die ihr große Schmerzen bereitete, und sie konnte kaum noch essen. Sie wusste, dass ihr Leben zu Ende ging. Sie war eine bewanderte Kräuterfrau, doch es gibt Krankheiten, gegen die kein Kraut gewachsen ist. Ihre letzten Tage wären mehr als peinvoll für sie gewesen, und darum habe ich der kleinen Frau das gewünschte Mittel mitgegeben. Manches, Myntha, wächst in der Natur, das den Tod herbeiführt, aber all das wirkt zu langsam und zu schmerzvoll. In der Alchemie aber kennt man Gifte, die sehr schnell zum Tod führen. Ich habe ihr ein solches zubereitet, und ich hoffe, sie hat nicht leiden müssen.«

Myntha zog das Fläschchen aus ihrer Tasche und zeigte es vor.

»Ja, darin war es enthalten.«

»Trine, außer uns, der Zwergin und Imme weiß niemand davon.«

»Und von mir wird niemand je davon erfahren. Die Sybilla war alt und krank, und ihre Tage waren gezählt. Möge ihre Ruhe sanft sein. Sie war eine gute Frau.«

»Und weil wir alle einen kleinen Trost benötigen«, sagte Jan und öffnete ein hölzernes Kästchen, »gibt es für jeden eine kandierte Kirsche.«

Sie tröstete wahrlich, und als Myntha auf dem Düwwelsbalch neben dem Rabenmeister einherritt, sagte sie plötzlich: »Imme würde es bei Trine gefallen.«

»Unholdin, Ihr spielt schon wieder mit dem Schicksal.«

»Mit dem Schicksal vielleicht, aber Unglück verbreite ich nicht.«

»Das sagt Ihr so. Und wer hat im Hauswesen von Frau Alyss Feuer gelegt?«

Entsetzt hielt Myntha das Maultier an.

»Was sagt Ihr da?«

»Es ist kein großer Schaden entstanden, aber ich fürchte, Jungfer Unhold, der Feuerteufel ist nahe. Habt Acht auf Euer Heim und betrachtet die Gäste gut, die sich bei Euch einfinden.«

»Auf wen soll ich achten, Rabenmeister? Einen Gehörnten mit einer brennenden Lunte als Schwanz?«, fauchte sie.

»Er ist ein Mann von vielen Gestalten, fürchte ich. Er könnte als Mönch erscheinen oder als Handwerker, als Krämer oder als Geck. Nein, sicher nicht als Geck. Unauffällig wird er sich geben. Maulfaul und ungesellig, denn er will beobachten und nicht entdeckt werden.«

18. Kapitel

Eine neue Tuchlieferung erwartete Tilo in den nächsten Tagen nicht, erfuhr Lucien am Hafen. Aber Frau Lauryn hatte etliche Fässer mit gesalzenem Hering geordert, und es wurden einige Tagelöhner gesucht, die sie zu ihrem Haus bringen sollten. Lucien zog wieder die Gugel über den Kopf und weit in die Stirn, gab sich vierschrötig und verdingte sich als Helfer. Mit dem Wagen voller Fässer gelangte er problemlos in den Hof, rollte zwei von den Gefäßen in den Vorratskeller und blieb dann dort hinter einigen Säcken hocken, bis die anderen wieder verschwunden waren. Auf den kärglichen Lohn verzichtete er.

Das sicherste Versteck war es nicht, zweimal musste er sich unter leeren Mehlsäcken verkriechen, weil die Mägde sich an den Vorräten zu schaffen machten. Allerdings musste er nicht Hunger leiden. Eine lange Kette Würste wand sich zusammengerollt in einem Korb, Töpfe mit Schmalzfleisch, Körbe mit getrocknetem Obst und Gefäße mit eingelegten Früchten standen in Regalen an der Wand. Er ließ es sich schmecken und wartete, bis die Glocken zur Komplet läuteten. Als er sich aus der Tür wagte, war es ruhig auf dem Hof. Doch ungefährlich war es nicht. Eine kleine Schar Gänse hatte sich in einer

Ecke versammelt und schnäbelte Körner auf. Gänse, das hatte Lucien schmerzlich gelernt, waren gemeine Biester. Sie kniffen einen, und sie konnten einen infernalischen Lärm veranstalten. Äußerst langsam und vorsichtig drückte er sich an der Wand entlang zum Tuchlager. Hier kostete es ihn einige Zeit, den starken Riegel zu lösen, der mit einem Schloss gesichert war. Dann aber stand er in der luftigen Halle, in der es nach Schaf und Fett und Leinen roch. Friesische Tuche, wasserfest durch den hohen Ölanteil, waren sein Ziel. Wieder legte er eine Lunte aus, goss noch eine Kanne Öl aus dem Vorratsraum über den Ballen und entzündete die Schnur. Sehr eilig entfernte er sich aus dem Lager, um nicht selbst Opfer der schnell um sich greifenden Flammen zu werden. Leider gab es hier keinen Weingarten, von dem aus er sein Werk bewundern konnte, und weder Stallungen noch Scheune waren sicher. Er hastete über den Hof zum Tor und hätte es auch fast geschafft, unbemerkt zu entkommen, da entdeckte ihn eine der Gänse. Mit einem bösen Zischen watschelte sie auf ihn zu. Die anderen folgten, und in heller Panik floh er auf die Straße. Doch das Gelärm der großen Vögel verfolgte ihn, und als er die erboste Frauenstimme hörte, die Alarm rief, wusste er, dass sein Anschlag keinen großen Erfolg haben würde.

Mistviecher!

19. Kapitel

Bilke saß in der Küche und half Ellen, Pilze zu verlesen, als Myntha eintrat.

»Langweilst du dich im Fährhaus drüben?«, fragte sie und griff nach dem Krug mit Apfelmost.

»Keinen Moment lang«, gab Bilke zurück. »Die Ernte muss gut sein dieses Jahr. Die Bauern kommen mit reich gefüllten Kiepen vorbei, und sie sind durstig. Ich habe eine neue Magd eingestellt, die ihre Sache ganz ordentlich macht. Darum habe ich mich zu einem Besuch bei dir entschlossen.«

»Um dir hier die Fingerchen schmutzig zu machen.«

»Na, eigentlich nicht. Eigentlich wollte ich mit euch reden. Wisst ihr, eine der Beginen hat mich aufgesucht. Es gibt wohl ein paar Schwierigkeiten mit eurer Lore.«

»Ach nein!« Myntha stellte den Krug ab und setzte sich zu ihnen. »Nicht schon wieder. Ich hatte gehofft, die Arbeit in der Küche dort würde sie von ihrem Gezänk ablenken.«

»Sie zankt nicht, Myntha. Sie schweigt. Sie macht ihre Arbeit, sie sitzt in der Kapelle, sie tut, was man ihr aufträgt, aber sie schweigt. Etwas bedrückt sie, aber keiner der Frauen ist es bisher gelungen, sie zum Reden zu bringen. Die Meisterin hat sogar Cedric rufen lassen, aber als er den Hof betrat, ist sie verschwunden.«

Myntha schüttelte den Kopf. »Das hört sich nicht gut an.«

»Nein, und darum meinen die Beginen, du solltest zu ihnen kommen und versuchen herauszufinden, was mit ihr los ist.«

Als ob sie nicht genug zu tun hätte. Unbehagen griff nach Myntha. »Sie hat Angst vor der Hochzeit.«

»So ein Unsinn.«

»Nein, leider nicht. Ihre Gefühle sind gänzlich durcheinander. Ich hatte gehofft, dass sie bei den grauen Frauen endlich Ruhe findet und sich wieder darauf besinnt, dass Cedric ihr ein liebevolles und würdiges Heim bieten wird.«

»Wird er das?«

»Aber natürlich. Er hat ein schönes Haus gekauft, es mit großer Sorgfalt eingerichtet. Er ist ein Mann von einigem Wohlstand und kann ihr ein bequemes Leben bieten.«

Ellen wischte sich die Hände an der Schürze ab und meinte: »Lore hat ihr Leben lang zu kämpfen gehabt. Kann es sein, dass sie die Bequemlichkeit schreckt?«

»Man möchte es fast meinen. Sie war ein verwahrlostes Geschöpf, als sich Frau Alyss ihrer annahm. Geschlagen, missbraucht, gedemütigt. Aber sie hat überlebt. Es ging ihr im Hauswesen recht gut, und später hat sie sich einen Ruf als hervorragende Köchin erworben. Nur mit Männern wollte sie nie etwas zu tun haben – bis Cedric zurückkam. Er hat sie wirklich geduldig umworben, und eine Weile hatte ich den Eindruck, dass er ihr Herz erobert hat. Ich habe sogar beobachtet, wie sie sich von ihm hat kosen lassen, und das, obwohl sie immer vor jeder Berührung von einem Mann zurückschreckte.«

»Und mit harten Pantinen auf sie einschlug, ich erinnere mich«, sagte Ellen.

»Und nun soll in drei Wochen Hochzeit sein, und je näher der Tag kommt, desto misslauniger wurde sie. Noch nicht einmal ein schönes Gewand wollte sie sich schneidern lassen.«

»Es kann nicht die Feier sein, die ihr Angst macht«, sagte Ellen. »Als Köchin hat sie sicher schon geholfen, große Feste auszurichten.«

»Und die Trauung selbst ist nichts anderes als eine Messe, vor der sie sich das Eheversprechen geben«, ergänzte Bilke.

»Sicher, aber dann kommt der Ehevollzug. Und du weißt selbst, wie derb die Scherze der Gäste sein können.«

»Ja, Myntha, man muss seinem Gatten vertrauen, dass er seine Braut vor den närrischen Gestalten beschützt. Ist dieser Cedric nicht Manns genug dazu?«

»Meister Cedric hat an der Seite des Rabenmeisters in Agincourt gekämpft, Bilke. Er wird mit größeren Problemen fertig als mit einer Herde angetrunkener Tölpel.«

»Aber weiß das Lore?«

»Natürlich. Sie kannte ihn ja schon, bevor er nach England ging. Ach, ich muss doch noch mal mit ihr reden. Vielleicht gelingt es mir in der Kapelle. Lore hat

Frau Almut sehr verehrt, und deren Geist lebt in diesem Andachtsraum, den sie mit eigenen Händen erbaut hat.«

Bilke legte die Pilze auf dem Brett zusammen und stand auf, um sich die Hände abzuwischen. »Dann begleite mich mit der nächsten Fähre nach Köln.«

»Meine Pflichten ...«

»Jungfer Myntha, geht mit Eurer Freundin. Lore braucht Euch.«

»Also gut. Danke, Ellen.«

Myntha hüllte sich in ihr Tuch und gab ihrem Bruder Bescheid, dass sie zu den Beginen wollte.

Der Weg war nicht weit, und noch hielt sich die Sonne. Nur in der Ferne kündigten Gewitterwolken ein finsteres Wetter an. Ein gelbliches Licht breitete sich aus. Hoffentlich zog das Unwetter vorbei.

Das Tor des Beginenhofs stand offen, als Myntha dort ankam, das Gefährt eines Müllers wurde eben abgeladen. Die Türwächterin grüßte sie mit einem kurzen Nicken und kontrollierte dann wieder die Säcke.

»Ich gehe in die Küche«, rief ihr Myntha zu.

»Gibt heute aber keine süßen Wecken!«

Die gab es nicht, aber eine missgestimmte Köchin, die wütend das Butterfass kurbelte.

»Frau Cornelia, ich grüße Euch. Hat Euch eine späte Hummel gepiekt, dass Ihr so eine grimmige Miene macht?«

»Die Hummeln vergnügen sich am Fallobst, aber mir ist meine Gehilfin abhandengekommen. Nicht dass sie mich aufmuntern könnte, aber wenigstens zwei fleißige Hände hat sie.«

Das passte wirklich nicht zu Lore. Myntha seufzte.

»Und pflichtvergessen ist sie eigentlich auch nicht. Ich werde nachsehen, ob sie in der Kapelle ist und vielleicht über ihren Gebeten die Arbeit vergessen hat.«

In dem kleinen Gebäude war es still, und eine Wachskerze in einem durchbrochenen silbernen Gefäß verbreitete ein heimeliges Licht. Auch durch die zierliche Rosette über dem Altar fiel ein buntes Muster auf den blank gebohnerten Boden. Es duftete nach Weihrauch und den späten Rosen, die zu den Füßen der heiligen Anna und ihrer Tochter Maria lagen. Auf einem Seitentisch aber stand die wunderliche Schnitzerei einer ausgemergelten Alten, aus deren Lumpen die spitzen Nasen von Ratten lugten – Symbol der Vergänglichkeit und dennoch der Einheit allen Lebens. So hatte es Myntha immer empfunden.

Wer sich jedoch nicht in der Kirche aufhielt, war Lore. Dennoch fand Myntha eine Spur von ihr. Denn um den knochendürren Hals der Schnitzerei lag ein dünnes goldenes Kettchen mit einem Herzen aus Rheinkristall. Cedric hatte es vor einigen Wochen seiner Verlobten geschenkt.

Die Furcht griff mit kalten Fingern nach Myntha.

Warum hatte Lore es hier hinterlassen?

Myntha eilte von der Kapelle zum Haupthaus. Das Refektorium war leer, aber im Nebenraum klapperten die Webstühle der Seidenweberinnen.

»Ist die Meisterin in ihrer Wohnung?«, fragte sie, und die drei Beginen nickten schweigend. Sie lief die Treppe nach oben und klopfte an die Tür.

Meisterin Josepha saß an ihrem Pult und tauchte eben die Feder in das Tintenfass. Auf Mynthas Gruß aber legte sie sie sorgsam ab und lächelte freundlich.

»Auch ich grüße dich, was führt dich zu mir?«

»Leider Sorgen, Frau Josepha. Meine Freundin Bilke sagte mir, dass unsere Lore noch immer unglücklich ist. Und nun scheint sie verschwunden zu sein. Hat sie sich vielleicht Euch anvertraut, wohin sie gegangen ist?«

»Lore, ja, Lore ist ein Sorgenkind. Und nein, sie hat nicht mit mir gesprochen. Und wie es scheint, auch mit niemand anderem. Wir haben uns bemüht, sie in unseren Tagesablauf mit einzubeziehen, aber sie bleibt immer verschlossen. Sie tut ihre Arbeit, und die tut sie gut, daran ist nichts zu bemängeln. Sie geht oft in die Kapelle, um zu beten, und verschwindet gleich nach dem Essen am Abend in ihrer Kammer. Hast du dort schon nachgeschaut?«

»In der Kapelle war sie nicht, wo liegt ihre Kammer?«

»Über dem Schulzimmer. Sie könnte aber auch im Kräutergarten sein oder in der Apotheke. Sie hat einige interessante Würzmischungen hergestellt.«

»Dann werde ich sie dort suchen.«

»Tu das, und wenn du sie gefunden hast, bring sie bitte zu mir. Es ist wohl an der Zeit, einige deutliche Worte mit ihr zu reden. Ihr Trübsinn gefällt mir nicht.«

Lore fand sich nicht in ihrer Kammer, doch ihre Kleider hingen ordentlich an den Wandhaken, und die Decke war über dem Lager glatt gezogen. Auf der Bank im Kräutergarten mit seinen gut gepflegten Beeten saß die Apothekerin und zupfte Blätter von der letzten Minze.

Es roch frisch und anregend. Die Köchin aber hatte sie nicht gesehen.

»Aber schaut doch mal im Stall bei den beiden Schweinen nach. Manchmal verfüttert sie einige Reste an die Tiere.«

»Schweinestall! Gut.«

»Und ich glaube, um die Ziegen hat sie sich auch gekümmert. Diese Biester kommen nämlich zu gerne hierher und fressen die Kräuter ab.«

Der Schweinestall war ein imposantes Gebäude, dessen Eingang zwei alte Säulen bildeten. Einst hatte Frau Almut auch dieses Bauwerk errichtet und dabei das Material verwendet, das sie unter den Trümmern des eingestürzten früheren Stalls gefunden hatte. Aus jenen Trümmern hatte sie auch die kleine Madonnenfigur gerettet, die später vergoldet worden war. Diese Statue hatte Frau Alyss dem jungen Emery gegeben, in der Hoffnung, sie werde ihn auf seiner weiten Reise beschützen.

Die Borstentiere grunzten erfreut auf, als Myntha eintrat, und streckten erwartungsvoll ihre Rüssel durch das Gatter.

»Tut mir leid, ich habe kein Futter für euch.«

Und auch Lore hielt sich nicht bei ihnen auf.

Von den drei Ziegen war nur eine auf der kleinen Wiese am Rand der Außenmauer angepflockt, die beiden anderen hatten es sich auf dem Dach ihrer Holzhütte gemütlich gemacht und ließen sich die Blätter eines Apfelbaumes schmecken. Sie beäugten Myntha hochmütig, als diese in den Stall trat.

Und hier, vor dem Verschlag mit Heu und Futterrüben, schwebte Lore.

»Nein!«, keuchte Myntha. »Nein, nein, nein!« Mit ihren Händen fest auf ihren revoltierenden Magen gedrückt ging sie näher. »Nein, Lore! Heilige Mutter Maria, nein.«

Doch Lore hörte sie nicht mehr, sie hatte sich einen Strick um den Hals gelegt und sich am obersten Holm aufgehängt.

»Warum hast du das getan, Lore? Wovor hattest du solche Angst, dass du keinen anderen Ausweg mehr gesehen hast?«

Wie versteinert blieb Myntha vor der traurigen Gestalt stehen, bis sie endlich die Kraft fand, die Meisterin zu benachrichtigen.

»Sie hat sich das Leben genommen?« Auch Josepha war fassungslos. »Warum nur habe ich mich nicht früher um sie gekümmert? Was hat die Seele dieses armen Weibes so sehr bedrückt?«

»Es muss ein unerträglicher Jammer gewesen sein. Ach, was mache ich jetzt nur?« Mynthas ganze Kraft hatte sie verlassen, sie sank auf die Bank in dem kleinen, kahlen Raum, schüttelte den Kopf und murmelte fassungslos immer wieder dieselben Worte.

Meisterin Josepha erhob sich von ihrem Pult.

»Unsere beiden Klagefrauen werden sich um sie kümmern. Sie wissen, was in solchen Fällen zu tun ist. Bleib erst mal hier, Myntha, und fasse dich.«

Sie schenkte ihr einen Becher Wein ein und drückte ihn ihr in die kalten Hände.

»Cedric. Ich muss zu Cedric!«

»Auch um ihn werden wir uns kümmern. Und ebenso Frau Alyss benachrichtigen.«

»Und den Priester. Oh Gott, nein. Es ist doch eine Sünde. Er wird ...«

»Nur erfahren, dass es einen Unfall gab. Überlass das uns, Myntha, und denk lieber darüber nach, was der Grund für ihre Verzweiflung gewesen sein mochte.«

Erschöpft lehnte sich Myntha zurück und starrte in den Weinbecher. Als die Meisterin eben zur Tür hinauswollte, fuhr sie auf.

»In der Kapelle. Frau Josepha, in der Kapelle habe ich ihr Kettchen mit dem Kristallherzen gefunden. An der Rattenfrau.«

»Was meinst du damit?«

»Sie hat die Kette von Cedric erhalten, und sie muss sie vor Kurzem dort hinterlassen haben. Das muss doch etwas bedeuten!«

»Ja, das wird es. Denk darüber nach.«

Eigentlich war es sehr einfach, fand Myntha, nachdem sie einen Schluck von dem schweren Wein genommen hatte. Lore hatte das Herz als Zeichen dafür hinterlassen, dass sie ihre Verlobung als aufgelöst betrachtete und in den Tod gehen wollte. Warum war ihr die Zukunft mit Cedric nach und nach immer grauenvoller erschienen? Er war ein freundlicher Mensch und hatte sich ihr gegenüber immer liebevoll und geduldig verhalten. Dass er einst fortgegangen war, hatte sie zwar gekränkt, aber nun war er wieder hier und wollte es auch bleiben. War ihr Vertrauen in ihn so sehr erschüttert? Oder hatte sie vielleicht etwas bemerkt, was anderen entgangen war? Ein schrecklicher Verdacht flog Myntha an. Hatte Lore von irgendwelchen Gräueltaten aus seiner Zeit als Bogenschütze erfahren? Auf den Schlachtfeldern geschahen furchtbare Dinge. Hatte ihr jemand von solchen Vorkommnissen erzählt? Graute sie sich vor ihm? Vor einem Schlächter und Mörder? Aber warum hatte sie sich niemandem anvertraut? Eine Verlobung ließ sich einfacher lösen als durch den Tod.

Vielleicht wusste der Rabenmeister mehr darüber?

Myntha stand auf und trottete durch das Zimmer. Lore war eine Kämpferin gewesen. Das war nicht nur Ellens Eindruck. Sie war kratzborstig und resolut gewesen, aber in der letzten Zeit waren ihre Wutausbrüche immer wilder geworden und ihre Anschuldigungen immer wirrer. Aber hätte sie ihre Angst vor Cedric benannt, niemand hätte sie zur Heirat gezwungen.

Oder hatte sie das geglaubt?

Wir haben ihr alle immer zugeredet, welches Glück sie hatte, einen so feinen Mann zu ehelichen, sinnierte Myntha. Hatte sie sich deswegen unter Druck gesetzt gefühlt? Hätten sie ihre Beschwerden über das angeblich so schäbige Haus, das er für sie erworben hatte, ernster nehmen sollen? Ihre Weigerung, sich über die gut gefüllten Kleidertruhen zu freuen, genauer hinterfragen sollen? Ihrem Geschimpfe darüber, dass zukünftig eine andere Köchin über ihre Küche herrschen würde, mehr Aufmerksamkeit schenken müssen?

Ja, das hätten sie tun müssen, denn so hatte Lore sich unverstanden gefühlt und vermutlich sogar gezwungen, einen Bund einzugehen, der ihr aus welchen Gründen auch immer panische Angst einflößte.

Arme Lore.

Drei Frauen in Mynthas nahem Umfeld waren in kurzer Zeit gestorben. Die alte Enna in Frieden nach einem langen, erfüllten Leben, die alte Sybilla hatte ihren unerträglichen Schmerzen ein Ende bereitet. Und Lore war vor ihrer glücklichen Zukunft geflohen. Und ihre eigene Anteilnahme, die sie dazu brachte, ständig ihre Nase in fremde Angelegenheiten zu stecken, hatte hier nichts geholfen, vielleicht sogar geschadet.

Myntha stellte den Becher ab und legte ihr Tuch um. Sie wollte nach Hause. Im Hof unten traf sie Frau Alyss an, die sich mit der Meisterin unterhielt. Eben sagte sie: »Ich werde Vater Henricus bitten, sich ihrer anzunehmen. Er hat ein großes Herz und eine gütige Seele. Er wird keine Fragen stellen.«

»Außerdem ist er halb blind und taub. Ja, das wird gehen.«

Die Weinhändlerin drehte sich zu Myntha um.

»Ah, meine Liebe. Es tut mir leid, dass es so enden musste. Und ich mache mir bittere Vorwürfe, dass ich mich nicht mehr um Lore gekümmert habe. Süße Maria, ich habe sie als Kind aufgenommen und in meiner Rasselbande großgezogen. Ich habe sie als halbverhungertes Wechselbalg aufgefüttert, die launigsten Beschimpfungen von ihr gelernt, ihren Mut und ihre Treue bewundert und war glücklich, als sie ihre Berufung in der Küche gefunden hat. Und nun das. Warum nur?«

»Ich suche nach Antworten, Frau Alyss. Und eine davon wird mir Cedric geben müssen. Aber noch nicht gleich. Denn dies hier wird ein entsetzlicher Schlag für ihn sein.«

»Wir haben schon einen Boten zu ihm gesandt. Überlass es uns zunächst, uns um ihn zu kümmern.«

»Ja, danke auch. Ich komme morgen wieder.«

Und mit gesenktem Haupt machte sie sich auf den Weg zur Fähre, um ihrer Familie von dem Unglück zu berichten.

20. Kapitel

Frederic und Leander saßen am Tisch vor dem Kamin und ließen ihre Messer tanzen – der Junge schnippelte Bohnen, der Rabenmeister zerlegte ein Kaninchen. Ein Krug Met stand zwischen ihnen, und hin und wieder nahmen sie einen Schluck. Es herrschte ein einvernehmliches Schweigen zwischen ihnen. Seit dem Ausflug in die Heide war von Leanders Aufsässigkeit nichts mehr zu spüren. Vermutlich war ihm an den Lagerfeuern aufgegangen, dass es recht nützlich sein konnte, sich auch als Mann mit der Zubereitung von Nahrung zu befassen. Und der Besuch in der Zwergenhöhle war wirklich ein Abenteuer gewesen.

»Ich glaube, es ist besser, du kehrst zu Frau Alyss zurück«, sagte Frederic unvermittelt.

»Wieso? Was habe ich falsch gemacht, Meister?«

»Nichts. Nur habe ich deinem Vater versprochen, dich beim leisesten Anzeichen einer Gefahr von hier wegzuschicken. Und du hast doch gehört, was Master John berichtet hat.«

»Dass dieser Feuerteufel hier ist und Euch vernichten will. Aber das lasst Ihr doch nicht zu.«

»Nein, aber er wird es versuchen, und ich will nicht, dass dir etwas zustößt. Feuer ist hinterhältig, und

ich habe schon Frau und Tochter in den Flammen verloren.«

»Aber die Raben ...«

»Schützen mich, vielleicht. Aber Lucien ist hinterhältig. Er wird mich bereits suchen und auskundschaften,
wie ich lebe.«

»Dann müssen wir eben umso achtsamer sein. Vier
Augen sehen mehr als zwei. Ich kann nachts im Stall
wachen, Meister.«

Frederic gab ihm einen liebevollen Klaps über den
Kopf, der allerdings nur sein Haar ein wenig zauste. »Und
den Tag verschlafen. Das hast du dir so gedacht, was?«

»Na ja, erspart mir das Bohnenschnippeln«, erwiderte
Leander mit frech funkelnden Augen. »Nein, ernsthaft,
Meister Frederic. Wenn er uns ausspioniert, warum tun
wir es ihm nicht gleich? Wenn wir wissen, was er vorhat,
kann er uns nicht überraschen.«

»Wenn ich herumlaufe und Fragen nach ihm stelle,
wird er wissen, dass ich gewarnt bin. Das möchte ich
vermeiden.«

»Verstehe ich. Aber mich kennt er nicht. Ich bin nur
ein trotteliger kleiner Italiener, der nix richtig versteht
und dumme Fragen stellt.«

»Mhm.«

»Ich kann mich in den Tavernen umhören ...«

Frederic lachte laut auf. »Das hättest du gerne, was?
Und wonach würdest du suchen?«

»Na, ähm, nach jemandem, der nach Euch fragt? Der
nach einem Bowman sucht?«

Frederic sah den Jungen nachdenklich an.

»Vielleicht geht das. Ja, es könnte gehen. Weil du selbst nach einem Mann Ausschau hältst, der in Agincourt dabei war. Weil du deinen Vater suchst. Könnte gehen, es sind viele vermisst worden. In den französischen Heeren gab es sicher auch einige, die aus den italienischen Provinzen stammten. Aber warum in Köln?«

»Die Spur führt hierhin.«

»Zu umständlich. Besorgen wir dir eine Pilgerkutte und eine Jakobsmuschel. Ein junger Pilger hat jeden Grund, nach Köln zu kommen. Und kann sich auch in den Klöstern und Pilgerherbergen umhören. Denn auch Lucien hat sich als Pilger ausgegeben. Keine schlechte Idee, Leander.«

Robbs freudiges Krächzen drang zu ihnen hinein, und Frederic erhob sich, um die Tür zu öffnen. Die Fährmannstochter stand, den Raben auf der Schulter, vor ihm, einen zugedeckten Korb in der Hand.

»Ich muss Euch stören, Rabenmeister. Lasst Ihr mich ein?«

»Um das Unglück in mein Heim zu locken?«

»Ja, ich bringe Unglückskunde.«

Die Miene der Jungfer sah so elend aus, dass Frederic sie ohne einen weiteren Kommentar in die Kate einließ.

»Einen weiteren Becher, Leander, und den süßen Wein für die Jungfer. Legt Eure Last ab, Unholdin. Die an Eurem Arm und die auf Eurer Seele.«

Sie stellte den Korb auf den Tisch und zog das Tuch ab.

»Speckkuchen und Gewürzbrot.«

»Lecker!«, sagte Leander und wollte zulangen. Frederics Hand klatschte auf seine Finger.

»Und jetzt die Seele, Jungfer.«

Die Unholdin sah aus, als wollte sie gleich in Tränen ausbrechen. »Lore ist tot.«

Frederic und Leander wechselten einen betroffenen Blick. »Ein Unfall?«, fragte der Rabenmeister dann.

»Nein. Sie nahm sich selbst das Leben. Gestern, bei den Beginen. Und, nein, ich weiß nicht, warum.«

»Lore, kleine, kratzborstige Lore. Das klingt seltsam.« Frederic sah sie mit aufrichtiger Trauer an. Seine Stimme klang rau. »Ich kannte sie seit meiner Zeit bei Frau Alyss. Sie kam als magere Päckelchesträgerin in das Hauswesen. Kantig, kratzig, zornig, frech und doch gewitzt. Sie hatte ein schweres Schicksal, bis wir schließlich ihren Schwager, einen brutalen Hohlkopf, zur Strecke brachten. Noch heute denke ich mit Genugtuung daran, wie meine Fäuste zwischen seine faulen Zähne krachten. Danach wurde sie etwas zahmer und später dann ein echter Gefährte für Cedric und mich. Sie war immer mehr Junge als Mädchen. Für die hatte sie meist nur Verachtung übrig. Aber ihr Lebenswille war unbändig. Was ist ihr passiert, dass sie ihn verloren hat, Jungfer?«

»Wenn ich das wüsste. Und weil Ihr sie schon so lange kennt, hoffte ich, Rat bei Euch zu finden.«

»Wenn ich helfen kann … Ich glaubte, Cedrics Rückkehr hätte sie glücklich gemacht. Sie war ihm schon als Kind mehr als anderen zugeneigt. Auch wenn sie es nur selten gezeigt hat.«

Myntha nahm noch einen Schluck von dem Wein, er schien ihr gutzutun. »Und doch wurde sie, seit er ihr seinen Antrag gemacht hat, immer biestiger. Das ist es, was ich nicht verstehe. Sie wurde so unleidlich, dass ich sie gebeten habe, die Tage bis zur Hochzeit bei den Beginen zu verbringen, damit sie wieder zur Ruhe käme.«

»Sie hat eine ziemlich giftige Zunge gehabt«, murmelte Leander.

»Ja, leider. Sie war ständig so furchtbar wütend.«

»Auf wen?«, fragte Frederic.

»Auf mich, auf die Fische im Eimer, auf unsere Gäste, das neue Haus, das Wetter, das Maultier – ach, auf alles.«

»Ja, an ihr Geschimpfe kann ich mich gut erinnern. Aber mit einem Käferwecken konnte man ihr ihren zänkischen Schlund schnell stopfen.«

Myntha schüttelte den Kopf. »Mit nichts mehr war er zu stopfen, Meister Frederic. Die Wut zerfraß sie förmlich.«

»Einst war sie wütend, weil sie glaubte, sich wehren zu müssen. Von wem fühlte sie sich bedroht, Jungfer?«

»Ich würde es gerne herausfinden. Und als ich darüber nachdachte, Rabenmeister, kam mir ein schlimmer Verdacht. So schlimm, dass ich kaum wage, ihn auszusprechen.«

Frederic folgte dem Impuls, sich zu ihr zu setzen und seine Hand auf ihre zu legen. »Jungfer, ich habe kein Leben in stiller Andacht geführt. Ihr könnt mich kaum noch entsetzen.«

Ihre Augen waren so leer und traurig, dass es ihm einen Stich versetzte. »Vielleicht doch. Seht, es hat alles nach Cedrics Werbung um sie angefangen. Zunächst schien sie beinahe glücklich, aber dann veränderte sie sich. Und darum habe ich den Verdacht, dass es irgendetwas mit Eurem Freund zu tun haben könnte. Meister Frederic, Ihr wart zusammen in diesem Krieg. Könnte es sein, dass jemand Lore von ... von irgendwelchen Gräueltaten berichtet hat? Die ... die Cedric vielleicht begangen hat? Traute sie sich nicht, über ihre Angst vor ihm zu sprechen?«

»Himmel, Unholdin!«, erwiderte Frederic heftig. »Ja, wir waren Bogenschützen, und ja, wir haben unsere Feinde getötet. Das muss sie gewusst haben.«

»Ja, aber es hieß auch, dass Gefangene gemeuchelt wurden.«

»Daran haben weder Cedric noch ich mich beteiligt. Jungfer Myntha, wir waren die ganze Zeit zusammen, und als die Schlacht vorüber war, waren wir dermaßen erschöpft, dass wir noch nicht einmal eine Ameise hätten töten können.« Er drückte ihre eiskalte Hand und sah ihr offen in die Augen. »Nein, ich schwöre, Gräueltaten, wie Ihr es vermutet, haben wir nicht begangen.«

Er wurde schweigsam, dachte an Lucien und setzte zögernd nach: »Aber – es ist nicht ausgeschlossen, dass jemand Lore von solchen berichtet hat und sie dann glaubte, auch Cedric sei an diesem sinnlosen Morden beteiligt gewesen. Aber warum hat sie ihn dann nicht gefragt?«

»Weil sie Angst vor der Wahrheit hatte«, flüsterte Myntha. »Sie war so zerrissen zwischen ihrer Liebe und der Sorge, wieder enttäuscht zu werden.«

»Ja, sie hat sich als Kind schon gerne in Vorstellungen hineingesteigert.«

Sie wischte sich mit der einen Hand übers Gesicht. »Ich hätte mich besser um sie kümmern müssen.«

Frederic nahm die Hand und legte sie neben seine auf den Tisch. »Ihr könnt niemandem helfen, Unholdin, dessen Gedanken Ihr nicht lesen könnt. Es ist traurig, dass ihre Verbissenheit sie nur den Tod als Ausweg hat sehen lassen. Aber keiner von uns hätte das vermeiden können.«

Sie lächelte wahrhaftig. »Ihr versucht, mich zu trösten.«

»Nein. Ich versuche, es so zu sehen, wie es ist. Die Welt ist kein Ort der Harmonie. Es geschehen gute und böse Dinge. Wie Ihr selber nur zu genau wisst.«

»Ja«, seufzte Myntha und wollte sich erheben.

»Bleibt noch einen Augenblick, Jungfer Unhold. Auch wir haben Neuigkeiten, die Ihr und Eure Familie wissen sollt.«

»Auch wohl eher böse als gute.«

»Wie man es nimmt.«

Und Frederic erzählte von Lucien und ihrer Suche nach dem Feuerteufel.

Als Myntha sich auf den Weg zurück zum Fährhaus machte, waren ihre Gedanken gründlich von Lore abgelenkt. Eine neue Gefahr lauerte nahe bei, eine, auf die der Rabenmeister seit seiner Ankunft gewartet hatte. Zwar hatte sie gewusst, dass er auf einen Angriff seines Feindes harrte, doch dass er nun so dicht herangekommen war, machte sie beklommen. Sie würde ihre Brüder und ihren Vater zu erhöhter Wachsamkeit auffordern. Und auch Ellen bitten, sich vorsichtig umzuhören. Ellen erfuhr eine Menge von ihren klatschfreudigen Wäschermädchen. Und auch in der Gaststube wurde viel geredet.

Aber als sie das Fährhaus betrat, traf sie nur Agnes an, die in der Stube saß und an einem Hemd stichelte.

»Ellen ist zum Markt gegangen, dein Vater trifft sich mit dem Bürgermeister, und Imme kümmert sich um die Bienen. Rixa hat den Schwarm aus Sybillas Garten hergebracht.«

»Ich sehe mal danach.«

»Bring Petersilie und eine Handvoll Zwiebeln mit.«

Der Holzklotz stand in der Nähe der Mauer, und etliche Bienen summten aufgeregt umher. Imme saß jedoch völlig gelassen davor und murmelte leise, beschwörende Worte. Als sie Myntha bemerkte, stand sie langsam auf, hob abwehrend die Hände und kam gemessenen Schrittes auf sie zu.

»Sie sind noch verärgert, weil sie in einem Sack entführt worden sind. Aber ich denke, sie werden bleiben. Der Garten hier ist für Bienen ebenso verlockend wie der der Sybilla. Einige von ihnen haben schon das Fallobst entdeckt. Und die Königin ist nach einem Rundflug zurückgekehrt.«

»Und du hast ihnen schon erklärt, wo sie sich jetzt befinden.«

»Bienen sind kluge Geschöpfe, Jungfer Myntha. Und sie mögen es, wenn man sie mit Achtung behandelt.« Eine der Bienen kam auf sie zugeflogen und setzte sich auf ihren Ärmel. Schon wollte Myntha sie abstreifen, aber Imme fasste ihre Hand. »Lasst sie. Sie müssen Euch kennenlernen. Ihr wisst doch, stechen tun sie nur, wenn man sie reizt.«

Die Biene krabbelte ein Stückchen höher, und Myntha beobachtete, wie sie mit ihren feinen Fühlern den Stoff berührte. Dann hob sie plötzlich wieder ab und summte davon.

»Kein Nektar, als Blüte bin ich ein Reinfall!«

»Und das, obgleich Eure Haut zart wie die Blätter einer weißen Rose ist«, sagte Imme lächelnd. »Oh, und nun wird sie rosig. Hat Euch jüngst ein Mann mit einer Rose verglichen?«

Das nicht, aber es war die Erinnerung an das wunderliche Gefühl, das der Rabenmeister vorhin in ihr geweckt hatte, als er ihr zum Abschied wie aus Versehen mit dem Finger über die Wange gestrichen hatte. Eine Art, ihr Trost spenden zu wollen?

Ein winziger Seufzer entwischte ihr, und Imme nickte.

»Ihr braucht etwas Aufheiterung, Jungfer. Der Tod Eurer Köchin hat Euch unglücklich gemacht.«

»Er war so sinnlos.«

»Für sie nicht. Sie hat gewählt. Genau wie die Sybilla. Und auch das muss man ihr zubilligen.«

»Bei der Sybilla verstehe ich, warum sie es tat, bei Lore nicht. Und das macht es so schwer für mich, ihren Tod zu akzeptieren.«

»Was ist so schwer zu verstehen, Jungfer Myntha? Ich kannte Lore nicht sehr gut, aber ihresgleichen habe ich oft getroffen. Manche, als ich noch mit den Gauklern durchs Land zog, andere, weil sie bei der Sybilla Rat suchten. Mädchen und junge Frauen, die arm und hungrig waren, die gequält und geschlagen wurden, die sich aus diesem Abgrund herausgekämpft haben und denen ein plötzliches Glück widerfahren ist. Es erschüttert sie zutiefst, sie glauben nicht daran, denn alles, was ihnen zuvor geschehen ist, hat ihr Vertrauen zerstört. Lore sollte die Gattin eines angesehenen Herrn werden, Jungfer. Sie sollte eine feine Dame werden, mit anderen feinen Damen Gesellschaft pflegen. Und sie ahnte, dass sie dem nicht gewachsen war. Seht Ihr das nicht?«

Und Myntha sah Frau Alyss, die ihrem Hauswesen vorstand, Frau Lauryn, die die Gäste und Geschäftspartner ihres Mannes bezauberte, sah die Gattinnen der Zunftherren, der Stadträte, der Patrizier. Keine Marktfrauen, keine Wäscherinnen, keine Krämerinnen, Mägde oder Tagelöhnerinnen. Keiner von ihnen hatte das bedacht.

Langsam setzte sich Myntha auf die Stufe, die vom Haus hier herausführte.

»Du hast recht, Imme. Gegen alles konnte sie ankämpfen, die streitbare Lore. Doch nicht gegen diese andere Welt, die ihr Cedric zu Füßen legen wollte. Ja, Imme, ich sehe es. Und ich sehe auch, dass sie sich keinen anderen Ausweg wusste. Arme Lore. Das Glück hat sie das Leben gekostet.«

21. Kapitel

Glitzernd lag der Bodensee vor ihnen, mächtig erhoben sich die Berge dahinter, schneebedeckt ihre Gipfel. Es war ein nahezu goldener Oktobertag, doch in dem warmen Sonnenlicht lag bereits eine feine Kälte. Der harte Teil der Reise würde in wenigen Tagen beginnen – der mühsame Weg den Pass hinauf, der sie durch Eis und Schnee, schneidende Winde und eisige Nächte führen würde. Henning schauderte leicht. Er war noch ein Junge gewesen, als er das letzte Mal die Alpen überquert hatte. Wohlbehütet damals, in einem Tross von erfahrenen Männern. Aber gut, auch Herr Marian und seine Truppe hatten diesen Weg schon oft bezwungen. Dass sie wussten, wie sie den Unbilden zu begegnen hatten, darauf konnte er vertrauen. Nur er selbst hatte diesmal auch an Verantwortung zu tragen.

Seine beiden Schützlinge saßen neben ihm auf dem Söller des noblen Hauses eines Leinenkaufmanns und studierten mit einigem Eifer den Text, den er ihnen zu lesen aufgegeben hatte. Einen einfachen Text in italienischer Sprache, der von einem Jungen handelte, der auf dem Markt seinen Hund suchte. Henning war stolz auf sein Werk, denn er hatte allerlei Wörter eingeflochten, die die Waren und das Handeln, die Münzen und die Maße betrafen.

»Golddurchwirkte Bänder kosten nie und nimmer drei Scudi die Elle«, fuhr Riccarda plötzlich auf.

»Ach nein? Sind sie noch teurer?«

»Quatsch. Dann würde ich ja nur zwei Ellen von dem bekommen, was ich in meiner Börse habe.«

»*Si parla italiano qui, signorina!*«

»Kann ich nicht.«

»*Si, può!*«

Sie zankten mal wieder. Und erst als Emery, wenn auch in fehlerhaftem Idiom, sich einmischte, fand Henning zu einem Lachen zurück. Der Junge war ungewöhnlich begabt, er sog die fremde Sprache geradezu auf, und wenn er auch mehr an der Geschichte des Hundes als an den Feinheiten des Marktes interessiert war, so blieb doch genug bei ihm hängen, dass er Riccarda klarmachen konnte, dass man kostbare Bänder nicht für einen Bettel bekam.

Riccarda schmollte.

Und zischelte dann eine ausgesuchte Gehässigkeit in vulgärem Italienisch in Hennings Ohr.

»Großer Gott, woher habt Ihr das denn?«

»Hab ich eine Amme aus Neapel?«

»Nie und nimmer wird Euch eine Amme derartige Begriffe beigebracht haben.«

»Glaubt Ihr nicht? Ich kann mehr von der Sprache als dieses läppische Zeugs. Donna Augusta hatte Freundinnen. Die habe ich oft genug belauscht.«

Henning wollte sie zurechtweisen, aber plötzlich flog ihn ein übler Verdacht an. Vater Lodewig war offensichtlich wirklich taub und blind gewesen, was diese Frau anbelangte, der man seine Tochter anvertraut hatte.

»Wenn Ihr die Sprache so gut beherrscht, dann beenden wir diese Lektion jetzt und gehen zu den Rechenaufgaben über. Hier, löst diese Fälle. Ich komme gleich zurück.«

Herr Marian saß im Kontor, vertieft in seine Bücher. Zwei weitere Schreiber kratzten eifrig mit ihren Federn über Papier. Sie würden bei seiner Unterredung nicht stören.

»Was gibt es, Henning? Wieder ein Teufelswerk passiert?«

»Allerdings. Und wenngleich Jungfer Riccarda ihre teuflische Zunge dabei einsetzte, so ist doch sie diesmal nicht die Vertreterin des Bösen, sondern wie es scheint, das unschuldige Opfer.«

»Lass mich raten – ein kühner Verführer trat ihr zu nahe?«

»Oh nein, ich fürchte, der diabolische Einfluss stammt aus anderer Quelle. Riccarda überraschte mich soeben mit einer überaus unflätigen Beschimpfung in meiner Muttersprache. Auf meine Frage, wie sie diese sonderbare Kenntnis erworben hat, verwies sie mich an ihre Amme und ihre Freundinnen.«

Marian ließ die Feder sinken und seufzte. »Die Amme. Heilige Magdalena, was hat uns Vater Lodewig da angedreht?«

»Vielleicht sollten wir die Frau einmal befragen. Euer und mein Italienisch werden uns schon Klarheit über ihren Wortschatz verschaffen.«

Marian begriff, dass die Angelegenheit Vorrang hatte, und legte ergeben seine Papiere zusammen. »Suchen wir sie auf!«

Es wurde denkwürdig.

Donna Augusta zierte sich zunächst, flötete etwas über Fürsorge für das arme, elternlose Kind, schwafelte über ihre noble Abkunft, aber als Herr Marian sie plötzlich in rüdem Ton aufforderte, ihnen Auskunft darüber zu geben, wie sie einst nach Köln gekommen sei, verzog sie zwar empört das Gesicht, hatte aber ganz offensichtlich die raue Sprache verstanden, in der sie gefragt wurde.

Henning setzte noch eins nach und wollte wissen, ob sie die Dirne eines der Händler gewesen sei.

Sie wehrte vehement ab.

»Wir kommen bald nach Venedig, Donna Augusta. Es wird sich bestimmt jemand daran erinnern, welcher der Händler damals in Begleitung einer Dirne war«, sagte Marian freundlich lächelnd.

»Und zwar einer, die er in Köln loswerden wollte«, sinnierte Henning.

»Und die für einen Beutel Gold bereit war, sich um einen Bankert zu kümmern, nicht wahr?«

Donna Augusta stammelte.

»Vermutlich der Vater von Riccardas Mutter Paolina?«

Unversehens kam ein Schwall Unflat aus dem Mund der Amme.

»Aha, daher hat die Jungfer ihre profunden Kenntnisse ihrer Muttersprache«, stellte Marian fest. »Also werden wir uns wohl bemühen müssen, dem guten Kind einen besseren Stil anzuerziehen. Und Ihr, Donna Augusta, macht besser Euren Mund nicht mehr auf.«

Als Marian und Henning das Gemach der Amme verlassen hatten, schüttelte Henning nur traurig den Kopf.

»Da hat sich Vater Lodewig eine mächtig falsche Münze andrehen lassen.«

»Einerseits, ja, sicher. Aber dennoch scheint sie den Charakter ihres Schützlings nicht gänzlich verdorben zu haben. Wenn sie sich Mühe gibt, kann die Jungfer auch recht wohlerzogen auftreten.«

»Mir gegenüber nicht«, murrte Henning. »Sie ist zänkisch und vorlaut und stellt jede Menge Unfug an.«

»Ich habe sie auch schon anders erlebt. Hier im Haus habe ich sie schon freundlich mit der Dame und ihren Töchtern plaudern sehen. Und zu mir ist sie auch immer höflich gewesen.«

»Das stimmt. Nun ja, dann werden wir uns eben von jetzt an bemühen, die vulgären Wendungen aus ihrer Sprache zu entfernen.«

»Lass dir nicht von ihr auf der Nase herumtanzen, Herr Ritter! Und nun begleite mich zum Leinenkaufhaus. Man bietet hier in Konstanz Stoffe von ausgezeichneter Qualität an, die in Venedig begehrt sind.«

Den Nachmittag verbrachte Henning also zwischen staubigen Tuchballen, versuchte zu behalten, auf welche Art der Kaufmann die Eigenschaften der gewebten Bahnen beurteilte, und hörte schweigend zu, wie das Geschäft schließlich abgewickelt wurde. Es war eine gänzlich fremde Welt für ihn, aber als er die Summen hörte, über die verhandelt wurde, war er doch beeindruckt. Geld war zwar auch für ihn ein Tauschmittel, sorgsam mit kleinen Mengen umzugehen hatte er bei dem Rabenmeister gelernt, aber große Summen hatte er bisher nur von seinem Vater erhalten. Oder auf einem Acker gefunden.

Wie viel man jedoch durch den Handel erwerben konnte, war ihm neu. Erstaunt lauschte er Marians Vortrag über Gewinnspannen, Zuschläge, Kosten, Preise und Steuern.

Es machte ihn nachdenklich. In den Kreisen der Ritter wurden die Kaufleute mit leiser Verachtung als raffgierige Pfeffersäcke dargestellt, die sich die Hände schmutzig machen mussten, um ihre Beutel zu füllen. Aber es gehörte viel mehr dazu. Vor allem große Wagnisse. Händler beförderten Waren vom Ort ihrer Herstellung zu den Abnehmern. Eine Reise wie die, von der er eben jetzt Teil war, war ein mit vielen Risiken behaftetes Unterfangen. Man konnte alles verlieren durch Überfälle, Naturgewalten, Nachlässigkeit. Man konnte jedoch auch viel gewinnen, wenn man klug einkaufte und klug verkaufte, Vorsicht walten ließ – und Glück hatte.

In dieser nachdenklichen Stimmung kehrte er in die Kammer zurück, die er mit Emery teilte, und fand den Jungen darin vertieft, aus Goldmünzen kleine Stapel zu bilden. Fassungslos schloss er die Tür hinter sich.

»Sieh mal, Henning. Die sind hübsch, nicht? Und so viele.«

»Woher hast du die?«, stieß Henning heiser aus.

»Aus deinem Kopfpolster. Ich wollte mich ein bisschen ausruhen. Aber das drückte so an meinem Ohr, also hab ich dieses lose Fädchen aufgezogen. Und da war der Beutel in dem Polster.«

»Mein Beutel. Mein Polster.« Henning raffte die Münzen zusammen.

»Och, schläfst du gerne auf so unbequemen Polstern?«

»Bislang schlief ich darauf, damit mir niemand mein Eigentum raubt.«

»Aber tagsüber trägst du sie mit dir herum. Da kann jeder Taschendieb sie dir klauen.«

Kindermund tat Wahrheit kund.

Mit einem Aufstöhnen versenkte Henning die letzte Goldmünze in dem Beutel und setzte sich auf das Lager.

Bislang hatte er noch niemandem anvertraut, dass er seinen Münzschatz aus Bauer Egberts Feld bei sich trug, von dem nur Meister Frederic und dessen Freund Cedric wussten. Bisher war ihre Reise unbehelligt verlaufen, das Rheinschiff bot eine gewisse Sicherheit vor Überfällen. Aber nun begann der lange Marsch über die Alpen, zum Teil durch einsames, unwirtliches Gebiet. Es war nicht ausgeschlossen, dass sich Räuberbanden dort herumtrieben. Das war der Grund, warum die Händler kaum noch Münzen in großer Menge mit sich führten, hatte Herr Marian ihm schon erklärt. Mit den gesiegelten Dokumenten, die auf die Gelder ausgestellt waren, wussten die Räuber nichts anzufangen. Henning wog den schweren Beutel in seiner Hand und haderte mit seiner Unwissenheit. Den Wechsel seines Vaters hatte er bei einem Kölner Juden eingelöst. Aber wie konnte man Gold in Pergament verwandeln und dann wieder als Münzen zurückerhalten? Bei einem hiesigen Juden? Bei einem Geldwechsler? Bei einer Bank? Und – wie konnte er sicher sein, dass er nicht betrogen wurde?

Es blieb ihm wohl nichts anderes übrig, als sich dem Kaufmann anzuvertrauen.

Herr Marian betrachtete die Goldmünzen einigermaßen fassungslos, als er sie spät am Abend auf seinem Tisch ausbreitete.

»Du schleppst ein Vermögen mit dir herum, junger Ritter? Weißt du eigentlich, in welche Gefahr du uns damit bringst?«

»Ich habe sie versteckt.«

»Henning, jeder Dieb weiß um die üblichen Verstecke. Im Bettpolster, in Strümpfen, unter Matratzen ... So viele Möglichkeiten gibt es auf einer Reise nicht.«

Henning wurde rot – genau dort hatte er den Beutel untergebracht.

»Was soll ich tun, Herr Marian? Ich kenne hier niemanden, dem ich das Gold anvertrauen möchte. Und mit diesen Dokumenten kenne ich mich auch nicht aus.«

»Dann wirst du jetzt sehr schnell etwas überaus Wichtiges hinzulernen.«

»Das muss ich wohl.«

»Ja, mein Junge. Aber du hast Glück. Seit dem Konzil vor drei Jahren gibt es hier in Konstanz einige Banken, die von vertrauenswürdigen italienischen Gesellschaften gegründet wurden. Ich mache schon seit Längerem Geschäfte mit ihnen. Messer Pietro wird dir erklären, was es mit einem Kreditbrief auf sich hat.«

Dieser ehrenwerte Herr fand sich am nächsten Vormittag bereit, sich das Anliegen des bekannten Fernhandelskaufmanns und seines Begleiters anzuhören. Und als Henning ihm, leicht zögernd, seinen Beutel überreichte, holte er eine der Münzen heraus und betrachtete sie gründlich.

»Nicht eben gängige Währung, Signori. Wie nennt Ihr diese Goldstücke?«

»Regenbogenschüsselchen, sagte man mir.«

»Ah, ein hübscher Name. Ich kenne ähnliche Münzen. Man findet sie hier gelegentlich auf den Äckern, aber auch in alten Gräbern. Es scheint die Währung unserer Vorfahren zu sein. Zu der uns aber leider ein Vergleichswert fehlt.«

»Das heißt, Ihr könnt mir nicht helfen?«

»Doch, Herr von der Löwenburg. Nur den kurrenten Wert kann ich Euch nicht bieten. Aber wir haben ja noch dies hier.«

Der Bankier legte ein Kästchen auf den Tisch und hob den glatten, mattgeschliffenen schwarzen Stein heraus. Daneben legte er sorgsam einige Goldnadeln.

»Ein Probierstein«, sagte Marian. »Damit wird der Goldgehalt der Münzen geprüft. Hab Acht, Henning.«

Messer Pietro zog die Münze mit einer energischen Bewegung über die Oberfläche. Zurück blieb ein feiner, goldener Strich.

»Nun, das sieht recht gut aus. Nehmen wir diese Nadel zum Vergleich. Eine Legierung, die etwas Bronze enthält.«

Wieder zog er einen Strich auf dem Stein und schüttelte den Kopf.

»Nun, Bronze enthält Eure Münze nicht. Versuchen wir es mit der silberhaltigen Mischung.«

Aber auch hier stimmte die Farbe nicht überein.

»Tja, dann bleibt uns wohl nur noch das lautere Gold.«

Und siehe da, die beiden Striche glichen sich auf das Genaueste.

»Meinen Glückwunsch, junger Herr. Euer Schatz ist aus unverfälschtem Gold. Ich werde noch einige weitere Prüfungen durchführen – zur Sicherheit, versteht Ihr? Dann wiege ich das Metall und stelle Euch ein Dokument über den Goldwert in Florin aus. Abzüglich einer kleinen Gebühr. Wäre das recht?«

»Und wie hoch wäre der Wert? Und wie hoch die Gebühr?«, fragte Henning.

»Euer Schüler, Maestro vom Spiegel?«

»Ein gelehriger, also zieht ihn nicht über den Tisch.«

Es gab noch einen kleinen, sehr höflich geführten Handel, aber dann willigte Henning in die Bedingungen ein und sollte am kommenden Tag einen Kreditbrief in erheblicher Höhe erhalten, den er in jeder größeren Stadt in den italienischen Provinzen würde einlösen können.

22. Kapitel

Reemt hatte sich über die beiden Steine aus der Zwergen-höhle wie ein kleines Kind gefreut. Immer wieder hatte er mit dem Finger die Windungen des schneckenförmi-gen Steins nachgefahren, und Myntha sah ihm deutlich an, wie seine Fantasie sich daran entzündete. Und auch das Drachenei begeisterte ihn. Am liebsten würde er es wohl mit in sein Bett nehmen, um es selbst auszubrüten.

Und am Abend war es dann auch schon so weit – eine neue, abenteuerliche Geschichte ließ alle Besucher in der Gaststube atemlos die Ohren spitzen. Von den dunklen, geheimnisvollen Gängen der Zwergenhöhle berichtete der Fährmeister, von grimmigen, harthändigen kleinen Männern, die dem Felsgestein seine Schätze abgewan-nen: schimmerndes Metall, funkelnde Juwelen, magische Steine. Darunter auch den wundersamen Schlangenstein. Dessen Zauberkräfte halfen den Zwergen, die ergiebigs-ten Stellen zu finden, denn immer, wenn man ihn mit den geheimen Worten beschwor, entrollten sich die Win-dungen, die ihm innewohnende Schlange streckte sich und führte die Suchenden zu jenen Stellen, in denen der Berg seine Kostbarkeiten barg.

Jeder wollte den Schlangenstein sehen, ihn anfassen, beschnüffeln, an seiner Oberfläche kratzen.

Myntha war zufrieden mit dem Ergebnis. Endlich hatte ihr Vater ein anderes Thema gefunden als den im Rhein versunkenen Schatz der Nibelungen. Auch Agnes schien erleichtert. Die Truhe mit ihrer Mitgift, die sie aus dem Strom geborgen hatte, stand gut versteckt in einem Hohlraum hinter der Wand in ihrem Zimmer. Leider hatte sich noch immer kein Bote ihres Gatten gemeldet, der seit Agincourt in englischer Gefangenschaft weilte. Zwar wusste sie von Master John, dass der Comte de Malesdroit lebte, nicht aber, wie sie ihn bei seinen Gastgebern auslösen konnte. An manchen Tagen wirkte Agnes inzwischen sehr in sich gekehrt und sprach oft traurig von ihren Kindern, die sie in der Bretagne hatte zurücklassen müssen, als sie zu ihrer Pilgerreise nach Köln aufgebrochen war.

»Master John reist jetzt wieder über den Kanal, Agnes. Vielleicht erfährt er diesmal weitere Einzelheiten. Er wird dir gewiss Nachricht zukommen lassen.«

»Es wird Winter, Myntha. Da reisen auch die Kuriere nicht mehr so oft.«

Das war leider richtig, und dennoch traf am kommenden Tag ein erstaunlicher Besuch ein. Von der Fähre hoch kam eine kleine Reisegruppe. Eine vornehme Dame führte einen Herrn fürsorglich am Arm den Weg zum Fährhaus hinauf. Eine dunkle Binde wand sich um die Augen des Mannes, und er stützte sich auf einen silberbeschlagenen Stock. Ihnen folgten eine Dienerin und ein Kammerherr. Ein Stapel Kisten wurden nach ihnen entladen, die von zwei Helfern hinter ihnen hergetragen wurden.

Hoher Besuch kündigte sich an, und Myntha legte eilig die Schürze ab, um sie willkommen zu heißen. Es gestaltete sich schwierig, denn die Ankömmlinge waren der deutschen Sprache nicht mächtig. Auch Mynthas Lateinkenntnisse, mit denen sie normalerweise die Bedürfnisse ihrer ausländischen Gäste zu erfragen in der Lage war, erwiesen sich als nutzlos. Die englische Zunge war es, mit der die Dame sie harsch anfuhr, wohl in der Meinung, dass sie es mit einer tumben Magd zu tun hatte. Einige Brocken dieser Sprache hatte Myntha zwar einst in Frau Alyss' Haus aufgeschnappt, aber die Edle sprach dermaßen schnell und schrill, dass sie kein einziges Wort verstand.

Hektisch überlegte sie, welche Möglichkeiten sie hatte, um sich mit den Gästen zu unterhalten. Master John war abgereist, Jehanne mit ihm. Vielleicht konnte Thomas ihr helfen. Sollte sie einen Boten zu Frau Alyss schicken? Aber es würde zu lange dauern, bis er hier war. Dann aber fiel ihr ein, dass es noch jemanden gab, der der fremden Sprache mächtig war. Ein paar Brocken fielen ihr sogar selbst eben ein.

»Wait a moment!«, fuhr sie der Dame über den Mund und drehte sich um. Agnes musste sich um die Ankömmlinge kümmern, während sie zum Rabenmeister lief und ihn um Beistand bat.

»Agnes, da sind zwei Herrschaften gekommen, die unsere Sprache nicht verstehen. Kannst du sie bitte in den Gastraum führen und ihnen eine Erfrischung anbieten? Ich hole Meister Frederic.«

»Und wie soll ich ihnen das verständlich machen?«

»Mit höflichen Handbewegungen und deiner hochnä-
sigsten Miene.«

»Wenn du meinst.«

Agnes stellte den Mörser ab und folgte Myntha nach
draußen. Doch statt sich der wortgewaltigen Dame zu
widmen, blieb sie wie vom Donner gerührt stehen.

»Kann das sein?«

»Was?«

Und dann flüsterte sie: »Lancelot?« Und etwas lauter.
»Lancelot de Malesdroit? Seid Ihr es wirklich?« Und dann
verfiel sie in die fränkische Zunge, und der Herr streifte
den Arm seiner Begleiterin ab.

»Agnes?«

Die bösen Blicke seiner Begleiterin bemerkte Agnes jedoch nicht, sie hatte die Hände des Blinden ergriffen und
redete unablässig auf ihn ein.

Myntha nahm die Beine in die Hand und lief zum
Uferweg, um so schnell wie möglich die Kate zu erreichen. Unterdes überschlugen sich ihre Gedanken. Also
war der verlorene Comte zurückgekehrt. In Begleitung
einer vornehmen Frau. Was mochte das zu bedeuten
haben?

Mit einer schnellen Handbewegung scheuchte sie
Robb fort und lief mit gerafften Röcken zur Kate.

»Rabenmeister! Meister Frederic!«

Er trat vor die Tür, noch ehe sie sie erreichte, und
zwinkerte ihr zu.

»Welch unseliger Wind weht Euch her, Unholdin?«

»Wind aus England. Ihr müsst mir helfen. Es sind
Gäste von der Fähre gekommen, deren Sprache ich nicht

verstehe. Hochstehende Herrschaften. Und es gibt Verwicklungen.«

»Mit denen Ihr nicht zurechtkommt? Das verwundert mich.«

»Wenn mir nur jemand deuten könnte, was sie sagen.«

»Bedrohte man Euch?«

»Ich weiß nicht. Ich verstehe doch nichts.«

»Soll ich den Langbogen mitnehmen?«

»Nicht doch. Eure Zunge wird reichen. Und nötigenfalls Eure Fäuste.«

Myntha folgte den langen Schritten des Rabenmeisters atemlos, und als sie am Fährhaus eintrafen, redete Agnes noch immer auf den Mann ein. Der Dame hatte Reemt sich genähert und wurde von ihr soeben mit wütenden Worten traktiert.

»Na, das ist aber mal ein englisches Giftzähnchen«, knurrte Frederic. »Man sollte ihn ihr ziehen.«

»Versucht es erst im Guten. Wie es aussieht, ist Agnes' Gatte mit ihr gekommen, und dass er hier sein Weib trifft, scheint sie zu erbittern.«

»Verstehe.« Frederic stellte sich neben den völlig geknickten Reemt und praktizierte eine höchst ansehnliche Verbeugung. Seine Stimme klang kühl und höflich, als er sie begrüßte und ihr dann einige Fragen stellte. Dann wandte er sich Reemt zu und sagte: »Die ehrenwerte Lady Olivia Fitz'Alan wünscht für sich und ihre Begleitung Zimmer für die Nacht und ein anständiges Mahl.«

»Dann sagt ihr bitte, sie möchte mir in die Gaststube folgen. Über Nacht können sie und ihre Dienerin sich in der kleinen Schlafkammer das Bett teilen, der Comte und sein Diener müssen mit den anderen Männern mit der Gästekammer vorliebnehmen.«

Frederic übersetzte, und die edle Dame schnaubte.

»Sie sagt, es kommt gar nicht infrage, mit ihrer Dienerin eine Kammer oder gar ein Bett zu teilen. Und der Comte ist blind, er braucht seinen eigenen Raum.«

»Er kann mein Zimmer haben«, sagte Reemt, aber Myntha schüttelte den Kopf.

»Sagt der edlen Dame, dass wir keine anderen Möglichkeiten haben. Aber vielleicht möchte sie bei dem Maultier im Stall übernachten?«

Der Rabenmeister gab einen leisen, irgendwie amüsierten Laut von sich und übersetzte.

Lady Olivia grollte.

»Sie redet nicht mit der Magd oder dem dummen Knecht da. Ich soll gefälligst den Landlord, also den Hausherrn holen.«

»Aha, nun, dann werde ich dafür sorgen, dass sie mit der Hausherrin und dem Fährmeister spricht. Vater, folgt mir bitte.«

»Was hast du vor?«

»Dieser hochnäsigen Schnepfe eine Lektion erteilen. Wir gehen bis zur Tür, drehen uns um und schreiten so würdevoll wie möglich auf sie zu. Meister Frederic wird uns vorstellen als das, was wir sind. Nämliche ehrenwerte Gasthauswirte.«

»Du magst sie nicht?«

»Nein, ich mag sie nicht. Ich finde, sie hat höchst unangenehme Ähnlichkeit mit Frau Swinte. Sie ist ebenso unerträglich herablassend wie die Schwester des Mühlenerben. So, Haltung, Fährmeister Reemt van Huysen!«

Mit hocherhobenem Haupt gingen sie auf die Gäste zu, Frederic verneigte sich auch vor ihnen und stellte sie der verächtlich über sie hinwegstarrenden Dame vor.

Agnes stand dicht bei ihrem Mann und flüsterte ihm zu, was sich vor ihnen abspielte. Ein feines Lächeln lag auf dem Gesicht des Comte. Er war sicher einmal ein äußerst ansehnlicher Mann gewesen, fiel Myntha auf. Doch Schmerzen und Leid hatten tiefe Linien in sein Gesicht gegraben, und der Verlust seines Augenlichts mochte ihm große Schwierigkeiten bereiten. Er sah nicht aus wie ein Mann, der leicht Hilfe annehmen konnte.

Lady Olivia bequemte sich, ihren Blick wieder auf Reemt zu lenken.

»Man sollte meinen, dass der Herr des Hauses eine stattlichere Figur abgibt«, murrte sie.

»Und man sollte meinen, das eine Dame von Stand mehr Anmut und Anstand an den Tag legt«, flötete Myntha.

Es kam nicht gut an. Die säuerliche Lady schnaubte und wollte eine Schimpftirade vom Feinsten loslassen. Aber nun mischte sich der Comte ein und sprach begütigend auf sie ein. Der Rabenmeister übersetzte leise.

»Er ist erschöpft und mit jeder Form der Unterbringung einverstanden.«

»Es wäre günstig, wenn Agnes eine Weile alleine mit ihm sein könnte«, flüsterte Myntha zurück. »Ich habe eine Idee.« Und zu Agnes gewandt sagte sie: »Ihr könntet mit Eurem Gatten Unterkunft im neuen Fährhaus auf der anderen Rheinseite nehmen, Comtesse. Bilke hat ein schönes Gastzimmer. Und Ihr könntet Eure Kammer der edlen Dame überlassen.«

Agnes überlegte, vermutlich dachte sie an das Gold, das dort versteckt war. Aber das konnte sie mit ihren Habseligkeiten leicht zu Bilke hinüberbringen. »Ja, das ginge wohl«, entschied sie. »Schlagt es ihr vor. Ich werde mich um meinen Mann kümmern.«

Wenn auch mit missmutiger Miene billigte Lady Olivia diesen Vorschlag und folgte Reemt dann auch in die Gaststube.

»So ist also der verlorene Gatte heimgekehrt«, sagte Frederic, als die kleine Gruppe verschwunden war.

»Ein verwundeter Kämpe, ja. Aber er lebt. Agnes ist ihm sehr zugetan, ich hoffe, er wird ihre Fürsorge annehmen.«

»Oder doch lieber die der englischen Lady? Sie muss ihm ebenfalls zugetan sein, wenn sie ihn auf dieser Reise begleitet hat.«

»Mag sein. Aber in diese Angelegenheiten will ich mich nicht einmischen.«

»Nicht, Jungfer Unhold? Es wäre doch eine gute Gelegenheit, Euren unseligen Einfluss geltend zu machen.«

»Beruft es nicht.«

»Kommt Ihr jetzt alleine mit ihr zurecht? Die Sperber warten nämlich auf ihre Atzung.«

»Ja, geht nur. Ich werde jemanden zu Frau Alyss schicken, ihr Sohn Thomas wird uns sicher helfen.«

Bevor Myntha zu ihren Pflichten zurückkehrte, bat sie Imme, mit der Fähre überzusetzen, um den Jungen in dem Hauswesen in der Witschgasse um seinen Beistand zu bitten. Agnes hatte ein Bündel mit ihren Sachen geschnürt und auch die Truhe mit der Mitgift auf das Boot bringen lassen. Sie begleitete den Comte über den Rhein. Er schien müde und erschöpft und stützte sich auf ihren Arm. Aber seine Abschiedsworte klangen freundlich, und ein feines Lächeln begleitete sie.

»Er bittet dich, das harsche Auftreten von Lady Olivia mit Nachsicht zu betrachten. Auch für sie war die Reise nicht ohne Beschwernisse. Morgen Vormittag komme ich wieder her, Myntha. Bis dahin weiß ich vermutlich, wie Lancelot hergefunden hat und welches seine Pläne sind.«

»Nehmt euch Zeit füreinander. Ihr wart lange Zeit getrennt.«

Thomas traf mit der Nachmittagsfähre ein, und Lady Olivia schienen seine guten Manieren milde zu stimmen. Er war ein hübscher Junge, großgewachsen, und wenn auch noch recht schlaksig, so mochte er bald ebenso breite Schultern bekommen wie sein Vater. Von ihm hatte er auch die schwerlidrigen Augen, unter denen er seine scharfen Blicke verbarg. Und sein munteres Lächeln lenkte auch sogleich die Aufmerksamkeit zweier Wäscherinnen auf sich. Er nickte ihnen freundlich zu, nahm aber ohne Zögern seine Aufgabe wahr. Er sorgte dafür, dass auch die beiden Diener ihre Unterkunft fanden, ließ die Gepäckstücke zu den Kammern bringen und erklärte ihnen, wo sie ihre Mahlzeiten einnehmen konnten. Lady Olivia wurde zu diesem Zweck die gute Stube hergerichtet, wo sie in einsamer Majestät eine Steinpilzsuppe, gebratenes Hühnchen auf Weinkraut, einen Pfannkuchen mit geräucherter Forelle und goldene Schnitten mit Pflaumenmus speiste. Sie nörgelte nicht, ließ sich von Thomas bedienen und vor allem immer wieder den kühlen Claret nachschenken. Mit reichlicher Bettschwere erreichte sie dank seiner Hilfe sodann Agnes' Kammer, wo sich ihre Dienerin ihrer annahm.

»Lady Olivia hat sich zurückgezogen«, sagte er zu Myntha, als er in den Schankraum trat.

»Und du hast dir einen Humpen Bier verdient und eine saftige Pastete. Bauer Egbert sind einige Rebhühner zugeflogen und irgendwie in unseren Töpfen gelandet.«

»Und bei ihrem Flug haben sie noch ein paar Pilze und Zwiebeln geerntet«, fügte Imme hinzu.

»Sehr nützliche Tiere leben in unseren Wäldern. Mutter ist neulich auch eine fette Wildsau zwischen die leeren Fässer auf dem Karren gesprungen. Und was soll ich Euch sagen, sie hatte sogar zwei Enten im Maul.«

»Und hatte sich zuvor in die Schmiede vom Adlerwirt verirrt.«

»So munkelt man.«

Wildern war gefährlich und stand unter Strafe. Aber was sollte man gegen die zahmen Tiere machen, die freiwillig in die Kessel oder an den Spieß sprangen, dachte Myntha.

Als Thomas seine Pastete verspeist hatte, setzte sie

sich noch einmal zu ihm und fragte: »Hat Lady Olivia noch etwas über den Comte gesagt?«

»Zunächst war sie sehr wortkarg, aber nach dem dritten Glas Wein wurde sie ein wenig gesprächiger. Ihr Bruder hat den verwundeten Gefangenen zu ihnen gebracht. Er war sehr schwach, litt unter seinen vielen Verletzungen und hatte hohes Fieber. Es hat wohl einige Monate gedauert, bis er überhaupt in der Lage war, mit ihnen zu sprechen. Und obwohl sie ihn als ihren Feind ansahen, hatte ihr Bruder doch Mitleid mit ihm und sah darauf, dass er gut gepflegt wurde. Als er wieder einigermaßen gehen konnte, übertrug er ihr die Aufgabe, sich um ihn zu kümmern. Darüber scheint sie eine gewisse Zuneigung zu ihm gefasst zu haben. Und als mein Vater ihnen die Nachricht brachte, dass Frau Agnes hier in Köln weilt, hat sie ihren Bruder gebeten, den Comte auf der Reise zu ihr begleiten zu dürfen. Was ich etwas seltsam finde.«

»Nicht unbedingt. Lady Olivia ist keine junge Maid mehr. Vielleicht hat sie ihren Gatten oder Verlobten verloren oder hat aus anderen Gründen bisher nicht geheiratet. Und ein Comte ist ein Comte, nicht wahr?«

»Aber er ist verheiratet, Jungfer Myntha.«

»Das zu überprüfen mag ihr Ziel gewesen sein. Agnes hätte in der Zwischenzeit die Ehe auflösen lassen können. Ein anderer Mann hätte seine Stelle eingenommen haben können. Fünf Jahre sind eine lange Zeit.«

»Aber er ist blind …«

»Und der Mann, der um mich angehalten hat, hat nur ein Auge.«

»Oh, verzeiht, Jungfer Myntha. Ich vergaß, dass Ihr dem Mühlenerben Rickel anverlobt seid.«

»Noch nicht. Er freite um mich, aber bislang sind wir und seine Schwester Swinte noch immer nicht in allen Punkten des Ehevertrags zu einer Einigung gekommen. Ich werde wohl alt und grau sein, bis die Hochzeit stattfindet. Oder ich nehme doch den Antrag des Herrn von Odenhausen an und ziehe von hier fort.«

»Das wäre aber schade.«

»Ja, Thomas. Ich würde meine Heimat und meine Freunde hier nur ungerne verlassen. Darum zögere ich ja noch. Und werde tatsächlich irgendwann alt und grau und unbemannt sterben.«

»Gewiss nicht – so hübsch, wie Ihr seid.«

»Du bist ein netter junger Mann, Thomas. Aber ich muss mich wieder um die Gäste kümmern. Setz dich ein wenig näher zu meinem Vater hin. Ich glaube, er ist in der Stimmung, die höchst wundersame Geschichte von einem Drachenei zu erzählen.«

»Oh, schön. Darüber wird in unserem Haus auch einiges berichtet, seit Herr Robert einen solchen Stein mitgebracht hat.«

»Ich weiß«, sagte Myntha und kicherte. »Ich habe von den Streichen gehört, die damit im Zusammenhang stehen. Hab also deinen Spaß daran, was mein Vater dazu zu sagen hat. Später kannst du dann bei Witold in der Kammer schlafen, ich habe dir Haros Bett bereit gemacht.«

Damit erhob sie sich und eilte in die Küche, um weitere Pasteten und Schmalzbrote zu holen.

23. Kapitel

Die Pilgerkutte kratzte scheußlich, fand Leander. Aber sie war auch nützlich. Man bewirtete ihn höflich, manch Hühnerbeinchen erhielt er gar umsonst und auch schon mal einen Becher Bier oder Most. Vor allem dann, wenn er von den Erlebnissen seiner Fahrt berichtete. Hier griff er großzügig auf die Erfahrungen der Alpenüberquerung im Frühjahr zurück und veränderte nur die Begleitumstände leicht. Nicht im Handelszug hatte er den beschwerlichen Weg genommen, sondern in Begleitung einiger weiterer Pilger aus seiner Heimat. Er vergaß auch viele der deutschen Wörter und ersetzte sie durch italienische Begriffe. Und immer wieder streute er Fragen nach seinem Vater ein, der in Agincourt vermisst wurde. Schon hatte er einige Männer getroffen, die entweder bei der Schlacht dabei gewesen waren oder jemanden kannten, der dort gewesen war. Zweimal hatte man ihn tatsächlich an Frederic Bowman verwiesen, einen düsteren Langbogenschützen, der auf der anderen Rheinseite sein Unwesen trieb.

Leander amüsierte sich darüber.

Nur von Lucien hatte er noch keine Spur gefunden.

Bis er an diesem Abend in der Gaststube der Adlerwirtschaft am Eigelstein saß. Ein Krüppel, neben dem zwei Krücken am Tisch lehnten, löffelte die gehaltvolle Suppe aus seiner Schüssel und sah sich dabei mit flinken Blicken um. Er schien mittleren Alters zu sein, unter seiner Kappe ringelten sich einige graubraune Locken, seine Gesichtshaut war von der Sonne gegerbt, seine Hände schwielig. Und er war der ausländischen Sprachen mächtig, stellte Leander bei seiner heimlichen Beobachtung fest. Ein ehemaliger Seemann vermutlich, doch nun gestrandet und irgendwie in Köln gelandet. Doch anders als viele in seiner Lage schien er nicht vom Betteln zu leben. Seine Kleider waren gediegen, eine Mahlzeit im Adler konnte er sich offensichtlich leisten. Also hatte er Dienste anzubieten, die von jemandem ausreichend bezahlt wurden. Und so rückte Leander unauffällig näher an seinen Platz an dem langen Tisch und spitzte die Ohren.

Zunächst unterhielt sich der Krüppel mit einem der Nordmänner, die gerne in diesem Gasthaus einkehrten, in deren harter Zunge, und es waren wohl einige raue Geschichten, die den bärtigen Händler zu dröhnendem Lachen brachte. Dann aber nahm ein dunkelhaariger Mann aus dem Frankenland an seinem Tisch Platz, und geschmeidig wechselte er in dessen Sprache. Diesmal ging es wohl um delikatere Themen, denn beide teilten ein anzügliches Grinsen, und kurz darauf verwickelte der Franzose die kecke Schankmaid in eine heftige Tändelei.

Der Krüppel hingegen bewies, dass er auch in der hiesigen Mundart zu Hause war, und endlich konnte Leander verstehen, worüber er sich mit dem alten Söldner unterhielt, der gemächlich seinen Humpen Bier leerte.

Natürlich unterhielten sie sich über die ruhmvollen alten Zeiten. Und ja, der Krüppel hatte einst als Handelsknecht auf den Schiffen einiger Herren gedient und dabei die halbe Welt bereist. Der Söldner hingegen schien sich jedem verdingt zu haben, der ihm ein passendes Entgelt geboten hatte. Auch er hatte viel von der Welt gesehen. Und dann fiel irgendwann der Name Agincourt und der Einsatz der Bogenschützen. Hier wurde Leander noch aufmerksamer, zog allerdings die Kapuze etwas weiter über seine Wangen. Der Krüppel war auf eine ergiebige Quelle gestoßen, und mit geschickten Fragen entlockte er dem Söldner, dass es drüben in Mülheim einen Bowman gab, der der Stadtwache den Gebrauch von Pfeil und Bogen beigebracht hatte. Dieser Mann lebe in einer Kate am Rhein und habe sich, was einigermaßen seltsam erschien, mit wilden Vögeln umgeben.

Geschickt war der Kerl, fand Leander, denn schon gleich darauf sprach er von raubgierigen Vögeln, die die Männer auf den Schiffen angriffen, insbesondere jene, die zur Strafe an den Mast gebunden wurden. Und der Söldner hatte einige schaurige Einzelheiten von den Aasfressern auf dem Schlachtfeld zu bieten.

Er hatte genug erfahren, beschloss der Lauscher und winkte die Schankmaid heran, um seine Zeche zu zahlen. Die Nacht war dunkel und ein klebrig feuchter Nebel war vom Rhein hochgekrochen. Er zog den kratzigen Umhang enger um sich, als er sich in eine Nische zwischen zwei Häusern gegenüber dem Gasthaus drückte. Die Wartezeit, bis sich der Krüppel auf den Heimweg machte, verkürzte er sich mit einer der streunenden Katzen, die begeistert einigen Kieseln hinterherjagte, die er über die Gasse schnickte. Nach einiger Zeit verlor sie aber den Spaß an dem Spiel, und trotz der Kühle begann Leander mit dem Schlaf zu kämpfen. Aber endlich öffnete sich die Tür gegenüber, und in dem warmen, goldenen Licht, das aus dem Wirtshaus drang, trat der Krüppel auf die Straße und schwang sich auf seinen beiden Krücken Richtung Innenstadt. Vorsichtig folgte er ihm, immer darauf bedacht, in den dunklen Schatten zu bleiben. Große Hoffnung, dass er ihn in dieser Nacht noch zu jenem Feuerteufel führte, hatte er nicht, aber er hoffte zumindest, dass er bei seiner Verfolgung herausfand, wo der Krüppel sein Lager hatte. Und damit hatte er Erfolg. In der Nähe des Antoniterklosters verschwand der Mann in einem der Keller der Handwerkerhäuser, die gewöhnlich an Handlanger und Tagelöhner vermietet wurden.

Mit leise klappernden Zähnen eilte Leander zum Rhein hinunter, und es gelang ihm, ohne von der Nachtwache entdeckt zu werden, das Hauswesen in der Witschgasse zu erreichen. Frau Alyss hatte das Tor für ihn offengelassen, und dankbar goss er sich noch einen Becher warmen Wein ein, der am Kamin auf ihn wartete. Dann konnte er endlich die kratzige Kutte ablegen und sich die weiche Decke über die Ohren ziehen.

In seiner eigenen Kleidung machte Leander sich am nächsten Morgen auf den Weg zur Kate des Rabenmeisters. Er traf ihn schon unten am Rheinufer an, wo er von den laut krächzenden Raben umgeben war. Kaum wurden sie seiner ansichtig, stürzten sie sich auf ihn. Er hatte alle Hände voll zu tun, sich ihrer wütenden Angriffe zu erwehren, bis ihm endlich die Losungsworte einfielen, die Meister Frederic ihm eingeprägt hatte.

»Hasenfuß und Leichenbein«, brüllte er, und das Geflatter nahm ab.

»Frrrreund!«, sagte Robb und kniff ihm kräftig ins Ohr.

»Ja, Freund. Himmel, Meister Frederic, die habt Ihr ganz schön wild gemacht.«

»Es schien mir nützlich.«

»Vermutlich. Ich habe Neuigkeiten.«

»Und vermutlich auch einen Bärenhunger?«

Frau Alyss hatte ihm zwar schon einen reichen Morgenbrei gereicht, aber die Brote mit Griebenwurst schmeckten ihm auch noch. Während er aß, berichtete er von dem Krüppel und seinen Erkundigungen.

»Dann weiß Lucien also jetzt, wo er mich findet. Gut gemacht, Leander. Dann werden wir jetzt weitere Vorbereitungen treffen. Deine Aufgabe wird es sein, den Böttcher aufzusuchen und so viele Eimer wie möglich zu kaufen. Frag Jungfer Myntha, ob du das Maultier und den Karren ausleihen darfst, und leg eine Decke über deine Einkäufe.«

»Eimer?«

»Um sie mit Sand und Wasser zu füllen.«

Die Luft in der Taverne roch nach Gekochtem und Bier, und allmählich wurde Lucien nicht nur übel, sondern er verlor auch die Geduld. Oder verließ ihn angesichts des endlich so nahen Ziels seine Beherrschung? Längst hatte er das Schmalzbrot aufgegessen, das ihm als Vorwand diente herzukommen. Er hatte sich mit dem Gesicht zu der niedrigen Tür gesetzt, um auf keinen Fall das Kommen seines Spions zu übersehen. Hin und wieder kam mit einem neuen Gast ein Schwall kühler Herbstluft herein und erfrischte seine betäubte Nase. Dennoch schien es ihm eine Ewigkeit, bis er endlich des Krüppels gewahr wurde, der seine Krücken mühsam über die grobgezimmerte Schwelle hob.

Lucien bezwang das Bedürfnis aufzuspringen und gab ihm nur ein Zeichen herüberzukommen. Der Krüppel ließ sich auf der gegenüberliegenden Seite ein Stück weiter rechts nieder, wie zufällig einen freien Platz suchend. Er bestellte sich ein Bier und schien ganz diesem zugewandt. Lucien konnte nur das grau melierte Haar unter der Kapuze hervorlugen sehen.

»Und?«, fragte er leise.

»Auf dem anderen Rheinufer.«

Der Krüppel nahm einen tiefen Schluck.

Lucien hätte es am liebsten aus ihm herausgeprügelt, und er hasste den Burschen dafür, dass er sich Zeit ließ. Er schob das bleiche Gesicht ein wenig näher an die fast heruntergebrannte Kerze und den Krüppel heran. »Wo?«, flüsterte er.

»Am Nordende von Mülheim. Wenn Ihr die Fähre über den Fluss nehmt, seht Ihr nicht weit vom Mülheimer Fährhaus eine kleine Kapelle am Wasser. Bei dieser Kapelle, am Waldrand, steht eine Kate. Dort lebt der Rabenmeister Frederic.«

»Rabenmeister«, wiederholte Lucien tonlos.

»Ist eine seltsame Sache um den Mann«, meinte der

Krüppel. »Er fängt Wildvögel, richtet sie ab und verkauft sie an edle Herrschaften.«

Lucien stand auf. Er zog die drei Münzen aus dem Beutel, um die sich seine dünnen Finger schon die ganze Zeit geklammert hatten. Ruckartig schob er sie über den Tisch dem Krüppel zu.

Es würde regnen, dachte Witold, als er die Fähre ins tiefere Wasser lenkte. Vermutlich war das der Grund, warum heute Nachmittag nur so wenige seine Dienste in Anspruch nahmen. Während er mit geübten Schlägen auf das Mülheimer Ufer zusteuerte, beobachtete er die wenigen Gäste. Die beiden Weiber hatte er schon morgens gesehen. Er erinnerte sich an das auffällige Geschwür im Gesicht der einen. Dann war da noch der Junge vom Böttcher, der aussah, als hätte er ein gehörig schlechtes Gewissen. Vermutlich hatte er sich vor der Arbeit gedrückt, um etwas zu erleben. Und der Mönch mit der tief ins Gesicht gezogenen Kapuze. Was der wohl allein in Mülheim zu verrichten hatte? Seine zusammengezogene Haltung und die abweisende Stimme konnten den Wein zu Essig machen. Vermutlich war das der Grund, warum die Weiber so schamhaft den Blick senkten. Der bloße Anblick des heiligen Unholds da mahnte einen ans Jüngste Gericht.

Der Fährmann konnte Lucien nicht erkannt haben. Doch ihm selbst war alles seltsam vertraut. Er raffte die Kutte um seinen mageren Leib und machte sich auf den Weg.

Er fand den Uferpfad ohne langes Suchen, der Krüppel

hatte alles gut beschrieben. Am Wegrand wuchsen Hahnenfuß, Schafgarbe und Sauerampfer. Lucien erinnerte sich an den Geschmack des Salats, den Frau Alyss früher daraus gemacht hatte. Wie in plötzlichem Trotz trat er einen der Stängel mit den rötlichen Enden nieder.

Schon von Weitem erkannte er die Kapelle. Nicht weit davon schwatzten ein paar Wäscherinnen bei der Arbeit. Sie waren so vertieft in ihr Gespräch, dass sie gar nicht auf ihn achteten. Und tatsächlich – in einiger Entfernung davon duckte sich etwas an den Waldrand.

Die Kate.

Ein bleiches Lächeln umspielte Luciens farblose Lippen.

Von den Vögeln, von denen der Krüppel gesprochen hatte, war nichts zu sehen. Oder doch? Dort hinten schienen sich mehrere Raben um etwas zu zanken. Offenbar hatte sie jemand gefüttert. Eine menschliche Gestalt erhob sich. Frederic?

Schnell drückte sich Lucien hinter eine der Pappeln. Die Gestalt war nicht sehr groß und trug einen weiten, langen Kapuzenmantel. Zu klein für den Mann, den er suchte, aber zu hochgewachsen für seinen Bengel. Sie schien die Vögel gefüttert zu haben. Hatte Frederic vielleicht wieder geheiratet? Davon hatte der Krüppel nichts zu berichten gewusst. Allerdings schien die Gestalt mit den Vögeln nicht vertraut zu sein. Sie hatte etwas auf den Boden geworfen, worum sich jetzt zwei der Raben zankten. Die anderen allerdings umflatterten sie wild und krächzend.

Luciens dürre Finger verknoteten sich ineinander.

Das machte es schwieriger. Offenbar hatte Frederic die Tiere abgerichtet, Fremde zu verjagen. Die Gestalt hob die Arme, wie um das Gesicht zu schützen. Dann zog sie die Kapuze tiefer in die Stirn und machte sich aus dem Staub.

Er schickte ihr ein in die Luft gezeichnetes Kreuz hinterher. Wer immer es war, diese Person war ein Geschenk des Himmels. In dieser erbärmlichen sündigen Gestalt sandte der strafende Erzengel Michael ein Zeichen, dass sein Schwert Luciens Rache unterstützen werde. Die Vögel waren abgelenkt. Er konnte sich näher an die Kate wagen.

Der Stall kam in sein Blickfeld. Und dort stand ein Mann.

Frederic.

Er erkannte ihn sofort. Frederic schien guter Laune zu sein, er pfiff sogar leise vor sich hin. Beim Gekreisch der Vögel hatte er kurz aufgesehen, doch da es verstummt war, als der Besucher sich entfernte, hatte er sich achselzuckend wieder dem schwarzen Hengst zugewandt, den er gerade striegelte. Flammen des Hasses loderten in Luciens Brust auf. Dieser Mann hatte kein Recht, glücklich zu sein. Kein Recht zu leben.

Schreie hallten in seinem Kopf wider. Erinnerungen an dichten schwarzen Rauch zogen wie dunkle Schwaden durch sein Gehirn. Schattenhafte Gestalten, helle Schemen im tanzenden Funkenflug. Erinnerungen an den Gestank verkohlter Balken und verbrannten Fleisches. Erinnerungen, die nur schwiegen, wenn den Flammen neue Opfer gebracht wurden. Opfer, die von dieser unverzeihlichen Sünde reinigten, geschlachtet auf dem Brandaltar wie in biblischen Zeiten, um den Zorn Gottes zu besänftigen. Jede Flamme, die er entzündete, war ein Anteil am Purgatorium. Rache an der Seele dessen, der sich versündigt hatte. Feuer war rein. Es merzte den Schmutz des Vergehens aus, den Schlick des Menschlichen. Seine Flammen brannten hinweg, was schwarz und irdisch war. Damals in England hatte er einen Teil dieser Schuld ausgelöscht. Hier würde er es vollenden.

Außer dem Rabenmeister schien kein Mensch in der Kate zu wohnen. Luciens dünne Lippen verzogen sich zu einem bösartigen Lächeln. Vorsichtig duckte er sich in den Schatten eines Busches. Seine graubraune Kutte machte ihn fast unsichtbar. Wenn er sich wenig und nur langsam bewegte, würde man ihn nicht entdecken. Und er konnte in Ruhe beobachten und in Erfahrung bringen, was er wissen musste.

Später im Mülheimer Fährhaus fiel Witold der stumme Mönch wieder auf, den er heute übergesetzt hatte. Vermutlich hatte ihn der leichte Nieselregen hergetrieben. Wie schon heute Mittag saß er stumm und abweisend da, die Kapuze tief ins Gesicht gezogen – selbst im Inneren der Gaststube. Irgendwie beunruhigte ihn der Fremde.

»Was für ein Wetter«, versuchte er ein Gespräch anzufangen. »Ich hoffe, Eure Geschäfte waren erfolgreich, frommer Mann, was immer sie auch waren.« Eigentlich war Witold selbst nicht der Mitteilsamste, aber ein wenig neugierig war er schon, was den Mönch ganz allein hergetrieben hatte. Doch der hagere Kuttenträger wandte sich nur mit einer stummen Geste ab.

Vielleicht hatte er ein Schweigegelübde getan.

»Ich will Euch nicht zur Last fallen, frommer Bruder«, entschuldigte er sich. »Wir setzen über, sobald die Treidelpferde eingespannt sind. Wenn Ihr möchtet, trinkt noch etwas, es hat keine Eile.«

Der Mönch nickte stumm. Witold räusperte sich und verließ den Tisch. Nicht ohne sich noch einmal beunruhigt nach ihm umzudrehen.

Myntha hätte ihm einen Jungen nachgeschickt, der für sie ausspioniert hätte, wo der seltsame Mönch hauste. Weibsvolk, dachte Witold. Immer neugierig. Und seine Schwester war die Schlimmste von allen, witterte überall Mord und Untat. Und hatte leider ziemlich oft damit recht. Dennoch – ein aufrechter Mann konnte sein Anliegen ohne Ränke vortragen, und wenn er etwas wissen wollte, fragte er.

Aber irgendwie ließ ihn der Gedanke auch nicht los.

Er winkte den Jungen von Bauer Egbert heran, der gerade aus der Küche kam. Vermutlich hatte er Fleisch gebracht und war für seinen Botengang mit einem kräftigen Schmalzbrot belohnt worden. Zumindest der Fettspur in seinem Mundwinkel nach zu urteilen.

»Siehst du den Mönch da drüben?« Er wies mit dem Kopf nach der dürren Gestalt. »Ich will, dass du mit ihm auf die nächste Fähre steigst und ihm nachgehst. Ich würde gern wissen, wo der Mann wohnt. Und er soll davon nichts merken. Bring mir die Antwort ins Fährhaus. Du kannst dann im Stall schlafen.«

Der Junge riss die Augen auf. Aber seine moralischen Bedenken waren mit der Aussicht auf ein paar Kupfermünzen auszuräumen.

Zwei Stunden später klopfte jemand hastig an die Tür des Fährhauses. Es dunkelte, und Witold war schon ungeduldig geworden. Längst hatte die Gevatterin Ellen zum Essen gerufen.

Im Schein der Laterne erkannte er den Jungen.

»Im Hospiz bei den Benediktinern.«

Witold nickte nachdenklich. Dann drückte er dem Jungen den versprochenen Lohn in die Hand.

»Lass dir von der Köchin noch etwas zu essen geben.«

Nachdenklich blickte der Fährmann dem eilig davonrennenden Jungen nach.

24. Kapitel

»Venedig?« Aufgeregt rückte Riccarda näher heran. »Wann?«

Der junge Mann stand auf und verabschiedete sich mit einer formvollendeten Verbeugung. »Heute noch. Wie schade. Es wäre mir eine Ehre gewesen, Eure Gesellschaft noch länger zu genießen und Euch die beschwerliche Reise so angenehm wie möglich zu machen.«

»Beschwerlich?«, echote Riccarda. Das auch noch.

»Nun, es geht auf gewaltige Berge hinauf. Über den Septimerpass – das ist eine weite, windige Gegend, wo es um diese Jahreszeit meist schon schneit. Immerhin ist der Saumpfad ausgebaut und befestigt worden. Das ermöglicht uns Kaufleuten, auch im Herbst noch über die Berge zu kommen und mehr Gewinn zu machen. Wenn man nicht ängstlich ist«, setzte er mit einem gewinnenden Lächeln nach.

Riccarda schenkte ihm ebenfalls ein huldvolles Lächeln. Aber kaum hatte er ihr den Rücken zugedreht und die Gaststube verlassen, seufzte sie tief auf.

Da Marian vom Spiegel und Henning noch immer im Kaufhaus beschäftigt waren, hatte sie sich aus Langeweile mit Donna Augusta in die Gaststube ihrer Herberge gesetzt und sich einen Becher Wein bringen lassen.

Seit Herr Marian sie zusammengestaucht hatte, wich der alte Drachen kaum noch von ihrer Seite, hüllte sich allerdings vorsichtshalber in Schweigen. Riccarda war der gut aussehende junge Herr sofort ins Auge gefallen. Ebenfalls ein Handelsreisender, doch was für ein Auftreten! Ein Wams aus edlem Samt, und er trug feine, seidene Schuhe und einen roten Hut mit einer Feder. Sein glänzendes schwarzes Haar war nach der neuesten Mode geschnitten und so penibel gebürstet, dass es seidig weich sein musste.

Sie waren ins Gespräch gekommen. Der junge Herr hatte sich als Händler namens Marco Milione vorgestellt. Glaubte man ihm, beherrschten seine Schiffe die Weltmeere. Sogar im Orient war er schon gewesen. Ein Jammer, dachte Riccarda, dass sie nicht mit ihm reisen konnte. Es wäre bestimmt unterhaltsamer als mit einem grünen Jungen, einem gestrengen Handelsherrn und einem zwar niedlichen, aber gleichfalls noch kaum den Windeln entwachsenen Ritterlein.

Während sie seufzend wieder ihrer Mahlzeit – Brot und Eintopf mit Rüben – ihre Aufmerksamkeit schenkte, hörte sie die Gespräche am Nachbartisch.

»Das Kloster«, sagte einer. »Was kann man sonst mit dem armen Ding machen? Pfaffenbastard!«

Verächtliches Schnauben. »So etwas findet keinen anständigen Mann. Ohne Geburtsrechte, gezeugt in Sünde, was soll aus so einer schon werden?«

»Ja, so eine braucht einen schönen Batzen als Mitgift, um ihre Herkunft vergessen zu lassen. Nein, das arme Wurm kann man nur ins Kloster stecken, damit ist allen am besten gedient. Landet ja sonst doch nur auf der Straße. So wie er dort«, und der Sprecher wies abfällig auf einen Mann in bunter, oft geflickter Kleidung, der an einem Tisch für sich allein saß und mit Inbrunst eine heiße Suppe löffelte.

Und sofort kamen die beiden auf das verlauste und verbrecherische Gauklergesindel zu sprechen.

Ein stechend heißes Gefühl lief durch Riccardas Brust. Sie wandte sich an Donna Augusta.

»Ist es das, was man mit mir vorhat? Das Kloster?«

»Ich weiß nichts!«, wand sich die Amme. »Mir hat keiner was gesagt.«

»Du lügst doch!«

»Bitte! Ich weiß nichts!«

Das war vielleicht sogar richtig.

»Ich will nicht ins Kloster!«, sagte Riccarda verzagt. Sie wäre dort lebendig begraben. Ihr Vater hatte von einer Heirat gesprochen. Aber was, wenn er das nur gesagt hatte, damit sie friedlich mitging? Oder wenn es der Wunsch ihrer Mutter war? Paolina musste das Kind einer solch sündhaften Leidenschaft unangenehm sein. Warum sonst hatte sie sie all die Jahre versteckt?

Riccarda stürzte den Rest ihres Weines hinunter. Sie hatte geglaubt, in eine Zukunft unter den besten Händlerfamilien Venedigs zu reisen. Was, wenn ihr eigener Vater sie getäuscht hatte? Und Marian vom Spiegel und das Ritterlein, wussten sie womöglich davon und amüsierten sich über die tumbe, gutgläubige Jungfer? Wäre sie ein junger Mann gewesen wie Henning! Dann hätte man ihre Wünsche sicher berücksichtigt, und wenn nicht, hätte sie überall versuchen können, ihr Glück zu machen. Aber wohin sollte ein Mädchen alleine gehen? Und wie weit wäre sie gekommen ohne ausreichend Geld?

Die ganze Nacht tat Riccarda kein Auge zu, aber es lag nicht an dem unbequemen Bett und auch nicht daran, dass irgendetwas unter dem Laken sie ständig in den Rücken stach. Das Kloster ging ihr nicht mehr aus dem Kopf. Überall in der Herberge zog und raunte es durch tausend Ritzen, und Donna Augusta an ihrer Seite schnarchte vernehmlich. Den ganzen Abend hatte sie sie immer wieder gefragt, was sie wusste, aber die alte Vettel hatte sich nur gewunden, gejammert und gebetet und nichts Vernünftiges ausgespuckt. Es dauerte eine Ewigkeit, bis Riccarda endlich etwas Schlaf fand.

»Ich überlasse Euch dann der Obhut Eurer ehrenwerten Amme, *Madamina*«, verabschiedete sich Henning am nächsten Morgen. »Und der des Textes, den ich für Euch auf Italienisch verfasst habe. Es geht um ehrenhafte Jungfern und das Verhalten, das von ihnen *nicht* erwartet wird. Seid also so gut und unternehmt heute keinen Abstecher in den Weinkeller, während ich weg bin.«

»*Nun 'nce pienze cchiù!*«, erwiderte Riccarda sarkastisch in breitem Neapolitanisch. Sie wollte gerade sagen, dass solche Bemerkungen allerdings durchaus ein Grund für einen Ausflug dorthin wären.

Da zwinkerte er ihr zu.

Und Riccardas Herz machte einen unwillkürlichen Sprung.

»Gut, dann wäre das abgemacht. Eure Hand drauf.«

Marian vom Spiegel und sein Partner besiegelten das Geschäft. Mit dem Handschlag lockerte sich der Ton, und sie sprachen vertrauter miteinander.

»Noch einen Becher, um das Geschäft zu feiern?«

»Warum nicht? Ihr seid über die Berge gekommen und habt bestimmt viel zu erzählen. Und mein junger Freund hier wird begeistert sein, von Bergtrollen und verwunschenen Höhlen und Zwergen zu hören.«

»Erlaubt mir, mich zu verabschieden«, wehrte Henning ab. »Ich bin sehr müde. Diese Art Gefechte sind für mich neu.«

Er hätte nie gedacht, dass Handeln so anstrengend war. Die langwierigen Gespräche in abgeschlossenen Räumen waren für ihn, der er den größten Teil seiner Ausbildung im Freien absolviert hatte, fremd und ungewohnt. Die Wärme und die abgestandene Luft ermüdeten ihn, und er bewunderte, wie Marian die ganze Zeit mit kühlem Kopf konzentriert verhandelte. Der Handel war eine echte Herausforderung, wie er sie als Ritter kaum gekannt hatte. Auch hier gab es Zweikämpfe, allerdings geistiger Art. Ganz am Schluss hatte der Herr vom Spiegel noch seinen Gegner überzeugt. Mit einer Finte, geradewegs wie in einem Kampf, nur eben im Geist. Das war faszinierend, aber auch anstrengend. Und dabei waren sie noch früher fertig geworden, als Herr Marian erwartet hatte.

»Schon gut, Junge«, lachte Marian. »Du siehst auch aus, als hättest du einen Zweikampf zu Pferde hinter dir.«

Müde und hungrig fühlte sich Henning in der Tat. Er

freute sich auf ein Essen, bei dem er vielleicht mit Riccarda und Emery noch ein wenig Italienisch sprechen konnte, und dann auf sein Bett.

»Seht Euch vor der Räuberbande vor, die zwischen dem Bodensee und den Bergen ihr Unwesen treibt«, warnte der Händler.

»Räuber?« Henning, der schon auf dem Weg zur Tür gewesen war, blieb neugierig stehen. Vielleicht konnte er daraus ja einen neuen italienischen Text für seine Schüler machen.

»Das hat im Frühjahr angefangen, nachdem ein Jägersbursche sich beim Karneval über seinen Herrn, einen Vikar, lustig gemacht hat. Der geistliche Herr war wohl schon ein wenig blind, jedenfalls hat er im Herbst statt eines Fuchses eine Katze erjagt. Der Bengel hat das nachgespielt – und es hatte ein Nachspiel. Der zornige Vikar setzte ihn auf die Straße. Daraufhin hat er zuerst vom Wildern gelebt, und als sie ihn deswegen verurteilen wollten, ging er ganz in die Wälder. Hat ein paar Leidensgenossen gefunden, und seither ist kein Reisender mehr sicher. Kürzlich soll die Bande sogar versucht haben, in ein Nonnenkloster einzubrechen. Dem ist nichts heilig.«

»Um die Kirchenschätze zu stehlen?«, fragte Henning entsetzt.

»Natürlich, und die Jungfräulichkeit ihrer Hüterinnen vielleicht gleich noch dazu.«

Marian zuckte die Schultern. »Wir sind eine große Gruppe. Unser Henning hier hat kürzlich seinen Ritterschlag erhalten. Der Bursche in den Wäldern wird früher oder später hängen.«

»Sicher«, erwiderte der Händler. »Die Frage ist nur, wie viele ehrliche Kaufleute er vorher um ihre Waren, ihre Beutel und vielleicht auch ihr Leben erleichtern wird.«

Henning wandte sich zum Gehen. Ganz gleich, ob der Kaufmann recht hatte, das Diebsgesindel konnte ihm jedenfalls für heute Abend gestohlen bleiben.

Als er den dunklen, engen Gang in der Herberge entlangkam, fiel ihm sofort auf, dass die Tür zu seiner Kammer einen Spalt offenstand. Und aus dem Inneren drang unstetes Licht.

Henning legte die Hand aufs Schwert. Langsam zog er die Waffe aus der Scheide. Mit gezogenem Schwert ging er leise darauf zu.

Unter seinen Stiefeln knarrte eine Diele.

Er erstarrte.

Nichts war zu hören. Niemand zeigte sich. Wer immer die Tür geöffnet hatte, war vielleicht schon gegangen.

Henning näherte sich und schob die Tür mit der Linken vorsichtig auf. Mit der Rechten hielt er das Schwert fest umklammert.

Der fensterlose Raum war leer. Die Kerze, die jemand zu löschen vergessen hatte, hatte das flackernde Licht verursacht.

Und am Boden lag seine Gugel. Mit aufgeschnittenem Saum.

»Der Teufel soll dich holen!«

In kürzester Zeit war die Herberge auf den Beinen. Emery rannte aufgeregt herum und erzählte mit überschnappender Stimme von Räubern und Beutelschneidern. Weibs-volk lief zusammen und versuchte, einen Blick in die Kammer zu erhaschen. Andere Reisende, die gerade im Haus waren, rannten aufgeregt in ihre eigenen Kammern, um sicherzustellen, dass ihr eigenes Hab und Gut in Sicherheit war. Der Herbergsvater jammerte und wehklagte und schwor Stein und Bein, dass so etwas in seinem Haus normalerweise nicht vorkam und dass er umgehend Knechte nur zum Schutz seiner Gäste bestellen würde. Außerdem hatte er einen Jungen zum Stadtbüttel geschickt.

Marian vom Spiegel hatte von alldem noch nichts mitbekommen, aber er würde ohne Zweifel bald von seinem Umtrunk zurückkehren.

»Es sind Gaukler in der Stadt!«, rief der Herbergsvater, kaum war der Büttel mit zwei Knechten herbeigeeilt. Er ließ Henning gar nicht erst zu Wort kommen. »Es war das fahrende Volk, in meinem Haus wird nicht gestohlen!«

Der Büttel verschaffte sich mit großer Geste Ruhe. Er war schon älter, und sein grauer Bart wirkte, als seien die Motten darin. »Wer ist der Mann, der bestohlen wurde?«

»Ich«, meldete sich Henning.

»Sonst niemand?«

Die Schaulustigen verneinten.

»Erzählt, was geschehen ist!«, wies der Büttel Henning an.

Henning erzählte in wenigen Worten, was geschehen war. »Und als ich zurückkam, war meine Gugel am Saum aufgeschnitten und der Kreditbrief verschwunden«, beendete er seine Geschichte.

»Ein Kreditbrief?« Der Büttel runzelte die Stirn. »Was ist das?«

»Ein Brief, ausgestellt von einer der hiesigen italienischen Banken. Es steht eine Summe Geld darauf, die mir jeder Bankier in Italien gegen diesen Brief auszahlen wird.«

»Keine bare Münze?«

Henning verneinte.

»Nun, das engt den Kreis der Verdächtigen ein. Es sei denn, man weiß, wie man ihn in klingendes Gold zurückverwandeln kann.«

»Gaukler wissen so etwas!«, mischte sich der Herbergsvater ein. »Die kommen viel herum.«

Der Büttel nickte und gab seinen Knechten einen Befehl.

»Wir werden die Gaukler befragen«, versicherte er. »Habt keine Sorge, junger Ritter. Wenn der Kreditbrief noch in der Stadt ist, finden wir ihn.«

Henning war davon keineswegs überzeugt.

Was für ein Narr war er gewesen, die Gugel auf dem Bett zu vergessen! Er hätte sie überm Arm tragen können, wenn ihm zu warm gewesen wäre.

Mit reichlich geknicktem Stolz schlich er in seine Kammer. Herr Marian hatte recht gehabt. So viele Verstecke gab es nicht, und gewitzte Diebe kannten sie alle. Er war ein unvorsichtiger Tölpel. Deprimiert saß er auf seinem Bett.

Er hob den Kapuzenumhang auf, den er vorhin achtlos auf den Boden hatte fallen lassen, und starrte auf die säuberlich aufgetrennte Naht.

Und stutzte.

Die Naht war wirklich außerordentlich sauber aufgetrennt worden. An keiner Stelle war der schwere, dunkelgrüne Filz aufgerissen oder hingen einzelne Fäden aus dem Stoff. Auch war sie nur an der einen Stelle im Nacken geöffnet worden, da, wo der Brief gelegen hatte. Henning hatte darauf geachtet, ihn so einzunähen, dass er auch beim Hochheben der Gugel nicht zu spüren war, weil die Kapuze darüberhing. Wenn man ihn finden wollte, musste man schon sehr gezielt gesucht haben. Das war kein Beutelschneider gewesen, der es eilig gehabt hatte, auf der Suche nach einem Gelegenheitsdiebstahl. Das wusste er nur zu gut. Es hatte eine Zeit gegeben, in der er selbst mit kleinen Diebereien einschlägige Erfahrungen gesammelt hatte.

Wer immer diese Naht aufgetrennt hatte, besaß ein Gefühl für Handarbeiten.

Zögernd ließ er die Gugel auf seine Knie sinken.

Und wurde auf einmal sehr nachdenklich.

Auf einmal sprang Henning auf, klemmte sich die Gugel unter den Arm und ließ die Tür krachend hinter sich ins Schloss fallen.

Er rannte die enge, knarrende Stiege hinunter in das erste Stockwerk, wo Riccarda ihre Kammer hatte.

Sie war leer.

Sowohl ihr Bett als auch die Strohmatratze der Donna Augusta in der Ecke waren säuberlich gerichtet worden. Die Leintücher abgenommen und gefaltet, die Kissen aufgeschüttelt und am Kopfende aufgestellt. Und das Gepäck war verschwunden.

»*Bastarda!*« Henning stieß ein Stöhnen aus. Ohne die Tür zu schließen, rannte er hinunter zu den Ställen.

Die Herberge hatte einen großen Stall, in dem die Tiere unter großen gemauerten Bögen in Holzständen untergebracht waren. Darüber lagen der Heuschober und das Lager für die Waren der Kaufleute, die hier verkehrten.

Die Luft war trocken und kalt, und feine Staubpartikel vom Streu der Tiere schwebten in der Luft und tanzten in den durch große Steinbögen hereinfallenden Sonnenstrahlen. Eine Stallkatze strich schnurrend um seine Stiefel. Riccardas Maultiere fehlten.

Dieses durchtriebene Miststück.

Das Letzte, worauf Henning jetzt Lust hatte, war eine Verfolgungsjagd. Aber was blieb ihm schon übrig? Oder er ließ zu, dass der Pfaffenbastard mit seinem Geld ihre Mitgift aufbesserte. Vermutlich in der Hoffnung, eine bessere Partie an Land zu ziehen, womöglich gar einen Patrizier.

Wobei es sehr viel wahrscheinlicher war, dass sie stattdessen unterwegs die unfreiwillige Braut eines Straßenräubers wurde – oder noch schlimmer: die freiwillige. Wollte er sie davor bewahren, blieb ihm nichts anderes übrig, als seinen Hengst zu satteln. Auf Marian zu warten, hatte keinen Sinn. Er war kein Ritter und soeben damit beschäftigt, sich Bettschwere zu verschaffen, indem er seine Sinne mit gewürztem Wein benebelte. Der Büttel hatte sich auf die Gaukler eingeschworen. Es lag an ihm allein, die hübsche Diebin zu fangen und in die Herberge zurückzuexpedieren.

Was ihn ziemlich sauer machte.

Aber auch ein ganz klein wenig reizte.

Einige saftige neapolitanische Flüche später, die er, wie er feststellte, von Riccarda aufgeschnappt haben musste, galoppierte er zum Tor der Herberge hinaus.

Riccarda musste die Straße nach Süden genommen haben, dachte Henning, als er am Hafen sein Pferd zügelte und über den See blickte. Viele Möglichkeiten hatte sie nicht. Den Kreditbrief konnte sie nur bei einem italienischen Bankier eintauschen, und ihre Mutter lebte in Venedig. Dass sie nach Italien wollte, stand außer Frage, und viele Pässe gab es nicht, schon gar nicht um diese Jahreszeit.

Die beiden Wächter unter den hohen Bögen musterten ihn misstrauisch, als er nicht durch das Tor zum Hafen ritt, sondern seinen Hengst im Gewölbe zügelte und sich umsah. Am Handelshaus zu seiner Rechten legten trotz der späten Stunde noch ständig kleinere und größere Boote an und ab. Die schweren Pflöcke, die aus dem Wasser ragten, verschwanden immer wieder hinter geschäftig gestikulierenden Händlern, und auch die großen Kräne waren noch immer damit beschäftigt, Waren auf- und abzuladen. Katzen, ein paar Bettler und eine Dirne mit Zahnlücken, die wohl nach dem Konzil hier hängen geblieben war, warteten auf Abfälle. Zwischen den Pfählen umher strich ein räudiger Hund, und die Marktschreier auf dem Fischmarkt waren bis hier zu hören. Hoffentlich hatte Riccarda kein Boot genommen, um den Zoll zu umgehen. Gab es hier überhaupt Fährleute, die ihre Tiere transportiert hätten? Sie war wohl kaum zum Handelshaus gekommen, wo die Gefahr groß war, ihm und Marian zu begegnen. Also musste sie die Straße nach Chur genommen haben.

Eine Frau konnte auch mit drei Leibwächtern nicht lange allein reisen. Vielleicht versuchte sie, die Gruppe einzuholen, die gestern in Richtung Venedig aufgebrochen war. Henning warf noch einen letzten prüfenden Blick über die weite, schimmernde Fläche des Bodensees, hinter dem sich die Berge auftürmten. Tiefes dunkles Blau, so weit das Auge reichte. Am Himmel zogen schlierenartig Wolkenbänder auf, und es war windig. So sehr er sich bemühte, er konnte kein Fährboot erkennen, schon gar kein großes. Nein, sie musste die Straße genommen haben.

Die Schlieren am Himmel verdichteten sich schnell zu Wolken, und keine halbe Stunde nachdem Henning die Stadtmauern hinter sich gelassen hatte, kam ein Sturzregen herab.

Er knirschte einen Fluch zwischen den Zähnen, während ihm das Wasser aus den Haaren und über die Nase rann und allmählich kalt und klamm in den Halsausschnitt der Filzgugel drang. Noch hielt sie den Regen ab, aber wenn er ihm lange ausgesetzt war, würde der Stoff schwerer und schwerer werden, bis er das Gefühl haben würde, in einen nassen Waschlappen gehüllt zu sein. So hatte er sich das Leben als Ritter wahrlich nicht vorgestellt!

Das Schicksal meinte es gut mit ihm: Nur eine gute halbe Stunde musste Henning die Stadtmauern hinter sich lassen und nach Süden reiten, bis er von Weitem eine Gruppe Reisender erkennen konnte: Zwei Frauen, drei Männer. Einer mit einem Bogen, zwei mit Schwertern. Henning seufzte erleichtert. Noch einmal schlug er seinem Pferd die nassen Stiefel in die Flanken.

Riccardas Leibwächter bezogen demonstrativ Stellung, als Henning laut rufend und die nasse Gugel wie eine Fahne schwenkend auf sie zugaloppierte. Sie hielten die Waffen zwar gesenkt, gaben sich aber kampfbereit.

Und wie zu erwarten war, hielt sein hübscher Fang natürlich nicht viel davon, ihn zu begleiten.

»Umkehren? Ich denke gar nicht daran.« Riccarda schob die Unterlippe trotzig vor, obwohl auch ihr der Regen in jede Pore dringen musste.

»Es treiben sich Räuber in der Gegend herum.«

»Ach ja? Der einzige, der uns bisher angehalten und mit einer Waffe bedroht hat, seid Ihr.«

»Ich habe Grund dazu. Dieses Mal seid Ihr zu weit gegangen.«

Riccarda blickte ihn herausfordernd an. Aber sie wirkte auf einmal unsicher.

»Ihr wart in meiner Kammer«, bemerkte Henning leiser. »Was habt Ihr dort gewollt?«

»Vielleicht hatte ich Sehnsucht nach Euch?«

Donna Augusta blickte ihren Zögling strafend an.

»Ja, vor allem nach meiner Gugel, nicht wahr?« Henning wies auf die aufgetrennte Naht. »Ihr solltet mit mir kommen. Es regnet, und der Weg ist gefährlich für eine junge Maid. Ihr wollt doch nicht als Räuberbraut am Galgen enden.« Den letzten Satz sagte er mit einer Betonung, die die Doppeldeutigkeit unmissverständlich machte. Wenn sie nicht freiwillig mitkam, würde er ihr die Stadtwache von Konstanz auf ihren hübschen Hals hetzen.

»Sollen wir ihn verjagen?«, fragte einer der Leibwächter.

Riccarda indes hatte nicht nur ein hübsches Gesicht, sondern auch Verstand. Sie begriff, wann sie verloren hatte.

Mit bemerkenswerter Fassung winkte sie ab. »Er hat recht«, meinte sie fügsam. »Es war vielleicht doch etwas gewagt, allein loszuziehen. Danke Euch, Ritter, für Euren Schutz.«

Und dabei warf sie Henning einen Blick zu, der so manchen Mann selbst den Diebstahl einer Krone hätte verzeihen lassen. Wenn er dieses Luder nicht näher kannte, jedenfalls.

Sie ritten die ganze Strecke zurück nach Konstanz schweigend nebeneinander her. Riccarda hatte, als ihre Versuche, ihn zu umgarnen, ins Leere liefen, wieder ihre trotzige Miene aufgesetzt. Donna Augusta und die Leibwächter wirkten verunsichert und wussten nicht, was sie sagen sollten. Und Henning war sauer.

Er schwankte zwischen dem Bedürfnis, diesem Miststück höchstpersönlich den zarten Hals umzudrehen, und der plötzlichen Erkenntnis, dass ihre vorgeschobene Unterlippe im Regen hinreißend aussah. Und dass es schon einigen Verstandes bedurfte, um ihn zu überlisten.

Als sie die Stadtmauern erreichten, ließ der Regen nach, und als sie durch das Tor in den Hof der Herberge ritten, hatte er ganz aufgehört.

»Gott sei Dank, da seid Ihr ja!«

Marian vom Spiegel hatte offenbar inzwischen seinen Trunk beendet und kam ihnen aufgebracht entgegen. Im Hof der Herberge liefen noch immer die Knechte des Büttels herum und befragten die Reisenden. Einer hatte den Gaukler am Kragen gepackt, der sich in den letzten Tagen öfter in der Herberge herumgetrieben hatte, und schrie ihn immer wieder an. Dabei hatte der arme Teufel vermutlich nur auf ein warmes Essen hier gehofft.

»Als ich zurückkam, fand ich nur Emery vor, der mir die wildesten Geschichten erzählt. Die Spatzen pfeifen von den Dächern, dass einem italienischen Ritter ein Kreditbrief gestohlen wurde. Was ist dran an dem Gerücht?«

»Ich werde Euch gleich alles erzählen, Herr Marian. Es sieht aber so aus, als wäre alles noch einmal gut gegangen. Erlaubt mir nur, Jungfer Riccarda zuerst zu ihrer Kammer zu geleiten. Sie muss dringend ins Trockene.«

Henning half Riccarda von ihrem Maultier, doch sie sah ihn nicht an. Marian vom Spiegel übernahm es höchstpersönlich, die Tiere in den Stall zu bringen, wo sich die Knechte ihrer annehmen konnten. Henning brachte Riccarda zum Haus, doch als die junge Frau an ihm vorbeiwollte, streckte er die Hand aus.

»Meinen Kreditbrief.«

Riccarda schürzte trotzig die Lippen. Henning verdrehte die Augen.

»Jetzt kommt schon. Ich weiß, Ihr seid mit allen Wassern gewaschen«, mit diesen Worten blickte er auf ihren durchnässten Kapuzenmantel, »aber ich will Euch nicht wehtun. Also her damit!«

Riccarda seufzte. Dann zog sie den Brief aus dem Halsausschnitt.

Fassungslos schüttelte Henning den Kopf. Er konnte es noch immer nicht glauben. Nicht dass er selbst in seinen Zeiten als kleiner Taschendieb allzu zart besaitet gewesen wäre.

»Wisst Ihr, was man gewöhnlich mit Leuten macht, die ein derartiges Vermögen stehlen?«

Riccarda sah auf einmal so elend aus, dass er fast ein wenig Mitleid bekam.

»Es tut mir leid. Ihr habt ja recht, das ging zu weit. Ich hatte solche Angst vor dem Kloster.«

»Kloster?«, wiederholte Henning überrascht. »Aber Euer Vater sagte …«

»Mein Vater hat mich doch selbst achtzehn Jahre lang weggesperrt«, erwiderte Riccarda trotzig. »Macht man das nicht so mit Pfaffenbastarden? Durch unsere bloße Herkunft sind wir doch schon ein Schandfleck für die Familie. Überflüssige Kinder, die man möglichst aus den Augen haben will.«

Henning steckte den Brief ein. Auf einmal rührte sie ihn beinahe. Obwohl man nie ausschließen konnte, dass nicht auch das einer ihrer Tricks war, um ihren Willen zu bekommen.

»Ich dachte, Ihr wüsstet davon«, gestand Riccarda. »Und ich hoffte … nun, für ein Mädchen gibt es nur das Kloster oder die Ehe, nicht wahr? Wenn wenigstens meine Mitgift groß genug wäre, würde vielleicht ein Mann über den Makel meiner Geburt hinwegsehen.«

Und da hatte sie sich Geld verschafft und war auf und davon gegangen, allein über die tiefverschneiten Alpen, in denen es von wilden Tieren und Gelichter nur so wimmelte. Wider Willen musste Henning zugeben, dass dieses aufmüpfige Hühnchen Mut hatte.

»Bitte sagt es nicht Herrn Marian. Er würde mich, ohne mit der Wimper zu zucken, vor Gericht bringen.«

»Ja, und ich könnte das auch tun. Allein schon für alles, was Ihr mir auf dieser Reise schon an Ärger eingebracht habt.«

Sie sah ihn so erschrocken an, dass ihm seine gemeinen Worte fast leidtaten. Aber nur fast.

Der Büttel, der noch immer unter dem weit vorragenden Strohdach auf den Gaukler einschrie, hatte sie bemerkt und kam herüber.

»Seid beruhigt, Herr Ritter«, rief er schon von Weitem. »Der Bursche hat noch nicht gestanden, aber wir werden es aus ihm herausprügeln. Ihr werdet Euren Brief bald wiederhaben.«

»Ich danke Euch, Herr Büttel«, erwiderte Henning. »Aber lasst den Gaukler ziehen. Der Kreditbrief hat sich gefunden.«

Verblüfft starrte ihn der Büttel an, als Henning den Brief zur Bestätigung hervorholte und vor seiner Nase wedelte.

»Der arme Teufel, der ihn gestohlen hat, konnte wohl nichts damit anfangen«, meinte Henning mit einem Seitenblick zu Riccarda. Er gönnte sich noch ein kleines, boshaftes Lächeln. »Das, oder er hat ihn verloren. Jedenfalls benötige ich Eure Dienste nicht mehr. Ich danke Euch sehr für Eure Mühe. Lasst Euch noch einen Krug warmen Most auf meine Kosten bringen, ehe Ihr geht.«

Er nickte ihm huldvoll zu, und hocherfreut machte sich der Büttel von dannen, um seinen Knechten die gute Nachricht zu überbringen.

Und Riccarda schenkte Henning einen sehr dankbaren Augenaufschlag, der jedem anderen das Herz hätte aufgehen lassen.

»Natürlich werde ich Marian nichts sagen«, knurrte der. »Vorausgesetzt, Ihr benehmt Euch von nun an, wie man es von Euch erwartet.«

Er warf noch einen letzten Blick nach dem Strohdach, wo die Knechte des Büttels, kaum drang die frohe Kunde an ihr Ohr, den Gaukler losließen. Erleichtert fiel der arme Teufel auf die Knie und machte sich dann schleunigst aus dem Staub.

Riccarda nickte mit gesenktem Kopf. »Ich verspreche es.«

Henning stutzte, aber dieses Mal schien es fast so, als meinte sie das ernst.

»Danke«, sagte Riccarda auf einmal. Und dann berührte plötzlich seidenweiches schwarzes Haar Hennings Gesicht. Sie küsste ihn ganz leicht auf die Wange, ehe sie ins Haus lief.

25. Kapitel

Der Oktober zeigte sich noch einmal von seiner sonnigen Seite. Über dem sich zum Ufer hin lichtenden Wald war der Morgenhimmel strahlend blau. Das Laub glühte in warmen Farben, und goldene Blätter raschelten unter Frederics Stiefeln, als er die gerade geschnittenen Haselzweige zusammenschnürte. Sie würden gute Pfeile geben, wenn sie erst getrocknet und bearbeitet waren.

Ächzend richtete er sich auf. Der Morgennebel, der vom Rhein herüberwaberte, war fast völlig aufgesogen, und die nächtliche Kühle verschwand. Helle Strahlen wärmten Frederic und zogen die klamme Feuchtigkeit aus den Kleidern. Sein Magen meldete sich, erinnerte ihn daran, dass er das Frühstück aufgeschoben hatte, um die Zweige ganz frisch zu schneiden.

Seit er Lucien in der Nähe wusste, fühlte er sich sonderbarerweise besser. Tatendrang durchströmte ihn, er war gegenwärtiger. Das Gefühl, dass die konturlose Bedrohung nun endlich Gestalt annahm, war besser als das ungewisse Warten auf etwas, von dem er weder wusste, was es war, noch, wann er ihm gegenüberstehen würde.

Als er, das Bündel auf dem Rücken, die Kate erreichte, hielt er überrascht inne. Kein Geflatter. Er blickte in die Bäume. Vier Raben konnte er erkennen, aber sie blieben weit oben im lichten Geäst sitzen, anstatt ihn wie sonst zu begrüßen.

Leander hatte inzwischen offenbar – wie befohlen – die Pferde versorgt. Vor der Hütte standen einige mit Sand gefüllte Eimer. Und der Junge selbst schrubbte höchst verlegen an dem Kessel für den Brei.

»Master Frederic! What a pleasure!«, begrüßte der Grund dieser Verlegenheit den Rabenmeister. »A beautiful morning, isn't it?«

Frederic brummte eine Antwort und warf sein Bündel vor der Kate ab. »Was soll das denn?«, fragte er Leander, der mit hochrotem Kopf weiterschrubbte. »Was will Lady Olivia hier?«

»Weiß nicht, Rabenmeister«, erwiderte der Junge. »Sie hat fürchterlich viel und schnell geredet, als sie kam. Vermutlich hat sie nicht erwartet, dass ich sie verstehe. Aber ein paar Brocken habe ich doch mitbekommen.«

»Und?«, fragte Frederic, während er das Bündel löste und die Zweige ordentlich ausbreitete und an die Wand des Stalls lehnte.

»Na ja, sie sagte ...« Leander schien es irgendwie unangenehm zu sein. »Sie wollte, dass Ihr sie nach Mülheim begleitet. Will wohl einkaufen, was, habe ich nicht verstanden. Vermutlich keine Bogensehnen und auch keinen Kessel. Aber ehrlich gesagt ...«

»Drucks nicht so herum, Junge, raus damit!«

»Nun, sie zischelte, ihre Ehre sei in Gefahr, weil sie schon so lange unterwegs ist. Die Frau Agnes machte ja wohl nicht den Eindruck, ihren Mann loswerden zu wollen. Aber sie hätte nun mal geschworen, sie würde als Ehefrau zurückkehren. Und deshalb selbst den Teufel zum Mann nehmen, selbst …« Leander verdrehte die Augen und unterbrach sich.

»Hast du deine Zunge verschluckt? Selbst was? Und hör endlich auf zu schrubben, Bengel!«

»Selbst … einen, der nur ein Bogenschütze wäre.«

Verblüfft blickte Frederic auf Lady Olivia, die, einen Tonbecher in der Hand, in der Sonne ruhte.

Olivia bemerkte die Aufmerksamkeit des Rabenmeisters und schenkte ihm ein Lächeln. War das seine Milch, die sie da trank?

Frederic runzelte die Stirn. Ein Feuerteufel auf seiner Fährte, die sonderbare Flucht der Raben und ein heiratswütiges Weib vor seiner Tür. Und das alles auf nüchternen Magen.

»Haben sie ihr im Fährhaus Tollkirschen ins Essen gemischt?«, brummte er. »Also gut. Ich werde dort frühstücken. Die Dame bringe ich bei der Gelegenheit auch gleich zurück. Ich habe keine Zeit, auf den Markt zu gehen. Und du, sieh zu, dass du herausfindest, was mit den Raben los ist. Es sind sehr kluge Tiere, vielleicht hat sie etwas erschreckt. Und, Leander …«

Er warf einen Blick nach dem Becher in Olivias Hand. Was diese wiederum als Aufmerksamkeit verstand und ihm erneut ihr schönstes Lächeln schenkte.

»Ja, Meister?«

Frederic sah melancholisch nach seiner Milch, die eigentlich für heute Mittag bestimmt gewesen war. »Nichts«, erwiderte er dann. »Ich bringe das Weib zum Fährhaus.«

Mit einem frechen Grinsen blickte Leander dem ungleichen Paar nach. Immer wieder lehnte sich Lady Olivia auf Frederics Arm, und er schob sie ein Stück weg, ein sonderbarer, ungelenker Tanz. Dem Rabenmeister würde der Weg heute weidlich lang vorkommen.

Noch immer grinsend machte sich der Junge daran, die Raben zu locken. Zum dritten Mal heute. Doch sonderbar: Kaum war der Besuch verschwunden, flatterten sie zu ihm herunter, ganz wie sonst auch.

»Hungerrr!«, krächzte Robb.

Leander warf ihnen ein paar alte Käsestückchen zu, und gierig fingen die Vögel sie auf. Verwunderlich bloß, dass es nur vier waren.

»Alte Waben müssen vor dem Winter ausgeschnitten werden«, erklärte Imme. Der knorrige Apfelbaum war inzwischen abgeerntet, und die Bienen schienen sich an ihr neues Zuhause im Garten des Fährhauses gewöhnt zu haben. Die Hauswand des Untergeschosses aus massivem Stein speicherte die Sonnenwärme und schützte das kleine abgeschlossene Reich vor allzu rauen Winden. Von Beeten und unbrauchbaren Äpfeln ging ein faulig-süßer Herbstgeruch aus. »Ich muss die Fluglöcher noch vor Mäusen schützen, aber damit warte ich bis nächste Woche. Das Wetter ist noch so schön.« Sie legte die abgeschnittenen Wabenteile säuberlich zusammen, fast liebevoll. »Sonst hat die Sibylla das gemacht.«

»Die Bienen werden es nicht weniger schätzen, wenn du es tust«, versuchte Myntha das Mädchen zu trösten.

Sie war nur ein paar Schritte weiter damit beschäftigt, die Kräuterbeete mit Nadelzweigen für den Winter abzudecken. Wenn Imme bei ihrem Bienenvolk war, schien sie sich sicher zu fühlen. Sie ging ganz in ihrer Arbeit auf. Es wäre wichtig, dass sie auch in Zukunft etwas fand, das sie so in sich ruhen ließ.

Witold kam vom Haus herüber und brachte einen Weidenkorb für die Abfälle. Das Mädchen schnitt mit Hingabe die alten Waben heraus. So versunken war sie in ihre Arbeit, dass sie aufschreckte, als er den Korb neben ihr abstellte. »Herr Witold«, sagte sie und schenkte ihm ein kurzes Lächeln. »Danke.«

Witold erwiderte das Lächeln. Allerdings geriet es bei ihm eher zu einem breiten, etwas dümmlichen Grinsen. Was hätte er darum gegeben, sie mit einem Scherz zum Lachen bringen zu können! Stattdessen bewegte sich seine Zunge so schwerfällig im Mund, als hätte ihn der Schlag getroffen. »Ah … oh …«, stammelte er.

Myntha seufzte und stand auf, um ihren Bruder beiseitezuziehen. Bis er einen zusammenhängenden Satz über die Lippen brachte, konnte es sonst Stunden dauern.

»Was gibt es denn?«

Witold warf einen sehnsüchtigen Blick auf Imme, die mit dem Rücken zu ihnen an den Waben hantierte. »Die englische Lady ist mit dem Rabenmeister in der Gaststube.«

»Na, die wird wieder ein königliches Mahl verlangen. Ellen wird zehn Vaterunser beten, wenn sie sich endlich von hinnen macht, weil sie sich ständig übers Essen beschwert. – Mit dem Rabenmeister?« Da war ein kleiner

Stich in ihrem Inneren, ein sonderbar nagendes Gefühl. Unsinn. »Sag ihm, ich komme gleich.«

Imme sah Witold stirnrunzelnd nach, als er zum Haus zurückging.

»Stimmt irgendwas nicht mit mir? Er stammelt immer so in meiner Gegenwart.«

Myntha lachte. »Ich glaube eher, du machst mehr richtig, als dir klar ist. Der gute Witold hat offenbar sein Herz an dich verloren. Und wie es so seine Gewohnheit ist, hat es seine Sprache gleich mitgenommen.«

Imme starrte sie entsetzt an.

»Aber du hast gesagt, ich darf zu Trine in die Lehre gehen!«

Sie begann unversehens heftig zu schluchzen.

Myntha nahm sie in die Arme und streichelte sie beruhigend.

»Alles ist gut, Imme«, redete sie auf das Mädchen ein. »Du musst Witold ja nicht gleich heiraten, nur weil er seine Zunge verschluckt hat. Was immer du für dein späteres Leben planst, es wird kein Schaden sein, wenn Trine deine neue Lehrherrin wird.«

Und wenn sie an Lore dachte, wäre es womöglich auch das Beste, wenn man es dabei belassen würde.

»Willkommen, Rrrabenmeister«, begrüßte sie wenig später Frederic und strich ihre Röcke glatt. Imme hatte sich zum Glück schnell beruhigen lassen. »Da Ihr in so hoher Begleitung unterwegs seid, habt Ihr sicher den Auftrag, für die edle Dame einen Wunsch zu übersetzen.«

»Wenn das alles wäre, Jungfer Unhold«, beschwerte

sich der Rabenmeister. »Aber Ihr habt Euresgleichen gefunden. Dieses Weib hier hat sich zu meiner Kate hinaus
verirrt, als wollte sie Euch als nachtwandelnde Unholdin
den Rang ablaufen. Dann hat sie sich an meine Fersen
geheftet und folgt ihnen seither wie ein Bluthund einer
frischen Spur. Bald fange ich doch noch an, an blutsau-
gende Dämonenweiber zu glauben.«

»Da müsst Ihr Euch nicht wundern. Eure Galle ist ja
heute wieder einmal rrrabenschwarz. Für das schwache
Geschlecht einfach unwiderstehlich.«

»Mäßigt Eure Zunge, Jungfer«, grollte Frederic. Aber
ganz unmerklich und tief im Inneren schien sich seine
Laune ein klein wenig zu bessern, und wenn man ganz
genau hinsah, konnte man sogar ein verstohlenes Grinsen erkennen. Wenn er sich auch trefflich Mühe gab, das
niemanden merken zu lassen.

Lady Olivia legte ihm die Hand auf den Arm und sagte
etwas auf Englisch zu ihm. Er antwortete in derselben
Sprache, offenbar übersetzte er den Inhalt der Unterhaltung.

Wieder spürte Myntha einen kleinen Stich. Seit wann
nannte er dieses adlige Suppenhuhn ebenfalls eine Unholdin? Sie hatte sich daran gewöhnt, so von ihm gerufen
zu werden. Es war wie eine unausgesprochene Überein-
kunft zwischen ihnen, fast schon eine Vertraulichkeit.
Den Namen mit einer anderen teilen zu müssen, kam
ihr wie Verrat vor.

»Wollt Ihr gleich wieder losfliegen oder vorher noch
geatzt werden? Wir haben noch die Pasteten mit Honig,
die Euch zuletzt so gemundet haben. Oder«, bemerkte sie

spitz mit einem Seitenblick zu der Lady, »wäre Euch eine gerupfte und gebratene Schnepfe vielleicht genehmer?«

Des Rabenmeisters Blick wurde milder, und Myntha wusste nicht recht, ob es an der Aussicht auf die Honigpasteten lag oder an der Schnute, die sie gezogen hatte.

»Bringt die Pasteten, Unholdin. Aber lasst Euch nicht zu lange Zeit. Ich muss nach meinem schwarzgefiederten Wachtrupp sehen. Heute Morgen ließ er mich zum ersten Mal im Stich. Dabei hat er diese adlige Eskorte bisher zuverlässig ferngehalten. Wenigstens sie hat Angst vor meinen krächzenden Recken.«

»Vielleicht war ja Eure Galle heute Morgen selbst für die Raben zu schwarz?«

Die Lady sagte wieder etwas zu ihm, und er antwortete in derselben Sprache. Aber seine Stimme klang kühl, und er rückte ein wenig ab von ihr. Aus irgendeinem Grund verschaffte es Myntha Genugtuung.

Als sie ging, um die Pasteten zu holen, warf sie noch einen Blick zurück. Seine Unterhaltung mit Lady Olivia wirkte angespannt, sie war ihm sichtlich unangenehm.

»Man hört, Ihr habt ein Drachenei gefunden«, bemerkte er, als Myntha mit den Pasteten zurückkam. »Könnt Ihr es mir zeigen? Wir haben manchmal Dracheneier in England gefunden.«

»Ich hole Euch selbst den Drachen dazu, wenn es nur Eure Miene aufhellt.«

Als Myntha mit dem Ei zurückkam, saß ihr Vater bereits bei Lady Olivia und Frederic am Tisch. Der Rabenmeister schien heiterer, was man von Lady Olivia nicht sagen konnte. Sie wirkte von der Anwesenheit des alten

Mannes, der in seiner ihr unverständlichen Sprache ununterbrochen redete, verdrossen.

»... in einer verwunschenen Höhle«, schloss Reemt soeben seinen Bericht. Myntha lachte stumm in sich hinein. Nachdem das Rheingold und Bauer Egberts Feld aus dem Spiel waren und die Heide zumindest in Rixas Gegenwart für Spott sorgte, hatte der Vater einen neuen reichen Born für seine Geschichten entdeckt. Jetzt erzählte er jedem, der es hören oder nicht hören wollte, von Siegfried und dem Drachen Fafnir, vom heiligen Georg und anderen Drachentötern. Und von seiner Tochter Myntha, die keck das Ei aus dem fürchterlichen Hort in einer Heidehöhle gestohlen hatte.

Frederic betrachtete den Stein sichtlich bewegt. Er nahm ihn langsam und vorsichtig, betastete ihn beinahe liebevoll. Erinnerungen? An eine Zeit, als er noch nicht der Rabenmeister gewesen war?

»Ja, das ist ein Drachenei«, sagte er endlich. Seine Stimme klang ungewohnt brüchig. »Wir fanden sie öfter in England. In der Heide ...«

Wo er gelebt hatte?

»*This is marvellous*«, mischte sich die Lady ein. »*Is this a dragon's egg*?« Sie hatte beide Hände auf Frederics Schulter gelegt, um darüber hinweg das Wunderding zu betrachten. Der Rabenmeister rutschte erneut ein Stück zur Seite, sodass sie ihn loslassen musste.

»*Indeed*«, knurrte Frederic und war wieder ganz der alte Düsterling.

Reemt hingegen war in seinem Element und erzählte unverdrossen Drachengeschichten aus alter Zeit:

»Noch eine Mär weiß ich, die ist mir wohl bekannt:
Einen Linddrachen erschlug des Helden Hand,
dann badete er in dem Blute. So ward dem Recken wert
die Haut von solcher Härte, dass keine Waffe sie ver-
sehrt.«

»Ihr solltet Euch lieber auf den Weg machen«, flüsterte
Myntha dem Rabenmeister verstohlen zu. »Oder seid gefasst, die Geschichte sämtlicher Drachen seit der Schöpfung der Tiere zu hören. Wenn er mal mit dem Nibelungenlied anfängt, hört er so schnell nicht auf.«

Einige wenige Gäste, die auf die Fähre warteten, hatten
sich um Reemt geschart, was ihn natürlich anspornte.

»Der Feuerodem, der aus dem Rachen von Lindwür-
mern gespien wird, ist nicht mit Wasser zu löschen. Im
Gegenteil, sie entzünden damit selbst Seen. Trifft auch
nur ein Spritzer davon einen Menschen, versengt er ihn
aufs Übelste. Ich habe Männer mit solchen Brandwunden gesehen«, erzählte er den Wartenden, die nur stumm
Maulaffen feilhielten.

»Dann solltet Ihr das Ei des Drachen vernichten, Meister Reemt«, warf einer der Fischer ein.

»Aber nein«, widersprach der alte Fährmeister. »Zwar
kehrt ein entwendetes Drachenei meist in der nächsten
Nacht in sein Gelege zurück. Gelingt es aber doch, eines zu behalten, muss man nichts fürchten. Dracheneier
bringen Glück und Reichtum.«

»Ihr werdet noch versuchen, das Ei höchstpersönlich auszubrüten«, scherzte Myntha und zwinkerte den
atemlos lauschenden Zuhörern zu. »Dabei erinnere ich
mich gut, was Ihr früher erzählt habt: Wenn ein Drache

schlüpft, sieht er aus wie eine niedliche Eidechse. Aber wehe dem, der nicht ahnt, wie schnell sie wachsen! Nach fünf Tagen fressen sie schon Hühner, nach zwei Wochen beginnen ihre Nüstern zu qualmen. Nach weiteren fünf Tagen sind sie groß wie ein Wolf, setzen Truhen und Betten in Brand und fressen Schafe und Schweine. Das wird sich aufs Geschäft schlagen, Vater. Eine Unholdin im Haus ist schlimm genug, aber ein Drache verschreckt Euch noch die letzte Kundschaft.«

»Mach dich nicht lustig, Kind! In den Bergen am Rhein lebt noch heute ein Drache, doch dieses Ei ist zu alt. Ja, vor hundert Jahren gab es Lindwürmer noch in der Heide. Dort hatten sie ihren Hort in einer verwunschenen Höhle, die voll war mit Menschengebein. Ein finsterer Ort, an dem die Sonne niemals schien. Zugerankt von giftigen, fleischfressenden Pflanzen so groß wie Pferde. Die Erde spie giftigen Odem aus, aus dem die Drachen ihre Kraft zogen. Wenn die jungen Drachen mannbar waren, verlangten sie nach Jungfrauen. Und die Dörfler mussten ihnen jedes Jahr eine Maid aus ihrer Mitte geben.«

»Die fürwitzigste, nehme ich an«, meinte Frederic. Und zwinkerte doch tatsächlich.

Er verbrachte den Tag auf der Jagd mit den Sperbern. Es war wunderbar warm heute, noch keine Spur von Winterfrost. Bestes Wetter, um den Vögeln ein paar Übungsflüge zu gönnen.

Als der Rabenmeister den Rückweg antrat, dämmerte es schon. Der Herbst war auf dem Höhepunkt, auch wenn der Tag noch einmal warm und sonnig gewesen war. Meuric trat auf welkende Gräser, und krautige Stängel rangen sich die letzten Blüten ab. Überall waren die Wiesen bläulich überhaucht von unzähligen Herbstzeitlosen. Das letzte Aufbäumen der Natur, ehe das Leichentuch des Winters sie für die nächsten Monate begraben würde.

»Robb!«, lockte er, als er sich der Kate näherte.

Nichts.

Wachsam hielt er den Hengst an. Meuric schnaubte leise, und in der beginnenden Abendkühle bildeten sich kleine Wolken vor seinen Nüstern. Er stampfte und tänzelte unruhig. Etwas war anders.

»Was ist los?«, flüsterte Frederic. »Was witterst du?«

Zwischen den Bäumen konnte er das Dach der Kate erkennen. Sie lag ganz still und friedlich an ihrem Ort.

Zu still.

Das übliche Rabengeflatter fehlte. Noch immer.

Er legte die Hand auf den Dolch und trieb Meuric langsam wieder an.

Die Rechte an der Waffe, den Hengst mit der Linken lenkend, näherte er sich langsam. Auf einmal scheute Meuric.

Schwarze Federn ragten aus dem niedergetretenen Gras des ausgetretenen Pfades.

Zwei tote Raben.

Frederic schwang sich aus dem Sattel und ging, die Zügel in der Hand, langsam zu den Vögeln.

Raky und Creky, dachte er betroffen, als er niederkniete. Er strich über die steifen schwarzen Flügel.

Kein Blut. Keine Anzeichen eines wilden Tiers, das sie

gerissen hatte. Sie lagen einfach da, ohne irgendein Zeichen von Gewalt.

Gift, dachte er.

Lucien?

Es konnte nur er gewesen sein. Wer sonst hatte ein Begehr, die wachsamen Tiere zum Schweigen zu bringen?

Langsam richtete der Rabenmeister sich auf und sah sich um. Jetzt tat äußerste Wachsamkeit not.

Leander empfing ihn aufgeregt und völlig aus dem Häuschen.

»Ich weiß nicht, wer es war, Meister. Aber die Raben wissen es, da bin ich sicher. Sie haben sich in die Baumwipfel verzogen und wollten erst gar nicht wieder herunter. Erst als kein Fremder mehr hier war, konnte ich sie dazu bringen, ihr Futter anzunehmen.«

»Raben sind klug«, erklärte Frederic mit einem wachsamen Blick. Stall und Trog schienen unberührt. Wer immer es gewesen war, er hatte Abstand gehalten. »Sie haben vermutlich bemerkt, dass ihre Genossen gestorben sind, nachdem sie gefüttert wurden. Selbst wenn sie es nur beobachtet haben, wie ein anderer Rabe von einem Menschen misshandelt wird, werden sie ihm nicht mehr trauen.« Er überlegte. »Wir sollten die Tiere wegbringen. Es sieht aus, als würde sich Lucien der Vollendung seiner Rache nähern. Und du solltest auch gehen. Es ist spät, und heute Nacht kann es gefährlich werden.«

»Auf gar keinen Fall, Meister. Ich bleibe bei Euch und wache mit Euch. Mit einem Mönchlein werden zwei Männer doch fertig.«

Frederics Mundwinkel zuckte leicht.

»Darüber reden wir noch. Mach die Tiere fertig, die Pferde und auch die Sperber. Es ist zwar ärgerlich, aber wir müssen noch einmal zurück zum Fährhaus. Es ist der nächste Ort, wo wir sie sicher unterbringen können.«

»Ich werde die Kate nicht verlassen«, widersprach Leander. »Meister, geht und bringt die Tiere in Sicherheit. Ich halte Wache.«

Frederic runzelte die Stirn. »Das erfordert einen Mann, Leander.«

»Ich bin ein Mann.«

Frederic hob die Brauen. Darüber zu disputieren versprach wenig Erfolg.

»Also gut, warte auf mich. Ich bin vor der Nacht zurück.« Vorher würde Lucien nichts unternehmen. Und es bliebe genug Zeit, den Jungen notfalls doch noch wegzuschicken.

Myntha war überrascht, aber natürlich war sie bereit, dem Rabenmeister zu helfen. Gemeinsam brachten sie die Pferde in den Stall. Nicht ohne heftigen Protest des Düwwelsbalchs, das aus Empörung über die Gäste gegen die Wand seines Verschlags schlug und an seinem Halfterstrick zerrte. Mico, der ihnen in der Hoffnung auf eine kleine Zwischenmahlzeit gefolgt war, verzog sich raunzend. Frederic war sichtlich in Eile, er machte sich Sorgen um Leander. Myntha schickte ihn kurzerhand weg. Sie wusste, wie ungern er den Jungen unter diesen Umständen allein ließ. Außerdem liebte er seine Raben, vielleicht mehr als die meisten Menschen. Dass zwei von ihnen vergiftet worden waren, machte ihm zu schaffen, auch wenn er sich bemühte, es nicht zu zeigen.

Nachdem Frederic gegangen war, fütterte sie die Sperber noch mit Fleischabfällen. Mico strich nun doch wieder um ihre Beine, und Myntha ließ sich erweichen. Sie warf ihm auch ein Stückchen zu und beobachtete, wie er gierig hinterherhumpelte. Irgendwie machte die Sache auch sie beklommen. Sie war froh, auf dem Rückweg ins Haus Bilke zu treffen, die vom Markt in Mülheim zurückkam und auf die letzte Fähre wartete.

»Ich habe ein Schaffell für das Kind gekauft«, berichtete Bilke, »und warme Wolle für Kleidung, der Schäfer bringt alles morgen herüber. Es wird zu einer schlechten Jahreszeit auf die Welt kommen. Kinder sollten im Frühling geboren werden.«

Myntha fühlte sich ungewohnt melancholisch. Irgendwann hätte sie auch gern das Nest für ein Kind gepolstert. Wenn sie ehrlich war, musste sie zugeben, dass sie es war, die es hinauszögerte. Selbst jetzt, da sie sogar zwei Bewerber hatte, fand sie an jedem einen Fehler.

»Ach, übrigens, habt ihr neuerdings Ratten hier?«, fragte Bilke.

»Himmel, nein! Wie kommst du denn darauf?«, erwiderte Myntha entsetzt, und ihre Melancholie verflog so schnell wie eine aufgeschreckte Saatkrähe.

»Auf dem Markt bin ich dem Thomas von Frau Alyss begegnet. Der sagte mir, dass ihn eure englische Hochwohlgeboren vor Kurzem nach Rattengift geschickt hat.«

»Lady Olivia?«

»Myntha! Du machst ja plötzlich ein Gesicht wie der Rabenmeister Frederic!« Bilke starrte sie entgeistert an.

Myntha überlegte. »Bilke, du musst mir helfen.«

»Gut, wobei?«

Mynthas Brauen zogen sich gefährlich zusammen. »Eine Schnepfe vom Acker jagen!«

Auf dem kurzen Weg ins Haus erklärte sie Bilke ihren Verdacht: Lady Olivia hatte Angst vor Frederics Raben, das hatte er selbst gesagt. Gleichzeitig suchte sie unübersehbar Wege, sich ihm zu nähern. Und nun waren die Raben vergiftet, und von der Lady hörte man, dass sie nach Rattengift geschickt hatte, obwohl es im Fährhaus sicher keine Ratten gab.

»Bist du sicher?«, fragte Bilke mit aufgerissenen Augen.

»Natürlich. Sie wollte sogar, dass er sie nach Mülheim zum Markt begleitet. Und als er sich weigerte, hat sie eine bitterböse Henkersmiene aufgesetzt. Es hat eine Ewigkeit gedauert, bis ich aus ihr herausbekommen hatte, was sie so verdross. Danach hat sie den halben Tag in ihrer Kammer verbracht, mit einem Gesicht, als bewachte sie einen Drachenhort.«

In der Küche roch es verführerisch nach Ellens Pasteten, nach warmem Griebenschmalz und frischem Brot. Myntha nahm sich ein Holzbrett und belud es mit drei kleinen Hühnerpasteten und einem Krug Grutbier. Dazu legte sie ein Stück Brot und stieg dann mit Bilke die Stufen zur Kammer der Lady hinauf.

»Wartet!«, rief Ellen ihnen nach. »Nehmt das frische

Brot! Das da ist der Abfall für die Schweine, das ist doch halb verbrannt.«

»Umso besser.«

Mit vereinten Kräften gelang es ihnen, sich der Lady verständlich zu machen. Der Rabenmeister, erklärten sie ihr, werde auch morgen nicht kommen, weil er Gift und Galle wider die edle Dame spucke. Er habe nämlich herausbekommen, dass sie seine treuen Raben auf dem Gewissen habe.

»What?«, wiederholte Olivia entsetzt.

Mit Händen und Füßen und ihrem lückenhaften Englisch erklärten sie ihr, dass der Rabenmeister grimmig entschlossen sei, von Olivia Ersatz für die gemordeten Vögel zu verlangen. Wenn nicht gar Blutgeld. Es sei überhaupt fraglich, ob sie nicht zu ihrer eigenen Sicherheit besser abreisen wolle, denn der Mann sei ein allseits bekannter Düsterling, bei dem der Dolch locker sitze.

»Enough!«, stieß Olivia mit spitzer Stimme hervor und sprang wütend auf.

Myntha und Bilke machten sich aus dem Staub.

Als Frederic die Rabenkate erreichte, dunkelte es bereits. Fröstelnd zog er den Mantel um die Schultern. Es war so seltsam still ohne die Tiere.

»Keine Spur von Lucien bisher«, begrüßte ihn Leander eifrig.

Er musste lächeln. Der Junge nahm seine Wache wirklich sehr ernst.

»Also gut«, meinte er zögernd. »Vermutlich mache ich einen Fehler. Meinetwegen: Bleib und wache mit mir.«

26. Kapitel

Die wenigen Schneeflocken, die den Aufstieg zum Septimerpass begleitet hatten, waren nach und nach zu einem
dichten Schneegestöber geworden. Die Reisenden hatten
ihr Schuhwerk dick mit Leinenstreifen umwickelt, doch
die Kälte drang auch durch diese. Weiße, eisige Flocken
flogen um Gesichter und Gugeln und machten es schwer,
den Weg noch zu erkennen.

Nachdem sie den Rhein und das Schiff verlassen hatten, hatte Marian vom Spiegel seine Wolltuche auf Wagen und später auf Saumtiere umladen lassen: Kräftige
Pferde und Maultiere, auf deren Rücken ein Tragegestell
die Last gleichmäßig verteilte. Zwar war die Straße inzwischen zu weiten Teilen befahrbar. Doch wie viele
Kaufleute wollte er es zu dieser Jahreszeit nicht riskie-
ren, wegen eines gebrochenen Rads oder eines weggespül-
ten Wegs eine ganze Wagenlast zu verlieren. Bisher war
alles gut gegangen. Riccarda hatte überraschend wenig
Lust gezeigt, mit den Knechten zu tändeln, und benahm
sich verdächtig fügsam. Den Zoll des Bischofs von Chur
hatten sie pünktlich bezahlt, das Gebiet der Räuberbande
verlassen. Und habgierige Ritter, die Reisende an manchen Straßen überfielen, hatte der Bischof mit strenger
Hand auf den Weg des Gesetzes zurückgeführt.

»Wir haben das Rasthaus gleich erreicht«, schrie Marian gegen den Wind an. Außer den Damen waren alle abgestiegen und führten ihre Tiere, einerseits um in ihrem Windschatten besser vor dem Schneetreiben geschützt zu sein, andererseits, um sie zu entlasten und sicherzugehen, dass sie nicht wegliefen. »Wäre das Wetter besser, würden wir es sogar schon von Weitem sehen. Bleibt dicht beieinander und haltet die Zügel kurz.«

Henning nickte und packte die Zügel seines Pferdes fester. Bei diesem Wetter und an diesem Ort war es kein Wunder, wenn ein Tier scheute. Die Straße verlief durch eine baumlose Hochebene. Längst hatten sie die letzten Latschenkiefern unterhalb zurückgelassen. Und verschneite Flächen und verstörende Flocken waren für viele Pferde schon Grund genug, auf und davon zu gehen. Zum Glück folgte die Gruppe einer alten Römerstraße. Das bedeutete, dass der Weg gepflastert und selbst mit Wagen befahrbar war. Trotzdem, bei diesem Wetter konnte man in der Einöde hier oben leicht verloren gehen.

Riccarda sagte gar nichts. Sie hatte ihre Kapuze über den Kopf und tief ins Gesicht gezogen und duckte sich auf den Rücken von Hennings Pferd. Sie war sichtlich durchgefroren und müde, aber sie beschwerte sich nicht.

Ein Schmerz am Knöchel.

Henning stolperte und hielt sich am Sattelzeug fest.

Riccarda schob ihre Kapuze beiseite und fragte: »Was ist?«

Ein Stück felsiges Geröll war wohl seitlich abgebrochen und auf den Weg gefallen. Wegen des Schneetreibens hatte Henning es nicht bemerkt und war dagegengelaufen und umgeknickt.

»Ach, nichts. Wartet einen Augenblick. – Herr Marian!«

Aber der Wind heulte zu laut. Marian vom Spiegel hörte sie nicht, er stapfte ruhig und unaufhaltsam weiter, gefolgt von seinen Knechten. Nur Emery war mit seinem Maultier neugierig stehen geblieben und wartete in einiger Entfernung auf sie.

Henning rieb sich den schmerzenden Knöchel. Doch das Pochen in seiner Sehne ließ allmählich nach. Es war nichts weiter.

Er hatte das Tier gerade wieder in Bewegung gesetzt, als er im Schneetreiben eine schemenhafte Bewegung wahrnahm.

Ein Maultier scheute und brach seitlich aus. Jemand schrie. Und ein kleiner Schatten lief dem fliehenden Tier hinterher.

»Emery!«, brüllte Henning. »Komm zurück!«

Er sah sich um. Durch sein Umknicken waren sie ganz an den Schluss des Zugs zurückgefallen. Niemand sonst schien den Ausreißer bemerkt zu haben. Der Schneesturm verschluckte jedes Geräusch hinter einem und ließ es im Sausen des Windes untergehen.

»Er wird sich verlaufen und erfrieren«, schrie Riccarda vom Pferd herab.

Henning nickte. »Wir müssen ihm nach. Bis wir die anderen eingeholt und Herrn Marian benachrichtigt haben, ist er zu weit weg. Bei diesem Wetter finden wir ihn dann nie wieder.«

Der Junge würde orientierungslos über die steinige Fläche irren, vielleicht sogar einen Hang hinabstürzen.

»Und wir? Werden wir uns nicht auch verlaufen?«

Henning schüttelte den Kopf. Er zog sich ebenfalls die Kapuze tief ins Gesicht. Dann führte er das Pferd vom Weg ab und seitlich dem Jungen nach.

Hoffentlich hatte er Riccarda nicht zu viel versprochen. Schon nach wenigen Schritten konnte er die Römerstraße nicht mehr erkennen und musste sich rein auf sein Gefühl verlassen.

Immer wieder rufend steuerten sie ins Schneegestöber. Henning versuchte, die Orientierung zu behalten, zu zählen, wie viele Schritte sie ungefähr in dieselbe Richtung gingen. Doch schon nach kurzer Zeit verlor er jedes Zeitgefühl.

»Ich glaube, er ist weiter dort hinübergelaufen!«, rief Riccarda und zeigte nach rechts.

»Lasst mich das machen!«, brüllte Henning zurück. »Ich werde ihn finden.«

»Aber es sind meine Finger, die allmählich steif vor Kälte werden.«

»Reibt sie aneinander. Noch ein paar Augenblicke, dann bringe ich Euch beide ins Warme. Ich würde Euch ja gern vorausschicken, aber dann kann ich noch jemanden suchen gehen.«

»Ihr findet gar niemanden, wenn man keine Spuren hinterlässt wie eine Herde Kühe. Es war weiter da drüben.«

Manchmal hatte er nicht übel Lust, die Jungfer zu erschlagen. Henning stapfte wortlos weiter.

»Habt Ihr eine Vorstellung, wo Ihr hinwollt?« Riccarda

ließ nicht locker. »Natürlich, der tapfere Ritter reitet auf weißem Ross ins Ungewisse, und alle Jungfrauen fliegen von selbst zu ihm und lassen sich retten.«

»Haltet endlich den Mund!«

»Und die Vorsehung leitet ihn wieder zurück ins Warme.«

»Noch ein Wort und ich werfe Euch hier irgendwo auf den Boden und reite allein von dannen. Und erzähle dann allen, Ihr wärt wieder einmal davongelaufen. Das würde mir jeder glauben.«

»Wäre aber nicht sehr ritterlich. Es war da drüben.«

Henning seufzte und blieb stehen. »Wo?«

Riccarda zeigte ein Stück weiter nach rechts.

»Wenn Ihr meint. Aber Ihr seid schuld, wenn wir abstürzen und erfrieren.« Inzwischen war er sich selbst auch nicht mehr sicher.

Die Ebene schien unendlich weit zu sein.

Schritt um Schritt kämpften sie sich weiter durch das Schneetreiben. Es stach wie Tausende feine Nadeln in die Haut. Bisweilen war es so stark, dass man kaum atmen konnte. Hennings Finger wurden allmählich auch taub vor Kälte, obwohl er seine Hände mit Leinen umwickelt hatte. Alles an ihm wurde taub und kalt, und von Schritt zu Schritt fiel es ihm schwerer zu gehen. Immer wieder riefen sie Emerys Namen.

»Marian hat sicher schon gemerkt, dass wir zurückgeblieben sind«, versuchte Riccarda ihn aufzumuntern. »Er wird uns einen Suchtrupp nachschicken. Wenn es aufhört zu schneien, haben sie uns im Handumdrehen gefunden.«

»Nur sollten wir bis dahin nicht erfrieren.«

Etwas Dunkleres war im eintönigen hellen Grau von Himmel und Erde zu erkennen. Sie erreichten einen halb zugefrorenen Bach, der sich durch das steinige Gelände schlängelte. Überall an den Rändern ragten hauchdünne Eisplatten über das Wasser.

Keuchend blieb Henning stehen.

»Haben wir den nicht vor einer Stunde überquert?«

Riccarda zuckte die Schultern.

»Das Rasthaus muss am Wasser liegen. Hier oben kann man keine Brunnen graben. So viele Quellen wird es nicht geben. Wie müssen dem Bach aufwärts folgen, dann finden wir auch die Unterkunft.«

»Und Emery?«, fragte Riccarda. Ihre Lippen waren bläulich angelaufen, und sie war blass.

»Ich muss Euch ins Warme bringen. Emery ist vielleicht auf denselben Gedanken gekommen.«

Hoffentlich.

Langsam kämpften sie sich den Bach entlang. Der Schnee trieb noch immer aus tiefhängenden Wolken, und sie hatten das Gefühl, mitten in der Schneewolke zu sein. Aber kaum merklich schien sich der Himmel etwas aufzuhellen. Man sah immerhin etwas weiter als nur bis zu der Gestalt auf dem Pferd. Henning hatte das Gefühl, wieder ein paar Felsen und Gräser wahrzunehmen, die aus dem Schnee ragten.

»Da vorn! Ist das das Rasthaus?«

Hoffnungsvoll folgte er Riccardas ausgestreckter Hand. Dann schüttelte er enttäuscht den Kopf.

»Das ist nur eine Brücke.«

Eine gemauerte Brücke spannte sich tatsächlich über den Bach. Je näher sie kamen, desto klarer schälten sich die Umrisse aus dem Schneetreiben. Ein kleines rundes Gewölbe ohne Stützpfeiler, oben lief die Mauer spitz zu und auf der anderen Seite wieder hinab.

»Wir könnten darunter Schutz suchen«, meinte Riccarda. »Für das Pferd reicht es nicht, aber für uns schon.«

»Nein, lasst uns weitergehen. Wir müssen ins Warme kommen. Eine Brücke – das bedeutet, wir sind wieder an der Straße. Gott sei Dank.«

Mühsam kämpften sie sich weiter voran. Riccarda hatte sich weit nach vorn auf den Hals des Pferdes gelegt, um sich zu wärmen. Am Aufgang zur Brücke scheute das Pferd plötzlich und machte einen Satz zur Seite, der Henning fast von den Füßen und Riccarda aus dem Sattel gefegt hätte. Und dann ertönte unterhalb von ihnen plötzlich ein dünner, kindlicher Schrei.

»Henning?«

»Emery?«

Der Junge stürmte aus dem Schutz des Brückenbogens die Böschung hinauf und in seine Arme.

»Emery!«

Henning war selten so froh gewesen, den kleinen Kerl zu sehen. Auch wenn er zuerst nur die Gugel zu fassen bekam und im Filz nach dem Gesicht suchen musste. Er umarmte den Bengel und schüttelte ihn dann wieder durch.

»Was fällt dir ein, einfach wegzulaufen! Du hättest erfrieren können! Wir können froh sein, wenn wir jetzt den Weg zur Herberge finden.«

»Es tut mir leid. Das Maultier. Es ist noch immer weg.« Die Kinderstimme klang merkwürdig piepsig.

»Das findet sich zurecht. Vermutlich ist es längst ins Warme gelaufen. Junge, was hast du mir Sorgen gemacht! Ich würde dich aufs Pferd setzen, aber du musst dich bewegen, um warm zu bleiben. Halte dich an mir fest. Nimm meinen Gürtel und lass ihn auf keinen Fall los!«

Sie folgten dem Bachlauf weiter flussaufwärts. Der Himmel klarte jetzt tatsächlich etwas auf. Eine halbe Stunde später rief Riccarda oben auf dem Pferd: »Ich sehe etwas!«

Henning atmete auf. Tatsächlich. Rauch stieg auf. Jetzt spürte er auch den Geruch. Die Herberge.

Die letzten Schritte waren die schwersten. Als er endlich mit aller Kraft gegen das schwere Holztor pochte, spürte er erst, wie durchfroren und erschöpft er selbst war.

Endlich öffnete sich ein schmales Guckfenster.

»Herr Henning?«, fragte jemand. »Gott sei Dank! Willkommen an der Tgesa da Sett.«

»Herr Marian ist noch mit drei Knechten unterwegs, um Euch zu suchen«, erklärte der Mönch, der sie eingelassen hatte. »Ist das der Junge? Heilige Jungfrau, er ist blass. Und das Mädchen auch. Kommt ans Feuer!«

Er brachte heißen Gewürzwein und Decken. Dankbar rückten alle drei an den Kamin. Die anderen Knechte machten ihnen Platz und verzogen sich an ihren Schlafplatz im Stall.

»Ihr seid spät dran«, meinte der Mönch, der sich als

Bruder Paul vorstellte. »Ich betreibe das Hospiz mit ein paar Brüdern für unseren Herrn, den Bischof von Chur. Aber so spät im Jahr kommt kaum noch jemand hier herauf. Ich würde Euch die Kapelle zeigen, um für die glückliche Rettung zu danken. Aber jetzt müsst Ihr Euch erst einmal aufwärmen. Bruder Florian wärmt Euch noch ein paar Decken am Feuer an, in die Ihr Euch hüllen könnt. Und das Essen müsste auch noch warm sein.«

Er ging nachsehen. Der Gedanke an ein warmes Essen war verlockend. Nur Emery schien keinen Hunger zu spüren, er hatte sich am Feuer in mehrere Decken gehüllt und war sofort eingeschlafen. Riccarda und Henning rückten nahe an die Glut.

»Ihr habt uns hergebracht«, meinte sie mit einem kleinen Lächeln.

»Und Ihr habt uns den richtigen Weg gewiesen. Das Lob verdiene ich nicht allein.«

»So bescheiden? Wollt Ihr nicht, wenn Herr Marian zurückkommt, erzählen, wie Ihr mit Eurer schimmernden Rüstung losgeritten seid, um uns zu retten?«

»Ich fange an zu verstehen, wie all die Heldengeschichten von Rittertaten entstehen«, erwiderte Henning trocken.

Riccarda beugte sich zu ihm herüber. »Und es gefällt Euch nicht, was Ihr begreift?«

Sie hatte wirklich einen wunderhübschen Mund.

»Nicht besonders.«

Der Gewürzwein verbreitete eine angenehme Wärme in seinen Adern, und er wartete sehnsüchtig auf das Essen. Ein Eintopf aus Bohnen und Gemüse wäre jetzt genau das Richtige. Den Gerüchen nach, die sich allmählich ausbreiteten, trog diese Hoffnung nicht.

»Zweifel, Ritter?«

Flackernde Reflexe zauberten Lichtfunken in Riccardas dunkles Haar und ihre Augen.

Unwillkürlich erwiderte Henning das Lächeln. »Und wenn es so wäre? Was hilft es?«

»Das solltet Ihr nicht sagen. Von Euren Taten wird man Geschichten erzählen. Ich hingegen werde in ein Kloster gesteckt und den Rest meines Lebens als lebender Leichnam verbringen.«

»Das werdet Ihr nicht.«

Ein trauriger Funke blitzte in ihren Augen auf. »Nein?«

Henning fühlte einen seltsamen Stich.

Riccarda wirkte verletzlich in einer Weise, wie er es von ihr nicht erwartet hatte. »Letztlich geht es doch immer nur um Besitz und Stand. Und wer ein Stück von der Welt haben will, muss wenigstens eins von beiden besitzen. Wer keins von beiden hat, für den bleibt nichts übrig«, sagte sie bitter.

Henning hätte sie gern aufgemuntert. Aber ihm fielen die rechten Worte nicht ein.

»Ihr wärt eine Verschwendung als Nonne«, erwiderte er stattdessen. »Das wird auch Eure Mutter einsehen. Und die Männer in Venedig allemal.«

»Immerhin sagt Ihr nicht, dass ich eine grauenhafte Nonne wäre. Dabei hättet Ihr recht.« Riccarda lachte spöttisch. »Wäre ich rechtmäßig geboren, könnte ich wie eine Prinzessin leben. Aber so bin ich nichts als ein wertloser Pfaffenbastard.« Sie sah ihn an, und auf einmal war um diesen hübschen kleinen Mund ein weicher Zug. »Mein ganzes Leben lang habe ich nun schon das Gefühl, dass mein Dasein eine Last ist. Ich wollte einfach nur einmal jemanden haben, für den das nicht so ist. Deshalb habe ich Euer Geld genommen.«

Henning winkte ab. »Ich war wütend, weil auch ich meine Pläne damit hatte. Sprechen wir nicht mehr darüber.«

»Ihr müsst Euch keine Gedanken machen. Ihr seid der geliebte Erbe einer guten Familie. Euer Lebensweg ist vorbestimmt und führt Euch zu Ritterruhm und Glanz.«

Vermutlich erwartete sie eine Antwort, aber er hatte keine. Aber auf einmal fühlte Henning das Bedürfnis, ihre Hände zu nehmen. Er strich sanft über ihre Handfläche bis zu ihren Fingerspitzen und wieder hinauf auf ihre Handgelenke.

»Ja«, meinte er endlich und sah sie ernst an. »Ja, er ist vorbestimmt. Und genau das ist es, was mir zu schaffen macht.«

27. Kapitel

»Ihr seid wirklich der sturste Esel auf dieser Seite des Rheins!«

Mit wütend in die Seiten gestemmten Fäusten hatte sich Myntha vor Frederic aufgepflanzt. Um einiges kleiner als der hochgewachsene kräftige Rabenmeister entbehrte der Anblick nicht einer gewissen Komik. Ellen an ihrer Seite blickte ratsuchend von einem zum anderen.

»Auf die Gefahr hin, dass es mich Eure Gunst kostet, Jüngferlein: Ich werde bleiben. Ich bin im Vorteil. Ich weiß, dass Lucien kommt, ich habe schon gestern vergeblich auf ihn gewartet. Aber er ahnt nicht, dass ich gewarnt bin.« Er zwinkerte. »Oder darf ich Euer leidenschaftliches Eintreten so deuten, dass Ihr um meine Gesundheit besorgt seid?«

Myntha verdrehte die Augen. »Eure Gesundheit ist Eure Angelegenheit. Zumindest solange Ihr nicht von mir erwartet, Euch hinterher zu pflegen. Aber vielleicht erinnert Ihr Euch, dass die Kate nicht Euch gehört. Es ist nicht Eure Sache allein, wenn Ihr einen wildgewordenen Feuerteufel daran herumzündeln lasst. Gevatterin Ellen macht sich Sorgen um ihr Eigentum.«

Diese nickte hastig.

»Wie immer drückt Ihr Euch äußerst einfühlsam aus,

Jungfer Unhold. Noch etwas mehr von dieser zärtlichen Sorge um mein Wohlbefinden, und ich gehe in die Knie vor Euch.«

»Untersteht Euch!«, knurrte Myntha.

»Was ist denn los mit Euch? Heute seid Ihr es ja, die von einer ganz rrrabenschwarzen Galle geplagt wird.«

»Leander!«, rief Ellen. »Tu mir den Gefallen und sprich ein besonnenes Wort! Die beiden hier führen ihren ganz eigenen Streit.«

Leander schlug die sandverstaubten Hände aneinander. Er hatte noch einmal die Eimer überprüft. Jedes Gefäß, das halbwegs dicht war, wartete mit Wasser und Sand gefüllt in der Kate und unter dem niedrigen Dach. Die Arbeit hatte Spuren hinterlassen: in den dunklen Locken des jungen Mannes, auf Wangen und Stirn und seinem einfachen Kittel. Er hatte so gar nichts Geckenhaftes mehr. Was ihn deutlich erwachsener wirken ließ.

»Ich bin auch noch da«, versicherte er. »Wir legen dem Feuerteufel das Handwerk, Ihr werdet sehen, Gevatterin. Der Bursche hat seine letzte Lunte gelegt.«

»Zu zweit!« Myntha schüttelte den Kopf. »Ich sollte doch den Büttel rufen. Besser ein Dummkopf als gar keine Hilfe.«

»Nein!«, widersprach Frederic scharf. »Ihr müsst mir versprechen, dass Ihr das nicht tut. Lucien würde Verdacht schöpfen. Wir sind zu zweit und bewaffnet. Leander und ich werden abwechselnd Wache halten. Er rechnet nicht mit Widerstand. Ihr wisst, dass ich Euren Rat ernst nehme. Aber ich kenne diesen Mönch. Lasst mich das auf meine Art erledigen.«

Myntha sah ihm auf einmal direkt ins Gesicht. Ihre Augen waren groß und düster überschattet wie Seen im Wald.

»Dann beten wir, dass nicht am Ende Ihr derjenige seid, der sich verrechnet«, erwiderte sie ernst.

Damit ging sie zum Fährhaus zurück. Ellen folgte ihr.

Frederic sah ihnen nach. Irgendwie schaffte es die Unholdin, dass ein Stich durch seine Seele fuhr.

Er ging zur Kate zurück und scheuchte Leander ins Haus. Besser, der Junge ließ sich nicht mehr sehen. Je weniger Gegenwehr Lucien erwartete, desto besser.

Wie ein Schwarm wütender Bienen sirrte der Pfeilregen in den Himmel, verweilte einen Herzschlag lang als schwarze Wolke und senkte sich dann nach unten. Ein scharf gerufener Befehl, und er legte den nächsten Pfeil auf die Sehne. Auf das Kommando des Befehlshabers hob er den übermannshohen Bogen. Spannte ihn mit ganzer Kraft. Und jagte gleichzeitig mit den anderen den nächsten Pfeil in den unerbittlichen Schauer. Sechs Herzschläge bis zum nächsten. Ein schneller, tödlicher Rhythmus.

Das Donnern der herangaloppierenden Ritter betäubte die Ohren. Neben ihm stemmte sich ein Mann gegen den vorn angespitzten Pfahl, den sie vor sich in den Boden gerammt hatten. Ein ganzer Wald von Pfählen ragte den heranjagenden Franzosen entgegen wie eine Schar gedrungener Lanzen. Sein Herz raste, Schweiß rann in seine Augen. Keuchend wischte er mit dem Ärmel übers Gesicht. Stehen bleiben, sagte er sich, als die Angst ihn zu überwältigen drohte. Gegen den Drang ankämpfen, Pfahl und Bogen einfach wegzuwerfen und zu laufen, ehe die herandonnernde Schar einen niederritt.

Pferdeleiber prallten auf die Pfähle. Sich aufbäumende Tiere, Schreie, Wiehern, schlagende Hufe. Erde und Blut spritzten überall auf Kleidung, Hände und Gesichter.

Jedes Zeitgefühl ging verloren. Irgendwann war der letzte Pfeil verschossen. Er zog das Schwert. Die französischen Ritter hatten sich hoffnungslos ineinander verkeilt, fliehend die einen, angreifend die anderen. Pfeile ragten aus Kettenhemden und Rüstungen.

Völlig erschöpft fiel er in den aufgewühlten Boden. Nebelhaft nahm er die Geräusche wahr: Schreien und Klirren von Geschirr und Waffen. Hufschlag. Den Gestank von Schweiß und Blut und Urin. Irgendwo weit hinter ihm trieb jemand Gefangene in die Hütte nicht weit vom Schlachtfeld und brüllte ihn an, ihm zu helfen. Er stand auf und gehorchte, obwohl er kaum noch einen Arm heben konnte. Danach wollte er nur noch schlafen.

Am andern Morgen roch er Qualm. Brennendes Holz. Brennendes Fleisch. Rauch nahm ihm den Atem, er würgte, bekam keine Luft. Irgendwo in diesem Nebel war ein Gesicht, das sagte: »Es ist deine Schuld. Deine Schuld. Und du wirst dafür bezahlen. Mit deinem Leben und mit jedem Leben, das dir je lieb gewesen ist.« Er wollte beteuern, dass es nicht seine Schuld war. Aber über seine Lippen kam kein Ton. Verzweifelt kämpfte er dagegen an, doch nur bedeutungslose Laute kamen aus seinem Mund, als wäre seine Zunge gelähmt. Vergeblich rang er nach Atem. Und hoch über der brennenden Hütte kreisten Raben und krächzten. Krächzten laut und eindringlich. »Ric! Ric!«

Es musste nach Mitternacht sein, als Frederic aufschreckte. Er hatte einen sonderbaren Traum gehabt. Rabenkrächzen. Überall Rabenkrächzen.

»Ric! Ric!«

Blinzelnd öffneten sich seine schlaftrunkenen Lider.

Das Erste, was er wahrnahm, war das wilde Krächzen und Flattern. Die Tiere benahmen sich wie verrückt. Also war es kein Traum gewesen. Eigentlich musste es mitten in der Nacht sein. Doch ein rötlicher Schein erhellte die Kate. Ein Schein, getrübt von einem seltsamen Nebel, der sich auf alles legte. Dunstig und schwer.

Rauch drang in seine Nase. Dichter, schwerer Rauch. Und jetzt begriff er auch, was der rötliche Schein in der Kate bedeutete.

Frederic hustete. Doch mit einem Schlag war er hellwach. Er sprang auf, zog sich ein Stück seines Hemds vor Mund und Nase und rüttelte Leander. »Er ist da!«

Hustend und erschrocken kam der Junge hoch. Seine Augen waren weit aufgerissen wie die eines Kindes, das von Abenteuern redet und dennoch nicht auf sie vorbereitet ist. Frederic ersparte ihm den Rüffel, weil er ganz offenkundig während seiner Wache eingeschlafen war. Dafür war keine Zeit mehr, und nun waren sie wach.

Wildes Geflatter über ihnen. Lautes Krächzen.

»Gelobt seist du, Robb!«

Frederic zog seinen Dolch aus dem Gürtel und wies auf die Eimer, die bereits mit Wasser gefüllt neben ihren

Lagern standen. »Du kümmerst dich um das Feuer. Den Mann übernehme ich.«

Lautlos nickte Leander. Er hob zwei Eimer auf und wollte nach draußen.

Frederic hielt ihn am Arm zurück. Seine Augen blitzten auf, als der Feuerschein wieder aufflackerte. »Hast du mich verstanden?«, flüsterte er. »Du lässt die Hände von dem Mann!«

Der Stall brannte. Das Strohdach hatte schnell Feuer gefangen, und auch die Wände schwelten bereits. Es waren diese Lehmwände, die den dichten, schwarzen Rauch erzeugten, der überall hing. Die Glut griff bereits auf den Weidezaun über, und auch unter dem vorragenden Dach, wo sonst die Vogelkäfige standen, waberte dichter Qualm. Auch an den Seiten der Kate gloste es, griff auf die Bank über, wo sie bei schönem Wetter saßen. Aus den Wänden drang Qualm, der von Augenblick zu Augenblick dichter wurde. Hätten sie nicht am Abend noch die Wände mit Wasser befeuchtet, hätte die Kate längst lichterloh gebrannt.

Der Dank gebührte dem Vogel, dachte Frederic. Etwas später und sie hätten in Qualm und Flammen nicht mehr lebend aus der Hütte entkommen können. Hätte Robb sie nicht geweckt, gut möglich, dass sie beide im Rauch hätten ersticken müssen, ehe sie überhaupt erwacht wären. Der beißende Geruch ließ ihn würgen und nach Atem ringen. War dieses Gefühl das Letzte gewesen, das seine Frau und seine kleine Tochter empfunden hatten? Ehe sie qualvoll erstickt waren, ehe das Feuer ihre Körper versengte und nur ihre verkohlten Leichen zurückließ?

Seine Augen tränten, und er blinzelte erneut. Jetzt schlugen die Flammen auf einmal hoch aus dem Dach. Das Stroh flammte lichterloh auf und sank dann in den hölzernen Dachstuhl zurück. Und im Schein dieses plötzlichen Aufflammens sah er den bleichen Mönch.

Lucien hatte die Kapuze auf die Schultern zurückgeschoben, sodass Frederic sein Gesicht sehen konnte. Älter war es geworden. Ausgezehrt von Entbehrungen, von Hass und Wut.

Leander an seiner Seite reagierte noch vor ihm. Indem er alles vergaß, was er versprochen hatte.

Er ließ seine beiden Eimer fallen, brüllte vor Wut und stürzte sich mit bloßen Händen auf den Mönch.

»Leander, nein!«, schrie Frederic wütend. Er schleuderte den Inhalt der Eimer aufs Geratewohl gegen die schwelende Hauswand. Dann rannte er, die leeren Gefäße noch in der Hand, Leander nach.

Lucien war sichtlich überrascht, zwei Männer statt einem vorzufinden. Und dass der Jüngere wie ein Berserker auf ihn zugerannt kam und ihm unversehens einen Faustschlag ins Gesicht versetzte, schien ihn regelrecht zu verstören.

Aber dann kam er zu sich. Mit einer Kraft, die man dem dürren Mönch nicht zugetraut hätte, schlug er zurück. Dann packte er den taumelnden Leander am Hals.

Fester und fester schlossen sich die kalten, dürren Finger um den Hals des Jungen. Leander keuchte und rang nach Luft. Seine Augen weiteten sich angsterfüllt, und er versuchte vergeblich, sich aus dem zangenartigen Griff zu befreien. Lucien lächelte dünn. Er schien aus der Todesangst seines Gegners Stärke zu schöpfen. Mit ungeahnter Kraft zerrte er den Jungen zu sich heran und wollte ihn in die zusammenstürzenden, von hoch lodernden Flammen schon halb versehrten Trümmer des Stalls stoßen.

Ein mit voller Wucht in sein Gesicht geschlagener Eimer ließ ihn zurücktaumeln. Die Schneide eines Dolchs blitzte vor ihm auf, schnitt quer über sein Gesicht und hätte um ein Haar seine Kehle getroffen. Der eiserne Griff um Leanders Hals lockerte sich. Gelenkig wie eine Katze wand er sich aus den Klauen des Mönchs.

»Du sollst löschen, sagte ich!«, schrie Frederic den Jungen an.

Leander war zu Boden getaumelt. Er griff sich an die Kehle und sog drei-, viermal gierig die Luft ein, hustete, als er Qualm in die schmerzende Lunge bekam.

»Hast du nicht gehört? Lösch das Feuer!«

Frederic erkannte seine eigene Stimme kaum wieder. Aber vielleicht lag es an dem gierigen, saugenden Geräusch, das aus dem lodernden Stall kam, am Prasseln der brennenden Balken, dass ihm seine eigene Stimme so fremd vorkam. Das Feuer am Stall war von schwelenden, zuckenden Flämmchen zu einem gierigen Drachen geworden. Wenn es ihnen nicht gelang, die Flammen zu ersticken, würden sie in kürzester Zeit auch die Kate verschlingen.

Leander starrte seinen Herrn einen Moment lang verständnislos an. Dann raffte er sich auf und kam auf die Beine.

Frederic wollte sich zu Lucien umdrehen.

Einen Herzschlag zu spät.

Der Schmerz war zuerst fast harmlos. Ein dumpfer Aufprall. Ein kaltes, stechendes Gefühl in seiner Seite. Es dauerte mehrere Herzschläge, bis er begriff, dass Lucien ihm einen Dolch in den Leib gestoßen hatte.

Einen Wimpernschlag später und er wäre ihm ins Herz gegangen. Durch seine Wendung hatte er das im letzten Moment verhindert. Das Gefühl, als warmes Blut sein Hemd durchtränkte, fühlte sich sonderbar fremd an.

Lucien hatte den Dolch sofort wieder herausgezogen und machte sich zum zweiten, tödlichen Stich bereit. Blut lief ihm übers Gesicht, wo Frederic ihn getroffen hatte, doch darunter verzerrten sich die bleichen Lippen zu einem bitteren Lächeln. Sein Gegner war verwundet. Er würde leichtes Spiel haben.

Frederic warf einen Blick nach oben. Dichte Rauchschwaden stiegen jetzt auf, und hoch oben über den Bäumen kreisten die Raben und krächzten und flatterten wie wild. Der Stall war verloren, und die Kate, die Leander verzweifelt zu retten versuchte, vielleicht auch. Sosehr der Junge Wasser und Sand gegen Wände und Dach schüttete, es gelang ihm nicht, das Feuer zu bändigen. Frederics Beine wurden schwach. Er hatte genug Erfahrung auf den Schlachtfeldern gesammelt, um zu wissen, dass er mit seiner Verletzung einen Kampf nicht lange durchstehen konnte. Selbst wenn Lucien wirklich lebenswichtige Organe verfehlt hatte, der Blutverlust schwächte ihn.

Er taumelte.

Lucien wollte zustoßen. In diesem Moment kam Leander heran, griff in seinen Eimer und schleuderte dem Mönch eine Handvoll Sand ins Gesicht.

Mit einem erstickten Geräusch wich Lucien zurück.

Frederic presste die Hand auf die blutende Seite. Der Schmerz, der im ersten Moment kaum zu spüren gewesen war, brannte jetzt heftig und nahm ihm den Atem. Der Qualm beschwerte seine Lunge, das Hemd vor seinem Mund war längst herabgerutscht. Ihm war schwindlig und so übel, dass er sich am liebsten übergeben hätte. Aber wenn er jetzt nicht auf den Beinen blieb, würde er es vielleicht nicht mehr hochschaffen.

Benommen blickte er sich um. Lucien hatte sich den Eimer gegriffen, den er vorhin hatte fallen lassen, und schleuderte ihn nach Leander. Das schwere, eisenverstärkte Holz gab dem durch den Qualm benommenen Jungen den Rest. Er verlor das Bewusstsein und stürzte zu Boden.

»Das Feuer wird auf den Wald übergreifen«, schrie Lucien ihn durch das Prasseln der Flammen an. Auf seinen bleichen Lippen glänzte Speichel, und vor dem flackernden rot-gelben Leuchten war sein Gesicht eine unheimliche Fratze. Blut lief darüber und trocknete an Schläfen und Wangen zu braunen Krusten, die bei jeder Bewegung absprangen. »Du hast bereits verloren.«

Seine dünnen Finger schlossen sich um den blutigen Dolch. Frederics Puls jagte, doch gleichzeitig ergriff eine sonderbare Benommenheit von ihm Besitz, die ihm alles gleichgültig erscheinen ließ. Lucien wollte zustoßen, als sich eine schwarze Wolke aus den Baumwipfeln auf ihn senkte.

Gierige Schnäbel hackten nach seinem Gesicht und zerrten an seiner Tonsur. Krallen zerrissen seine schäbige Kutte. Lucien brüllte. Kreischend versuchte er, die flatternden schwarzen Angreifer von sich fernzuhalten. Der Dolch fiel zu Boden, Flammenrot wurde von dem glänzenden Metall zurückgeworfen, Lichtfunken tanzten über die Klinge. Fetzen flogen aus seiner Kutte, Haarsträhnen fielen zu Boden. Mit erhobenen Armen versuchte er, Gesicht und Kopf zu schützen vor den Raben, die wieder und wieder auf ihn herabstießen. Wo das Gewand von seinen hageren Armen rutschte, zogen sich blutige Streifen über die Haut.

Als würde der Angriff seiner gefiederten Freunde ihm plötzlich neue Kraft verschaffen, sah Frederic auf einmal wieder ganz klar.

Langsam, fast nachdenklich nahm er den Dolch vom Boden auf. Auf seinen Befehl erhob sich die fliegende Kohorte in die Wipfel und kreiste laut krächzend über ihnen wie Boten des Todes. Lucien sah ihm ins Gesicht.

Frederic erwiderte das kalte Lächeln. Eine wilde, ungebändigte Genugtuung stieg in ihm auf, betäubte ihn, ließ ihn alles andere nur noch schemenhaft wahrnehmen. Ehe er zusammenbrach, stieß er den Dolch bis ans Heft ins Herz des bleichen Mönchs.

Die ersten Sonnenstrahlen begannen den zarten morgendlichen Herbstdunst aufzusaugen, als Witold in den Stall ging, um die Tiere zu versorgen. Das Düwwelsbalch schlug schon ungeduldig gegen die Wände und stieß ungeduldige Laute aus. Witold holte die Mistgabel und lud verschmutztes Stroh, Pferde- und Maultieräpfel auf die Schubkarre. Dann stellte er einen Eimer frisches Wasser vor jedes Tier, und zu guter Letzt gabelte er Heu in die Raufen und füllte für jedes noch eine Handvoll Hafer in die Krippe. Der Stall, warm von den Gerüchen der Tiere, füllte sich mit dem zufriedenen Geräusch mahlender Kiefer. Witolds eigener Magen knurrte auch bereits. Entferntes Klappern aus dem Fährhaus verriet, dass auch Myntha inzwischen aufgestanden war und mit Ellen in der Küche hantierte. Der Wind, der vorher kaum zu spüren gewesen war, hatte aufgefrischt. Der Duft des Morgenbreis mischte sich mit dem scharfen Feuergeruch, der ihm vorhin schon aufgefallen war. Vermutlich hatte es drüben in Köln wieder einmal irgendwo gebrannt. Sonderbar nur, dass der Wind gar nicht vom anderen Rheinufer herkam. Sondern aus der Richtung des Waldes. Und dort gab es nicht viel außer der Kate des Rabenmeisters.

Behutsam schloss er die Stalltür hinter sich – und wäre fast über Leander gefallen, der keuchend in den Hof gerannt kam.

»Leander! Was …?«

»Feuer … Mönch … Hilfe!«

Obwohl oder vielleicht gerade weil der Junge heute ähnlich redegewandt war wie Witold selbst, verstand der bärtige Riese sofort. Wobei Leanders Anblick an sich schon für sich sprach. Der Junge hatte einen gewaltigen Bluterguss über dem Auge. Sein ganzes Gesicht, Arme und Beine waren verschmiert mit schwarzen Rußschlieren und Blut, Nase und Lippen geschwollen, die Kleider voller Risse und Brandlöcher, und einen Fuß zog er nach.

»Um Gottes willen!«

Witold wuchs über sich hinaus.

In einer Geschwindigkeit, die ihm wohl niemand zugetraut hätte, war er ins Haus gerannt, hatte mit Berserkerstimme nach einer Hilfsmannschaft für die Rabenkate gebrüllt und war dann sofort mit Leander losgerannt. Obwohl der Junge weiß Gott selbst Hilfe gebraucht hätte, versuchte er mit den großen, kräftigen Beinen des Ferrers Schritt zu halten.

Die Kate musste die halbe Nacht gebrannt haben. Es war ein Wunder, dass das Feuer nicht auf den Wald übergegriffen hatte. Vermutlich war das Leander zu verdanken. Kaum war er halbwegs zu Atem gekommen, erzählte er, wie er alles um das Häuschen herum mit Wasser vor einer Ausbreitung geschützt hatte. Vielleicht hatte auch der Morgennebel geholfen, der Feuchtigkeit in die Luft gesogen und so ein Übergreifen auf den Wald verhindert hatte. Noch immer waren die halbverkohlten Balken heiß, und der Qualm hatte sich nur langsam gelegt.

Erschüttert sah sich Witold um. Der Stall war nur noch als Aschfleck zu erkennen, aus dem schwarze Balkenreste ragten. Heu und Stroh hatten der Gier des Feuers reichlich Nahrung geboten und es immer wieder hoch auflodern lassen. Witold stockte der Atem, als er den leblosen, schwarz verkohlten Leib darin entdeckte.

»Der Feuerteufel ist tot. – Bei der Hütte, Meister Witold!«, bat Leander leise.

Witold atmete auf. Für einen Augenblick hatte er befürchtet, der Tote sei Frederic. Die Kate hatte es nicht ganz so schlimm getroffen. Das Reet des Dachs war verbrannt, doch die Stützbalken und der größte Teil der Wände waren noch erhalten, wenn auch schwarz verkohlt, heiß und einen beißenden Geruch verströmend. Tür und Fensterläden waren herausgebrochen und fast völlig verzehrt. Im Inneren bedeckte Asche den Boden, und die wenigen Möbel waren kaum noch zu erkennen. Wasser und Sand hatten die Asche in eine stinkende, schleimige Masse verwandelt. Seitlich, offenbar von Leander mühsam ins Trockene gezogen, lag Frederic.

Auch er war überall von schwarzen Schlieren bedeckt. Getrocknetes Blut klebte auf seinem Gesicht, und sein Körper war notdürftig mit einem schmutzigen Fetzen Leinen umwunden, unter dem eine Wunde heftig geblutet zu haben schien. Der Stoff – offenbar ein Stück aus seinem Hemd – war an der Seite rötlich braun durchtränkt.

»Gott sei uns gnädig! Ist er …?«

»Nein. Aber er braucht Hilfe. Ich habe getan, was ich konnte, aber es ist seltsam …«

Witold sah den Jungen fragend an.

»Er hat so lange auf diesen Tag gewartet. Die letzten Tage schien er richtiggehend froh zu sein, dass er endlich Vergeltung üben könnte. Dennoch« – er unterbrach sich, als scheute er sich, es auszusprechen –, »der Dolch des bleichen Mönchs hat ihn böse erwischt. Ich kann zwar keine lebensgefährlichen Verletzungen erkennen. Dennoch … Ich weiß nicht, warum, aber er wirkt, als würde er sterben.«

Sie mussten nicht lange warten, bis eine Hilfsmannschaft, bestehend aus Haro und ein paar kräftigen Bauknechten, die eigentlich nach Köln gewollt hatten, und Bauer Egbert, herüberkam und den Verwundeten auf eine eilends zusammengezimmerte Trage legte. Das nächstgelegene Haus war das Fährhaus, und so brachten sie den Verwundeten dorthin. Myntha und Ellen hatten inzwischen Lores alte Kammer vorbereitet: eine frische Strohmatratze aufgeschüttet, ein reines Laken darauf gebreitet und Wasser und Tücher bereitgestellt, um die Verletzungen zu versorgen. Kein Wort hatte die Gevatterin Ellen wegen der abgebrannten Kate gesagt. Sie hatte nur gefragt, ob beide Bewohner wohlauf seien.

Als die Männer ihn vorsichtig die enge Stiege hinauftrugen und auf das Bett legten, war Frederic noch immer bewusstlos. Besorgt strich Myntha die Haare aus seiner Stirn. Er fieberte nicht, im Gegenteil. Seine Haut war kühl, obwohl Schweiß darauf perlte. Seine Lippen waren farblos und kalt, die Lider durchscheinend und bläulich geädert wie bei einem Mann auf dem Totenbett. So lange hatte ihn der brennende Wunsch am Leben gehalten, endlich Rache zu üben. Er hatte ihn überleben lassen, nachdem er seine Frau und seine Tochter verloren hatte, hatte ihm Kraft gegeben, all die Jahre. Sie wusste, wie sehr. Und beunruhigt fragte sie sich: Nun, da er endlich getan hatte, worauf er so lange gewartet hatte – was gab es noch für ihn, wofür es sich zu leben lohnte?

28. Kapitel

»Er hat sich aufgegeben?«

Cedric hatte die Tür zuerst nur einen Spalt geöffnet, als Myntha vor seinem Haus stand. Es war kein Wunder, dass er keine Beileidsbesuche wollte. Und so sprudelte Myntha noch an der Tür heraus, was geschehen war: wie Frederic Lucien erwartet hatte, wie Leander sie am nächsten Morgen benachrichtigt hatte, wie sie die noch rauchenden Trümmer der Kate gefunden hatten – und darin Frederic. Und dass er so wenig Freude oder Dankbarkeit über das Ende seiner Rache zeigte wie ein Toter.

»Er war lange bewusstlos. Aber auch wenn er wach ist, nimmt er kaum teil an dem, was um ihn herum vorgeht.«

»Er wird Schmerzen haben.« Cedrics eigener Schmerz stand ihm ins Gesicht geschrieben. Er war blasser als sonst, und sein Bart seit Tagen unrasiert. Und ganz offensichtlich hatte er wenig Appetit gehabt in letzter Zeit. Wir hätten uns auch um ihn besser kümmern sollen, dachte Myntha reuig. Auch wenn der Rabenmeister sicher gesagt hätte, dass sie sich zu viel in die Angelegenheiten anderer Leute mischte. Vielleicht kam sie ja zur rechten Zeit, und es würde ihm guttun, sich um seinen Waffengefährten zu sorgen.

»Das ist es nicht allein, Cedric. Er hat Blut verloren,

der Mönch hat ihm den Dolch in die Seite gestoßen. Aber er hat keine lebenswichtigen Stellen verletzt. Es macht mir Angst.«

»Euch macht sonst selten etwas Angst, Jungfer Myntha.« Cedric öffnete die Tür weit und ließ sie eintreten.

Einen Moment überfiel Myntha ein anderer Schmerz. Sie sah sich um. Alles war sauber gefegt wie in einem guten Zuhause. Am Ende des Gangs öffnete sich ein größerer Raum, am Ende war eine Feuerstelle zu sehen. Die Küche. Das untere Stockwerk war gemauert, und der Türsturz aus Stein niedrig. Dennoch hätte eine kleine Person wie Lore hier gut aufrecht stehen können.

Es war ein merkwürdiges Gefühl, als ob sie gleich um die Ecke kommen könnte, aus dieser Küche, und sich beschweren würde, dass Myntha nicht früher gekommen war. Dass der Kamin zu klein sei oder der Boden in der Stube knarrte. Myntha sah sie fast vor sich, mit ihrer weißen Haube und den roten Kringellocken darunter, mit Spuren von Küchenqualm auf der blassen Haut.

»Das Maultier, mit dem ich gekommen bin, gehörte Lore. Eigentlich …«, Myntha zögerte. Es fiel ihr schwer, sich von dem Düwwelsbalch zu trennen. Aber Cedric hatte ein Recht darauf. »Eigentlich habe ich es mitgebracht, um es hierzulassen. Es sollte Euch gehören.«

Ein Lächeln huschte endlich über Cedrics Gesicht, und er blickte auf. »Das Düwwelsbalch? So nannte sie es.« Er schüttelte den Kopf. »Behaltet es. Sie hätte es so gewollt.«

Das wusste Myntha. Sie erinnerte sich, wie Lore sie angefahren hatte, sie könne das Düwwelsbalch nicht brauchen, weil es beiße. Aber irgendwie hatte sie doch gedacht, dass Cedric es vielleicht haben wollte. »Sie würde sagen, sie will das Biest nicht. Soll es doch in meinem Stall seinen Gestank verbreiten. Und mich aus dem Sattel werfen statt Euch, ich hab's nicht besser verdient, wo ich es immerzu verteidige.«

Cedric musste tatsächlich leise lachen. »Genauso hätte sie es gesagt.«

Er schloss die Tür hinter Myntha und bat sie in die Stube. Sie folgte ihm die Treppen hinauf. Das obere Stockwerk war in Fachwerk gebaut, und die getäfelte Stube machte tatsächlich einen eleganten Eindruck. Ein gewebter Teppich hing an der Wand, und ein Tisch mit Stühlen aus dunklem Holz stand schwer in der Mitte des Raums. Der Kaminschirm war aus geflochtener Weide und mit Metall verziert. Der Boden knarrte tatsächlich ein wenig – aber nicht mehr, als schwere Dielenböden das eben taten. Sich Lore hier vorzustellen, als Hausherrin, war schwerer.

»Frederic hat eine starke Natur. Ein Stich in die Seite sollte für einen Mann wie ihn nicht lebensbedrohlich sein. Zumindest, wenn sich die Wunde nicht entzündet hat«, kam Cedric wieder auf den Grund ihres Besuchs zu sprechen.

»Das hat sie nicht«, versicherte Myntha. »Gevatterin Ellen und ich haben von Anfang an darauf geachtet, dass sie sauber bleibt. Imme hat uns Kamillenwasser gemacht, mit dem wir sie waschen konnten, und uns Honig für die Brandwunden gegeben.«

Cedric bot ihr einen Platz an dem großen Eichentisch

an und stellte einen Krug Most und zwei Zinnbecher in die Mitte. Dankbar nahm Myntha einen Schluck. Seit man Frederic ins Fährhaus gebracht hatte, war sie nicht oft zur Ruhe gekommen.

»Seine körperlichen Wunden beginnen zu heilen, aber ich mache mir Sorgen um ihn. Wir alle«, verbesserte sie sich schnell, »machen uns Sorgen um ihn. Ihr kennt ihn gut. Daher wollte ich Eure Meinung hören.«

»Es kommt vor, dass Männer nach einer Schlacht sterben, die schon auf dem Weg der Besserung waren«, bestätigte Cedric ihre Befürchtungen. Er stand auf, um ihr nachzuschenken, als würde es ihn anstrengen, zu lange ruhig zu sitzen. Als fühlte er sich besser, wenn er auf und ab laufen konnte. »Andere, die man schon aufgegeben hat, kämpfen sich zurück ins Leben. Es ist nicht nur der Körper, den man heilen muss.«

Er ließ sich ihr gegenüber auf den Stuhl fallen und stützte plötzlich den Kopf in die Hände. »Verzeiht, Jungfer Myntha. Ihr seid gewiss in der Hoffnung gekommen, mehr von mir zu erfahren als nur diese Dinge, die Ihr selbst schon wisst.«

Dass es nicht leicht sein würde, war ihr klar gewesen. Cedric trug noch schwer genug an seinem eigenen Verlust.

Myntha legte ihre Hand auf seine. »Kommt doch nachher zu Haros Fährhaus herüber. Agnes reist heute ab.« Ihm Hilfe anzubieten hätte wirklich bedeutet, ihre Nase zu sehr in seine Angelegenheiten zu stecken. Aber die Abreise würde ihn vielleicht auf andere Gedanken bringen.

Tatsächlich hellte sich Cedrics Miene auf. »Sie geht tatsächlich zurück nach Frankreich?«

»Ja. Sie wollen zur None aufbrechen.«

»Ich überlege es mir. Vielleicht fällt mir auch noch etwas ein, was wir für Frederic tun können.«

»Das wäre gut. Vielen Dank für den Most, Meister Cedric. Aber ich muss weiter, ich habe noch etwas zu erledigen. Und ich möchte den Rabenmeister nicht zu lange allein lassen.«

»Er kann sich glücklich schätzen, dass er in Euren Händen ist.« Cedric erhob sich ebenfalls und begleitete sie noch bis zur Haustür. »Er ist nicht leicht umzubringen«, sagte er, als sie schon den Strick löste, mit dem sie das Düwwelsbalch im Hof angebunden hatte. »Nicht mit Waffen. Aber Lucien hat genau gewusst, dass es etwas anderes gibt, das ihn töten kann. Er braucht etwas, wofür es sich zu leben lohnt.«

Das war Myntha doch genauso klar wie ihm. Warum nur sah er sie so vielsagend dabei an?

Sie ging noch bei einem der Holzschnitzer unweit der Kirche Sankt Ursula vorbei, um etwas abzuholen. Am Tag, als Lancelot de Malesdroit angekommen war, hatte sie es in Auftrag gegeben. Denn von dem Tag an war ihr klar gewesen, dass Agnes nicht mehr lange bleiben würde.

Meister Peter, der Handwerker, ließ sie ein und brachte sie in ein ruhigeres Hinterzimmer.

»Es ist sehr hübsch geworden«, sagte er und öffnete einen schweren Eichenschrank. »Reliquien der heiligen Ursula und ihrer elftausend Gefährtinnen bekommt man hier zuhauf. Kein Wunder, da man hier den Ort gefunden hat, wo sie nach ihrem Martyrium begraben wurden. Aber eine schöne Aufbewahrung dafür ist viel schwerer zu kaufen.«

Er holte etwas aus dem Schrank, das mit einem Tuch bedeckt war, und stellte es vor Myntha auf den Tisch.

»Ich habe die Büste nicht zu groß gemacht, damit sie auch eine Reise übersteht. Ihr sagtet ja, es könnte sein, dass sie versehentlich einmal eine Reise unternehmen könnte. Und sie ist klein genug« – er grinste verstohlen –, »dass man sie schnell in ein Tuch hüllen kann. Nur für den Fall, dass ein allzu eifriger Büttel das Gebot von Papst Bonifatius IX. zu genau nimmt, keine Ursula-Reliquien mehr auszuführen. Man findet diese Rheinmädel überall, wo die heilige Ursula verehrt wird. Aber Ihr sagtet mir, dass die edle Frau, für die es bestimmt ist, eine weitgereiste Pilgerin ist. Daher habe ich das Schiff hinzugefügt.«

Er hob das Tuch und zog es weg.

Myntha hielt den Atem an.

Vor ihr stand eine der Holzbüsten der Heiligen, wie man sie überall fand: die Büste eines jungen Mädchens mit offenem Haar. Lächelnd und fröhlich, wie die Heilige gewesen sein sollte, blickte sie Myntha an, umwallt von ihrem langen, welligen Haar. Aber am Fuß der Büste war ein kleines Schiff aus Holz angedeutet. Ruder schienen sich gleich bewegen zu wollen. Das fein geschliffene Eichenholz schimmerte warm und lag schmeichelnd in ihrer Hand. Auf dem kleinen Deck waren sogar menschliche Gestalten zu erkennen, angedeutet nur von dem

Künstler, doch eindeutig erkennbar: kleinere am Rand, und eine größere in der Mitte.

»Hier kann man es öffnen.«

Der Handwerker zeigte ihr, wo die kleine Reliquie in dem Schrein verborgen war.

»Das Schiff der heiligen Ursula und ihrer Gefährtinnen«, sagte Myntha bewundernd. »Es ist wunderschön.«

»Es erinnert uns daran, dass unser Leben eine Pilgerfahrt zu Gott ist, wie das der heiligen Ursula«, erwiderte Meister Peter weihevoll.

Myntha berührte das Reliquiar vorsichtig mit beiden Händen. Vor allem würde es an die lange Reise erinnern, die Agnes hierhergeführt hatte. An die Suche, die endlich ihr Ziel gefunden hatte. An die Menschen, die sie auf dieser langen Reise gefunden und zurückgelassen hatte. Und vielleicht auch daran, dass nicht jede Reise am Ende ihr Ziel fand.

»Das ist eine wunderschöne Arbeit. Ich danke Euch.«

Myntha wickelte das Reliquiar vorsichtig wieder in das Leintuch.

Der Herbst war vorangeschritten, dachte sie, als sie sich den Fluss entlang auf den Weg zu Haros Fährhaus machte. Die Heckenrosen waren überall bereits zurückgeschnitten worden und trugen rote Hagebutten. Sie hielt das Reliquiar fest an die Brust gedrückt. Und als sie das Fährhaus erreichte, fielen einige Blätter von den Bäumen am Ufer und wurden vom leichten Wind übers Wasser getrieben. Eines davon segelte in der Luft über den Wellen und senkte sich langsam herab. Wie ein winziges Boot schwamm es auf dem Wasser, wurde weitergetrieben wie das Schiff der elftausend Pilgerinnen. Auf der Reise, wo die Heilige im Traum ihr nahendes Martyrium gesehen hatte. Myntha hatte keine Erfahrung mit hellsichtigen Träumen. Aber was dieses Schiffchen auch der einen bescherte, für die es bestimmt war, sollte es nicht von Martern und Tod zu ihr sprechen, sondern von einer Reise. Von der Reise, die sie krank und verloren ins Fährhaus gebracht hatte. Von den vielen Malen, als sie über den Rhein gesetzt hatten, vom Leben mit Kähnen und Ferrern am großen Fluss weit weg von Malesdroit.

Etwas unsicher stand Reemt zur selben Zeit in Haros neuem Fährhaus, wo Agnes und Lancelot ihre Unterkunft genommen hatten. Es war ihm sichtlich unangenehm. Er wusste noch immer nicht recht, wie er mit der ehemaligen Pilgerin umgehen sollte, die jetzt auf einmal eine Gräfin war. Die ihn jetzt auch noch hatte rufen lassen wie eine edle Dame. Und ganz genauso sprach.

»Fährmeister Reemt, ich danke Euch für Euer Kommen. Bitte setzt Euch.«

Die Kammer war die größte im Fährhaus und bot Platz nicht nur für ein großes Bett, sondern auch für Bänke und Truhen. Die meisten davon waren gepackt und standen reisefertig bereit. Der Vorhang vor dem großen Bett an der Wand war zugezogen, durch das geöffnete kleine Fenster drang kühle Herbstluft herein, und Mäntel lagen quer über die Reisetruhen gebreitet. In Ermangelung eines Stuhls nahm der alte Fährmann auf einer davon Platz. Eine Truhe war allemal so bequem wie die Bank ihm gegenüber, wo Agnes mit ihrem Mann saß. Lancelot de

Malesdroit hatte sich sichtlich erholt. Man sah ihm an, dass er vor seiner Verletzung ein stattlicher Ritter gewesen sein musste. Jetzt trug er einen blauen, geschlitzten Surcot, und neben ihm lag ein pelzverbrämter Umhang und ein blauer Samthut. Sein dunkles, leicht gewelltes Haar glänzte, und seine Haltung war aufrecht wie die eines Edelmanns. Fast hätte man die Augenbinde übersehen können, die inzwischen durch eine aus feinem Tuch ersetzt worden war. Auch Agnes war wie verwandelt. Sie trug ein rotes Kleid, das ihre Haut strahlen ließ, und überhaupt hatte man das Gefühl, dass beide um zehn Jahre verjüngt waren. Lady Olivias Fürsorge hatte hier offenbar niemand vermisst.

Agnes wechselte ein paar Worte auf Französisch mit ihrem Mann, und er nickte. Reemt rutschte unbehaglich auf seiner Truhe hin und her. Die Sache hatte etwas Förmliches, mussten sie dafür ihn holen? Das konnte ein jüngerer Mann doch besser, das höfische Benehmen.

»Mein Gatte und ich haben lange darüber gesprochen, was nun geschehen soll«, begann Agnes. »Und mit seinem Einverständnis und auf seinen Wunsch hin möchte ich Euch um etwas bitten.«

Lancelot de Malesdroit musste viel erlebt haben auf seinen Irrfahrten, dachte Reemt neugierig. Er musste Agnes unbedingt noch ein paar Geschichten darüber entlocken.

»Wir werden bald nach Frankreich zurückkehren«, begann Agnes. »Es wird mir schwerfallen, Euch alle zurückzulassen. Aber mein Platz ist an der Seite meines Gatten, und Malesdroit ist mein Zuhause.«

»Wie schade!«, entfuhr es Reemt. »Wir werden Euch vermissen. Es gäbe noch so vieles zu erzählen.«

»Ja, Geschichten gibt es viele«, lachte Agnes. »Und Ihr werdet noch welche zu hören bekommen, ehe wir abreisen, das verspreche ich Euch: von den Irrfahrten des Ritters Lancelot de Malesdroit, wie sie am Rheinufer endeten, und von der glücklichen Vereinigung mit seinem Weib, von dem er so lange getrennt war. Doch ehe man eine Reise unternimmt, sollte man ablegen, was man nicht mehr benötigt.«

Reemt, der sofort anfing, von großen Aventiuren zu träumen, von Mauren und Sarazenen, von bemalten Völkern des Nordens, von Nixen und Baumgeistern, von Sümpfen und Nebeln und verwunschenen Inseln, von Schätzen und Burgen und edlen Damen, die erobert wurden, wurde von der Neugier in die getäfelte Kammer mit dem großen Bett und den vielen Truhen zurückgeholt.

»Es geht um das Rheingold«, sagte Agnes unumwunden. »Wir benötigen es nicht mehr. Und wir würden es gern Euch übergeben.«

Reemt van Huysen riss beide Augen auf, und die Truhe, auf der er saß, rutschte knarrend ein Stück nach hinten. »Das Rheingold? Mir?« Das legendenumwobene, sagenhafte Rheingold?

Agnes lachte. »Nicht das echte Rheingold der Sage. Ich spreche von der verlorenen Mitgift eines unglücklichen adligen Mädchens, das vor langer Zeit hier seinen Tod gefunden hat. Ich nenne es das Rheingold, weil es lange Zeit verschollen im Fluss lag, ehe man es wiederfand. Vermutlich, weil mir Eure Geschichten immer so gut gefallen haben. Wie auch immer, ich habe es damals, nun ja, geerbt. Und jetzt möchte ich es Myntha schenken.«

Und Reemt würde, so viel war sicher, darum in Kürze fast ebenso viele Legenden ranken wie um das Rheingold aus den alten Liedern.

Lancelot sagte etwas zu seiner Frau, und Agnes übersetzte. »Ihr sollt es aufbewahren und Myntha zur Mitgift geben.«

Lancelot ertastete die kleine, aber schwere Truhe und rückte sie in die Richtung von des Fährmeisters Stimme. Dann setzte er sich wieder zu seiner Frau.

»Aber ... das ist überaus großzügig«, brachte Reemt hervor. Normalerweise war er nicht gerade um Worte verlegen. Aber das Geschenk der Comtesse machte ihn sprachlos.

»Behaltet es vorerst für Euch«, erwiderte Agnes. »Es muss niemand davon erfahren. Sonst rennen Euch die heiratswilligen Junggesellen das Haus ein, und die arme Myntha wird nur noch mit dem Abwimmeln von Verehrern beschäftigt sein. Sprecht mit niemandem darüber, ehe sie nicht ihre Hand vergeben hat.«

»Aber es weiß doch niemand, ob Myntha überhaupt jemals heiraten wird. Sie zögert und zaudert, und jetzt, da sie endlich sogar zwei Bewerber hat, lässt sie alle beide warten. Sie wird als alte Jungfer sterben, Comtesse. Ich werde es nicht mehr erleben, dass mir von ihr noch Enkelkinder auf dem Schoß herumkrabbeln.«

Agnes übersetzte, und das feine Lächeln des Comte de Malesdroit verstärkte sich.

»Nun«, tröstete sie Reemt. »Nehmt das Gold allemal.

Ich bin recht zuversichtlich, dass Myntha Euch noch Enkelkinder bescheren wird, und vielleicht sogar schon bald. Der rechte Bewerber mag sich noch etwas zieren, aber so er sich endlich ein Herz fasst, sieht es nicht aus, als müsste er eine Abfuhr fürchten.«

Reemts Augen begannen vor Überraschung heftig zu zwinkern. »Der rechte Bewerber?«

Agnes und Lancelot lächelten einander zu. Und obwohl der blinde Ritter seine Gattin nicht sehen konnte, war es offensichtlich, dass er ihr Lächeln spürte. Und dass er trotz seiner Blindheit in der Angelegenheit um Mynthas Herz besser sah und mehr Geschichten darüber kannte als deren eigener Vater.

Als Myntha mit dem Reliquiar in Haros Haus ankam, herrschte schon rege Geschäftigkeit. Bilke hatte offenbar noch für ein Mahl für den Herrn von Malesdroit und seine Gattin gesorgt. Sie war mit der Köchin dabei, die Reste wegzuräumen und eine Magd anzuschreien, sie solle sich beim Abwaschen beeilen.

»Was ist denn in dich gefahren?«, fragte Myntha. »Ich dachte, ich bekomme bei dir noch schnell ein Schmalzbrot oder eine kalte Pastete, und jetzt ist hier ein Geschrei und Gezeter, als wäre unsere gute Lore noch unter uns.«

»Myntha! Gut, dass du kommst.« Bilke fuhr sich mit dem Ärmel über die verschwitzte Stirn und hielt sich ächzend den bereits leicht gewölbten Bauch. »Hier ist der Teufel los. Alle wollen sich von Agnes verabschieden, selbst die, die sie gar nicht gut behandelt oder kaum gekannt haben. Na, jetzt, wo sie eine Comtesse ist, hoffen sie wohl auf ein Abschiedsgeschenk in klingender Münze. Und natürlich nutzen alle die Gelegenheit, um auch gleich noch einen Happen umsonst zu essen und einen Becher Wein oder Most zu trinken. Ich habe Holunder, wenn wir schon dabei sind. Möchtest du probieren?«

»Nein, danke. Cedric hat mich schon bewirtet, es war nur ein Scherz mit der Pastete.«

»Gelobt sei die heilige Jungfrau! Kannst du mit anpacken?«

Gemeinsam hatten sie das schmutzige Geschirr schnell abgewaschen. Die Spieße standen wieder ordentlich seitlich des großen Ofenlochs. Die kupfernen Töpfe waren gestapelt und die Ketten, mit denen man sie übers Feuer hängte, baumelten an ihren Haken. Bretter und Teller standen in Reih und Glied auf dem Bord, und die Becher würden die Köchin und das Mädchen allein schaffen.

Bilke wollte gerade aufatmen, als Myntha einen kleinen Schrei ausstieß.

»Was ist denn jetzt schon wieder – oh nein! Das war der neue Kater!« Angeekelt betrachtete sie die tote Maus, die säuberlich auf der Schwelle der Küche drapiert war.

Myntha lachte. »Er hat dir sein Antrittsgeschenk gemacht. Freu dich!«

»Und wie. Ich wusste noch nicht, was ich zum Abendbrot servieren soll, aber die kommt gleich in den Topf!«, erwiderte Bilke und schnitt eine Grimasse. Dann packte sie die Maus am Schwanz und trug sie hinaus, um sie auf den Misthaufen zu werfen.

Als sie zurückkam, hatte sie endlich Zeit, das Reliquiar zu bewundern. »Was für eine schöne Arbeit«, sagte sie seufzend. »Im Beginenhaus haben wir auch hin und wieder Reliquiare hergestellt, aber aus Golddraht und künstlichen Blumen. Ich habe mir nur immer die Geschichten von den Paradiesgärten angehört und bloß gedacht, dass die Männer darin fehlen. Oh, warum muss Agnes nur so schnell abreisen!«

»Ihr Zuhause ist seit Jahren verwaist und ohne Herrn. Ihre Kinder fehlen ihr. Und Lancelot hat sicher nicht nur Sehnsucht, sondern sorgt sich auch, dass sich inzwischen neue Herren dort angesiedelt haben könnten. Aber du hast recht. Mir kommt es auch vor, als hätte ich gar keine Zeit gehabt, mich auf den Abschied vorzubereiten.«

Es hatte zu nieseln begonnen, als Agnes und Lancelot ihr Gepäck aufladen ließen. Haro und seine Fährknechte hatten alle Hände voll zu tun, bis sämtliche Kisten auf den Lasttieren verstaut waren. Hühner liefen aufgeregt gackernd zwischen ihren Beinen herum. Es gab allgemeines Gelächter, als Bauer Egbert über eines davon stolperte und samt seiner Kiste bäuchlings im Dreck landete.

Publikum hatte er genug. Die Bewohner beider Fährhäuser und noch mehr Volks hatte sich eingefunden, um die ehemalige Pilgerin zu verabschieden. Ellen schluchzte und drückte Agnes an ihren üppigen Busen, und vor lauter Rührung umarmte sie auch gleich noch Lancelot, der darob ein wenig überrascht schien. Allerdings besaß er viel zu gute Manieren, um sie wegzuschieben, und so ließ er sie gewähren und nickte ihr nur freundlich zu. Reemt küsste der Comtesse formvollendet die Hand und versprach, ein Geheimnis zu bewahren – welches das war, würde Myntha schon noch aus ihm herausbekommen. Witold und Haro nickten den Scheidenden nur wortlos zu, und Bilke hatte einen Proviantkorb vorbereitet.

»Nun ist es also so weit«, sagte Myntha, als sie Agnes gegenüberstand. »Es ging alles so schnell.«

»Ja, das ist wahr. Zuerst kam es mir wie eine Ewigkeit vor, die ich nichts von Lancelot hörte. Irgendwann wagte ich kaum noch darauf zu hoffen. Und dann steht er auf einmal bei euch vor der Tür!«

»Du wirst mir fehlen, aber ich freue mich für dich. Nicht jedes Paar, das so lange getrennt war, findet so schnell wieder zusammen.«

Agnes zwinkerte ihr verstohlen zu. »Darauf kommt es schließlich an in einer Ehe. Auf das Zusammenfinden. Selbst durch den Mantel der Dunkelheit, den das Schicksal dem einen oder anderen auferlegt haben mag.«

Sie drückte Mynthas Hand, ehe die sich fragen konnte, ob in ihren Worten eine verborgene Anspielung gelegen hatte. »Ich werde dich vermissen. Ich danke dir für alles.«

»Das musst du nicht, das weißt du.«

Malesdroit war fast am Ende der Welt. Ob sie sich je wiedersehen würden?

»Ich habe hier etwas für dich«, sagte Myntha, ehe die Traurigkeit ihr Tränen in die Augen treiben konnte. Sie hob das kleine Sankt-Ursula-Reliquiar, wickelte das Leinentuch ab und drückte es Agnes in die Hand. »Ich hoffe, es beschützt dich. Und erinnert dich ab und zu an mich und an das Fährhaus.«

»Die heilige Ursula und das Boot der elftausend Jungfrauen.« Agnes betrachtete das zwei gute Handbreit hohe Reliquiar. Sie berührte die zarte Rundung der Locken, den kleinen Mund, das Boot, das fein wie gemalt geschnitzt war. Die angedeuteten Figürchen auf dem schmalen Deck, dazwischen die eine, größere, welche die Heilige darstellte. Ihre Lippen bebten, und jetzt kamen doch noch Tränen. Sie umarmte Myntha heftig.

Myntha drückte sie fest an sich, auch sie fühlte sich so bewegt, dass sie nicht anders konnte. »Ich wünsche dir Glück!«, flüsterte sie. Dann wischte sie die Tränen ab und schubste Agnes zu ihrem Maultier, wo ihr Gatte schon wartete.

Als die Reiter und ihre Packtiere sich in Bewegung setzten, winkte sie ihnen mit den anderen nach. Aber als Einzige sah sie ihnen nach, bis sie am Ende der Gasse verschwunden waren. Seufzend wandte sie sich zum Ufer, wo die Fähre gleich ablegen würde, und legte den Schleier, der locker auf ihren Schultern gelegen hatte, über den Kopf. Einmal gab sie der Versuchung nach, ein braunes Blatt aufs Wasser segeln zu lassen und mit den Augen zu verfolgen, bis es zwischen den Wellen verschwand. Ohne Agnes würde ihr das Leben eintöniger vorkommen. Sie würde sie vermissen, sosehr sie ihr auch gönnte, dass sie endlich ihren Mann wiederhatte. Hoffentlich würden sie glücklich sein.

Ihr selbst war ein solches Glück vermutlich nicht vergönnt.

Haro setzte die Freunde und Schaulustigen, die nach Mülheim wollten, mit der Nachmittagsfähre über. Der leichte Regen machte keine Anstalten, schwächer zu werden. Trotzdem waren es dieses Mal so viele Fahrgäste, dass Witold vermutlich nachher gleich noch eine Fahrt übernehmen konnte. Reemt hatte eine in Leintücher gewickelte Kiste bei sich, zu deren Inhalt er auch auf mehrfaches Nachfragen nichts sagen wollte. Er faselte nur etwas von Nixen und Zwergen und dass es wichtig sei. Myntha zuckte die Achseln. Neuerdings schien er sich in Geheimniskrämerei zu ergehen, aber so wie sie ihren Vater kannte, würde er nichts lange für sich behalten können. Früher oder später würde er, mit einigen Legenden umrankt, erzählen, was es damit auf sich hatte.

Als sie das Fährhaus erreichten, war im Hof einiges los. Reitknechte rannten hin und her, Geschirr klirrte, Pferde wurden in den Stall geführt und abgesattelt. Sie trugen blaue Schabracken mit weißen Rosen. Überrascht zog Myntha trotz des Regens den Schleier ein Stück weit vom Kopf.

»Das sind ja die Farben des Herrn von Odenhausen!«

Es war tatsächlich Johannes von Odenhausen selbst, der gerade aus dem Sattel sprang.

»Herr Reemt, auf ein Wort!«

Mynthas Vater, der mit seinem Bündel gerade von der Fähre an Land stieg, blieb wie vom Donner gerührt stehen.

»Gut, dass ich Euch hier antreffe«, begrüßte ihn Johannes von Odenhausen. »Wollt Ihr mich einen Augenblick ins Trockene begleiten?«

Reemt sah seine Tochter an. Ellen begann breit zu grinsen. Dann zog sie Myntha am Ärmel. »Komm rein ins Haus«, meinte sie. »Das sieht mir aus, als wäre es eine Männerangelegenheit.«

»Aber er ist womöglich meinetwegen hier«, widersprach Myntha.

»Eben.« Ellen zog sie ins Fährhaus. Vorhin beim Abschied hatte sie es gar nicht so gemerkt, aber der November nahte unübersehbar. Myntha war nicht böse, ins Trockene zu kommen, ehe sie ein Tropfen im Gesicht traf, aber auch beunruhigt.

Ellen zog sie in die Küche.

»Kommt, wir wärmen die Hühnerpasteten auf. So ein edler Herr muss standesgemäß bedient werden. Und ich werde ihm einen Krug von dem Burgunder bringen.«

Myntha überließ es Ellen, für Speis und Trank zu sorgen, und verschwand im Durchgang, von wo aus sie in die Gaststube sehen konnte. In der Gaststube kam Reemt in ihr Blickfeld, dann der Herr von Odenhausen, der seinen langen Reitermantel ausschüttelte und an den Haken hängte. Beide Männer nahmen an einem der Tische Platz.

»Herr Reemt, es wird Euch bekannt sein, dass ich Eure Tochter Myntha mit wohlwollenden Blicken betrachte«, begann Johannes von Odenhausen.

Er hält um mich an!, dachte Myntha. Sie wusste nicht, ob sie lachen oder weinen sollte. Johannes von Odenhausen war ein ansehnlicher Mann und eine gute Partie. Sicher, er lebte ein gutes Stück von Mülheim entfernt. Aber für die wenigsten Jungfern wäre das ein Grund gewesen, eine solche Partie abzulehnen. Erst recht nicht, wenn sie wie sie in einem Alter waren, in dem ein guter Bewerber keine Selbstverständlichkeit mehr war.

Warum nur machte sie der Gedanke trotzdem so bedrückt?

Erwartungsgemäß dauerte es nicht lange, bis Ellen, von Neugier geplagt, hinter ihr erschien. Sie hielt ein Tablett mit vermutlich unzureichend aufgewärmten Pasteten, einem Krug Wein und zwei Bechern in Händen. Dachte aber nicht daran, alles in die Gaststube zu bringen, sondern blieb neben Myntha stehen, um zu hören, was die Männer zu besprechen hatten.

»Ich glaube, mein Gefühl täuscht mich nicht, wenn ich sage, dass auch Myntha mir wohlgesinnt ist«, fuhr Johannes von Odenhausen fort, als der alte Fährmann nichts erwiderte. »Kurz, ich möchte sie zur Frau nehmen. Und ich bitte Euch, ehrwürdiger Reemt van Huysen, um Euren Segen dazu.«

»Heilige Muttergottes!«, quiekte Ellen unterdrückt.

Sie sah Myntha an. »Ihr scheint Euch gar nicht zu freuen!«

Reemt schien zu überlegen. Er wollte etwas sagen, unterbrach sich aber dann mit einem Blick nach oben, zur Treppe nach den Kammern.

»Herr Johannes, Euer Anliegen ehrt mich sehr«, sagte er dann bedächtig. »Und meine Tochter ebenso. Seid versichert, dass sie gut weiß, wie erstrebenswert ein solcher Antrag von einem Mann wie Euch ist.«

Johannes von Odenhausen lächelte zufrieden. »Ihr gebt mir also Euren Segen?«

»Nein«, erwiderte Reemt.

Myntha riss die Augen auf.

Ellen starrte sie an. »Nein?«, zischelte sie. »Hat der Mann einen feuchten Hut auf?«

»Nein?«, wiederholte Odenhausen ungläubig.

»Verzeiht mir, edler Herr«, sagte Reemt. »Aber ich muss Euer Anliegen abschlagen. Es ist außergewöhnlich großzügig von Euch, eine Fährmannstochter als Gattin in Betracht zu ziehen. Ich fühle mich durch Euer Ansinnen geehrt, und Myntha wird das ebenso empfinden. Doch es ist so ...« er zögerte. »Es gibt da einen wünschenswerteren Bewerber in den Augen meiner Tochter.«

Ellen riss die Augen auf und sah Myntha giftig an. »Von wem redet er da bloß? Von Rickel, dem einäugigen Müller?«

29. Kapitel

Die Lagune lag im Nebel.

Der Atem der Tiere dampfte in der Kälte, als sich die Reisenden dem Wasser näherten. Ganz plötzlich hatte die flache, immer wieder von einzelnen Zypressen und Pappeln durchbrochene Landschaft sich verändert. Als sie den letzten Deich überschritten, war das Gras plötzlich rotbraunem Sumpfschilf gewichen. Der Boden war weich, und überall verrieten salzige Tümpel die Nähe der Lagune von Venedig.

Hennings Blick verlor sich in der zartgrauen Weite. Im Nebel wirkte es, als würde die Straße ins Meer und ins Nirgendwo führen. Dennoch war ihm die Landschaft so vertraut.

Es war die ganzen letzten Tage, seit sie endlich aus den Bergen herausgekommen waren, neblig und feucht gewesen. Ganz plötzlich waren die schroffen Felsgipfel niedrigeren, bewaldeten Hügeln gewichen, auf denen eine erste Zypresse das Ende des Gebirges ankündigte. Emery hatte sie angestarrt wie ein Wunderwerk und saugte mit offenem Mund die fremden Bilder auf. Der Boden schien zu dampfen, und nur die geraden Linien der Kirchtürme, die in regelmäßigen Abständen aus der flachen Landschaft ragten, und die quadratischen Häuser mit ihren Arkaden und flachen Dächern verrieten, dass sie in Italien waren. Kanäle und kleine Flüsse durchzogen das Land. Längst hatten sie die Waren wieder auf Karren umgeladen, und die Treiber sprachen die lang gezogenen Dialekte Norditaliens. Bisweilen lag eine festungsartige Abtei an der Straße und bot ihnen Unterkunft, feine Fischgerichte und perlenden blassgoldenen Wein. Von den Wundern Venedigs war hier noch nichts zu erkennen, im Gegenteil. Das Dorf, das sie gerade durchquert hatten, war ein reines Inferno von wilden Gesellen, die im günstigsten Fall Seeleute, allem Anschein jedoch aber zu einem guten Teil auch eine Art Sumpfpiraten aus aller Herren Länder waren.

»Habt noch etwas Geduld, der Nebel wird sich lichten«, meinte Herr Marian, der sein Pferd neben Hennings lenkte. »Wir steigen jetzt um auf das Boot. Die Waren lassen wir direkt in den Fondaco dei Tedeschi bringen.«

»Was für ein Wetter«, meinte Henning. Aber es war nicht nur das, was ihm die Ankunft in Venedig so trist erscheinen ließ. Riccarda lächelte ihm zu, und er lächelte verstohlen zurück. Hier würden sich ihre Wege also trennen. Kaum zu glauben, dass es ihm so schwerfiel.

Sie verluden die Waren auf mehrere große Frachtkähne. Schwitzende und brüllende Träger, das aufgeregte Wiehern der Pferde, die hier zurückblieben, und der Gestank nach Fisch, der überall aus den Poren des morschen Gefährts zu dringen schien, trugen auch nicht zur Besserung von Hennings Laune bei.

Als ihm endlich der frische Seewind um die Nase pfiff,

wurde ihm etwas leichter zumute. Riccarda und ihre Amme hatten sich eng in die Umhänge gewickelt. Emery duckte sich ängstlich ins Boot und hielt sich mit bleichen Knöcheln am Rumpf fest. Auch dieses Boot knirschte immer verdächtig und schwankte angsterregend. Henning hatte den Seegang auf der Lagune ruhiger in Erinnerung. Aber vielleicht lag es auch daran, dass das Boot so niedrig war. Er spürte jede Welle.

»Wir fahren durch den Canal Grande«, erklärte Marian dem Jungen, der mit offenem Mund nach allen Seiten blickte. »Der wichtigste Weg durch die Stadt. Ich muss alle Waren im Fondaco abliefern. Eigentlich müsste ich auch dort wohnen wie alle deutschen Kaufleute. Aber dank meiner guten Beziehungen darf ich mein Bett ab morgen im eigenen Haus aufstellen.«

»Wie habt Ihr das eigentlich geschafft?«, fragte Henning. »Meine Mutter sagte immer, sogar die Bootsführer haben Anweisung, Fremde immer direkt zum Handelshaus zu bringen, damit sie auf gar keinen Fall woanders Quartier nehmen und Geschäfte machen.«

Marian lachte. »Ja, das stimmt. Ich verdanke es Gislindis, meinem Weib. Sie hat sich im Fondaco dei Tedeschi nie so recht wohlgefühlt. Und eines Tages schloss sie Bekanntschaft mit der Gemahlin eines Handelspartners, eines reichen Patriziers aus dem Hause der Contarini. Sie las ihr die Zukunft und tauschte ein paar Scherze aus und sprach mit ihr über der Himmel weiß was. Und wenig später bot uns ihr Mann an, ein Haus außerhalb der Stadt zu beziehen. Streng genommen gehört es ihm, und wenn ich ihm ab und zu ein paar Sonderwünsche statt eines Pachtzinses erfülle, wer sieht schon so genau hin?«

»Von wo aus Ihr mit dem Boot schnell in der Stadt sein könnt. Und, falls es einmal spät wird, natürlich trotzdem jederzeit im Fondaco übernachten könnt«, vollendete Henning. »Euer Weib scheint mir an Gerissenheit den Händlern nicht nachzustehen.«

»Ja, sie ist einzigartig.« Marians verstohlenes Lächeln verriet, dass er darauf stolz war. »Aber wie ich sie kenne, wird sie uns keine Ruhe lassen, ehe wir nicht ein Haus in Venedig selbst beziehen können. Und damit wird sich der Senat abfinden müssen und auch der Doge höchstselbst.«

Eine bleiche Sonne drang auf einmal durch den Nebel. Und wie aus dem Nichts tauchten schemenhaft pastellfarbene Häuser aus dem Wasser.

Henning hielt den Atem an. Er hatte fast vergessen, wie verzaubert die Stadt im Herbst wirkte. Die Häuser schienen direkt aus dem Wasser zu wachsen.

Die Bauwerke rechts und links rückten dichter zusammen. Putz blätterte von den Wänden. Überall vor den Eingängen ragten mit Algen bewachsene Pfosten aus dem Wasser. An den Seiten mündeten plötzlich kleine und große Kanäle in die breite Wasserstraße, auf der sie fuhren. Und auf einmal war das Boot umgeben von unzähligen kleinen Gondeln, deren Ruderer und Insassen brüllten und schrien und sich in ihrem klangvollen Dialekt Scherze und Angebote zuriefen. Manche kamen ganz nah an das Warenschiff heran, klammerten sich unten fest und riefen hinauf.

»*Nun cumprennu nu' cazzu!*«, fauchte Riccarda in ihrem derben Dialekt, als einer so gar nicht lockerließ.

»Ja, Jungfer, es ist kein Wunder, dass Ihr nichts versteht«, lachte Marian. »Obwohl Ihr Euch etwas eleganter ausdrücken solltet. Es könnte nämlich sein, dass man Euch umgekehrt sehr wohl versteht. Und wir wollen doch nicht, dass jemand das Falsche von Euch denkt. Nicht dass man Euch noch ins Kloster steckt, um die öffentliche Moral zu wahren.«

Riccarda riss die Augen auf und schloss dann den Mund so fest, dass nur noch ein Strich zu sehen war. Marian konnte nicht wissen, wie sehr sie genau das fürchtete. Und jetzt, da sie dem Ziel ihrer Reise so nahe war, wirkte sie auch ohne seine Bemerkung ungewohnt eingeschüchtert.

»Ach was«, versuchte Henning sie zu trösten. »Davor könnt Ihr Euch ganz leicht schützen. Sagt einfach noch ein paar Unflätigkeiten, dann wollen Euch selbst die Nonnen nicht mehr haben.«

Riccarda musste tatsächlich ein klein wenig lachen. Und Henning fühlte sich auf einmal sehr männlich.

Entlang der breiten Wasserstraße wurden die Häuser größer. Manche hatten Bögen und prunkvolle steinerne Sockel, andere nur kleine höhlenartige Zugänge für kleine Boote. Die Paläste waren teils zartgrau, teils mit demselben pastellfarbenen Putz gestrichen wie die einfachen Häuser. Manche hatten nur wenige Spitzbogenfenster, andere ganze Fronten. Das zarte Licht, das nun immer stärker wurde, tauchte sie in einen unwirklichen Schimmer. Sie fuhren daran vorbei wie auf einer Straße.

Jetzt machte sie einen weiten Bogen. Henning verschlug es den Atem.

Vor ihnen lag eine Brücke, ohne Stützpfeiler waghalsig über diese breite Wasserstraße gebaut. Darauf tummelten sich Läden. Als wäre es gestern gewesen, sah er sich als kleinen Jungen an der Hand seiner Mutter über diese Brücke gehen, während sie nach Schmuck Ausschau hielt.

»Der Rialto«, sagte Marian mit hörbarer Erleichterung. »Endlich. Nun müssen wir nur noch ausladen, und dann geht es nach Hause.«

Der Fondaco dei Tedeschi lag nicht weit vom Rialto, ein großes Steingebäude mit einem Bogengang am Wasser. Mit offenem Mund starrte Emery auf die insgesamt vier Stockwerke, die sich hier übereinandertürmten. Oben auf dem flachen Dach ragten zinnenartig Verzierungen in den Himmel, viel feiner und filigraner, als man es im Norden je sah.

»Die Burg ist aus Marzipan!«, schrie der Junge überwältigt.

»Es ist keine Burg, sondern ein Handelshaus«, erklärte Henning. »Und es ist auch nicht aus Marzipan, sondern aus Stein. Wirst sehen, wir gehen gleich hinein. Aber bleib besser bei mir oder Herrn Marian. Hier kann ein Junge leicht verloren gehen, auch wenn dein Rotschopf schwer zu übersehen ist.«

»Diese Handelsleute müssen viel mächtiger sein als Ritter. Sieh dir nur ihr Haus an! Kein Ritter hat so eines.«

Da war etwas dran.

Sie legten unter den Arkaden an den steinernen Stufen an. Sofort scharten sich Tagelöhner um sie, die ihre Hilfe beim Abladen anboten, und Marian war damit beschäftigt, allzu eifrige Hände von seinen Ballen fernzuhalten.

Henning half beim Beaufsichtigen, wurde aber bald von Marian zu Emery und Riccarda geschickt. »Das fehlt mir gerade noch, dass einer der beiden Ausreißer sich noch im letzten Moment auf und davon macht. Zeig ihnen die Waren im Innenhof, das wird sie beschäftigen.«

Henning hatte in dieser Hinsicht nicht so große Befürchtungen, denn nicht nur Riccarda, auch der Junge war spätestens seit dem Abenteuer auf dem Pass ungewöhnlich handzahm gewesen. Riccarda hatte ihr Wort gehalten, das war mehr, als er ihr zugetraut hätte. Und Emery hatte der nahe Tod im Eis wohl eine Lektion erteilt, die seinen Übermut noch eine Weile zu dämpfen vermochte.

Bereitwillig folgten sie ihm in den großen Innenhof. Vier Stockwerke hoch schichtete sich Bogengang auf Bogengang. Schlanke Säulen trugen elegant geschwungene Rundbögen in Reih und Glied nebeneinander bis in schwindelerregende Höhen. Und in jedem davon fanden Geschäfte statt, wurde Handel geschlossen oder aufgelöst, Waren hin- und hergetragen. Marians eigene Knechte stapften, blind für das Wunder, schwitzend und keuchend hinter ihnen vorbei.

»Das ist ein Dom«, sagte Riccarda bewundernd.

»Ein Dom des Geschäfts, ja.« Henning fühlte so etwas wie Stolz. Stolz, ihr seine Heimatstadt zu zeigen. Stolz, dass es diese in aller Welt berühmte Stadt war. Und sonderbarerweise auch ein wenig Stolz, dass diese Stadt einen Dom des Handels gebaut hatte.

»Mein Großvater, der Doge Michele Steno, stammt aus einer alten Familie vornehmer Kaufleute und Seefahrer. Er war Admiral, ehe er zum Dogen gewählt wurde, also zum Herzog von Venedig.«

»Er wurde gewählt wie ein König?«, fragte Emery ehrfürchtig.

»Ja, und er war ein guter Herrscher, der unsere Macht ausgedehnt und der Stadt Wohlstand gebracht hat«, versicherte Henning augenzwinkernd. »Sagt zumindest meine Mutter, aber die ist ja auch seine Tochter.«

Es machte ihm Spaß, mit seinen beiden Zuhörern durch den Hof und die unteren Arkadengänge zu streifen. Riccarda entrang sich der eine oder andere entzückte Ausruf, als sie die kostbaren Tuche und Seidenstoffe bewunderte: Brokat mit Goldfäden, bestickte Bänder und sogar Gewürze aus dem Orient. In großen Säcken lagen da unvorstellbare Mengen schwarzer, scharf riechender Pfefferkörner, brauner, süß duftender Zimtstangen, runder Muskatnüsse und betörenden Geruch verströmender Nelken. Allein die Gewürze mussten ein Vermögen wert sein. Köstlichkeiten Italiens wie Feigen, Mandeln, Zitronen, Olivenöl und Wein warteten auf Käufer. Sie bewunderten Korallen, Perlen und bunte Edelsteine und Glas aus Murano, das aus den Werkstätten von Elfen zu kommen schien und in tausend Farben strahlte und glänzte, als wäre es selbst aus Edelsteinen.

Henning genoss den Gang mehr, als er erwartet hatte.

Er hätte noch Stunden durch die Arkaden streifen können, aber Marian rief zum Essen.

»Wir nehmen an der ersten und wichtigsten Tafel Platz«, teilte er mit. »Sie heißt Nürnberger Tafel, aber hier speisen auch die Kaufleute aus Köln, Worms, Speyer und anderen bedeutenden Städten. Nehmt es mir also nicht übel, wenn ich ein paar Kontakte knüpfe. Ihr habt ja Henning.«

»Gibt es auch eine zweite Tafel?«, fragte Emery.

»Gibt es. Sie nennt sich Regensburger Tafel. Dort speisen auch die Augsburger, Konstanzer, Wiener und andere. Nun kommt, mir knurrt der Magen, dass ich einen ganzen Ochsen verschlingen könnte. Bis wir fertig sind, müsste auch das Boot für Riccarda hier sein. Ich setze Euch jedenfalls nicht zu einem zweifelhaften Gondoliere in die Barke«, versicherte er dem Mädchen, »sondern habe Eurer Mutter einen Boten geschickt. Sie wird Euch abholen lassen.« Und er hätte eine Sorge weniger.

Während des Essens wurde Riccarda immer einsilbiger. Gegen ihre Gewohnheit rührte sie kaum etwas an, obwohl es feines Hühnerfleisch in Mandelmilch gab, das wunderbar duftete, und Pasteten mit Rebhuhn wie in einem adligen Haus, und zum Nachtisch italienische Süßigkeiten mit Mandeln und Honig und kandierten Früchten.

Henning erbot sich freiwillig, Riccarda schon zu den Arkaden hinabzubringen und mit ihr dort auf das Boot zu warten. Marian, der sich angeregt mit einem Kaufmann aus Nürnberg unterhielt, war darüber ebenso dank-

bar wie Emery, der schon zum dritten Mal auf das Tablett
mit den Süßigkeiten langte.

»Nun ist es also so weit.«

Riccarda sah hinreißender aus denn je. Sie trug wieder
das rote Kleid mit dem Samtbesatz, und ihr schwarzes
Haar war mit einem Netz bedeckt. Sie wollte sichtlich
den besten Eindruck machen. Nur ihre dunklen Augen
wirkten traurig. Sie sah auf den Canal Grande zum Rialto
hinunter, wo Gondeln und Handelsboote auf den Wellen
schwankten.

»Ihr seht zauberhaft aus«, versuchte Henning sie auf-
zuheitern.

Aber Riccarda erwiderte nur: »Was bedeutet das
schon?«

Henning wusste nicht recht, was er sagen sollte. Auch
wenn man ihm höfisches Benehmen beigebracht hatte,
hatte er nicht viel Erfahrung im Umgang mit Frauen. Die
letzten Jahre hatte er fast nur mit Männern gelebt. Eigentlich hatte er gedacht, dass ein Lob für ihr Aussehen
jede Frau glücklich machte.

Und ausgerechnet Riccarda, die die ganze Reise lang
kokettiert und ganz genau gewusst hatte, wie sie ihre
Reize einsetzen musste, um zu bekommen, was sie
wollte – ausgerechnet diese Riccarda sollte jetzt nichts
auf Äußerlichkeiten geben?

Sie bemerkte sein Stutzen und lachte bitter. »Es ist
nützlich, wenn man etwas erreichen will. Aber es gibt
eben Dinge, die man auch damit nicht erreichen kann. –
Was seht Ihr mich so an?«

»Oh, nichts. Bisher hatte ich nur immer angenommen, dass Ziele etwas für Männer sind.«

»Glaubt Ihr, wir haben keine Träume? Glaubt Ihr, wir hoffen auf nichts?«

Henning hatte Angst, das Falsche zu sagen. Vorsichtshalber starrte er wortlos auf den Kanal.

»Ist schon gut, lassen wir das«, meinte Riccarda. »Besucht Ihr mich, wenn ich im Kloster an Langeweile sterbe?«

»Ihr werdet nicht ins Kloster gehen. Ich bin sicher, Eure Mutter wird alles dafür tun, dass Ihr glücklich werdet. Sie wird bezaubert sein.«

Ein kleines, unsicheres Lächeln huschte über Riccardas Gesicht. »Bezaubert von einem Bastard? Von der Erinnerung an ihren Fehltritt?«

»Bezaubert vielleicht von der Erinnerung an eine Liebe, die nicht sein durfte.«

Riccarda sah ihn einen Moment mit einem so verletzlichen Blick an, dass ihm ganz warm wurde.

Donna Augusta, die ganz vorn am Wasser Ausschau hielt, winkte. Das Boot war da.

»Ich muss gehen«, sagte Riccarda. »Meine Mutter erwartet mich. Lebt wohl ... Herr Ritter Henning.« Und dann nahm sie seine Hände und hauchte einen Kuss auf seine Wange.

Marians Haus lag südlich von Venedig in einem Ort namens Chioggia. Der schnellste Weg führte wieder über die Lagune. Allmählich bekam man das Gefühl, dass einem Flossen zu wachsen begannen, dachte Henning. Als

Kind hatte er das manchmal gedacht, wenn er in Venedig bei seinem Großvater gewesen war.

»Seit den Kriegen gegen die Genueser ist der Ort Venedig eng verbunden«, erklärte Marian. »Es ist für mich wie für meine Geschäftspartner eine gute Lösung, wenn ich hier wohne. Da vorne ist es.«

Das Haus selbst war rot verputzt. Von unten wirkte es beinahe abweisend, es gab nur ein paar einzelne Fenster in den oberen Stockwerken. Unten konnten Gondeln durch zwei runde Bögen ins Innere des Hauses fahren.

»Wir fahren in das Haus hinein!«, rief Emery begeistert. Er sprang als Erster vom Boot. Aber dann wartete er doch beinahe ein wenig schüchtern, bis Herr Marian ihn an der Hand nahm und die Treppe zu den Wohnräumen hinaufstieg.

Oben hörten sie einen kleinen Schrei, als sie die Treppe heraufkamen. Eine lebhafte Person stürzte ihnen entgegen in Marians Arme und begann ihn vor allen seinen Begleitern herzlich zu liebkosen.

»Mein Schöner, endlich, ich habe schon seit gestern gewartet! Komm herein, ich habe eine Pastete aus Lagunenfischen und frischem Rosmarinbrot, kannst du es riechen? Oh, meiner Treu, du siehst stattlich aus!«

»Weib, du erschreckst unsere Gäste!« Lachend befreite sich Marian aus dem Griff der Frau, die durch ihre Lebhaftigkeit und ihren Redefluss auf den ersten Blick jünger wirkte, als sie vermutlich war. Dunkle Locken, die unter einer eleganten Samthaube hervorlugten, und Augen, deren Farbe merkwürdig schillerte, nicht blau, nicht grün, nicht grau. Jetzt zeigten sich auch ein Mädchen etwa in

Leanders Alter und zwei kleinere Kinder, die schüchterner als die Mutter in der Tür stehen blieben.

»Willkommen in meinem Haus, junge Herren. Dies sind mein Weib Gislindis und meine anderen Kinder: Maria, meine Älteste, Albertus und Helena.«

Emery fühlte sich vom ersten Moment an sichtlich wohl in dem roten Haus, das an einem kleinen Kanal gelegen war. Der Junge war völlig verwandelt, geradezu bezaubert. Gegenüber den Kindern der Hausherrin verhielt er sich höflich und zuvorkommend. Tatsächlich hatte er mit dem kleinen Jungen, Albertus, noch kein einziges Mal gerauft. Und das jüngere der beiden Mädchen, die achtjährige Helena, betrachtete er mit einer Scheu, die man die ganze lange Reise nie bei ihm gesehen hatte.

Nur Henning war unruhig.

In wenigen Tagen wollte er zum Gut seiner Eltern aufbrechen, um endlich seine Mutter zu sehen. Doch mit der Zeit bis dahin konnte er nichts anfangen. Tagelang strich er um die ummauerten Spitzbogenfenster im ersten Stock. Vom *Piano Nobile*, dem oberen Stockwerk aus konnte er auf den Kanal sehen. Wenn er den Kopf ein wenig reckte, erblickte er in der Ferne auf der schimmernden Fläche der Lagune den Glockenturm des Markusdoms in Venedig. Fern wie eine verwunschene Insel im Nebel lag die Stadt mit ihren Türmen und Kuppeln. Er starrte hinüber, ohne so recht zu wissen, wonach er suchte.

Dann wieder hockte er im untersten Geschoss auf den steinernen Stufen, die zum Wasser und den beiden

Gondeln führten. Lauschte auf das Knirschen, wenn sie sich im Wasser bewegten und aneinandergetrieben wurden. Starrte auf das schwarze Wasser, das an den Stufen leckte, auf die Algen, die sich im Wellengang bewegten und ihren Geruch verströmten. Den Geruch der Lagune, an den er sich seit seiner Kindheit erinnerte. Und auf die Sonnenstrahlen, die ab und zu durch die niedrigen Bögen hereinfielen, sich im Wasser brachen und funkelnd wie Diamanten an das niedrige Deckengewölbe geworfen wurden.

»Wie wäre es als Nächstes mit der Küche?«, zog Gislindis ihn scherzhaft auf, als sie ihn fand. »Dann könntet Ihr mir wenigstens schnell noch ein Rosmarinbrot mit Oliven belegen.«

Henning seufzte.

Gislindis sah ihn mitleidig an. »Was ist denn, mein Junge? Seit Tagen streicht Ihr durch alle Winkel des Hauses. Meiner Treu, ich bin geneigt, einen Besen zu fressen, wenn Euch nicht jemand das Herz gebrochen hat. Und dazu muss ich nicht einmal aus Eurer Hand lesen. Das lese ich aus Euren Blicken und Eurem Seufzen und Ächzen. Ihr seht aus wie ein Mann, der zwischen zwei Bratpfannen geröstet wird.«

Henning schüttelte nur den Kopf und starrte an die gewölbte steinerne Decke, wo helle Lichtflecken im Rhythmus der Wellen tanzten.

Gislindis vermied die Algen auf den Stufen und stieg in die eine Gondel. Vorsichtig, um sich die Schuhe nicht zu beschmutzen, ging sie zur Bank in der Mitte des schmalen Boots und setzte sich.

»Nun?«

Hennings Versuche, seinen Verlust mit männlicher Standhaftigkeit zu ertragen, verloren den Kampf gegen die Aussicht auf eine verständnisvolle erfahrene Zuhörerin. Gislindis klopfte neben sich auf den Sitz, und er stieg zu ihr in die Gondel.

»Riccarda … die Tochter von Abt Lodewig, die wir zu ihrer Mutter gebracht haben. Ich sollte froh sein, sie los zu sein. Aber ich weiß nicht, warum … Ich denke ständig an sie und frage mich, wie es ihr wohl geht. Ob sie wohl ins Kloster muss, vor dem sie solche Angst hat, oder ob ihre Mutter einen Mann für sie finden wird. Und wenn ja, ob es einer ist, der sie zu schätzen weiß.«

Gislindis schwieg. Tatsächlich.

Und so hatte Henning Zeit, alles zu erzählen. Er erzählte von Riccardas Sticheleien. Von ihrem Ausflug in den klösterlichen Weinkeller. Von ihren Koketterien. Ihrem unmöglichen Dialekt und dem gestohlenen Kreditbrief. Vom verschneiten Septimerpass. Und von dem Moment, als sie ihn unter den Arkaden des Fondaco dei Tedeschi zum ersten Mal »Herr Ritter« genannt hatte.

»Ich möchte Euch eine Geschichte erzählen, mein schöner Junge«, sagte Gislindis mit rätselhafter Miene. Ihre Augen schillerten hier unten in allen Farbtönen des Wassers wie die einer verwunschenen Sirene. »Sie handelt von einem Venezianer. Sein Name war Marco Polo. Mehr als hundert Jahre ist es nun her, dass er seine Heimatstadt verließ und in die Fremde reiste. Er sah Wüsten und märchenhafte Städte im Morgenland mit goldenen Kuppeln und schlanken Türmen, die in den Himmel ragen. Springende Löwen und brüllende Reittiere mit Höckern und tanzende Drachen, welche die Menschen beschützen. Er saß am Tisch des Großkhans, der gefleckte Katzen so groß wie Löwen besitzt, die er an der Leine führt und zur Jagd abrichtet. Marco Polo speiste mit ihm Köstlichkeiten, die sich niemand vorzustellen vermag. Seidene Prunkgewänder bekam er zum Geschenk, und die ehrenvolle Aufgabe, Briefe des Großkhans zu übermitteln. Marco Polo kam aus einer Familie venezianischer Händler und Seefahrer, und er hat mehr Welten gesehen und erobert als jeder Krieger mit seinem Schwert.«

»Wenn es nur so einfach wäre«, erwiderte Henning düster.

»Nun gut, dann geht Euren vorherbestimmten Weg, schöner Junge«, meinte Gislindis und zwinkerte ihm zu. »Zieht in die Schlacht gegen die Sarazenen oder irgendwelche anderen Ungläubigen wie ein echter Rittersmann.«

»So wie nach Agincourt, wo eine Übermacht von Rittern von englischen Bogenschützen ohne Abstammung niedergemacht wurde?«

»Ihr seid ein Miesepeter, schöner Junge. Dann reist als Kreuzfahrer ins Morgenland und geht feuerspeiende Drachen töten! Vergesst die Maid ohne Abstammung und nehmt am Ende die Tochter des besiegten Sarazenenkönigs zur Frau.«

Henning stand so hastig auf, dass die Gondel empfindlich zu schwanken begann. »Ihr macht Euch einen Scherz mit mir!«

»Aber ja doch, mein schöner Junge. Wenn Ihr erst Euren ersten Drachen getötet habt, wird es Euch ein Leichtes sein, das Mädchen zu vergessen.«

Sie tätschelte ihm die Wange. Dann stand sie auf, stieg aus der schwankenden Gondel und ließ ihn mit seinen seltsamen Gedanken zurück.

Am nächsten Morgen brach Henning zum Gut seiner Eltern auf. Nachdenklicher denn je.

30. Kapitel

Es hatte lange gedauert, bis Frederic Bowman aus seiner Bewusstlosigkeit erwacht war und auch nicht mehr zurückfiel. So lange, dass Myntha sich bei heimlichen Gebeten und sogar verstohlenen Tränen ertappt hatte. Kaum war er allerdings wieder bei Bewusstsein, tat er sein Bestes, damit sie ihre Sorge bereute.

»Ich habe ihn selten so finster und unleidlich erlebt. Und das, obwohl er kaum stark genug ist, die Suppenschüssel selbst zu halten«, meinte Ellen. Sie rührte in einem dicken, kräftigen Eintopf mit Bohnen und Speck, der für das Mittagsmahl bestimmt war. Aber es roch, als wäre mehr Speck darin als sonst. Und Zwiebeln, die als heilsam galten und vor Fieber schützen sollten. Die Gevatterin Ellen hatte eben ein gutes Herz.

»Es ist ihm schon immer schwergefallen, um Hilfe zu bitten«, erwiderte Myntha. Nicht nur Frederic Bowmans Rat wegen vermied sie es sorgsam, selbst den Löffel zu schwingen, und hatte einen Salbeiaufguss vorbereitet. »Er mag sich sogar nutzlos vorkommen, so krank, wie er ist. Ein Mann wie er ist es nicht gewöhnt, auf die Fürsorge anderer angewiesen zu sein.«

Ellen runzelte die Stirn. »Und deshalb macht er ihnen diese Fürsorge noch schwerer?«

Myntha lachte und schöpfte Eintopf in die für den Patienten bestimmte Schüssel. »Wer kann schon wissen, was in diesem Kopf vor sich geht? Manchmal denke ich, er weiß es selbst nicht so genau.«

»Weniger denn je«, fand Ellen. »Seit er den Mönch getötet hat, ist er ein Schatten seiner selbst. Bleich und in sich gekehrt, und wenn er spricht, dann nur, um andere zu vergraulen. Wäre er nicht ein Mann, würde ich sagen, er erinnert mich an Lore. Auch sie hat ihre Angst hinter ihrer Kratzbürstigkeit verborgen, damit niemand in ihr Inneres sehen konnte.«

Myntha stellte die Schüssel ab. Kalte Furcht kroch ihren Rücken hinauf. Die Vollendung seiner Rache hatte eine leere Stelle in Frederics Herzen hinterlassen. Und je mehr er diese Leere spürte, desto tiefer wurde die Verzweiflung, dass es nun wirklich vorbei war. Dass er die Toten loslassen musste. All die Jahre hatte er sich an dem Gedanken der Rache festgehalten. Er hatte ihm Kraft gegeben und den Mut zu überleben. Jetzt, wo die Hoffnung auf Rache erfüllt war, dachte Myntha beunruhigt – welche blieb ihm noch?

»Es ist sehr freundlich von Euch, ihm wegen der abgebrannten Kate keinen zusätzlichen Ärger zu machen.«

Ellen schüttelte den Kopf. »Ach, was macht es schon, wenn sie ein paar Wochen länger auf den Wiederaufbau warten muss? Er soll das machen, wenn er gesund ist.« Sprach's und schnitt eine dicke Scheibe von dem feinen weißen Brot ab, das sie erst heute Morgen gebacken hatte. Und legte sie auf das Holzbrett neben die Schüssel mit Frederics Essen.

»Warum sind Frauen wie Lady Olivia nur so darauf aus, Männer zu pflegen?«, seufzte Myntha. »Unser Düsterling benimmt sich, als hätte er den Teufel persönlich im Leib.«

Nein, die Krankenpflege taugte nicht zum Heiratsmarkt, das vermochte Frederic Bowman in aller Deutlichkeit zu vermitteln.

Warum nur musste sie bei dem Gedanken lächeln?

»Na, dann werde ich mich mal wieder zur Zielscheibe machen.« Myntha nahm das Tablett. Als sie die Tür mit dem Fuß aufstieß, um beide Hände freizuhaben, wartete Lady Olivia bereits wie ein lauernder Bussard. Seit sie Frederic ins Fährhaus gebracht hatten, giftete die adlige Schnepfe hier herum und wollte ihn pflegen. Offenbar betrachtete sie das als ihr persönliches Privileg, und da ihr mit Lancelot von Malesdroit bereits ein Pflegling als Ehegatte durch die Lappen gegangen war, versuchte sie nun, des nächsten habhaft zu werden. Ungeachtet dessen, dass Myntha und Bilke ihr erklärt hatten, Frederic schnaube Rache gegen sie. Vielleicht hoffte sie, ihn durch ihre Pflege milder zu stimmen. Und ihm gar in einem schwachen Moment ein Eheversprechen abzuluchsen?

»*I wish to do that!*«, herrschte sie Myntha an und griff nach dem Tablett.

»Das ist für den Kranken bestimmt, nicht für Euch!«, tat Myntha, als ob sie nicht verstanden hätte. Schnell drehte sie sich samt Tablett weg und wollte die schmale Stiege hinauf zu den Schlafkammern. Zum Glück war sie zu eng, als dass die Lady sich hätte neben sie drängen können.

Laut krakeelend kam Olivia ihr nach. Sie übergoss Myntha mit einer Flut von Beschimpfungen, Flüchen und Gebeten, dass der ganz schwindlig wurde. Die letzten Tage war es von Stunde zu Stunde schlimmer geworden. Jetzt war es genug.

Myntha stellte das Tablett auf die oberste Treppenstufe und drehte sich um. »Genug!«, zischte sie. »Verlasst auf der Stelle das Haus!«

Olivia sah sie überrascht von dem plötzlichen Widerstand einen Augenblick sprachlos an.

»Out ... house!«, versuchte Myntha es in ihrer Sprache. »Out!«

Lady Olivia zog die Augenbrauen so hoch, dass es beängstigend wirkte.

Dann aber schimpfte sie noch mehr. Soweit Myntha verstand, ging es hauptsächlich um eine dreckige, dahergelaufene Gastwirtstochter und eine hochwohlgeborene Lady, mit der man so etwas nicht machen dürfe.

Wütend hob Myntha ihr Tablett wieder auf, verzog sich in das Krankenzimmer und schlug die Tür hinter sich zu.

»Was habt Ihr diesem Trank wieder beigesetzt, Jungfer Unhold?«, murrte Frederic, als sie das Tablett mit dem Eintopf auf der schweren Eichentruhe abstellte und ihm zuerst den Aufguss aus Salbei einflössen wollte. Er hatte noch immer Mühe zu sprechen, und seine Glieder waren so schwach, dass er selbst beim Sitzen gestützt werden musste. Aber seine Zunge war giftig, als hätte er in den letzten Jahren statt Vögeln Basilisken abgerichtet. »Ihr solltet nicht selbst kochen, das bringt mehr Unheil als Pest und Krieg.«

»Ein Zaubertrank, um Euch von Eurer Widerborstigkeit zu befreien, Meister Frederic. Es ist nur Salbei darin und etwas Honig. Aber wenn Ihr nicht aufhört, mich zu beschimpfen, versetze ich ihn mit etwas, das Euch die nächsten Stunden auf dem Abtritt festhält, das schwöre ich Euch!«

Diese Aussicht schaffte es immerhin, dass der Rabenmeister den Mund hielt. Während er aß, erneuerte Myntha die Verbände um seine Brandwunden. Die Schüssel mit Kamillenwasser, Tücher und frischen Honig hatte Imme schon bereitgestellt. Myntha tupfte die Verletzungen vorsichtig ab und legte frische, in Honig getränkte Tücher darauf. Es gab nichts Besseres gegen Verbrennungen als den reinigenden, heilenden Honig der Bienen. Auch die Stichwunde säuberte sie und verband sie neu. Frederic ließ es geschehen. Aber kaum hatte er sein Mahl beendet, war er schon wieder ganz der Alte.

»Hört auf, mich wie ein Kind zu behandeln«, beschwerte er sich, als Myntha ihn vorsichtig rasierte.

»Es ist nicht zu übersehen, dass Ihr kein Kind seid, Rabenmeister. Bei dem Bartwuchs bin ich versucht nachzusehen, ob Ihr vielleicht das Rheingold der Sagen und Legenden unter Eurem Gesichtshaar versteckt habt.«

Sie beugte sich nach vorn, um den Hals zu erreichen, während Frederic misstrauisch jede Bewegung verfolgte. Auch wenn er dazu nach unten schielen musste.

»Nehmt Euer Silberhaar aus meinem Gesicht«, knurrte

er. »Oder wollt Ihr mir in seinem Schutz die Kehle durchschneiden?«

Besorgt blickte Myntha ihn an, während sie mit dem Messer vorsichtig über Hals und Kinn schabte. Frederics böse Worte konnten nicht verbergen, dass er keineswegs auf dem Weg der Besserung war. Sie kannte ihn inzwischen gut genug, um zu wissen, dass er sich umso kratzbürstiger gab, je verletzlicher er war. Mit seinen bösen Worten versuchte er die Verzweiflung zu verbergen, und die Leere, die ihn jetzt, da er den Mörder seiner Familie getötet hatte, überfallen haben musste.

»Was ist los mit Euch, Jungfer Unhold? Ist Eure Zunge zu Blei geworden?«, fragte er schnippisch, als sie nicht antwortete.

Myntha legte das Messer vorsichtig ab.

»Ach, Frederic«, sagte sie besorgt. »Ich habe gar keine Lust mehr, gegen einen so schwer verwundeten Mann zu sticheln.«

Sie beendete die Rasur, legte Messer und Handtuch auf die Seifenschale. Auch die gebrauchten Tücher mit Honig nahm sie mit. In der Tür blieb sie noch einmal stehen.

»Seht, Meister Frederic, als die Sibylla starb, gab sie mir einen ihrer verschrobenen Ratschläge. Bei den Bienen sorgt niemals eine Biene für alle anderen, sondern sie helfen sich gegenseitig. Und nehmen die Hilfe und die Freundschaft anderer an. So ist allen am besten gedient. Vielleicht solltet Ihr endlich einmal dasselbe tun.«

Sie ging hinaus und schloss die Tür hinter sich. Ihre Seele war aufgewühlt wie nie. Aber das ging nun wirklich niemanden etwas an.

»Es gibt eigentlich keinen Grund mehr für Lady Olivia zu bleiben, seit Lancelot de Malesdroit abgereist ist«, beschwerte sie sich später bei Imme, die bei dem Baumstumpf, in dem die Bienen hausten, die letzten Vorbereitungen für den Winter traf. »Aber sie will sich einfach nicht von hinnen machen. Als hätte sie sich geschworen, nur mit einem Ehemann nach England zurückzukehren – ganz gleich, wer es auch sei. Ich weiß nicht, was ich noch tun soll. Ich habe mit Vater und Witold gesprochen, aber beide sind stumm wie die Fische. Und du weißt, was das bei meinem Vater heißt. Ich brauche dringend eine Heiratsvermittlerin oder, noch besser, eine Zaubersche. Sagt man nicht von Bienen, dass sie Zank und Streit von einem Haus fernhalten? Sie könnten sich damit wirklich etwas mehr anstrengen.«

Imme hörte sich den Wortschwall an und blickte nur nachdenklich zu dem Baumstumpf.

Myntha begann etwas früher mit den Vorbereitungen für das Abendmahl als sonst. Tatsächlich dauerte es nicht lange, bis Lady Olivia das Klappern von Töpfen und Geschirr hörte und dieses Mal sogar in der Küche erschien. Sie wollte nach den Tabletts greifen.

»Wir brauchen noch die Kräuter. Aus dem Garten«, rief Myntha.

»*Garden*?«

Wie zu erwarten folgte Olivia Myntha auf Schritt und Tritt. Auch in den Garten.

Was sie besser nicht getan hätte.

Jemand kam in aller Eile auf das Haus zugelaufen.

Myntha machte einen Schritt zur Seite, aber Olivia, die den Jemand zu spät sah, lief genau in diesen Jemand, der einen Sack trug.

Beim Zusammenstoß öffnete sich der Sack. Und dabei entleerte sich sein Inhalt unversehens auf Lady Olivia.

»Oh! Das tut mir so schrecklich leid!«, schrie Imme, die sich vorsorglich dick in Schleier und Gewänder gehüllt hatte. Myntha war so schnell sie konnte wieder im Haus verschwunden und hatte mit einem entsetzten Schrei die Tür zugeschlagen. Und die wütenden Bienen, die schon empört genug darüber waren, in den Sack gelockt und eingesperrt worden zu sein, stürzten sich nun auf die Person, die sie für die Urheberin des plötzlichen Einbruchs hielten.

»*Help!*«, kreischte Lady Olivia entsetzt.

Eine Wolke von Insekten umgab sie, stieß auf sie hernieder und umsurrte ihr Gesicht. In Panik schlug Olivia wild um sich, was die Bienen natürlich noch mehr erschreckte.

Bedrohliches Surren, Tausende Bienenleiber jagten wie dunkle Flecken um sie herum. Schreiend und um sich schlagend floh Olivia ins Haus. Treppenstufen knarrten, Türen knallten, und dann drang entsetztes Heulen und Schreien aus dem geöffneten Fenster oben.

Imme blieb ganz ruhig stehen und beruhigte ihr Bienenvolk. Sie holte den mit Honig getränkten Lappen aus ihrer Tasche und legte ihn auf den Baumstumpf. Nach und nach beruhigte sich das Volk. Neugierig krabbelten die Bienen auf dem süß duftenden Lappen herum und kehrten in ihr Zuhause zurück.

»Das wird Euch etwas Ruhe verschaffen«, zwinkerte Imme. Sie war so aufgeräumt wie selten. Seit dem Tod der alten Sibylla hatte Myntha sie nicht so fröhlich erlebt. »Jetzt wird sie mit ihrer eigenen Pflege beschäftigt sein!«

Imme ließ sich Zeit mit den Bienen. Geduldig wartete sie, bis alle den Weg zurück in ihren Stock gefunden hatten. Sie legte nur einen weiteren, mit Honigwasser getränkten Lappen als Lockmittel darauf. Während die aufgebrachten Insekten sich langsam beruhigten und nach und nach zurückkehrten, fegte sie die Wabenteile und Holzstückchen zusammen, die vorhin bei dem Zusammenstoß auf dem Boden gelandet waren. Sie kehrte alles auf eine Schaufel und warf es auf den Misthaufen hinterm Haus.

Ohne dass sie es bemerkte, kam Witold aus dem Fährhaus. Von dem kleinen Fenster im Oberstock aus musste er alles beobachtet haben.

Zögernd näherte sich der bärtige Riese dem Baumstumpf. Seit Langem trug er diesen Gedanken mit sich herum, schon seit er Imme beobachtet hatte, wie sie mit den Bienen sprach. So anmutig war der Anblick gewesen, so schön hatte ihre Stimme geklungen. Tief und ernsthaft holte Witold Atem. Und dann begann er zu sprechen.

»Edles Bienenvolk, ich bin Witold, der Fährmann. Erlaubt mir, Euch ein Anliegen vorzutragen.«

Das Summen in den Kästen war tief und laut. Reges Kommen und Gehen am Eingang verriet, dass seine Anwesenheit nicht als Gefahr betrachtet wurde. Ermutigt räusperte sich Witold zwei-, dreimal, ehe er fortfuhr.

»Meine Schwester Myntha wird bald heiraten. Wir wissen noch nicht, wen. Aber lange wird sie hier nicht mehr die Geschäfte führen. Mein Bruder Haro hat sein Haus auf der anderen Seite des Flusses gebaut und lebt dort mit seinem Weib. Das Fährhaus braucht eine neue Herrin.«

Der letzte süße Duft des Herbstes hing in der Luft und lockte das emsige Volk. Doch mehr und mehr der eifrigen Sammlerinnen krabbelten um das Einflugloch herum und auf den Deckeln der Kästen, als ob sie den ungeschickt vorgetragenen Worten lauschten.

»Ihr müsst nicht glauben, dass ich nur wegen des Fährhauses hier bin«, versicherte Witold hastig. »Wäre es so, wäre es leichter. Für euch, Bienenvolk, ist es ja nicht üblich, euch zu zweit zu paaren. Aber wenn ihr die sanften braunen Augen der Imme von der Heide seht, müsst ihr verstehen, warum meine Zunge nicht auszusprechen vermag, was mein Herz zu sagen hat.«

Vorsichtig legte er eine große, schwere Hand auf den Baumstumpf. Neugierig krabbelten die Bienen auf seine Finger, ohne ihn zu verletzen.

Als Imme zurückkam, hörte sie die Stimme bei den Bienen und blieb im Schutz des Holunderstrauchs an der Mauer stehen. Blauschwarze Früchte hingen noch in dicken Dolden an den Zweigen und schwankten vor ihrem Gesicht, und das dunkelgrüne Laub beschirmte sie. Witold hatte sie nicht bemerkt. Oder doch? Er räusperte sich, verhaspelte sich zwei-, dreimal. Aber dann sprach er etwas lauter als vorhin weiter.

»Wie die eines Rehs sind Immes Augen«, bestätigte er.

»Und doch hat sie vorhin gezeigt, dass sie auch die Stärke besitzt, die das Weib eines Fährmanns haben muss. Bienenvolk, ich weiß nicht mehr ein noch aus. Mein Herz will ihr sagen, was es für sie empfindet. Aber meine Zunge weigert sich.«

Er stand ganz still inmitten der Bienen, die ihn neugierig umsummten und über seine Arme krabbelten, als wäre er ein Baum im Wald. Sprachlos bestaunte Imme das stumme Schauspiel. Das Volk schien ganz genau zu spüren, dass er als Freund kam. Als Ratsuchender. Die alte Sibylla hatte oft gesagt, dass die Bienen viel besser als so mancher Mensch spürten, wer ein gutes Herz besaß und wer nicht. Wenn sie recht gehabt hatte, dann musste der Ferrer Witold ein sehr gutes Herz besitzen.

»Wenn ihr es zufrieden seid, Bienenvolk, hier auch im nächsten Jahr zu leben, und all die Jahre danach ...« Ein erneutes Räuspern, so laut, dass Imme unwillkürlich den Kopf einzog. »Dann, Bienenvolk, wäre ich froh, eure Herrin zur Frau zu nehmen.«

Summen allenthalben. Weich bepelzte kleine Leiber in der Luft, die ihn umschwirrten und umschmeichelten.

»Also, wenn sie mich will«, fügte Witold hinzu.

Imme schob die duftenden Zweige des Holunderstrauchs beiseite und kam aus ihrem Versteck.

»Das ist sehr großherzig von Euch, Meister Witold«, sagte sie. Seit ihrer Unterhaltung mit Myntha hatte sie sich die Worte zurechtgelegt. Aber jetzt hatte sie auf einmal das Gefühl, dass ihre Zunge fast so verknotet war wie die des Ferrers. Wünsche, so verschieden wie die Landschaft der Heide, zerrten an ihr. »Ich habe noch nicht viel Zeit gehabt, über eine Heirat nachzudenken. Und ich möchte sehr gern zu Trine in die Lehre gehen. Aber wenn Ihr warten möchtet ... werde ich Euch die Antwort später geben.«

Kaum stand sie leibhaftig vor ihm, verabschiedete sich Witolds Sprache aufs Neue. »Ah ... oh ... ja!«, brachte er endlich hervor.

Das war vermutlich das, was er selbst gern von ihr gehört hätte. Aber Imme war jung und konnte es sich leisten, mit dem Heiraten noch zu warten. Witold war eine gute Partie, sie könnte es weit schlechter treffen. Und mehr als das, er war ein anständiger Mann. Doch dafür war es zu früh.

»Wenn Ihr wollt«, sagte Imme mit einem kleinen Lächeln in ihren braunen Augen, »dann besucht mich doch einmal in der Apotheke.«

Mehr brauchte es nicht, um auf Witolds stummes bärtiges Gesicht ein verzaubertes Lächeln zu legen.

31. Kapitel

Das Rittergut lag im hellen Sonnenschein, als Henning es erreichte. Der Herbst zeigte sich doch noch einmal von seiner schönen Seite. Schon von Weitem konnte er das festungsartige Gebäude erkennen: aus rötlichem Stein gemauert, mit wenigen schartenartigen Fenstern im Unterstock, Bogenfenstern im oberen Stockwerk und Zinnen auf dem Dach. Immer wieder war es zu sehen, wenn die umgebende Mauer von einem Tor durchbrochen war oder ein kaum spürbarer Hügel den Blick hinab ermöglichte. Wie oft in den letzten Jahren hatte er von diesem Moment geträumt! Nach so langer Zeit war er endlich zu Hause. Hier hatte er seine ersten Jahre verbracht, jeder Stein hier war ihm vertraut. Der von Pappeln gesäumte Weg führte geradewegs auf das Haupthaus zu, und er konnte das letzte Stück sogar noch galoppieren.

Man musste seine Ankunft bemerkt haben, denn als er vor dem Haus aus dem Sattel sprang, kamen ihm seine Eltern schon entgegen.

»Vater!«, rief Henning überrascht und erfreut. Er hatte nicht damit gerechnet, ihn hier zu treffen.

Ein Knecht übernahm das Pferd, und er lief die Stufen hinauf.

»Der König gab mir ein paar freie Tage vom Hof«, be-

grüßte ihn sein Vater. »Komm herein. Wir hatten dich
früher erwartet.«

»Es wird bald gegen die Hussiten gehen«, berichtete der
Vater später beim Essen.

Henning genoss das Gefühl, wieder zu Hause zu sein.
Der schwere geschnitzte Tisch, die hochlehnigen Stühle,
die getäfelten Wände und Decken und der Steinboden.
An der Wand hinter dem Tisch war der obere Bereich
mit Szenen aus Dantes »Paradiso« ausgemalt. Im Zent-
rum der Fresken stand die Madonna. Seine Mutter hatte
darauf bestanden. Sie war mit der »Göttlichen Komödie«
aufgewachsen, die bei den italienischen Edlen längst zur
feinen Bildung gehörte. Oft hatte sie mit Henning das
Gebet aus diesem Werk gesprochen: »*Vergine, Madre, fig-
lia del tuo figlio …*« Nur sonderbar, dass ihm heute alles
kleiner erschien. Er hatte die ganze *Sala* größer in Erinnerung gehabt, und erst recht die Fresken.

»War deine Reise gut?«, fragte die Mutter. »Du siehst
so blass aus.« Sie selbst wirkte keinen Tag älter. Ihre
Haare waren zu derselben kunstvollen Frisur aus Zöpfen
und Wellen arrangiert, und sie trug ein Kleid aus grünem
Samt. Sie winkte dem Diener, Henning noch von den
Tauben aufzulegen. Es kam Henning wie eine Ewigkeit
vor, dass er diese Vögel nicht mehr gegessen hatte, die
hier in Italien so beliebt waren. Der Wein war blassgolden
und leicht, wie man es hier im Venezianischen schätzte.

»Hast du Schneemenschen gesehen?«, fragte sein jüngerer Bruder Gernot neugierig. »In den Bergen soll es die
geben. Und Bären und Wölfe.«

»Die hatten Angst vor mir«, grinste Henning. »Haben sich wohl deshalb nicht blicken lassen.«

»Und es geht dir wirklich gut? Du bist so groß und dünn. Die Sache mit dem Turnier zu Pfingsten muss schrecklich gewesen sein. Und hast du bei *Transmontani* überhaupt gut zu essen bekommen?«

»Mach dir keine Sorgen. Reichlich zu essen habe ich bekommen jenseits der Alpen, einen Hut mit einer Feder und einen Mantel aus feiner englischer Wolle. Die Reise ist mir wohl ein wenig auf den Magen geschlagen oben in den Bergen. Aber es geht mir gut.« Henning lächelte. Es tat gut, dass sich jemand um ihn sorgte. Das hatte er lange vermisst. Zugleich kam es ihm auf einmal seltsam vor. Vielleicht lag es daran, dass in den letzten Wochen immer er derjenige gewesen war, der sich um andere gekümmert hatte. Er war es nicht mehr gewöhnt, Gedanken um sein Wohlbefinden anderen zu überlassen.

»Du hättest zum letzten Karneval hier sein sollen«, meinte seine Mutter. »Erinnerst du dich an Alvise? Als du ein Kind warst, war er ein enger Vertrauter von Großvater. Seine Tochter ist ein hübsches Mädchen geworden und mannbar. Eine gebildete junge Frau, sie kann die ersten Verse des »Inferno« auswendig hersagen. Als ihr Vater in Mailand vermittelte, hat sie ihn begleitet.«

»Hm«, brummte Henning. Zwischen Mailand und Venedig gab es ständig Gezänk. Er konnte sich nicht mehr erinnern, welches Mädchen es gewesen war.

»Lang war sie nicht dort. Mailand ist ein Hort des Unheils«, ging es erwartungsgemäß weiter. Seine Mutter war noch nie eine Freundin der Mailänder Herzöge gewesen. »Und das Mädchen ist anständig, daher hat Alvise sie bald zurückgeschickt. Der Herzog ist nicht nur kriegerisch und brutal, sondern auch ein Lüstling. Weiß man, was so einem einfällt? Ihr Vater will sie bald verheiraten.«

Henning überlegte noch immer, von wem sie sprach. Er konnte sich nicht erinnern. Als Kind hatte er mit einigen Patriziersöhnen gespielt, aber Mädchen hatten sie eigentlich immer ignoriert.

»Lucrezia«, erinnerte ihn seine Mutter, leichte Ungeduld in der Stimme. »Weißt du nicht mehr?«

Henning enthob sich der Antwort, indem er sich noch Wein nachschenkte.

Seine Mutter runzelte die Stirn. »Vater sagt, beim Pfingstturnier waren auch Gudrun und Gertrudis, die Töchter des Burgvogts von … wie heißt sie noch: die Burg des Bischofs von Mainz, keine zwei Tagesritte von der Löwenburg? Auch zwei ganz reizende Jungfern.«

»Lahneck? Ja, die habe ich vor einiger Zeit in Köln getroffen, als ich für Frederic Bowman einen Botengang erledigte.« Eitle Hühner, dachte er. Hatten die ganze Zeit gegackert und sich zur Schau gestellt, als wollten sie etwas feilbieten.

Henning stellte sein Glas ab und schob seinen Teller zurück.

»Mutter. Was willst du mir sagen?«

Seine Mutter legte ihre Hand auf seine. »Mein Junge, du bist im besten Alter, du hast dein Schwert erhalten und deine erste Aufgabe gemeistert. Es ist Zeit, an eine passende Ehefrau zu denken.«

Henning verschluckte sich fast an seinem Fleisch. So gut er natürlich wusste, dass dieses Thema früher oder später auf den Tisch kommen musste, er hatte es doch nicht gleich zum Begrüßungsmahl erwartet. Es schmeckte ihm gar nicht.

»Es sind drei wunderbare Jungfern«, meinte seine Mutter schnell. »Eine ansehnlicher als die andere. Und alle sind noch zu haben.«

Henning schob seinen Stuhl zurück.

»Bitte entschuldigt mich für heute Abend. Ich habe eine lange Reise hinter mir und fürchte, ich bin doch etwas müde. Wir können morgen weiterreden.«

Hatte Henning gehofft, dass das Thema Heirat damit erst einmal vom Tisch sei, wurde er enttäuscht. Zum nächsten Abendmahl tischte ihm seine Mutter nämlich nicht nur Stubenküken auf, sondern wärmte auch gleich das Thema Eheschließung wieder auf, und zwar in Form eines Gastes: Donna Lucrezia mit Familie.

»Ihr habt in Mailand gelebt?«, fragte Henning, als die Vorspeise aus mariniertem Fisch gegessen war, die Küken aufgetischt wurden und seine Tischdame noch immer nicht viel gesagt hatte. »Am Hof von Visconti, nicht wahr?«

Donna Lucrezia errötete lieblich. Und warf einen verstohlenen Blick nach dem Glas, in dem sich ihr Abbild spiegelte. »Ich habe nur meinen Vater begleitet«, sagte sie – mehr an das Glas gerichtet als an ihn.

Henning verdrehte die Augen. Wie hatte er nur vergessen können, dass Mailand hier derzeit als verderbter

Höllenpfuhl galt? Womit die Tatsache, dass man sich um gewisse Gebiete zankte, natürlich rein gar nichts zu tun hatte.

Da ihm beim besten Willen kein Gesprächsthema mehr einfiel, wandte er sich an seinen Vater, der ihm gegenübersaß.

»Worüber spricht man derzeit am Hof des Königs? Ich bin sicher, Donna Lucrezia ist begierig, die Neuigkeiten aus dem fernen Norden zu hören.«

Lucrezia schürzte gelangweilt die Lippen und sagte gar nichts mehr. Nachrichten von den *Transmontani*, von denen jenseits der Alpen, waren wohl unter ihrer Würde.

»Der Krieg gegen die Hussiten steht unmittelbar bevor«, berichtete der Herr der Löwenburg. »Auch für dich wird es Zeit, deinen Treueschwur vor dem König abzulegen. Der Krieg ist eine gute Gelegenheit, Reichtum und Ruhm zu erwerben.«

Aus irgendeinem Grund musste Henning ausgerechnet in diesem Moment an den Rabenmeister denken. Das wenige, was Frederic Bowman von Agincourt erzählt hatte, hatte nicht gerade nach Reichtum und Ruhm geklungen.

In den nächsten Tagen erschienen noch drei weitere junge Damen zum Essen. Und alle saßen da und redeten Belanglosigkeiten oder gleich gar nichts. Nach Tisch holten sie ihre Harfen oder rezitierten Dante, doch ohne wirkliche Freude daran zu zeigen. Kurz, sie taten das, was alle Jungfern taten: Sie versuchten zu gefallen. Keine Unterhaltung ging über sorgsam formulierte, brav gelernte

Sätze hinaus. Keine von ihnen sprach je über Träume, die sie hatte. Über Hoffnungen und Ängste. Über Dinge, die sie erleben wollte.

Keine war wie Riccarda.

Gern hätte Henning seinen Eltern von ihr erzählt. Aber er wusste, dass er sich das sparen konnte. Der Bastard eines Geistlichen, wie hochgestellt auch immer, wäre in den Augen seiner Eltern keine standesgemäße Gattin. Aber auf einmal kamen ihm die Tischgespräche so leer vor.

Die nächsten Tage wich Henning seiner Mutter aus, wenn sie ihm von ihren Heiratskandidatinnen erzählte. Er schob etwas vor, wenn sein Vater ihn auf die Hussiten und Böhmen ansprach. Sie bemerkten es und schienen von Tag zu Tag verärgerter. Und irgendwann brach dann das Gewitter, das zwischen ihm und seinen Eltern aufgezogen war, endgültig aus.

»Albrecht von Habsburg ist jetzt der oberste Herr der königlichen Truppen. Du wirst das Leben im Feld mögen«, meinte Hennings Vater, als sie gemeinsam über das Marschland ritten. Unter ihnen glänzte die von Kanälen durchzogene Landschaft in der Sonne. Im feinen Herbstnebel verschwammen die Deiche mit der dahinterliegenden Lagune zu zartbraunen Streifen. Der Wind, der von der Adria her wehte, wurde stärker und kündigte den nahenden Winter an.

»Bist du sicher? Die Kriege in Böhmen haben bisher nichts gebracht. Nicht einmal der Sieg bei Brux im Sommer hat ernsthaft etwas bewirkt. Und die Belagerung von Saaz, hörte ich unterwegs, musste abgebrochen werden.«

»Ein junger Ritter muss sich Ansehen erwerben. Und wie ginge das besser als im Kampf gegen die Heiden?«

»Heiden. Ist das nicht ein wenig übertrieben? Es sind schließlich die Hussiten, die der Kirche vorwerfen, nicht fromm genug zu sein.«

»Die beste Frömmigkeit ist Gehorsam.« Sein Vater runzelte die Brauen.

»Ich will nur sagen, Vater«, entschuldigte sich Henning, »dass man vielleicht dem Streben der Böhmen nach Unabhängigkeit einfach nachgeben sollte.«

»Nachgeben? So redet kein Ritter.«

»Nun, vielleicht, bin ich ja kein Ritter. Nicht mehr.«

»Du sprichst wie ein Händler. Frieden ist gut fürs Geschäft, ist es das, was du meinst?«

»Und wäre das so verwerflich?«

Henning blickte nach Südosten, wo der Po sich in tausend Arme zu einem weiten Delta verzweigte. Der schmale viereckige Glockenturm der Pfarrkirche war zu sehen, das Meer im glimmernden Dunst nur zu erahnen. Von Venedig aus war Marco Polo in die weite Welt aufgebrochen. Ein Eroberer ohne Schwert, hatte Gislindis gesagt.

»Vater, ich möchte nicht respektlos sein. Aber es wird Zeit, dass ich meinen eigenen Weg gehe.«

»Und dieser Weg ist es, deinem Vater Sorge zu machen und deiner Mutter Kummer?«

»Ich will euch keinen Kummer machen! Es ist nur …«
Wie sollte er seinen Eltern erklären, was mit ihm gesche-

hen war? Er wusste es selbst noch nicht so genau. Das Einzige, was er wusste, war, dass die Zeit bei dem Rabenmeister und die Reise mit Marian ihn verändert hatten. Als er in Köln aufgebrochen war, hatte er von Rittertum und Heldentaten geträumt. Aber jetzt, wo er hier aus dem Sattel nach Osten sah, wo irgendwo Venedig lag, wo der Seewind durch seine dunklen Locken fegte und ihn an die Reisen des Marco Polo mahnte, hatte all das seinen Glanz verloren. Frederic Bowmans Geschichte hatte ihm die Schattenseite des Krieges gezeigt. In Agincourt hatten einfache Bogenschützen die Blüte des französischen Rittertums vernichtet.

Das war es gewesen, was ihm Gislindis hatte sagen wollen. Das Rittertum, von dem er geträumt hatte, war so greifbar wie Drachen und Ungeheuer. Die große Zeit der Ritter war vorbei und gehörte ins Reich der Legenden. Das Leben und die Zukunft gehörten anderen.

»Ich werde die Löwenburg doch ohnehin erst nach deinem Tod erben, Vater. Und ich wünsche, dass es noch eine lange Zeit bis dahin ist. Ich will diese Zeit nicht als ruheloser Lohnkrieger verbringen.«

»Und als was dann? Als Händler?«

»Und wenn?«, erwiderte Henning heftig. »In Mutters Familie waren alle Händler und Seeleute, und dennoch haben die Steni einen Dogen hervorgebracht. In Venedig ist der Handel nichts, was eines Patriziers unwert wäre. Ich wäre ein guter Kaufmann. Ein besserer, als ich ein Ritter je werden könnte.«

Ob eine ehrenwerte venezianische Familie ihn wohl auf diesem Weg unterstützen würde, wenn er ihr durch eine Heirat einen gewissen lästigen Bastard abnähme? Auch ohne große Mitgift?

Das bärtige Gesicht seines Vaters zeigte jetzt eine kaum noch unterdrückte Wut. »Das kann ich nicht gutheißen.«

Henning atmete noch einmal tief durch. Dann sagte er: »Ich achte deinen Rat, Vater, und ich danke dir dafür. Aber ich muss tun, was mein eigenes Schicksal mir bestimmt. Du findest mich bei Marian vom Spiegel.«

Damit gab er seinem Pferd die Sporen und galoppierte zurück zum Landgut. Seine Eltern mochten jetzt mit seiner Entscheidung hadern, aber sie würden sie annehmen. Früher oder später.

Und als er eine Stunde später mit gepacktem Bündel im Sattel saß und zurückblickte, spürte er trotz allem Ärger doch auch eine unerwartete Freude.

32. Kapitel

»Wie macht sich Euer Pflegling? Nicht ganz leicht zu handhaben, will ich meinen.«

Master John bückte sich unter dem niedrigen Türsturz der Küche hindurch, wo Gevatterin Ellen mit der Magd die Töpfe schrubbte und dabei lautstark klapperte.

Fährmeister Reemt drückte die dargebotene Hand. »Das pfeifen wohl die Spatzen von den Dächern, Master John. Meine Myntha hat ihn so weit wieder auf die Beine bekommen, dass er beschlossen hat zu leben. Aber das bedeutet offenbar nicht, dass er oder sein Umfeld sich auch darüber freuen sollen. Er hat eine Miene aufgesetzt wie ein Henkersknecht, und er ist so gesprächig wie ein Mönch mit einem Schweigegelübde.«

»Nun, was ich ihm zu sagen habe, wird ihn hoffentlich aufheitern.«

Master John folgte dem alten Fährmeister die enge Stiege hinauf zur ruhigeren Kammer des Verwundeten.

Es war beängstigend ruhig. Nur der Wind, der ab und zu am geschlossenen Fensterladen rüttelte, und die gedämpften Stimmen von unten waren zu hören. Frederic lag im Bett, doch er war angezogen. Der Bart war rasiert und das blonde Haar gekämmt. Die Verbrennungen auf seiner Haut waren sauber mit Trines Kamillenwasser gereinigt worden. Die anfangs eitrigen Stellen hatten sich geschlossen und heilten jetzt gut. Die tiefe Wunde an der Seite, wo Lucien ihm den Dolch ins Fleisch gestoßen hatte, war mit einem reinen Leintuch verbunden, das Myntha täglich wechselte. Aber seine Haut war noch immer bleich und seine Miene todernst.

»Rabenmeister, Euer Anblick lässt wie immer die Sonne aufgehen!«, begrüßte ihn Reemt scherzhaft.

Der Angesprochene verzog nicht einmal die Lippen, sondern nickte nur leicht.

»Ihr seht besser aus«, begrüßte ihn Master John. »Das letzte Mal, als ich kurz vorbeikam, habt Ihr geschlafen. Und Ihr saht dabei aus, als hättet Ihr bereits ein Stelldichein mit dem Tod.«

Frederic sah ihn nur ernst an.

»Eure Verletzungen waren schwer. Aber nicht so schwer, dass Ihr nicht mehr die Pflichten eines guten Mannes wahrnehmen könntet. Auf Euch war immer Verlass, Frederic.«

Frederics durchscheinende Lider senkten sich einen Moment über die Augen, als riefen diese Worte eine Erinnerung wach. Eine Erinnerung, die zu schmerzhaft war, um ihr mit offenen Augen entgegenzutreten.

»Meint Ihr, Ihr werdet in einigen Wochen so weit sein, dass Ihr wieder ein eigenes Haus beziehen könnt?«

Frederic erwiderte nichts. Nur ein leichtes Nicken verriet, dass er verstanden hatte.

Master John und Reemt wechselten einen besorgten Blick. So erkennbar Frederics Körper auf dem Weg der

Besserung war, so offensichtlich war, dass seine Seele dahinzuschwinden drohte.

»Ich habe, gemeinsam mit Marian vom Spiegel, einen Entschluss gefasst. Heute Morgen kam der Kurier aus Venedig und brachte seine Antwort.« Erwartungsvoll sah John den Kranken an. Frederic schien noch immer teilnahmslos. Er hörte zu, er gab zu verstehen, was nötig war, aber es schien ihn nicht zu berühren.

»Es geht um das Gut in Villip. Ihr seid dort aufgewachsen, nicht wahr?«

Der Rabenmeister nickte.

»Wir wollen es Euch verpachten, Mann!«, rief John in einem Tonfall, als würde er es ihm am liebsten mit leichten Schlägen auf beide Wangen einhämmern. »Was sagt Ihr?«

Frederic blickte auf. Zum ersten Mal hatte John das Gefühl, dass etwas zu ihm durchdrang. Aber seine Augen waren weiterhin verhangen wie der Himmel an einem trüben Novembertag.

»Das ist sehr freundlich«, erwiderte er langsam. Seine Stimme klang rau wie bei jemandem, der sie lange kaum benutzt hat.

»Schlagt ein!« John reichte ihm die Hand hin. »Ich brauche einen fähigen Mann dort. Und was Euch betrifft, Ihr wollt doch nicht ewig in der Rabenkate wohnen. Ist es nicht an der Zeit für Euch, ein neues Leben zu beginnen? Wieder zu heiraten? Die Rabenkate ist ein guter Ort für einen Mann, aber nicht für eine Familie.«

Frederic sah ihn nur ernst an und schwieg.

»Rabenmeister! So ein Angebot schlägt man nicht

aus.« Reemt wurde ungeduldig. »Was ist bloß los mit Euch?«, schimpfte er, als keine Antwort kam. »Wollt Ihr erst eine Burg angeboten bekommen?«

Der so Gescholtene wurde dieser Antwort enthoben, da es klopfte. Die Tür öffnete sich einen Spalt, die weiße Haube und der üppige Busen der Gevatterin Ellen erschienen und mit ihr ein Schwall kalter, frischer Herbstluft.

»Entschuldigt die Störung, Master John. – Fährmeister, draußen wartet Rickel von der Mühle.«

»Der kommt mir gerade recht!«, meinte der sichtlich ergrimmte Reemt. Er wandte sich an den Kranken. »Ihr solltet einschlagen, Rabenmeister. Das Angebot ist großzügig. Und lange werdet Ihr hier im Fährhaus nicht mehr in den Genuss von Mynthas Pflege kommen«, sagte er ein wenig boshaft.

Frederic legte den Kopf zurück in das Kissen und schloss die Augen.

»Myntha wird endlich heiraten«, bemerkte Reemt lauernd.

Aufmerksam beobachtete er die Reaktion seines Gegenübers. In Frederics Gesicht zuckte ein Muskel seitlich an der Wange. Aber ansonsten schien es ihn völlig unberührt zu lassen.

»Den Mühlenerben, Rickel. Nur ein Auge, aber ein anständiger Bursche. Nicht mehr lange und sie ist aus dem Haus und zieht hinüber nach Köln. Wenn Ihr Euch anstrengt, könnt Ihr an der Verlobungsfeier teilnehmen.«

Wieder ein lauernder Blick. Eine schiere Ewigkeit starrte der Fährmeister zuerst seinen Patienten an, dann Master John und endlich wieder den Kranken.

Keine Reaktion.

Reemt seufzte und ließ die Arme fallen. Entweder Agnes hatte sich geirrt oder der Bursche war eine wirklich harte Nuss. Was sollte man da machen?

Rickel wartete unten in der Gaststube. Die Gevatterin Ellen hatte einen Krug warmen Most und ein Brett mit Schmalzbroten vor ihn hingestellt. Offenbar hatte er sich die kurze Wartezeit damit bereits weidlich vertrieben, denn das Brett war fast leer, und nur die vielen Krümel verrieten, dass die Gevatterin nicht geizig gewesen war. Auch der Most war schon halb geleert, und der Inhalt hatte die Nase des Gastes zartrot gefärbt, wie eine schüchterne Jungfer angesichts eines Eheversprechens.

»Rickel, was führt Euch her? Ihr seid sicher nicht wegen des Mosts von Gevatterin Ellen gekommen.«

»Der Most ist gut, Meister Reemt.«

»Zweifellos verdient er es, an der Tafel der Nibelungenkönige kredenzt zu werden. Aber sprecht. Was ist Euer Begehr?«

Rickel nahm einen Schluck und spülte damit die Reste des letzten Schmalzbrots herunter. Dann rückte er seinen Schemel zurück und stand auf. Er räusperte sich, bemühte sich um Haltung, ehe er sprach:

»Ihr habt mir Eure Tochter versprochen, Meister Reemt. Wir haben weidlich über die Mitgift und alle sonstigen Bedingungen verhandelt. Es dürfte wohl nicht verfrüht sein« – er schwankte ein wenig und hielt sich am Tisch fest –, »kurz, ich komme, um einen Verlobungstermin zu erbitten.«

Reemt warf einen Blick über die Schulter zurück. Nach der Stiege, wo oben in der stickigen, verdunkelten Kammer ein widerspenstiger Patient lag, der keine Anstalten machte, ins Leben zurückkehren zu wollen, wie überlaut es auch an seine Tür klopfen mochte.

Reemt seufzte. An dem Burschen würde sich selbst der Drache Fafnir die Zähne ausgebissen haben. Dann sagte er: »Sollt Ihr haben, Rickel, sollt Ihr haben. Was haltet Ihr von Sankt Martin?«

»Master John, auf ein Wort!«

John of Lynne, der gerade die Stiege herunterkam und das Fährhaus verlassen wollte, blieb stehen.

»Jungfer Myntha. Was gibt es denn?«

Myntha, die gerade mit einem Korb frischer Wäsche aus dem Garten gekommen war, stellte ihre Last ab.

»Darf ich Euch kurz in den Hof begleiten? Ich muss Euch eine Frage stellen.«

»Spielt Ihr wieder Schicksal, Jungfer? Nun gut. Alyss wird sich noch keine Sorgen machen. Begleitet mich und lasst hören.«

Gemeinsam gingen sie die wenigen Schritte in den Hof. Myntha scheuchte ein paar Hühner zur Seite, und sie blieben unter dem niedrigen Dach stehen, das weit in den Hof ragte. Hier waren sie vor Wind geschützt, trotzdem fröstelte die Jungfer und schlug die Arme um den Leib.

»Master John, wenn Ihr mit Eurem Handelszug nach England reist, wäre es Euch wohl möglich, eine Dame mitzunehmen?«

»Eine Dame?«

»Wir haben einen Gast …«

John lachte. »Ach ja, ich erinnere mich. Thomas hat von ihr erzählt. Die eigenwillige englische Lady. Ihr wollt sie doch nicht etwa loswerden?«

»Ganz und gar nicht, sie ist reizend«, erwiderte Myntha lachend. »Aber die Fürsorge gebietet es, sie schleunigst zu ihrer Familie nach Hause zu bringen. Man sorgt sich sicher schon um sie. Und eine adlige Maid sollte nicht zu lange allein auf Reisen sein. Das schädigt doch nur ihren Ruf.«

»Ihr sorgt Euch um ihren Ruf. Verstehe. Und hier besteht kein Grund, der sie halten könnte?«

Myntha verzog die Lippen. »Der Grund, der sie hätte halten können, hat sie gestern mit Donnerhall aus seinem Gemach vertrieben. Sie wollte nach seinem Verband sehen, aber wenn ich recht verstanden habe, sagte er, dass er lieber den Teufel selbst diesen Verband wechseln lassen würde.«

Es gelang ihr, John ein schallendes Lachen zu entlocken.

»Ich verstehe. Ihre Abreise könnte die Heilung Eures Pfleglings begünstigen. Und auch der Lady selbst Zeit sparen, auf der Suche nach einer Ehe.«

Myntha lächelte süß. »Ihr seid ein äußerst verständiger Mann, Master John.«

»Also gut, Jungfer. Ich versuche es.«

Jetzt atmete Myntha wirklich auf. »Versuchen genügt mir völlig. Erlaubt mir, Euch zu dem Versuch einen Becher vom Claret zu kredenzen und eine Rebhuhnpastete zu servieren. Es ist uns wieder einmal ein lebensüberdrüssiges Huhn in den Topf gesprungen.«

Master John musste erneut lachen. »Ihr versteht es wirklich, die Menschen zu überzeugen, Jungfer Myntha.«

Lady Olivia war naturgemäß nicht amüsiert, als Myntha John zu ihr brachte, um ihr das Angebot der Rückreise zu unterbreiten. Sie setzte sich schmollend und von ihnen abgewandt in ihren Stuhl und blickte aus dem Fenster.

John flötete ein paar Sätze, die, soweit Myntha verstand, Komplimente enthielten. Sie sei doch für einen derartigen Aufenthalt gar nicht geschaffen und bräuchte einen Ort, an dem man sie zu schätzen wisse. Olivias Ausdruck wurde jedenfalls nach und nach friedlicher. Am Ende stand sie auf, legte John beide Hände auf die Brust und sagte etwas in gurrendem Tonfall. Das war der Moment, als Myntha beschloss, schnell zu verschwinden, ehe Master John sein Angebot bereuen und es sich anders überlegen würde.

33. Kapitel

Sankt Martin zeigte sich noch einmal mit sonnigem Wetter. Das Fährhaus strahlte blank geputzt wie neu, geschmückt mit den letzten Blumen, mit buntem Herbstlaub und roten Beeren. Die Wildrosensträucher strotzten von roten Hagebutten. Der zarte Nebel, der morgens noch auf den Wiesen gelegen hatte, hob sich, und eine strahlende Sonne tauchte die Stoppelfelder in warmes Gold. An den Hügeln jenseits des breiten Silberbands des Rheins glänzte rotes Weinlaub.

Myntha, die oben in ihrer Kammer die letzten Strähnen an ihrem blonden Haar richtete, hätte ebenso strahlend ausgesehen. Wäre da nicht das sonderbar nagende Gefühl gewesen, dass etwas nicht stimmte.

»Die Mitgift, die Agnes dir gegeben hat, ist so unfassbar«, staunte Bilke. »Eine Truhe voll Gold und Geschmeide! Das wäre eine Mitgift für eine Edelfrau.«

Myntha wusste auch nicht, warum sie das nicht begeisterte. Der Schatz stand in ihrer Kammer, bereit, nachher von Haro heruntergetragen und den staunenden Gästen als Mitgift präsentiert zu werden. Sie selbst hatte erst am Morgen von ihrem Vater davon erfahren. Es war großzügig von Agnes, und sie hätte mehr als zufrieden sein sollen. Endlich hatte sie einen Bräutigam. Sie würden keine Geldsorgen haben, sie konnte hier in der Nähe bleiben. Und sogar das Wetter hatte zu ihrem Verlobungstag noch einmal sein schönstes Gewand angezogen. So wie auch die Freunde, die unten ungeduldig auf die Braut warteten.

Lady Olivia war mit dem Handelszug abgereist, den John nach England führte, rechtzeitig, ehe die Novemberstürme die Überfahrt zu gefährlich machten. Auf dem Rhein mochte man so spät noch reisen, aber die Nordsee war zum Winter ein sturmgepeitschtes Meer, das man besser mied. Aufgeregt und voller Erwartungen war auch Johns und Alyss' Tochter Jehanne mit ihm gegangen – das erste Mal, dass sie eine so weite Reise machen durfte. Frau Alyss hatte ihr Mädchen mit einem lachenden und einem weinenden Auge gehen lassen. Jetzt stand sie unter den Gästen, mit ihren Söhnen Thomas und Gauwin. In einem Säckchen trug sie außerdem den Verlobungsring, den ihr Frau Swinte in Verwahrung gegeben hatte. Rickel Moelner würde ihn seiner Braut übergeben und so die Verlobung besiegeln. Die angesehene Kölner Weinhändlerin schien ihr die einzig würdige Person für diese wichtige Aufgabe zu sein.

»Sieh nur«, rief Bilke, die aus dem Fenster nach unten in den Garten blickte. »Haro und Witold machen eine gute Figur in ihren Festtagskleidern. Witold schielt die ganze Zeit nach Imme, ist dir das schon aufgefallen? Und Gevatterin Ellen heult wie ein Schlosshund!«

Myntha warf einen kurzen Blick aus dem Fenster. »Pfarrer Julius ist auch schon da.« Sie seufzte. »Wir sollten uns beeilen.«

»Du siehst nicht sehr glücklich aus, Myntha. Bist du
sicher, dass es die richtige Entscheidung war, Johannes
von Odenhausen abzuweisen?«

»Er oder Rickel, was macht das schon? Und so muss
ich nicht so weit wegziehen. Nein, es ist vernünftig.«

»Vernünftig«, echote Bilke. »Ich weiß nicht, ob ich das
gern über meine Heirat gesagt hätte.«

Myntha erwiderte gar nichts.

»Sieh nur, da ist Leander. Er ist so erwachsen geworden
seit dem Brand in der Rabenkate. Und da ist ja auch der
Rabenmeister. Ich dachte schon, er kommt nicht mehr.«

Myntha schob den Fensterladen ein Stück weiter auf
und blickte nach unten.

Aufrecht und groß stand Frederic Bowman neben seinem jungen Gehilfen. Sein blondes Haar war gekämmt
und glänzte wieder. Nur die durchscheinende Blässe seiner Haut verriet, wie schwer seine Verletzungen gewesen waren. Die körperlichen Wunden waren fast verheilt.
Aber noch immer sprach er fast nicht und zeigte seltsam
wenig Interesse an allem, was um ihn herum vorging. Die
Nachricht von der anstehenden Verlobung hatte er fast
gleichgültig aufgenommen.

»Ist es wegen ihm?«, fragte Bilke ernst.

Myntha zuckte hilflos mit den Schultern.

Damals, als er nach Mülheim gekommen war, hatte
ihn der Ruf des Düsterlings umgeben wie ein schwarzer Mantel aus Rabenfedern. Sie hatte schnell erkannt,
dass der Mann hinter dieser Maske im Grunde nicht annähernd so finster war, wie er sich gab. Einmal hatte
er sie sogar geküsst, halb im Scherz. Oder war es dafür

nicht doch eine Spur zu schön gewesen? Aber erst als er so schwer verletzt in der Kammer im Fährhaus gelegen hatte, hatte sie bemerkt, wie sehr sie sich an die kleinen Sticheleien mit ihm gewöhnt hatte. Erst seit seine Hände so kraftlos auf der Decke lagen, begriff sie, wie sehr sie ihre Berührung vermisste. Das Gefühl, wenn er mit dem Finger über ihre Wange strich oder ihre Hände sich kurz berührten. Und wie sehr sie gehofft hatte, der Mann, den sie kannte und der ihr so vertraut war, würde nicht langsam, aber unaufhaltsam verblassen, wie eine schöne Erinnerung.

Dieser teilnahmslose Mann, den nichts zu berühren, der nichts zu empfinden schien, das war nicht der Rabenmeister Frederic. Nicht der, den sie kannte.

»Er weiß von der Verlobung seit Wochen. Aber es scheint ihn so wenig zu berühren wie alles andere.«

»Hat er je etwas dazu gesagt? Dir wenigstens Glück gewünscht?«

Myntha verneinte. »Seit dem Brand ist er nicht mehr derselbe. Nicht einmal seine gewohnten finsteren Scherze macht er mit mir. Er ist wie ein anderer Geist im Körper des Mannes, den wir alle kennen.«

»Dabei redet er wenigstens noch mit dir. Zu uns anderen sagt er kaum ein Wort. Selbst Haro und Witold sind gesprächiger.«

»Es hilft nichts, sich den Kopf darüber zu zerbrechen. Wenn Frederic Bowman sich entschlossen hat, den Rest seines Lebens als wortkarger Einsiedler zu verbringen, dann müssen wir das wohl oder übel schlucken.« Myntha zupfte die letzte Falte ihres Kleides zurecht. Sie hatte das blaue Festtagskleid ihrer Mutter gewählt. Zwar hätte ihr die reiche Mitgift ermöglicht, sich für die Verlobungsfeier ein eigenes machen zu lassen, aber sie wollte kein anderes als dieses tragen. So hatte sie nur einen schön bestickten Kranz für ihr Haar anfertigen lassen. Sie erinnerte sich, dass sie es getragen hatte, als Frederic sie geküsst hatte. Vielleicht hatte sie gehofft, dass ihr Verlobungstag so schön werden könnte wie der Abend damals. Jetzt war sie einfach nur enttäuscht.

»Gehen wir«, sagte sie traurig.

Draußen krächzte ein Rabe.

Die Gäste warteten im Garten, aber auch hier wirkte eigentlich niemand wirklich froh. Thomas hatte sichtlich die Maid im Kopf, die er gestern auf dem Alten Markt kennengelernt hatte, denn er trat nur ungeduldig von einem Fuß auf den andern. Mynthas Brüder waren noch schweigsamer als sonst auch schon, und Reemt hatte ein Gesicht aufgesetzt, als wolle seine Tochter den Finsterling Hagen von Tronje aus dem Nibelungenlied zum Manne nehmen und nicht den harmlosen Rickel Moelner.

»Die Martinsgans ist im Ofen«, quengelte Gauwin. »Dauert es noch lange?«

Alyss strich ihm über den Kopf. »Nun gedulde dich noch. Sie kommt ja gleich.«

»Sind Äpfel in der Gans? Und gibt es frisches, knuspriges Brot dazu?«

»Kannst du mich mit der Gans in Frieden lassen?«, fuhr Alyss ihren Jüngsten an.

Swinte und Rickel Moelner stiegen soeben von ihren Maultieren, und aller Augen richteten sich auf sie. Swinte war sichtlich erleichtert, für ihren Bruder endlich ein Weib gefunden und so die Erbfolge der Mühle gesichert zu haben. Und mehr als das, dieses Weib war nicht nur einigermaßen jung und ansehnlich, sondern brachte darüber hinaus auch noch eine großzügige Mitgift in die Ehe. Kein Wunder, dass Swinte trotz ihres hochnäsigen Gebarens doch sehr froh aussah. Wenn es ihr Wunsch gewesen war, ihrer erbgierigen Sippschaft ein Schnippchen zu schlagen, so konnte sie stolz auf sich sein.

Und dass sie das war, konnte man auf Meilen sehen. Die Mühlenerbin hatte sich eigens ein neues Gewand machen lassen und war sichtlich erpicht, Eindruck zu schinden. Ihre teigigen weißen Arme verschwanden in enganliegenden Ärmeln aus rotem Samt, und ihr ansonsten wenig eindrucksvolles Haupt zierte ein neuer Kopfputz: ein Kruseler, ein sorgsam gerüschtes blütenweißes Kopftuch, das ihr herablassendes Gesicht umgab wie ein Heiligenschein. Wäre es nach der Pracht des Putzes gegangen, hätte man sie selbst für die Braut halten müssen.

Myntha betrachtete ihren einäugigen Bräutigam. Auch Rickel Moelner hatte sich herausgeputzt. Er trug eine glänzend weiße Augenbinde und ein ebenfalls rotes Wams, einen eleganten Hut aus Samt mit einer glänzenden langen Feder und mehrfarbige Strümpfe. Wie ein Edelmann.

Dennoch, unter den Gästen wirkte niemand so recht

von seiner Erscheinung eingenommen. Die betretene Stimmung wollte nicht besser werden. Alyss knetete das Säckchen mit dem Ring. Ihr Sohn Thomas verdrehte die Augen, und Bilke war an Haros Seite geeilt. Sie hatte seinen Arm umfasst und flüsterte ihm die ganze Zeit aufgeregt etwas ins Ohr. Witold, stumm wie immer, schielte nach Imme, die ihm sogar hin und wieder einen verstohlenen Blick zuwarf. Ellen hatte eine Miene aufgesetzt, als würde man nicht zu einer Verlobung, sondern zu einer Beerdigung schreiten, und immer wieder tuschelte sie mit Reemt. Der seinerseits nach Frederic blickte. Welcher stockstumm und lethargisch wie eh und je ganz hinten stand und düster vor sich hinstarrte. Nur einmal hatte er kurz gezuckt, als Myntha in dem blauen Kleid ins Freie getreten war. Aber danach war er sofort wieder in seine Starre gefallen.

Pfarrer Julius nahm Reemt noch einmal beiseite, vermutlich, um die Einzelheiten des Vertrags mit ihm durchzugehen. Wenn er und der Bräutigam sich einig waren, würde Rickel Myntha den Ring übergeben und schlussendlich per Handschlag mit ihrem Vater das Geschäft besiegeln.

Pfarrer Julius trat in die Mitte und räusperte sich. Eine Wolke Ambra umwaberte ihn, die mühelos die Entfernung überwand und in Mynthas Nase drang.

»Wir sind hier zusammengekommen, um Zeugen eines Eheversprechens zu werden«, begann er weihevoll. »Rickel Moelner, Erbe einer Rheinmühle unweit zu Köln, und Myntha van Huysen, Tochter des Fährmanns Reemt van Huysen allhier, wollen sich das Jawort geben.«

Er betete die Liste aller Einzelheiten des Vertrags herunter. Irgendwie hatte er denselben Tonfall wie in der Kirche. Aber es war mit Händen zu greifen, dass keiner der Gäste so wirklich andächtig war. Alle schienen nur betreten darauf zu warten, endlich nach Hause gehen zu können.

»Und deshalb bitte ich nun dich, Rickel Moelner, deiner Braut den Ring zu überreichen. Nimmt Myntha ihn an, kannst du mit ihrem Vater den Vertrag besiegeln, denn Reemt hat die Zustimmung seiner Tochter zur Bedingung gemacht.«

»Er hat ihre Zustimmung bereits, ehrwürdiger Vater«, erwiderte Swinte stolzgeschwellt. Sie sah Alyss herausfordernd an. »Wo ist der Ring?«

Frau Alyss sah zu Myntha herüber, aber die machte auch keine Anstalten, die Verlobung im letzten Augenblick noch platzen zu lassen. Ein letzter, hilfesuchender Blick in die Menge der Gäste. Alyss seufzte.

Aber dann legte sie den Ring auf ihre rechte Hand und schritt damit auf Rickel zu. Alle Augen richteten sich nun auf Braut und Bräutigam.

Obwohl Frau Alyss nur wenige Schritte zu gehen hatte, schaffte Rickel es, mindestens dreimal von einem Bein aufs andere zu treten und zweimal nach seiner Schwester zu sehen, die ihm huldvoll zunickte.

Würde das ihr Eheleben sein?, fragte sich Myntha. Ein Mann, der von allem verunsichert war und für jede Entscheidung die Zustimmung seiner Schwester einholte? In den letzten Wochen hatte sie das Gefühl gehabt, dass es besser geworden sei. Aber jetzt war sie sich nicht mehr sicher.

Alyss bot Rickel den Ring dar. Swinte verpasste ihrem zögernden Bruder einen Stoß in den Rücken, und erschrocken wollte dieser die Hand ausstrecken.

»Schluss mit der Narretei!«

Beim Klang der vertrauten Stimme blieb Myntha das Herz stehen.

Jemand drängte sich durch die Reihen der Gäste nach vorne.

Allerdings musste er sich nicht besonders anstrengen. Denn alle machten ihm bereitwillig und fast freudig Platz. Ein Seufzen der Erleichterung machte sich breit, leise, aber unüberhörbar.

Frederic Bowman hatte seine Lethargie überwunden. Mit festen Schritten kam er in die Mitte der Gesellschaft und wandte sich an Pfarrer Julius. Seine Stimme hatte jetzt nichts Raues, Ungeübtes mehr.

»Mit Eurer Erlaubnis, ehrwürdiger Vater. Ich bitte darum, die Zeremonie unterbrechen zu dürfen.«

»Das habt Ihr schon, mein Sohn«, bemerkte Pfarrer Julius ein wenig säuerlich. Aber in den Ambraduft mischte sich eine Spur von Angstschweiß. Widerspenstige Gemeindemitglieder trieben ihm noch immer den Schweiß auf die tadellos weiße Stirn. Und dieses hier schien wild entschlossen, ihn ins Schwitzen zu bringen.

»Sie wird diesen Mitgiftjäger nicht heiraten!«, schnauzte Frederic ihn an. »Ich will, dass sie mich heiratet.«

Er wandte sich direkt an Myntha: »Kommt Ihr jetzt herunter von Eurem Narrenschiff, Jungfer Unhold, oder muss ich es erst zum Kentern bringen?«, forderte er barsch.

Er konnte sich zugutehalten, dass sein Auftritt die Wirkung nicht verfehlt hatte. Swinte war zurückgeprallt und rang nach Luft. Thomas riss die Augen auf, und Frau Alyss seufzte ein Stoßgebet.

Pfarrer Julius verschluckte sich an dem, was er hatte sagen wollen. Ellen verpasste Reemt van Huysen einen Rippenstoß, und Bilke entrang sich ein halblautes »Ha!«

Nur Rickel stand da wie ein Hund, dem das Futter vor der Nase weggefressen wird.

Myntha versuchte gar nicht erst, sich gegen das strahlende Lächeln zu wehren, das sich über und über auf ihrem Gesicht ausbreitete.

»Euer Werben ist von unwiderstehlichem Zartgefühl, Rabenmeister«, erwiderte sie keck. »Wollt Ihr auch eine Antwort, oder soll ich einfach ohnmächtig werden?«

Frederic räusperte sich. Dies waren in der Tat nicht gerade die üblichen Worte gewesen, mit denen man eine Frau um die Ehe bat.

Frau Alyss brach den Bann. Beherzt legte sie den Ring in seine Hand und schloss seine Faust darum.

Frederic öffnete die Hand und betrachtete den Ring. Seine Lippen bebten. Dann sah er Myntha an, wie sie vor ihm stand in ihrem blauen Festtagskleid, den Kranz im offenen, silberblonden Haar.

»Wollt Ihr mich?«, fragte er leise und hielt den Ring über ihre Hand.

»Jetzt macht schon, Jungfer Myntha!«, rief Gauwin. »Die Gans ist im Ofen! Wir wollen das Martinsmahl essen, ehe sie anbrennt!«

Myntha strahlte. Der Kummer und die Enttäuschung fielen von ihr ab.

»Aber ja doch!«, rief sie.

Ein erleichterter Aufschrei ging durch die Gäste.

»Sie nimmt Frederic!«, rief Thomas. »Gott sei Dank!«

Alyss stieß einen Seufzer aus. Reemt bekreuzigte sich, und Ellen hängte sich an seinen Arm. Bilke rammte Haro den Ellbogen in die Seite. Er begriff und fing an zu jubeln. Und alle anderen stimmten ein.

Frederic steckte Myntha den Ring an den Finger.

»Die Freundschaft der anderen annehmen«, sagte er und schloss seine Hand um ihre. »So ist es die Art der Bienen, hat man mir gesagt.«

Und dann lachte er auf einmal. Laut und vernehmlich. Zum ersten Mal seit er nach dem Brand verwundet in ihr Haus gekommen war. Und Myntha hatte das Gefühl, dass der Frederic, der jetzt vor ihr stand, ein neuer und gleichzeitig der alte war. Es war, als hätte er sich aus einem Kokon befreit und wäre darunter lebendiger, lebhafter und glücklicher hervorgekommen. Als wäre alles von ihm abgefallen, das ihn die letzten Wochen gequält hatte. Sein altes Leben war vorbei. Die Toten waren begraben. Aber die Wunden heilten. Und er hatte endlich ein neues Leben gefunden. Eines, in dem nicht nur sein Körper, sondern auch seine Seele gesunden konnte.

Myntha erwiderte den Druck seiner Hände.

Swinte hatte hörbar nach Luft geschnappt, als Frederic sich so unverfroren in die Mitte drängte und ihren Bruder aus dem Rennen warf. Jetzt fand sie ihre Fassung wieder, und vor allem auch ihre Sprache.

»Herr Jesus!«, kreischte sie.

Sie verpasste ihrem Bruder einen Rippenstoß. Der, sichtlich verwirrt von all dem unerwarteten Geschehen, sah seine Schwester nur unsicher an. Aber die schimpfte auch für zwei.

»Das geht nicht!«, schrillte Swintes Stimme durch den Garten. »Das ist Vertragsbruch! Auf gar keinen Fall reißt sich dieser Wilde das Gold unter den Nagel! Wer ist der Mann überhaupt, was hat er zu bieten? Erbt er eine Rheinmühle? Wo kommt er her, hat er überhaupt einen nur annähernd so guten Leumund wie Rickel Moelner? Es ist alles abgemacht und besiegelt, es wird nichts mehr geändert. Hier steht der Bräutigam, hier und nirgendwo sonst! Myntha heiratet meinen Bruder, die Mitgift steht uns zu!«

Rickel stand da wie jemand, der auf der Straße unversehens den Inhalt eines Nachttopfs übergegossen bekommt, während Frederic die Braut, die eigentlich die des Mühlenerben hätte werden sollen, unverfroren in die Arme nahm und küsste. Und das alles unter dem Jubel der Gäste, die eigentlich seine hatten sein sollen.

»Das geht nicht!«, schrie Swinte, die ihre Felle davonschwimmen sah, sich aber noch nicht vollends geschlagen gab. »Aufhören! Sofort aufhören! Sie heiratet Rickel!«

Rickel selbst schaffte es nicht einmal zu protestieren. Stumm und stocksteif stand er mit offenem Mund an seinem Platz. Es war, als hätte Frederic, indem er seine eigene Starrheit gelöst hatte, sie auf ihn übertragen. Frau Swinte schnappte nach Luft und nach Worten, als wüsste sie nicht, ob sie vor Wut laut weiter herumschreien oder sich schlichtweg in eine Ohnmacht retten sollte.

Aber darum kümmerte sich jetzt nun wirklich niemand mehr. Und Myntha und Frederic schon gar nicht.

Et hätt noch emmer jot jejange.

Nachwort

Wie es wohl mit den Figuren weitergeht? Am Ende einer Reihe ist es für alle Autoren schwer, sich von den Figuren zu verabschieden, die einen so lange begleitet haben. Was wohl aus ihnen geworden ist? Werfen wir zum Ende der Geschichte noch einen Blick in die Zukunft …

Fünf Jahre später:

Myntha ist glücklich mit Frederic, mit dem sie inzwischen zwei Kinder hat. Sie wandelt nicht mehr nachts umher, ob nun die Honigmilch dazu geholfen hat oder nicht. Allerdings steckt sie ihre Nase noch immer gern in die Angelegenheiten anderer Leute. Deshalb ist ihr auch aufgefallen, dass Julius vamme Creutz neuerdings ein auffälliges Interesse am Seelenheil einer jungen, hübschen Witwe aus seiner Gemeinde hat. Aber da beide noch leben, wird es dazu keinen Roman mehr geben.

Frederic hat seine Schwermut überwunden und verwaltet mit seiner Frau Myntha das Gut Villip. Nichts Düsteres umgibt ihn mehr. Bis auf den Tag jedenfalls, als Frau Swinte sich erkundigte, ob Mynthas und seine Erstgeborene als Gattin für ihren Bruder infrage käme, und er die Raben auf sie hetzte. Ihnen hat er inzwischen beigebracht, kein Futter von Fremden anzunehmen. Seiner Frau das Kochen beizubringen hat er hingegen gar nicht erst versucht.

Reemt hat nun doch noch Enkel von Myntha bekommen und erzählt ihnen Geschichten von Nibelungen, Drachen und Zwergen. Man munkelt, das erste Wort seiner Enkelin sei »Drache« gewesen.

Henning ist es tatsächlich gelungen, Riccarda zu ehelichen. Dank diskreter Hilfe ihrer Familie – die sehr froh war, sie auf diese Weise ohne großes Aufsehen loszuwerden – und des Schatzes aus Bauer Egberts Feld konnte er in einem Handelsunternehmen Teilhaber werden und hat in mehrere Schiffe investiert. Von seinem ersten Gewinn schickte er der Tgesa da Sett eine großzügige Spende. Per Kreditbrief.

Gislindis bewohnt jetzt ein schönes Haus in Venedig, das der ehrwürdigen Familie der Steni gehört. Was bei ihrem Gatten wie auch so manchem venezianischen Senatsmitglied ein gewisses Misstrauen bewirkt hat. Aber wenn sie die Steni nun um jeden Preis in ihrer Nähe haben wollen, was will man da schon machen?

Emery ist zu seinem Vater zurückgekehrt und bettelt jeden Tag, bei Henning in die Lehre gehen zu dürfen.

Agnes und **Lancelot de Malesdroit** sind glücklich heimgekehrt.

Haro und **Bilke** sind stolze Eltern eines künftigen Ferrers. Noch ist er allerdings zu klein, um über den Rücken der Treidelpferde zu sehen.

Witold und Imme feierten Hochzeit, nachdem Imme ihre Ausbildung beendet hatte. Das ist noch nicht lange her, doch man munkelt in Mülheim, dass Imme eine eigene kleine Apotheke im Fährhaus einrichten will.

Frau Alyss ist gebeten worden, einen Jungen aufzunehmen, der gern Mönch werden möchte. Sie hat abgelehnt.

Cedric ist nach England zurückgekehrt.

Swinte Moelner hat noch jahrelang versucht, ihren Bruder **Rickel** zu verheiraten. Hierzu inspizierte sie sämtliche Töchter der Nachbarschaft im Umkreis von fünfzehn Meilen. Da sie stets Einsicht in die Vermögensverhältnisse der Väter verlangte, aber nie einen Vertrag abgeschlossen hat, ist sie im selben Umkreis nicht mehr allzu beliebt. Rickel selbst hat es längst aufgegeben, eine Frau zu finden, doch seine Schwester besteht darauf und wird darüber immer verbitterter. Da der Mühlenerbe jedoch zu unentschlossen ist, sie vor die Tür zu setzen, werden sich die beiden wohl bis an ihr selig Ende das Leben zur Hölle machen.

Nachwort der Co-Autorin

Es ist etwas ganz Besonderes, das Buch einer so beliebten und renommierten Autorin wie Andrea Schacht zu Ende zu schreiben. Besonders, sich in eine Welt hineinzuschreiben, die jemand anders erschaffen hat, sich in ihren Stil, in ihre Figuren einzufühlen. Ein Abenteuer, wie das, eine neue Welt zu entdecken.

Als ich von Andrea Schachts Tod hörte, war ich tief betroffen. Ich schätzte ihre geistreichen, stets sorgfältig recherchierten und so menschlich geschriebenen Bücher. Sie waren nicht nur spannend, sondern ermöglichten auch einen ganz eigenen Einblick in einen vergangenen Mikrokosmos.

Zunächst möchte ich mich ganz herzlich bei Dieter Hering-Schacht bedanken. Es war seine Entscheidung, das Manuskript seiner Frau vollenden zu lassen. Dass seine Wahl und die des Blanvalet Verlags auf mich fiel, erfüllt mich mit Freude, und ich möchte mich für dieses Vertrauen bedanken. Dieter Hering-Schacht und Andrea Schachts Lektor, Dr. Rainer Schöttle, danke ich außerdem für ihren Rat und ihre Hilfe bei der Umsetzung, sowie für ihr positives Feedback. Für mich war es eine große Bereicherung. Mynthas Welt ist mir noch vertrauter geworden, und ich habe die Figuren noch lieber gewonnen. All das hat diese Erfahrung zu einer ganz besonderen für mich gemacht.

Ich hoffe, damit auch dem Wunsch der Leserinnen und Leser Andrea Schachts entsprechen zu können, die sie als wunderbare Geschichtenerzählerin in Erinnerung behalten werden. So wie ich auch.

Julia Freidank, München im Dezember 2018

Leseprobe

Andrea Schacht

Der dunkle Spiegel

Neuveröffentlichung:
Frühjahr 2020 im Blanvalet Verlag.

Kapitel 1

Die Aprilnacht war ungewöhnlich kühl, und feuchter Dunst zog vom Fluss herauf durch die Gassen. Der Mann trug einen langen, schwarzen Umhang, dessen Kapuze sein Gesicht völlig überschattete. Er ging mit eiligen Schritten, doch bemühte er sich, keinerlei Geräusch zu verursachen, um nicht etwa einen rechtschaffenen Bürger aus seinem wohlverdienten Schlaf zu reißen. Auch auf eine Laterne hatte er verzichtet, und dann und wann musste er innehalten, um in den finsteren Gassen seinen Weg zu finden. Endlich erreichte er das Haus, welches das Ziel seines nächtlichen Ausflugs war. Die Wolke, die bisher den Mond verhüllt hatte, war weitergezogen, und das kalte Licht, das nun die graue, steinerne Hauswand erhellte, erleichterte es dem Vermummten, mit dem Schlüssel das Tor zum Hof zu öffnen. Nur ein leises Knarren verriet sein Eindringen. Vorsichtig lehnte er das Tor wieder an, verschloss es aber nicht.

In dem Geviert war es kalt, denn die hohen Mauern legten auch am Tag dunkle Schatten über die Eingänge der Gewölbekeller. Ein Frachtkarren stand an der Wand, Fässer stapelten sich daneben, bereit für die Auslieferung an wohlhabende Kunden. Der Ast eines blühenden Apfelbaums hatte es gewagt, sich vom Nachbargrundstück über die Mauer in den Hof des nüchternen Handelshauses zu neigen, doch konnte selbst sein süßer Duft nicht den säuerlichen Geruch übertrumpfen, mit dem der verschüttete Wein seit Jahrzehnten den Boden des Hofes tränkte. Über diesen Ast balancierte, vorsichtig Pfote vor Pfote setzend, ein schwarzer Kater und sah sich prüfend um. Obwohl seine Sehkraft in der Nacht um vieles besser war als die der Menschen, konnte er den Mann im Umhang kaum ausmachen. Dieser verschwand beinahe in einer der dunklen Mauernischen, nur hin und wieder hörte der Kater seinen aufgeregten Atem.

Die Zeit verstrich, weitere Wolkenschiffe zogen vor den Mond und verschluckten sein Licht, ließen dann aber wieder zu, dass es sich silbern über die Stadt und den Strom ergoss. Die Nacht erschien dem Wartenden nervenzerreißend still.

Endlich knarrte kaum hörbar die Tür, und eine weitere Gestalt schlüpfte lautlos in den Hof. Auch diese trug einen dunklen Umhang, der ein kurzes, gepolstertes Wams und eng anliegende Beinkleider verhüllte. Die Schuhe des Mannes waren aus weichem Leder gefertigt, die langen Spitzen hatte er hochgebunden, um ungehindert laufen zu können. Suchend blickte er sich um, lauschte und ging dann zielstrebig auf den Winkel zu, in dem sich der andere Mann verbarg. Dieser löste sich aus dem Schatten und trat dem Ankömmling entgegen. Flüsternd unterhielten sich die beiden eine Weile, doch besonders freundschaftlich schien das Gespräch nicht zu verlaufen. Der Vermummte gestikulierte mehrfach in heftiger Abwehr, sodass sein Umhang wie Rabenschwingen flatterte. Doch nach und nach erstarb sein Protest, wie Halt suchend lehnte er sich an die Wand und hob nur noch einmal die Hand, als wolle er den anderen beschwichtigen. Schließlich aber zog er resigniert die breiten Schultern hoch und ließ den Kopf hängen. Der andere lachte leise und flüsterte vernehmlich: »Wenn du mir also diesen kleinen Gefallen tust, wird dir und deinem Herrn nichts geschehen! Und der Erzbischof wird's dir danken.« Dann war er verschwunden, und das Tor fiel hinter ihm ins Schloss.

Der schwarze Kater, der unbeweglich unter dem Ast gesessen hatte, reckte sich und zuckte dann plötzlich zusammen, denn der Mann an der Wand strich mit einer jähen Bewegung die Kapuze vom Kopf, als ob sie ihn unerträglich drückte. Sein junges Gesicht war fahl wie das Mondlicht, und mit vor Entsetzen starrem Blick murmelte er unablässig: »Nom de Dieu, nom de Dieu, nom de Dieu …«

Kapitel 2

Die kleine Pfarrkirche, die sich an das Kloster von Groß St. Martin schmiegte, war gut besucht. Dicht an dicht drängten sich die Gläubigen, überwiegend Handwerkerfamilien und kleine Gewerbetreibende, in ihrem Sonntagsstaat. Die Frauen trugen meist schlichte Hauben, aufwändigen Putz gab es selten, auch bunte Kleider waren nur einige wenige zu sehen. Viele schienen andächtig der Messe zu lauschen, aber an einigen Stellen gab es auch Getuschel und leises Lachen. Durch das strenge Rautenmuster der schmalen, bleiverglasten Fenster drang das Licht in langen Streifen ins Innere der Kirche. Große Helligkeit erzeugte die Sonne allerdings nicht, und die beiden dicken Wachskerzen rechts und links des Altars mussten dem schwarz gewandeten Mönch helfen, die Schrift zu verlesen.

Die sommerliche Wärme, die Weihrauchschwaden, das gedämpfte Licht und die eintönig vorgetragenen Psalmen lullten Almut Bossart in einen wohligen Halbschlaf. Immer wieder sank ihr grau verhüllter Kopf auf die Brust, und ebenso oft weckte sie ein freundschaftlicher Rippenstoß ihrer Nachbarin wieder auf.

Sie hatte die Nacht weitgehend ohne Schlaf verbracht,

denn Elsa, die Apothekerin, litt an einem heftig schmerzenden Zahn, und sie, Almut, hatte einen der geheimnisvollen Prozesse überwachen müssen, in denen Elsa
ihre Elixiere und Heilmittel herstellte. Natürlich gab es
da noch ihre Helferin Trine, eine fleißige und gelehrige
Dreizehnjährige, aber aus gutem Grund konnte man ihr
nicht die Aufsicht über Arbeiten anvertrauen, in denen
Feuer eine Rolle spielte. Sie hatte nämlich die unausrott-
bare Neigung, alles auf seine Wirkung als Räuchermittel
zu untersuchen, von harmlosen getrockneten Kräutern
über wertvolle Gewürze bis hin zu den zipfeligen Enden
ihrer eigenen Zöpfe. Kurz und gut, Almut hatte vor dem
Alambic gesessen und beobachtet, wie sich Tröpfchen
für Tröpfchen der klaren Lösung in dem Auffanggefäß
sammelte. Hin und wieder gab sie ein Bündel Kräuter
hinein – Lavendel, hatte ihr Elsa gesagt – und ließ den
Vorgang sich wiederholen. Es war keine unangenehme
oder gar schwere Arbeit, sie verlangte jedoch Aufmerksamkeit.

Die Nacht hatte Elsa keine Erleichterung gebracht, am
Morgen war die Wange geschwollen, und sie musste sich
stöhnend mit einem feuchten Tuch die Gesichtshälfte
kühlen. Almut verließ sie mit dem Versprechen, nach der
Messe eine Arznei-Phiole bei dem Weinhändler de Lipa
am Mühlenbach abzuliefern.

»Dem scheint wirklich das Hirn in den fetten Bauch
gerutscht zu sein!«, murrte ihre Nachbarin unwillig.

»Mh?«

Almut schreckte aus einem verträumten Dämmern

auf, in dem blühende Felder und ein reiches Mahl unter schattigen Bäumen eine Rolle gespielt hatten, und lauschte widerstrebend der Predigt. Sie war nicht dazu angetan, erhebende Gefühle in ihr zu wecken. Flüsternd wandte sie sich an ihre Nachbarin: »Stimmt, Clara. Pater Leonhard war zwar der langweiligste Prediger unter Gottes Sonne, aber diese Schmalzkugel fängt an, auch mich zu ärgern!«

»Almut, sei still. Du bringst dich nur wieder in Schwierigkeiten!«, zischte Gertrud vernehmlich in ihre Richtung.

Insgesamt zehn grau gewandete Frauen, die zu einem kleinen Beginen-Konvent am Eigelstein gehörten, knieten in andachtsvoller Haltung in der dritten Reihe der kleinen Pfarrkirche, die nach der Heiligen Brigid hier in Köln St. Brigiden hieß. Als Priester war für sie einer der Mönche des nebenan liegenden Benediktinerklosters zu Groß St. Martin zuständig. Die Messe hätten die Beginen aber normalerweise in einer kleinen Pfarrkirche am Rhein besucht, doch da sich der Erzbischof und die Stadt mal wieder in den Haaren lagen, hatten sich einige der Kleriker, unter ihnen auch Pater Leonhard, zu ihm gesellt und warteten jetzt in Bonn ab, wie sich die Lage weiter entwickelte. Damit sie jedoch weiterhin nicht auf den Kirchgang verzichten mussten und geistlichen Rat finden konnten, hatte die Meisterin der Beginen bestimmt, dass sich der Konvent ab Mai geschlossen in die Obhut der Benediktiner begeben sollte.

Almut hielt das nicht für eine gelungene Entscheidung. Sie betrachtete den Prediger in seiner schwarzen Kutte und versuchte, ihrer aufwallenden Abneigung Herr zu werden.

Der klein gewachsene Notker, der von seinen Mitbrüdern wegen zwei anderer Mönche gleichen Namens ›Notker der Dicke‹ gerufen wurde, neigte zwar den Freuden der Tafel zu, nahm aber sein Keuschheitsgelübde überaus ernst und betrachtete das Weib als die Wurzel allen Übels. Er war schon als Kind ins Kloster gekommen und hatte den Kontakt zu diesen verwerflichen Kreaturen der Schöpfung bisher erfolgreich gemieden. So bezog er denn seine Kenntnis ihrer Natur aus den einschlägigen Bibelstellen und einigen passenden Auszügen aus den Schriften des großen Thomas von Aquin und ähnlicher, den Frauen wenig aufgeschlossen gesonnener Autoren. Er hielt die weibliche Hälfte der Menschheit daher geistig für so minderwertig, dass sie ihre offenkundigen Mängel selbst nicht erkennen konnten und man ihnen ihre Schlechtigkeit und Falschheit beständig mit bunten, drastischen Bildern klarmachen musste.

»Ein störrisches Pferd reite man nicht bei Festen, sondern halte man im Stall und brauche es als Lasttier«, tönte er gerade inbrünstig, und Almut schnaubte.

»Mach nicht solche Geräusche!«, kicherte Clara. »Sonst glaubt er noch, hier säße eins!«

»Keiner braucht zu hoffen, die Natur des Schweines oder der Katzen zu ändern, und aus Wolle kann man nicht Seide spinnen! Auch ein Weib mit milden oder harten Worten zu ziehen ist vergebliche Mühe.«

»Warum hält er dann nicht die Luft an?«, knurrte Almut, die langsam an die Grenzen ihrer Geduld geriet.

Notker der Dicke sandte einen brennenden Blick in Richtung des Getuschels, erkannte die frommen Beginen und wetterte los: »Das Weib tritt mal schlicht und fromm wie eine Nonne auf, aber wo es ihm passt, lässt es seiner Neigung plötzlich freien Lauf. Das geile Auge des Weibes macht den Mann zu Schanden und dörrt ihn wie Heu!«

Hinter Almut und Clara begann jemand hilflos zu kichern.

»Das Weib ist ein Spiegel des Teufels, wehe auch dem frömmsten Manne, der zu oft hineinblickt. Ein Tor, wer einer Schlange traut, hat doch die Schlange Eva betrogen und ist dafür verdammt über Steine und Dornen zu kriechen. Kein Mann sollte dem Weibe trauen, seitdem es den Adam betrogen hat. Deswegen lässt man es ja auch Haupt und Stirn bedecken, damit es sich schäme. Scham und Demut stehen dem Weibe an, denn so steht es geschrieben: ›Und Gott der Herr schuf eine Frau aus der Rippe, die er von dem Menschen nahm‹ – ein krummes Geschöpf, entstanden aus schadhaften Samen und feuchten Winden, wie schon unser großer Lehrer Thomas von Aquin wusste!«

»Eure Bibel habt ihr aber nicht besonders gut gelesen, Bruder Notker! Es gibt da eine Stelle, in der es heißt: ›Gott schuf den Menschen zu seinem Bilde, zum Bilde Gottes schuf er ihn; und schuf sie als *Mann und Weib*!‹«

Gertrud, die auf der anderen Seite neben Almut stand, zog sie vergeblich am Ärmel.

»Und vielleicht hilft es Euch auch, wenn Ihr bei Paulus nachlest, der da sagt: ›Doch in dem Herren ist weder die Frau etwas ohne den Mann, noch der Mann etwas ohne die Frau; denn wie die Frau von dem Mann, so kommt auch der Mann durch die Frau, aber alles von Gott.‹ Lest nach, Bruder Notker, wenn Ihr des Lesens mächtig seid!«

Bleischwere Stille lag über dem Kirchenraum. Der dicke Mönch hatte einen puterroten Kopf bekommen und schnappte ein paarmal nach Luft. Dann kam ihm offensichtlich so etwas wie eine Erleuchtung und er plusterte sich zu seiner ganzen Größe auf, um mit herrischer Stimme zu verkünden: »›In der Gemeinde der Heiligen sollen die Frauen schweigen. Es ist ihnen nicht gestattet zu reden, sondern sie sollen sich unterordnen!‹ Das ist es, was uns der Apostel Paulus sagt.«

»Tja, Grube gegraben und selbst reingefallen«, flüsterte Clara Almut zu, die jetzt bescheiden das Gesicht hinter dem Schleier verbarg. Weniger aus Demut, sondern weil es ebenfalls sehr rot geworden war.

Die Messe nahm ihren gewohnten Gang.

Bis zu einem weiteren Zwischenfall. Der ereignete sich, als Notker das Abendmahl zelebrierte. Diese heilige Handlung stellte einen der Höhepunkte für den Priester dar, nicht wegen der tiefen Symbolik oder des wundervollen Mysteriums der Wandlung, sondern weil er sich nach dem wirklich ausgezeichneten Messwein sehnte, den sein Kloster so freundlich war, aus Burgund importieren zu lassen. Er hatte darauf geachtet, dass der Kelch großzügig gefüllt wurde. Nun brach er die Hostie darüber, sprach die Worte, die zu sprechen waren, und hob das kostbare Gefäß, um einen tiefen Zug des dunklen, schweren Rotweins zu nehmen.

Saurer Geschmack, bitter und scharf, füllte seinen Mund, und in einer Fontäne versprühte er die rote Flüssigkeit über das weiße goldbestickte Altartuch. Hustend und mit Tränen in den Augen kniete er nieder und stammelte etwas von Wasser.

»›Denn wer so isst und trinkt, dass er den Herrn nicht achtet, der isst und trinkt sich selber zum Gericht!‹«, bemerkte Almut salbungsvoll. Und fügte dann mit nüchterner Stimme hinzu: »Hat Paulus auch gesagt.«

Schadenfrohes Kichern erfüllte die Kirche, doch endlich hatten zwei barmherzige Mitbrüder begriffen, dass der dicke Notker wahrhaftig in Nöten war. Sie halfen ihm auf und führten ihn in die Sakristei. Die Gemeinde begann sich zögerlich aufzulösen. Dieser Gottesdienst bot zumindest für die nächsten Tage ein wunderbares Gesprächsthema.

Die Beginen sammelten sich zu einer geschlossenen Gruppe und verließen gesetzten Schrittes die Kirche. Auf den Stufen warteten die Bettler und Krüppel auf Almosen, und als sie ihre Spenden getan hatten, fragte Almut in die Runde: »Ich muss für Elsa eine Besorgung machen. Wer kann mich begleiten?«

»Ich gewiss nicht, ich habe genug in der Küche zu tun.«

Mürrisch drehte sich Gertrud um.

»Ich würde ja gerne mitgehen, Almut, aber du weißt ja: mein Fuß!«

»Der schmerzt dich bei jedem Weg, den du nicht für dich selbst unternimmst, Clara.«

Bittend sah Almut sich in der kleinen Gruppe um, aber ein freiwilliges Nicken fand sich bei keiner der Frauen. Das Essen wartete. Schließlich seufzte sie: »Trine geht mit mir.«

Sie machte dem schmächtigen Mädchen, das sich unauffällig im Hintergrund gehalten hatte, ein Zeichen. Mit einem Lächeln trat es vor, und Almut nickte ihm freundlich zu. Gewiss, die Kleine war kein Schutz gegen unsittliche Übergriffe, und ganz den Regeln des Konvents entsprach die Lösung auch nicht. Die schrieben nämlich vor, dass junge Beginen sich immer nur in Begleitung einer älteren in der Öffentlichkeit bewegen durften. Und Almut war in der Tat noch jung, obwohl sie selbst das nicht mehr glaubte.

»Komm, dann wollen wir uns sputen, Trine, damit wir rechtzeitig zur Non zurück sind.«

Während sie sprach, machte sie kleine ausdrucksvolle Gesten mit den Händen, und Trine verfolgte diese und auch Almuts Lippenbewegungen aufmerksam. Denn Trine war taubstumm.

Almut und das Mädchen trennten sich von den anderen Beginen und verließen St. Brigiden in entgegengesetzter Richtung. Almut wusste, wo sich das Haus des Weinhändlers de Lipa befand, denn in diesem Teil der Stadt war sie aufgewachsen: Ihr Elternhaus stand ebenfalls oberhalb des Mühlenbachs. Weit war der Weg nicht, den sie zu gehen hatten, aber die ungepflasterten Straßen waren noch schlammig vom letzten Regen und aufgewühlt von den Fuhrwerken und Karren, die die Waren von den Schiffen im Hafen zu den Lagern der Kaufleute oder zu den Märkten brachten. Erst vor zwei Tagen hatte die Sonne den Regen abgelöst, und so mühten sie sich voranzukommen und nicht ständig in schlammige Karrenspuren zu treten, wichen den in Pfützen wühlenden Schweinen aus und versuchten, nicht auf glitschigen Abfällen auszurutschen. Belästigungen waren sie jedoch nicht ausgesetzt. Derlei kam manchmal vor, denn die Beginen – als unverheiratete, geschäftstüchtige Frauen bekannt – hatten sich einige Neider geschaffen, unter den Seidenwebern sogar Feinde. Und ganz übel Wollende unterstellten den nach ihren eigenen Regeln lebenden und keinen Ordensregeln gehorchenden Schwestern gewisse Freizügigkeiten, die sie nur zu gerne in Spottliedern äußerten. Doch die Straßen waren menschenleer, die Gassenjungen mochten wohl den sonnigen Tag in den kühlen Fluten des Rheins verbringen, vielleicht auch die scharfzüngigen Scholaren und die übermütigen Gecken. Die geschäftigen Handwerker und Händler ließen des Sonntags ihre Arbeiten ruhen, die Bettler und Armen hatten sich an den Kirchen versammelt, um Almosen zu erbitten, und die vornehmen Bürger pflegten in ihren Häusern die Sonntagsruhe.

Unbehelligt erreichten die beiden Frauen ihr Ziel. Den Mühlenbach bewohnten die Wohlhabenderen. Es gab nur vereinzelt Fachwerkhäuser; aus grauen Steinen gemauerte Gebäude bestimmten das Bild. Weit geöffnete hölzerne Läden an den Fenstern ließen das Sonnenlicht ein, und vereinzelt konnte man den Duft von fettem Braten riechen. Irgendwo schien sogar ein Fest gefeiert zu werden, denn leise mischten sich die perlenden Töne einer kunstfertig gespielten Laute in das Gurren der Tauben, die auf den Dächern saßen.

Almut und Trine standen nun vor dem herrschaftlichen Haus der de Lipas. Drei Stockwerke hoch war es, massiv aus Stein gebaut, und hatte sogar die ganz luxuriösen Glasfenster, die seit neuestem nicht nur in Kirchen eingebaut wurden. Zur Straßenseite zierte es ein neunstufiger Giebel, und vor dem Eingang wölbten sich vier Rundbögen.

»Na, dann wollen wir mal sehen, ob wir dem armen kranken Mann helfen können«, spöttelte Almut leise, als sie an die Tür klopfte.

Sie öffnete sich ihr sogleich, doch statt der erwarteten Magd stand Almut eine der schönsten Frau gegenüber, der sie je begegnet war. Ihr Gesicht war das erlesene Oval einer Madonna, gekrönt von einer hohen Haube, von der ein zarter Schleier fiel, das feine Gewand war nach der neuesten Mode aus kostbaren Stoffen gefertigt und verriet durch das gewagte Teufelsfenster – die tiefe seitliche Ärmelöffnung des Obergewandes – eine Figur von anmutiger Zartheit. Sie mochte etwa Anfang der Zwanzig sein. Beide Frauen sahen sich verblüfft an.

»Oh, ich erwartete Pater Ivo ...«

»Nun, der bin ich nicht. Aber Ihr scheint die Dame de Lipa zu sein?«

Hoheitsvoll nickte die Schöne.

»Ich bin Almut vom Konvent am Eigelstein. Unsere Apothekerin schickt Euch die Arznei für den kranken Herrn.«

»Den kranken ...? Ach ja. Nun, dann tretet ein.«

Almut winkte Trine zu, die mit riesengroßen Augen die prachtvolle Hausherrin angestarrt hatte, und betrat das Haus. Es war angenehm kühl im Inneren. Durch die Butzenscheiben fiel das Sonnenlicht, das sich auf den Bodenfliesen in bunten Mustern brach. Nur ein leichter, aber unangenehm fauliger Geruch störte den gepflegten Eindruck.

»Der Junge liegt oben in seinem Zimmer!«

Bevor die Hausherrin sie die Treppe hochführen konnte, kam ein stattlicher Mann die Stiege herab. Er mochte etliche Jahre älter als seine Frau sein, schien jedoch sehr vital.

»Ah, die Arznei, um die ich geschickt habe! Ihr seid die Apothekerin?«

»Nein, sie leidet selber. Ich bringe in ihrem Auftrag dieses Fläschchen.«

Aus dem Beutel, den sie am Gürtel trug, holte Almut den kleinen, grünen, sorgfältig verstöpselten Glaskrug hervor.

»Bringen wir es dem Kranken. Folgt mir.«

In einem breiten Bett ruhte in halb aufgerichteter Stellung ein junger Mann, der vor sich hin döste. Einige seiner dunklen Locken klebten wirr an der heißen Stirn, sein Atem ging schwer. Doch war er ein hübscher Junge mit klaren Gesichtszügen und verhältnismäßig dunklem Teint. Von den Schritten und den leisen Worten geweckt, schlug er die Augen auf und schaute ein wenig irritiert um sich.

»Oh, Maître Hermann, Ihr …«

Ein krampfhaftes Husten hinderte ihn am Weitersprechen.

»Das ist Jean de Champol aus Burgund. Er weilt in unserem Haus, um sich im Weinhandel ausbilden zu lassen. Ein schädlicher Wind hat seine Lungen getroffen, und seit beinahe zwei Wochen will sich der Husten nicht bessern, obwohl wir alles getan haben, was wir konnten. Man hat ihn zur Ader gelassen, ihm stärkende Speisen angeboten und heißen Wein zu trinken gegeben, aber nichts hat bisher geholfen. Auch das geweihte Amulett des heiligen Andreas hat keine Wirkung gezeigt, obwohl Jean darauf geschworen hat, dass es ihm in seiner Heimat immer Hilfe gebracht hat.«

De Lipa wies auf das zierlich geschnitzte Holzscheibchen, das Jean an einer dünnen Kordel um den Hals trug. Es war das Kreuz des Andreas darauf zu sehen, umgeben von einem Kranz kleiner Buchstaben.

»Meine Schwester Helgart hat sich an Eure Apothekerin erinnert und sie mir empfohlen.«

»Ein guter Rat. Elsa ist wirklich sehr geschickt und erfahren in der Zubereitung heilender Mittel. Wir sind dankbar, dass sie bei uns ist. Hier ist der Hustensaft, den

sie auch uns verabreicht und der sehr wohltuend ist.
Nehmt davon einen kleinen Löffel voll, und Ihr werdet
merken, wie sich die Krämpfe in der Brust lösen. Nehmt
Ihr zwei Löffel voll, werdet Ihr tief und ruhig schlafen.
Aber die Apothekerin hat mir ausdrücklich aufgetragen,
Euch davor zu warnen, mehr als zwei Löffel von der Arz-
nei zu nehmen, damit keine üblen Folgen auftreten.«

»Ihr bringt uns ein Gift für den Kranken?«

De Lipa fuhr mit einem Ruck herum und musterte das
Krüglein misstrauisch.

»Es ist kein Gift, sondern ein starkes Heilmittel. Oder
besser – die Dosierung macht es aus, ob es hilft oder scha-
det. Lasst den Kranken nicht mehr als zwei Löffel voll auf
einmal nehmen, dann wird es ihm bei der Heilung dieses bösen Hustens helfen. Gebt ihm nichts mehr davon,
wenn die Besserung eingetreten ist.«

Almut stellte die Phiole auf den Tisch neben dem Bett
und nickte dem Kranken mit einem aufmunternden Lächeln zu.

»Ich werde tun, wie Ihr sagt«, flüsterte der junge Mann
heiser. »Ich vertraue auf die Wirksamkeit Eures Elixiers,
denn morgen will ich wieder meine Aufgaben übernehmen. Dank Euch, ma soeur. Schwester«, verbesserte er
sich.

»Ich bin keine Nonne, Jean de Champol, ich bin eine
Begine.«

De Lipa schüttelte ungeduldig den Kopf und meinte:
»Das zu erklären, führt jetzt zu weit. Ich werde Jean diese
Medizin geben. Wir werden sehen, wie gut sie hilft. Mir

scheint, es ist besser, wir lassen den Jungen jetzt allein. Dietke, führe unseren Besuch nach unten.« Als Almut sich zur Hausherrin umsah, steckte diese gerade einen kleinen Silberspiegel, in dem sie ihr Gesicht studiert hatte, in die Tasche ihres Gewandes. Sie schenkte ihrem Mann einen schwer zu deutenden Blick und wies Almut mit einer unmissverständlichen Handbewegung aus dem Zimmer. Sie selbst folgte ihr nach kurzem Zögern.

»Ihr verwendet ein köstliches Parfüm, Frau Begine«, bemerkte sie, als sie unten angekommen waren.

»Ich? O nein, ich verwende keine Duftwasser.«

»Aber dieser Geruch, der Euch umgibt ...?«

Almut schnupperte an dem Ärmel, und ein Lächeln flog über ihr Gesicht.

»Ah, ich habe heute Nacht die Herstellung einer Tinktur aus Kräutern überwacht. Sie hilft, äußerlich angewendet, gegen Schwindel und Kopfschmerz, aber auch bei Ohnmachten, bei Gicht und Rheuma.«

»Mag schon sein, aber ihr Duft ist überaus angenehm. Bringt mir doch bei Gelegenheit ein Töpfchen davon vorbei.«

»Ich will unsere Apothekerin fragen, Frau Dietke. Wenn es unschädlich ist, wird sie Euch gerne etwas davon überlassen. Aber nun muss ich mich eilen. Lebt wohl und sendet dem Kranken meine Grüße. Ich werde für seine baldige Genesung beten.«

Trine wartete noch immer an der Tür, bei ihr war eine seltsame Gestalt. Ein Mann, groß, doch mit gebeugten Schultern und wirrem, grauem Haar. Er gab einen unartikulierten Laut von sich, als er Dietke sah, und hinkte eilig davon. Almut aber erhaschte dennoch einen Blick auf sein Gesicht. Es machte sie schaudern, denn tiefe Narben entstellten seine Züge.

»Noch einen schönen Tag wünsche ich Euch«, sagte die Hausherrin und öffnete die Haustür. Es war ihr anzumerken, dass sie ihre Besucher nur zu gerne los sein wollte.

Vor der Tür blinzelte Almut in das helle Sonnenlicht und atmete tief ein. Die Atmosphäre im Haus der de Lipas war ihr beklemmend erschienen. Das lag auch an dem unangenehmen Geruch, der sich in den unteren Räumen breitgemacht hatte.

»Wird wohl Zeit, dass die Goldgräber mal wieder die Kloake reinigen!«, sagte sie zu Trine und begleitete ihre Bemerkung mit einer passenden Handbewegung zur Nase. Trine, die einen sehr feinen Geruchssinn hatte, nickte und schüttelte sich angeekelt. Ungewöhnlich war der Gestank allerdings nicht, vor allem nicht an warmen Tagen. Es gab kein Abwassersystem in Köln. Die Häuser hatten lediglich Sickergruben in den Hinterhöfen, manchmal sogar im Keller, in denen nicht nur Fäkalien gesammelt wurden, sondern auch die Kadaver streunender Hunde, unvorsichtiger Schweine oder Ratten verwesten. Die Kloakenreiniger wurden scherzhaft »Goldgräber« genannt und hatten die Aufgabe, in regelmäßigen Abständen die Gruben zu entleeren. Den Inhalt fuhren sie hinaus auf die Äcker – oder kippten ihn in den Rhein.

»Kein Wunder, dass Frau Dietke hinter einem Duftwasser her ist«, murmelte Almut mehr für sich, was Trine allerdings nicht verstand. Aber sie hatte eine andere Mitteilung zu machen. Energisch zog sie Almut am Ärmel.

»Was ist, Trine?«

Mit einem raschen Kopfheben zur Tür rieb sie den Daumen gegen die Finger der rechten Hand – das unmissverständliche Zeichen des Geldzählens.

»Also, wenn du jetzt meinst, ich klopfe da noch mal an, um mir die paar Münzen geben zu lassen, dann hast du dich aber geirrt, Kleine. Sehen wir zu, dass wir nach Hause kommen. Hoffentlich hat Gertrud noch etwas Brot und Suppe für uns aufgehoben!«

Almut rieb sich vielsagend den Magen, und Trine grinste. Dann machte sie sich daran, neben Almut herzutrotten.

»Gehen wir am Rhein entlang, Trine. Da ist es kühler.«

Almut zeigte zum Filzgrabentor, wo eine Gruppe Kinder unterhalb der Stadtmauer herumtollte. Trine schüttelte den Kopf und gab mit einer Grimasse zu verstehen, dass ihr der Umweg zu weit sei.

»Na gut, dann nicht. Aber der Weg ist so viel weiter auch nicht. Ich vermute, du willst einfach etwas Aufregenderes zu sehen bekommen. Solch schneidige Herrchen wie die dort etwa?«

Drei aufgeputzte Männer schlenderten der Begine und ihrer Begleiterin entgegen. Sie sahen nicht aus, als ob sie den Sonntag in stiller Kontemplation verbringen wollten. Stattdessen lauschten sie der deftigen Geschichte, die einer von ihnen zum Besten gab. Grölendes Gelächter belohnte seine Erzählung. Alle drei waren sie in farbenprächtige kurze Wämser gekleidet und selbstredend trugen sie unterschiedlich gefärbte Strümpfe an den Beinen. Ihr Schuhwerk zierten beinahe zwei Handbreit lange Spitzen, die der Wortführer der Gruppe wohl auf Grund praktischer Erfahrung mit seidenen Bändchen hochgebunden hatte.

»Aber da seht mal, was uns dieser schöne Tag beschert!«

»Zwei junge Weibsleut!«

»Zwei knusprige, na ja, eine davon …«

»Tilmann, was hast du von den lustigen Nonnen erzählt? Wollen wir nicht mal prüfen, ob diese grauen Schwestern uns genauso viel Spaß bereiten?«

Almut sah sich nach Hilfe um. Außer zwei mageren Ziegen und einer aufflatternden Schar Hennen war kein Lebewesen in der Gasse zu sehen. Und ob sie durch laute Hilferufe mehr als nur eine Anzahl Gaffer herauslocken würde, war auch ungewiss. Trine an ihrer Seite ergriff ihre Hand und drückte sie fest. Dann ließ sie los und versteckte die Hand in ihrem losen Kittel. Die jungen Männer kamen näher, und der, den sie Tilmann genannt hatten, versuchte, Almut den Arm um die Hüfte zu legen und sie an sich zu ziehen. Es gelang ihm noch nicht einmal im Ansatz, denn schon hatte die Begine ausgeholt und ihm eine Ohrfeige verpasst, die davon zeugte, dass sie nicht nur zarte Stickereien anzufertigen verstand. Benommen taumelte er zurück; gleichzeitig ertönte der

schrille Schmerzensschrei eines Zweiten, der Bekanntschaft mit einer langen Kupfernadel gemacht hatte, die
Trine in ihrer Zeit als herumgestoßenes Gassenkind wirkungsvoll einzusetzen gelernt hatte. Dem dritten, der einen zügigen Schritt auf das Mädchen zu machen wollte,
trat Almut mit ganzer Kraft auf den Fuß. Sie verfehlte
zwar die Zehen, aber die Schuhspitze hatte sie getroffen.
Ihr Besitzer stolperte, sie trat zur Seite, und er fiel lang
ausgestreckt in den feuchten Straßenkot.

»Los, Trine, lauf!«

Sie schubste das Mädchen in den Rücken. Beide raff-
ten sie die Röcke und liefen los. Sie konnten ziemlich
sicher sein, einen guten Vorsprung herauszuholen, denn
das unpraktische Schuhwerk ihrer Widersacher hinderte
diese wirkungsvoller als alles andere, die Verfolgung aufzunehmen. Im Gewirr der Gassen und Gässchen um den
Heumarkt hielten sie dann auch in ihrem Lauf ein und
gingen wie gesittete Damen weiter.

»Gut gemacht, Trine!«, sagte Almut und klopfte ihr
anerkennend auf die magere Schulter.

Trine grinste, zeigte auf Almuts Schleier und machte
eine streichende Geste. Almut blieb stehen und tastete
nach ihrem Gebände. Natürlich, es war verrutscht. Etwas ungeschickt versuchte sie, es wieder zu richten.

»So ein kleiner Silberspiegel, wie der, den die schöne
Dietke hatte, der wäre jetzt sehr nützlich«, bemerkte sie
seufzend. Trine verstand sie zwar nicht, half ihr aber, den
grauen Schleier wieder ordentlich über das steifleinene
Stirnband zu ziehen.

Bis zum Alter Markt kamen sie zügig voran, dann aber begann Trine, die nur selten die Gelegenheit hatte, die Abgeschlossenheit des Konventes zu verlassen, ihre Schritte zu verlangsamen und neugierig das Treiben zu beobachten. Almut hatte zwar Hunger, und ihr war auch ziemlich warm geworden, aber sie konnte das Mädchen verstehen. In ihrer stummen und lautlosen Welt war sie vor allem auf das Schauen angewiesen. Und hier auf dem Marktplatz gab es viel zu sehen. Auf dem Kax, dem Schandpfahl, stand ein Wirt, der zum wiederholten Male angeklagt worden war, verdorbenes Essen verkauft zu haben. Ein Haufen matschiger Gemüsereste, stinkender Fischköpfe und verschimmelter Brotkanten zu seinen Füßen zeugte davon, dass sich die Kundschaft ausgiebig an ihm gerächt hatte. Gerade warf eine aufgebrachte Frau mit einem verfaulten Kohlstrunk nach ihm, begleitet von ein paar passenden Schmähworten. Drei Stunden nur hatte der Wirt dort zuzubringen, aber man sah ihm an, dass es die längsten Stunden seines Lebens werden würden. Noch mehr Aufmerksamkeit aber als der arme Mann am Pranger erregte ein Wagen, der in der Mitte des Platzes stand. Almut konnte lesen und entzifferte das, was auf der großen aufgespannten Leinwand bekannt gegeben wurde. Hier zeigte ein hochberühmter Meister öffentlich die Kunst des Zahnreißens. Für diejenigen, die des Lesens nicht kundig waren, boten sprechende Bilder von blutigen Zähnen und dem vielfältigen Werkzeug einen Überblick über das Angebot der medizinischen Dienstleistungen. Das alleine hätte natürlich noch nicht gereicht, den Menschenauflauf zu erklären, der sich gebildet hatte und durch den sich Trine jetzt drängte. Ein Patient hatte sich gefunden! Ein korpulenter Herr mit einer dicken Backe saß auf einem Hocker und wurde von zwei Gehilfen festgehalten, während der Zahnbrecher seiner Arbeit nachging. Trine war ganz Augen, und Almut, die voller Mitleid an Elsa dachte, meinte fast selbst den heftigen Schlag mit dem Stoßeisen und die reißende Zange an ihrem Backenzahn zu spüren. Leise dankte sie der heiligen Apollonia, der Märtyrerin, die man bei Zahnschmerzen anrief, dass sie selbst bis jetzt ausgesprochen gesunde Zähne hatte.

Ein Schmerzensgebrüll ließ die Menge zusammenfahren, und triumphierend hielt der Zahnbrecher den gezogenen Zahn in die Höhe. Der Patient spuckte Blut und Eiter aus und musste sich den Mund unter fürchterlichen Grimassen mit einer scharfen Flüssigkeit ausspülen.

»Genug Aufregung für heute, Trine!«

Energisch nahm Almut das Mädchen am Arm und bugsierte sie aus der Menschentraube.

Die beiden erreichten den Konvent ohne weitere Zwischenfälle. Er lag zwar ein wenig außerhalb der eigentlichen Stadt, aber noch innerhalb der Stadtmauern und nicht weit von einem der wichtigsten Tore, dem Eigelstein-Tor, entfernt. Am Anfang des Jahrhunderts, vor etwa siebzig Jahren, hatte ein reicher Patrizier, einer der Vorfahren der derzeitigen Meisterin Magda von Stave, für sechs ledige Frauen ein großes Haus inmitten der Weingärten gestiftet. Ein Anbau und drei weitere kleine mit

Schieferleyen bedeckte Fachwerkhäuschen waren im Laufe der Zeit hinzugekommen und bildeten jetzt auf dem fast quadratischen Grundstück einen abgeschlossenen Hof. Die Häuser verdankten ihr Dasein einer vermögenden Begine, die sie vor Jahren dort für sich und ihre Schwestern hatte errichten lassen. Im Haupthaus befand sich nun das Refektorium, der Raum, in dem sich die Beginen zu den Mahlzeiten, aber auch zu gemeinsamen Arbeiten oder Gesprächen versammelten. In seinem Anbau, vor dem sich auch der Brunnen befand, hatte die Köchin ihr Reich. Umgeben war das Ganze von einer übermannshohen Mauer, die die Bewohnerinnen vor neugierigen Blicken und ungeladenen Gästen schützte. Der Eingang lag direkt neben einem der kleinen Häuser. Eine starke Holztür verschloss ihn gewöhnlich, und wer klopfte, musste sich zunächst dem prüfenden Blick der Pförtnerin stellen, die durch eine Luke nach dem Begehr fragte.

Almut hatte nach ihrem Gang durch die Stadt zunächst ihre Kammer aufgesucht, um sich den Staub von Gesicht und Händen zu waschen und das Gebände zu richten. Kurz sah sie noch einmal aus dem Fenster und ließ den Blick über die Felder streifen. Das Häuschen, in dem sie wohnte, grenzte an das freie Land, nicht an die Straße. Sie freute sich an dem Ausblick, auch wenn ihr damit verwehrt war, das Treiben im Hof zu beobachten. Doch viel Zeit zu derartigem Müßiggang fand sie ohnehin nicht. Auch jetzt hatte sie eine Aufgabe zu erledigen.

»In der Stadt ist ein Zahnbrecher, Elsa!«

Das linke Auge der Apothekerin war wegen der dicken, geröteten Wange inzwischen beinahe zugeschwollen, was sie aber nicht daran hinderte, unwillig zu knurren.

»Aber du solltest wirklich etwas unternehmen. Du weißt doch, so etwas geht nicht von selbst weg.«

Ein bisschen amüsiert betrachtete Almut die rundliche Apothekerin, die gewöhnlich für jedes Wehwehchen ihrer Mitschwestern eine Therapie zur Hand hatte. Vieles von dem, was sie verordnete, war zwar wirkungsvoll, aber in seiner Anwendung oder im Geschmack entsetzlich. Sie selbst unterzog sich daher nur höchst unwillig irgendwelchen Behandlungen und hatte eine geradezu panische Angst vor schmerzhaften Eingriffen.

»Hast du denn nichts bei deinen Mitteln, das dir helfen könnte?«

Nochmaliges Knurren war die Antwort.

»Traust du etwa deinen eigenen Arzneien nicht?«

»Almut, du gehst mir auf die Nerven.«

Almut indessen schaute sich in dem Raum um, in dem die Apothekerin ihre Arbeit verrichtete. Getrocknete Kräuter hingen in Büscheln von den Balken, in fest verschlossenen Töpfen lagerten wunderliche Ingredienzien wie getrocknete Fledermausohren, Alraunwurzeln, Olivenöl, Schwefelblüte, Apolloniakraut oder Spatzenhirn. Ganz geheuer war Almut Elsas Wirken nicht. Sie neigte zu Experimenten, probierte gerne neue Rezepturen aus oder wandelte bewährte nach ihren Vorstellungen ab. Allerdings musste man ihr zugutehalten, dass sie die Wirkung immer zuerst an sich selbst ausprobierte, bevor sie die Mittel den Leidenden verabreichte. Doch wegen ihrer nicht unbeträchtlichen Körperfülle konnte die Dosis, die sie sich selbst verabreichte, manchmal unerwartete Wirkung bei weniger üppigen Personen zeigen. So hatte ein die Verdauung anregendes Mittel vor Kurzem beinahe sämtliche Mitglieder des Konventes für zwei Tage außer Gefecht gesetzt.

»Was streichst du da herum, Almut. Bring mir nur nichts durcheinander!«

»Ich dachte nur, mir fällt etwas ein, wie ich dir helfen kann. Sag mal, wie kommst du eigentlich an getrocknete Fledermausohren? Fängst du die Fledermäuse selbst?«

»Du musst nicht alles wissen! Komm her, lenk mich von den Schmerzen ab, und erzähl mir von dem Weinhändler. Wer ist krank im Haus?«

»Oh, ein junger Franke aus Burgund, der sich dort aufhält. Er soll das Geschäft kennenlernen. Er hat einen wirklich schlimmen Husten. Ich hoffe, das Zeug, das du ihm gemischt hast, hilft ihm. Er sah aus, als habe er hohes Fieber. Darum habe ich nicht nur ihm, sondern auch dem Hausherren und seiner schönen Dame die Dosierung erklärt, wie du es mir aufgetragen hast. Kennst du die Familie eigentlich?«

»Die Schwester von Hermann de Lipa, Helgart, war ein paarmal bei mir. Sie ist eine entfernte Verwandte von unserer Meisterin. Mit der Dame des Hauses scheint sie sich nicht gut zu verstehen.«

»Dietke ist sehr schön, aber auch ziemlich eitel, glaube ich.«

»Ist seine zweite!«

»Mh, ja. Sie ist auch noch recht jung. Und der junge Mann ist auch ganz ansehnlich. Sogar wenn er krank ist.«

»Soso.«

Elsa richtete sich etwas auf und blinzelte neugierig. Sie war einer kleinen Skandalgeschichte gegenüber nie abgeneigt, aber Almut ging nicht weiter darauf ein. Ihr war noch etwas eingefallen.

»Sie möchte deine Lavendel-Tinktur!«

»Hat sie schon das Gliederreißen?«

»Nein, der Duft hat ihr gefallen. Er scheint von heute Nacht noch an mir zu haften.«

»Ich kann nichts riechen!«, schniefte Elsa durch ihre ebenfalls von dem entzündeten Zahn in Mitleidenschaft gezogene Nase. »Aber gegen gutes Geld verkaufe ich ihr alles. Übrigens – hat sie die Arznei bezahlt?«

»Ähm … ich hab's vergessen.«

»Almut! Wir können es uns nicht leisten, die teuren Arzneien zu verschenken. Vor allem nicht an die Reichen! Seit der erzbischöfliche Hof keine Aufträge für feine Handarbeiten mehr erteilt, müssen wir sehen, wie wir zu unserem Geld kommen.«

»Schon gut, schon gut. Ich gehe morgen oder übermorgen wieder zu ihr hin und bringe ihr die Lavendel-Tinktur. Dann lasse ich mir für beides das Geld geben.«

Besänftigt nickte Elsa und stöhnte dann noch einmal schmerzlich auf.

»Übrigens gibt es da noch so ein Monstrum im Haus. Einen Verkrüppelten. Aber gut gekleidet. Er hatte ziemlichen Respekt vor der Herrin des Hauses.«

»Feuchte mir das Tuch noch einmal an.« Kopfschüttelnd nahm Almut das Tuch, das sich die Apothekerin zum Kühlen an die Wange gehalten hatte, und nässte es mit dem Wasser aus dem Krug.

»Der Zahn muss raus, Elsa.«

Verbissen schüttelte die Leidende den Kopf.

»Ich gehe nicht zu dem Quacksalber!«

Trine hatte die ganze Zeit über ruhig in ihrer Ecke gesessen und langsam den süßen Wecken verspeist, den ihr die mürrische Köchin in einem Anfall von Großzügigkeit zugesteckt hatte. Dabei hatte sie das Gespräch der beiden Älteren mit aufmerksamen Augen verfolgt. Jetzt stand sie auf, kam näher und steckte sich den Zeigefinger in den Mund. Mit einer wackelnden Gebärde zeigte sie, dass sie sehr gut verstanden hatte, worum es ging.

»Er muss raus, Trine sieht das auch so!«

Elsa schüttelte den Kopf, was ihr jedoch weitere Schmerzen verursachte.

»Wirklich, Elsa, du stellst dich an! Du tauschst einen kurzen Schmerz gegen einen langen ein! Das zumindest sagst du deinen Patienten immer!«

Die Apothekerin seufzte ergeben: »Dann zieh du ihn, Almut!«

»Ich? O nein. Das kann ich nicht!«

»Na, wer den sonst?«

»Thea zum Beispiel!«

»Thea kann Tote herrichten. So weit bin ich noch nicht.«

»Rigmundis?«

»Die sieht zwar wundervolle Visionen, aber ansonsten ist sie blind wie ein Huhn.«

»Aber Clara …?«

»Die klappert nur mit den Lidern und jammert: ›Du weißt doch, meine Hand!‹ Nein, nein, Almut. Du hast gute Augen und starke Hände. Darauf kommt es an.«

Almut schaute auf ihre Hände. Sie waren zwar sauber geschrubbt, aber hart und schwielig, und die Fingernägel waren an vielen Stellen eingerissen.

»Wenn du meinst … Weißt du, du könntest etwas von dem Hustenmittel nehmen. Du hast gesagt, es wirkt betäubend.«

»Na ja, das schon. Aber ich habe etwas, das besser geeignet ist.«

Elsa wuchtete sich aus ihrem Stuhl und suchte in den Regalen nach dem, was ihr vorschwebte. Inzwischen hatte Trine eine Schüssel mit Wasser und einen Becher geholt und kramte jetzt in einer Lade herum. Die Zange, die sie dann stolz präsentierte, war schmutzverkrustet und voller Spinnweben.

»Schon lange nicht mehr in Gebrauch gewesen, was? Mach sie sauber, Trine.«

Als Trine zurückkam, kaute Elsa auf einem unangenehm riechenden Pflanzenblatt, das sie schließlich ausspuckte. Angewidert verzog sie den Mund, soweit das noch möglich war.

»Das Kraut der heiligen Apollonia – Bilsenkraut!«

»Ist das nicht gefährlich?«

»Wenn man es ausspuckt, nicht. Es betäubt den Mund innen.«

Trine trat näher und streckte fragend die Hand nach Elsa aus.

»Nur zu, Kind. Was willst du?«

Vorsichtig strich das Mädchen über die geschwollene Wange und ließ dann ihre Hand auf dem Unterkiefer liegen. Ganz still stand sie und hielt die Augen geschlossen. Elsa ließ es sich zunächst ruhig gefallen, doch dann zeigte ihr Gesicht mehr und mehr Erstaunen. Als Trine schließlich die Hand zurückzog, flüsterte sie: »Sie hat Zauberhände, Almut. Es schmerzt fast nicht mehr.«

Mit ein paar Gesten deutete Trine an, dass Almut Elsas Kopf festhalten solle, während sie den Zahn ziehen wollte.

»Sie scheint es sich zuzutrauen, Elsa. Sie hat dem Zahnreißer sehr genau zugesehen. Bist du einverstanden.«

»Macht doch, was ihr wollt. Aber macht schnell!«

So kam es, dass Almut hinter Elsa stand, ihren Hinterkopf an ihre Brust gedrückt hielt, wobei sie Stirn und Unterkiefer mit festem Griff hielt, und Trine sich des morschen Backenzahns annahm. Sie war wirklich geschickt, denn mit einem gezielten Stoß lockerte sie den faulen Zahn und zog ihn dann mit einem schnellen und energischen Ruck heraus. Sofort griff Almut nach dem Becher mit verdünntem Wein und reichte ihn der verdutzten Elsa.

»Gut gemacht, Trine«, sagte sie zu dem Mädchen und strich ihr lobend über die Haare. »Und jetzt bringen wir sie am besten zu Bett.«

Am Abend dieses Sonntags kniete Almut lange in ihrer Kammer vor der kleinen Statue der Mutter Gottes und betete. Wie jedes Mal, wenn sie diese stille Zwiesprache hielt, begann sie mit ihrem von Herzen kommenden Dank dafür, nun schon seit vier Jahren dieses friedvolle Leben in der Gemeinschaft der elf anderen Beginen führen zu können.

Obwohl von unterschiedlichster Herkunft und Bildung, funktionierte das Zusammenleben der zwölf Frauen verhältnismäßig reibungslos. Das mochte daran liegen, dass sie sich alle freiwillig zu diesem Leben entschieden hatten. Sie hatten nicht den strengen Regeln eines Klosters zu gehorchen, dessen Gelübde Armut, Keuschheit und Gehorsam verlangte, sondern hatten sich – in Anlehnung an Klosterregeln – eigene Statuten gegeben. Solange sie dem Konvent angehörten, mussten sie auf den Umgang mit Männern verzichten, doch es stand den Beginen frei zu heiraten. Sie lebten zwar in Bescheidenheit, trugen einheitliche, schlichte graue Tracht ohne Schmuck und aus einfachen Stoffen, doch auf eine gewisse Bequemlichkeit brauchten sie nicht zu verzichten. Sie besuchten die Gottesdienste, befolgten aber ansonsten keine geregelten Gebetszeiten. Jede besaß ihre eigene, einfach eingerichtete Kammer, das Essen war schmackhaft und gut zubereitet, vier Mägde kamen morgens, um die groben

Hausarbeiten zu verrichten, und sofern eine Frau eigenes Geld, Grundbesitz oder sonstiges Vermögen besaß, blieb es in ihrer Verfügungsgewalt.

Auch wenn sie dem Glanz des gesellschaftlichen Lebens entsagt hatte, erschien Almut das disziplinierte, arbeitsame und bescheidene Leben um vieles besser als jenes, das sie zuvor geführt hatte. Nachdem sie ihren Dank dafür abgestattet hatte, betete sie auch für die Kranken, Elsa natürlich, aber auch für den jungen Mann, der jetzt hoffentlich seiner Genesung entgegenschlummerte.

Wenn Sie wissen möchten,
wie es weitergeht, lesen Sie
Andrea Schacht
Der dunkle Spiegel

ISBN 978-3-7341-0871-6 /
ISBN 978-3-89480-875-4 (E-Book)
Blanvalet Verlag